한국 초현실주의 시의 계보

장이지

보고사

머리말

이 책의 저본은 제 박사학위논문 「한국 초현실주의 시 연구」(2006)입니다. 제가 박사학위논문을 쓸 때만 해도 한국 초현실주의는 모더니즘의 큰 테두리 안에서 기법의 차원으로 논의되곤 했습니다. 게다가 초현실주의 시사는 수용사의 성격을 띤 채 1930년대 연구에 답보하고 있는 상태였습니다. 한국 초현실주의 시에 대한 역사적 접근이 이루어지지 않고서는 한국 시사를 제대로 설명할 수 없을지도 모른다는 생각이 그 무렵 저에게는 매우 강했습니다.

그러나 한편으로는 문학연구에서 문화연구나 매체연구로 기우는 학계의 분위기 속에서 한국 초현실주의 시에 대해 연구한다는 것이 그리 행복한 일만은 아니었습니다. 요즘도 비슷한 분위기지만, 문학작품을 읽는다는 것은 다분히 주관적인 작업으로 '평가 절하'되곤 했습니다. 그러나 돌이켜보면 기원으로서의 작가나 작품에 도달하기 위한 '시각적 초월'로서의 독서 행위에 매력을 느끼지 않았다면, 문학연구 같은 것은 처음부터 하지 않았을지도 모른다는 생각이 듭니다. 그 초월 시도가 항상 기원에 이르지 못하고 오리지널에 대한 무수한 모방에 귀착하더라도, 그것이 다른 사람을 이해하기 위한 유일한 길이라는 생각에는 변함이 없습니다. 이것이 제가 문화연구나 매체연구로 나아가지 않고 낡은 것처럼 보이는 '문학사조'와 '작품'의 세계로 돌아간 이유입니다.

이 책에서 제가 말하고자 한 바는 초현실주의가 단순한 근대주의가 아니라 근대를 비판하는 사상·철학으로서 마르크시즘이나 정신분석학, 아나키즘과 불교 사상, 근대적 패션과 언어적 급진주의의 격전장으로서의 성격을 띤 예술 사조였다는 것입니다. 그 격전의 과정에서 초현실주의는 '운동'에서 '체질'로 내화합니다. 우리나라에는 초현실주의 시라고 할 만한 것이 없다는 주장에 대해 우리 현대시에서 초현실주의적인 요소가 얼마나 널리 퍼져 있는지에 대한 반론을 마련하는 것이 이 책의 의의가 될 수도 있지 않을까 싶습니다.

이 책의 대의가 저본에서 많이 달라진 것은 아니지만, 각론에서는 2006년의 저본과 차이가 나는 부분도 있습니다. 특히 1950년대의 초현실주의 시인들에 대한 부분이 달라졌습니다. 박사학위논문에서는 김구용의 일부 장시들만을 거론했는데, 이 책에서는 김구용 시의 전체상을 검토하려고 노력했습니다. 그리고 박사학위논문에 포함되어 있던 성찬경론과 서정주론이 이 책에서는 빠졌습니다. 성찬경과 서정주에 대해서는 전반적인 시 세계를 초현실주의로 규정하기 어렵다는 반성에서 이 책을 엮으면서는 빼지 않을 수 없었습니다. 두 대가에 대해서는 생각이 달라진 부분이 있기도 합니다만, 다른 지면을 통해 더 진전된 논의를 해볼 계획입니다. 조향에 대한 평가도 약간 달라진 부분이 있습니다. 그 대신 부록에 「근대 보편과 식민지 현실의 간극: 김기림 모더니즘론의 문학사적 의의와 그 한계」(2003)와 「전후 모더니스트들의 언어적 정체성: 박인환, 조향, 김수영의 경우」(2011), 두 편의 개별 논문을 수록했습니다. 모더니즘에 대한 두 연구가 어느 지점에서는 이 책의 주제와 맞닿아 있고, 어느 지점에서는 갈라지기도 합니다만, 부록이 본문을 이해하는 데 문학사적인 참고가 되었으면 하는 의도에서 부록으로 묶은 것입니다.

이 책의 제목에는 '계보'가 내세워져 있습니다만, 이 책의 내용이 그것을 온전하게 구현하고 있지는 않다는 말씀을 드려야 하겠습니다. 이 책의 제목에 붙은 '계보'라는 말은 한국 초현실주의가 어떤 단일체를 형성하면서 계승·발전했다기보다는 '내화'의 과정을 겪으면서 여러 '갈래'를 형성하면서 발전했다는 것을 의미합니다. 그리고 이 책은 그 분기 중 조향으로 대변되는 언어적인 양상과 김구용으로 대변되는 불교나 선의 양상을 겨우 정리한 수준에서 멈출 수밖에 없었습니다. 초현실주의의 '계보'를 완성하기 위해서는 앞으로도 더 많은 시간과 노력이 필요한데, 이것은 더 먼 미래의 숙제로 남겨놓겠습니다.

부족한 박사학위논문을 읽어주시고 여러 조언을 해주신 논문심사위원 선생님들께 이 자리를 통해 다시 한 번 감사의 인사를 드리고 싶습니다. 특히 강우식, 조건상 선생님께는 어떤 수사로도 그 은혜를 다 표현할 길이 없으리라는 것을 말씀드리고 싶습니다. 만약 이 책의 기술에 어떤 잘못이 있다면 그것은 전적으로 제 책임이고, 이 책의 내용이 한국문학 연구에 어떤 기여가 될 만한 부분이 있다면, 그것은 전부 강우식, 조건상 선생님을 비롯한 심사위원 선생님들의 깊은 가르침 덕분이라는 점을 밝혀두고 싶습니다.

그리고 문학연구의 험난한 길에서 낙오하지 않도록 항상 응원해주시는 성공회대학교 교양학부의 임규찬 선생님과 광운대학교 교양학부의 고명철 선생님께 머리 숙여 고마운 마음을 전하고 싶습니다.

출판을 선뜻 허락해주신 보고사의 김흥국 사장님, 원고를 꼼꼼히 검토해주신 박현정 편집장님, 교정과 편집을 세심히 도와주신 편집부의 한나비 씨께도 심심한 감사의 뜻을 전합니다.

2011년 6월
장이지

차례

한국 초현실주의
시의 계보

I

한국 초현실주의 시사 기술의 방법과 기본 개념

　지금까지 우리 시사에서 초현실주의에 대한 논의가 제대로 이루어진 적은 거의 없었다. 대부분의 연구자들이 우리 시사에서 초현실주의 시의 실체를 찾는 데 어려움을 겪고 있으며, 설사 초현실주의적인 작품을 찾는다고 해도 그것을 미학적으로 분석할 만한 마땅한 방법을 찾지 못하고 있는 것이 사실이다. 많은 연구자들이 초현실주의를 문학보다는 미술과 관련된 운동으로 간주하거나, 자동기술법이나 자의식, 혹은 무의식과 관련된 것이 초현실주의라고 믿는 경향이 있다. 그래서 초현실주의는 개별 작가나 개별 작품에 대한 논의에서는 화두가 될 수 있지만, 시사에는 아직 진입하지 못하고 있다. 대부분의 시사에서 초현실주의는 모더니즘의 방계인 것으로 여겨지고 있는 형편이다.

　모더니즘 시사에서 초현실주의는 적어도 두 번의 좌절을 겪었다. 첫 번째 좌절은 현대시의 기점 문제를 다루면서 모더니즘 연구자들이 초현실주의를 모더니즘의 일부로 끌어들였을 때 일어났고, 두 번째 좌절은 미적 근대 담론에 의해 초현실주의와 여타의 문학 사조들

사이의 미적인 경계가 허물어졌을 때 일어났다.

사실 우리 시사에서 초현실주의를 모더니즘의 일종으로 보았던 것은 애초 현대시의 기점 문제와 관련이 있었다. 근대와 현대를 구분하고자 하는 해묵은 열망의 소산인 현대시의 기점 문제에 대해 많은 모더니즘 연구자들이 1926년 『學潮』에 발표된 정지용의 다다이즘 시를 준거로 삼아 그 해결점을 찾고 싶어 했다는 것은 하나의 아이러니가 아닐 수 없다.[1] 왜냐하면 그들은 다다이즘이나 초현실주의가 모더니즘 시사에서 차지하는 비중을 그리 크게 생각하지 않기 때문이다. 가령 문덕수는 식민지 조선의 모더니즘을 정지용, 김기림, 김광균 등의 이미지즘과 주지주의를 중심으로 살피면서, 이상이나 『삼사문학』 동인들에 대한 논의는 회피했다. 문덕수는 이상이나 『삼사문학』 동인들의 시가 이미지즘이나 주지주의로는 설명할 수 없는 '이질적인 것'이라고 생각했다. 그러나 문덕수는 그 이질적인 것을 여전히 모더니즘의 범주 안에 남겨두길 원했는데, 그것은 현대시의 기점을 모더니즘의 시작과 동일한 시기로 보려는 열망에서 기인한 것이었다. 이와 같은 시각은 김준오가 아방가르드의 차원에서 1920년대 다다이즘과 1930년대 초현실주의를 살피고 있는 것과는 구별되어야 할 것이다.[2]

미적 근대에 대한 논의는 현대시의 기점 문제보다도 더욱 심대하게 초현실주의 연구에 타격을 주었다. 미적 근대 담론은 우리 시사

---

1) 문덕수, 『한국 모더니즘 시 연구』, 시문학사, 1981, 13~14면 참조.
   한계전, 『한국 현대시론 연구』, 일지사, 1983, 154~155면 참조.
2) 김준오, 「우리 시와 아방가르드」, 『문학사와 장르』, 문학과지성사, 2000, 354~356면 참조.

에서 사회·경제적 의미의 모더니티와 미의식으로서의 모더니티가 반드시 일치하지는 않는다는 인식에 기반을 두고 기존의 문학사들에 의해 구획된 미적 범주로서의 문학 사조들의 경계를 재편하고자 했던 담론이었다고 생각한다. 가령 이승훈은 모더니즘 시사를 우리 시가 자율성을 확보하는 과정에 대한 기술이 되어야 한다고 주장했다.[3] 그런 의미에서 이승훈은 태서문예신보나 김억, 황석우 등에서부터 현대시의 토대가 확립되었으며, 모더니즘 시사는 바로 거기에서부터 기술되어야 한다는 것이다. 실제로 이승훈은 그의 모더니즘 시사를 1920년대부터 기술하고 있는데, 그는 1920년대를 이장희의 이미지즘으로 대표되는 '자생적 모더니즘'과 정지용, 임화의 다다이즘, 미래파, 초현실주의로 대표되는 '타생적 모더니즘'으로 대별하여 살폈다.[4] 그러나 미적 근대는 모더니즘만의 문제라고 할 수 없을 것이다. 미적 근대 담론 자체가 미적 양식을 문제 삼기보다는 미의식에 초점을 맞춘다는 점에서 '모더니즘 시사'라는 틀을 유지하면서 미적 근대의 기원을 탐색하려는 이승훈의 시도는 모순이 있다. '자생적 모더니즘'이나 '타생적 모더니즘'이라는 술어는 사실 모더니티라는 말 대신 모더니즘이라는 말을 사용함으로써 미의식의 문제를 양식의 문제로 전도시킨 것이다. 그 과정에서 초현실주의가 지니고 있었던 고유의 미의식이 모더니즘 양식의 문제로 왜곡되었다.

초현실주의 혹은 전위예술은 모더니즘 시사에서 두 번의 좌절을 겪으면서 1930년대 모더니즘의 전사로서 그 위상을 정립해 가고 있

---

3) 이승훈, 「한국 모더니즘 시사 기술의 문제점」, 『한국 모더니즘 시사』, 문예출판사, 2000, 419~421면 참조.
4) 위의 책, 58~59면 참조.

다. 서준섭은 모더니즘을 도시 문학의 일종으로 보면서, 모더니즘에 역사적인 실체를 부여하고자 노력했다. 그는 1930년대 모더니즘이 1920년대 후반기의 박팔양, 임화, 김화산, 김우진 등에 의해 시도되었던 다다이즘·표현주의 문학의 실험 정신과 언어 감각을 비판적으로 계승하면서 이를 부분적으로 재활성화 했다고 생각했다.[5] 서준섭은 1920년대 전위예술과 1930년대 모더니즘을 새로운 형식의 실험, 도시적 감각, 새로운 언어의식 등의 면에서 연속성을 지닌 기획으로 보았다. 그러나 그와 같은 연속성의 지표에서 도시화, 혹은 자본주의 근대의 전면화에 대한 시인들의 '태도' 문제는 지나치게 소홀하게 취급되었다. 서준섭은 1920년대 전위예술이 지녔던 부정의 정신과 반항적 태도가 1930년대 모더니즘에서는 오히려 건설적인 방향으로 수렴되었다고 보았는데, 과연 그것이 가능한 일인지 의문이다. 비록 한시적이기는 했지만 1920년대 전위예술은 실상 프롤레타리아 예술 진영에 섞여 있기도 했다. 그런 의미에서 다다이즘이나 초현실주의가 반드시 모더니즘의 전사로서 존재했다고 보는 것은 논란의 여지가 있다.

시사에서 모더니즘과 초현실주의의 전후 관계를 따지는 것은 초현실주의를 역사적인 사건으로만 보려는 데서 비롯한 결과이다. 이 경우 1930년대만 문제 삼을 것이 아니라 1950년대 역시 문제가 된다는 점을 감안해야만 할 것이다. 1950년대에 관심을 가지고 있는 연구자들은 종종 초현실주의가 '모더니즘 이후'를 모색했다고 생각하기도 하는 것 같다.[6] 그러나 실상 모더니즘과 초현실주의는 언제

---

5) 서준섭, 『한국 모더니즘 문학 연구』, 일지사, 2000, 5쇄, 19~20면 참조.
6) 오문석, 「1950년대 한국 초현실주의 시론 연구」, 『작가연구』, 제16호, 깊은샘, 2003,

나 거의 동시에 당대의 자본주의 근대에 대해 각기 다른 미의식과 미적 양식을 통해 각기 다른 반응을 보여 왔다. 따라서 초현실주의를 역사적 사건으로 보는 데 그칠 것이 아니라, 거기에서 자본주의 근대에 대한 어떤 '태도'를 읽어내려는 노력이 병행될 필요가 있다.

초현실주의를 역사적 사건으로만 본다면, 초현실주의에 대한 연구는 외래 사조에 대한 수용사 이상의 의미를 지니기 어려울 것이다.[7] 가령 박인기의 『한국현대시의 모더니즘 연구』가 '아나키즘의 수용', '다다이즘의 수용', '초현실주의의 수용' 등 수용사적인 부분에만 천착하고 있는 것은 그 단적인 예이다. 박인기의 작업은 초현실주의에 대한 객관적인 정보를 제공하는 데는 성공을 거두었지만, 자본주의 근대에 대한 비판적인 태도를 견지했던 초현실주의의 생동감 넘치는 에너지는 사장시키고 말았다. 윤호병은 수용사의 관점에서 초현실주의가 우리 시사에서 폄훼된 원인을 초현실주의의 여러 기법들이 몽환의 세계나 무의식의 세계로의 도피처럼 보였다는 데서 찾고 있지만, 더욱 근본적인 원인은 초현실주의를 기법의 수용이라는 맥락에서만 보려고 했던 초현실주의 연구자들의 매너리즘에 있었다.

초현실주의의 주창자인 앙드레 브르통은 초현실주의가 정신 해방의 운동으로 조명되길 바랐다.[8] 지금까지 연구사가 초현실주의를

182면 참조.

7) 박인기, 『한국현대시의 모더니즘 연구』, 단대출판부, 1988.
  박근영, 『한국 초현실주의 시의 비교문학적 연구』, 단국대학교 박사학위논문, 1988.
  윤호병, 「한국 현대시에 끼친 초현실주의의 영향과 수용」, 『현대시』, 1994. 10.
8) 앙드레 브르통은 초현실주의를 "이성에 의한 어떤 감독도 받지 않고 심미적인, 또는 윤리적인 관심을 완전히 떠나서 행해지는 사고의 구술"로 정의하는 한편, 초현실주의의 목적이 다른 모든 마음의 메커니즘을 결정적으로 파괴하고 그 대신 인생의 제문제를 해결하는 데 있다고 밝혔다.

심리적 자동주의나 꿈의 작용에 초점을 맞추어 설명해 온 것은 초현
실주의를 초현실주의자들이 원했던 방식으로 그리고자 한 데 지나
지 않는다. 그런데 정작 초현실주의 시들의 양상은 정신의 자유라는
맥락보다는 트라우마, 죽음 충동, 강박 반복을 비롯하여 인간 정신
의 어두운 면에 의해 좌우되는 경향이 더 많았다. 이 점을 무시하고
초현실주의를 사랑과 해방의 운동이라는 맥락에서만 살핀다면 초현
실주의의 영역은 극히 제한적일 수밖에 없으리라고 판단된다.

초현실주의를 심리적 자동주의나 꿈의 작용으로만 설명하고자 할
때, 초현실주의는 '의식의 흐름' 기법으로 대변되는 모더니즘의 방법
과 필연적으로 섞일 수밖에 없을 것이다. 게다가 초현실주의는 정신
분석학, 마르크스주의 문화론과 같은 모더니티의 주요 담론들의 집
합점이기도 하다는 점에서 '기법'이나 '수사'의 문제로만 온전히 설명
될 수 없으리라고 본다. 주지하는 바와 같이 자크 라캉(Jacques Lacan)
의 편집증 이론은 살바도르 달리(Salvador Dalí)와의 교류를 통해 심화
되었다. 발터 벤야민(Walter Benjamin)은 생산 양식과 사회관계가 불균
등하게 발전한다는 마르크스의 생각을 기반으로 구식물건과 다른 시
대의 것을 활용하는 문화정책을 제시했다. 초현실주의는 모더니티의
주요 담론들을 받아들여 발전시키는 데 공헌했다.[9] 초현실주의는 이
제 '운동'으로서 존재하는 것이 아니라 그와 같은 모더니티의 담론들
과 함께 여러 계보를 형성하면서 지금도 발전하고 있다.

앙드레 브르통, 「제1차 선언」, 트리스탕 짜라·앙드레 브르통, 송재영 옮김, 『다
다·슈르레알리슴 선언』, 문학과지성사, 2000, 제5쇄, 133면 참조.

9) 할 포스터, 「서론」, 윤소이 옮김, 『욕망, 죽음, 그리고 아름다움』, 아트북스, 2005,
12면 참조.

그런 의미에서 초현실주의에 대한 계보학적인 관심이 더욱 요청된다. 초현실주의에 대한 계보학적인 관심은 초현실주의에 대한 다면적인 접근을 가능하게 할 뿐만 아니라 초현실주의를 시사에 끌어들이는 가장 효과적인 방법이라고 판단된다. 본격적인 계보학의 시도를 위해 우선 초현실주의에 대한 언어적 층위, 미학적 층위, 철학적 층위, 사회적 층위에서의 범주화를 위한 논의가 필요하다.

첫째, 초현실주의의 언어는 어떻게 특이한지에 대한 해명이 있어야 할 것이다. 이를테면 그것이 리얼리즘의 언어나 모더니즘의 언어와 어떻게 다른지 살펴야 할 것이다. 초현실주의자들이 애호하는 어휘, 또는 어휘끼리 결합하는 방식, 통사론의 영역 안에서 초현실주의에 대한 논의들은 수사학적인 틀에서 살필 수 있을 것이다. 그러나 언어를 의미보다 음성적인 차원에서 다루는 경우, 언어를 오브제처럼 배치하는 초현실주의 경향에 대해서는 수사학적인 틀 바깥에서 논의를 할 수밖에 없을 것이다.

둘째, 초현실주의 미학에 대해서도 좀 더 세분화하여 살펴야 할 것이다. 가령 초현실주의 시의 주요 모티프나 패턴, 시적 자아들, 분위기, 구조에 대해서 검토해야 할 것이다. 초현실주의가 극화하는 것으로서의 욕망이나 트라우마에 대해서도 관심을 가져야 할 것인데, 이 주제는 초현실주의가 욕망이나 트라우마를 어떻게 극화하는가의 문제와도 관련이 있다. 그것은 초현실주의가 정신분석학을 어떻게 이용하는가에 대한 물음으로 이어질 것이다.

셋째, 초현실주의 철학에 대해서도 고려해야만 할 것이다. 초현실주의는 현상계와 실재계를 구분하고 사물의 본질에 대해 탐구한다는 점에서 형이상학적인 철학을 지니고 있다. 또한 초현실주의는 세계대전으로 인해 그 훼손성이 드러난 서구 합리주의 전통과 이성 중심주의에 대해 줄곧 비판적인 태도를 견지해 왔다. 거기에서 초현실주의의 반이성주의적이고 신성모독적인 철학이 발생했다.

넷째, 초현실주의는 사회적인 차원에서도 점검이 필요하다. 역사적으로 초현실주의가 자본주의 근대에 대해 적대적이었다는 사실은 이 점과 관련하여 강조되어야 할 것이다. 초현실주의가 비판하는 대상에 대해 묻는 것은 결국 초현실주의가 자본주의 사회와 맺는 관계에 대한 물음으로 이어지게 될 것이다. 초현실주의가 그것이 비판하는 대상의 형상이나 구조를 반복·답습함으로써 그 형상이나 구조를 폭로하곤 했다는 점은 광의의 미학적 차원에서 논의할 수도 있겠지만, 사회적인 차원에서도 살펴야 할 부분이라고 생각한다.

이와 같은 초현실주의의 계보를 좀 더 선명하게 드러내기 위해서는 삶과 죽음, 실재와 상상, 과거와 미래, 소통 가능과 소통의 단절, 고상함과 미천함을 더 이상 모순으로 생각하지 않게 하는 초현실주의의 패러독스를 해명할 개념이 요청된다. 그 개념이 정신분석학, 마르크스주의 문화론 등 모더니티 담론과 이어져 있는 것이면서도, 초현실주의 시대와 동시대의 것이어야 하고, 또 그 내부의 것이어야 한다고 생각한다.

이 책에서는 초현실주의를 이해하게 해줄 기본 개념으로 우선 '언캐니(uncanny)', 독일어로는 '운하임리히(unheimlich)'에 주목하고자 한다. 그것은 프로이트가 주목한 개념으로, 억압되었던 것이 통합된 정체성, 미적 규범, 사회 질서 등을 파열시키면서 회귀하는 것을 보여주는 사건들에 대한 관심과 관련되어 있다.[10] 초현실주의자들은 '억압된 것의 회귀'에 매혹되었을 뿐만 아니라, 그것을 비판적인 목

적으로 이용하고자 했다. 또한 '언캐니'는 초현실주의의 핵심 개념들
에 내재해 있는 주요한 특징이기도 하다. 그것은 초현실주의자들의
마르크스주의적 관심이라든지 인류학적 관심과도 이어져 있는 것이
사실이다. 초현실주의자들이 애착을 가졌던 구식물건과 '원시적인
것'들 안에는 언캐니의 요소가 들어 있었다.

프로이트는 '언캐니'라는 개념을 일반적으로 불안을 야기하는 것
들과는 조금 '다른' 특이한 두려움을 설명하기 위해 하나의 술어로서
조명했다. 프로이트에게 그 '언캐니'라는 감정은 공포감의 변종이면
서, 오래 전부터 알고 있었던 것, 오래 전의 일과 관련이 있으면서도
기억 속에 은폐되고 억압된 것과 관련이 있는 감정이었다. 그 점을
입증하기 위해 프로이트는 그 단어에 대해 언어학적인 맥락에서 접
근을 시도했다.

독일어의 '운하임리히(unheimlich)'는 '집과 같은(heimlich)', '고향 같
은(heimisch)', '친밀한(vertraut)' 등과 같은 어휘들에 반대되는 의미로
사용된다. 그런 맥락에서 어떤 사물이 두려움을 유발하는 것은 그것
이 '미지의' 것이며 친숙하지 않은 것이기 때문이라는 주장도 가능하
리라고 생각한다. 그러나 새롭고 낯선 것이 모두 두려움을 불러일으
키지는 않는다. 프로이트는 '하임리히'라는 단어 안에 그 말의 반의
어인 '운하임리히'의 의미도 포함되어 있다는 점에 주목했다. 다시
말해 친숙하고 편안한 것과 숨겨져 있고 은폐되어 있는 것은 전적으
로 대립되는 것만은 아니라는 것이다.[11] 가령 어둠 속에 비밀로 '남

---

10) 할 포스터, 「초현실주의에 대한 프로이트적 해석」, 윤소이 옮김, 위의 책, 17면 참조.
11) Sigmund Freud, 「The Uncanny」, translated by David McLintock, 『The Uncanny』, Penguin Books(U.K.), 2003, pp.126~129.

아 있어야 하는 것'과 어둠 속에서 '나온 것'은 결과적으로는 다른 것
처럼 보이지만, 사실 모두 '운라임리히'한 것이라고 볼 수도 있다.

프로이트는 '하임리히'의 '운하임리히'로의 의미 전이에서 억압 기
제를 찾아내고자 했다. 그는 신경증 환자들이 여성 성기에 대해 이
상한 두려움(uncanny)을 갖는 점에 착안했다. 여자의 성기란 인간이
태어난 고향이며, 사랑은 그 고향으로의 회귀와도 결코 무관하지 않
다. 그런데 여기에 억압이 끼어들면서 이 '친숙한 공간'이 두렵고 낯
선 공간으로 바뀌는 것이다.

'운하임리히'가 '하임리히'이기도 하다는 것은 초현실주의 패러독
스를 연상시키기에 충분하다. 초현실주의자들이 마네킹이나 자동인
형에 관심을 기울인 것도 그것들의 '운하임리히'한 성격 때문이었다.
즉, 마네킹이나 자동인형들은 사람과 사물, 삶과 죽음이 뒤섞인 패
러독스를 체현하고 있었다. 여기에서 초현실주의자들이 '유년 시절'
을 인생의 황금기로 여겼다는 점을 상기해 보는 것도 의미가 있을
것이다. 어린 아이는 인형이 살아서 움직이는 것을 두려워하지 않는
다. 오히려 어린 아이들은 인형이 살아서 움직이기를 바란다. 그러
나 인간은 언제까지나 유년 시절에 머물 수는 없다.

피에르 자크 드로(Pierre Jacques-Droz)의 자동인형(「소년 작가」, 1770
년경)은 '경이'라는 단어를 반복해서 쓰고 있었던 것으로 잘 알려져
있다.[12] 이 자동인형은 경이로우면서도 어떤 불안감을 불러일으킨
다. 그것은 '인간의 기계화', 근대적 물신주의와 관련이 있다. 다시
말해 그것은 '죽음'을 연상시킨다. 많은 사람들이 죽음, 시체, 죽은

---

12) 할 포스터, 「아름다운 시체」, 조혜옥 옮김, 『욕망, 죽음, 그리고 아름다움』, 앞의
　　책, 197면 참조.

자의 생환이나 유령 등에서 '운하임리히'의 감정을 느낀다. 초현실주
의 작품에서 '分身'이 자주 등장하는 것도 '죽음'과 관련이 있다. 분
신 모티프는 자아 소멸에 대한 대비책으로서 영혼의 불멸성을 강조
하는 데서 출발했지만, 분신이 자유 의지를 갖게 되고 그 독자성을
얻고자 할 때 자아에 대한 위협으로 귀환하는 형상으로 그려지기도
한다. 분신 모티프에는 '동일한 것의 반복'이라는 요소도 개재해 있
다. 반복 강박 역시 '운하임리히'한 감정을 야기한다. 왜냐하면 '반
복'은 빠져나올 수 없는 운명으로서 죽음에 이어져 있기 때문이다.

이 책에서는 '운하임리히'가 발견된 오브제(the founded object)나 발
작적 아름다움(convulsive beauty)과도 무관하지 않다고 제안하고자 한
다. 발견된 오브제나 발작적 아름다움은 문자 그대로 우연하게 발견
되는 것이 아니라, 과거의 환영이나 트라우마에 의해 대상을 변형시
키는 것과 관련이 있기 때문이다. 즉, 그것들은 억압되었던 것들의
회귀 방식을 보여주는 사례로도 볼 수 있을 것이다.

초현실주의를 '언캐니'의 관점에서 살피려는 것은 초현실주의를
1930년대 이상이나 『삼사문학』에만 국한하여 보려는 시각을 극복해
보고자 하는 하나의 시도가 될 수 있으리라고 생각한다. 또한 그것
은 초현실주의를 모더니즘 기획의 일부로 보려는 시각에 대한 비판
을 포함하고 있다는 점을 분명히 해두고 싶다. 전후 우리 시사에서
초현실주의의 분기와 발전을 정리하는 것은 모더니즘 위주의 시사
에서 배제된 초현실주의 시인들을 시사에 복귀시킴으로써 우리 시
사의 공백을 메우고자 하는 의도도 있다.

본격적인 논의에 들어가기에 앞서 제2장에서는 1930년대 초현실
주의 시의 전사로서 1920년대 식민지 조선의 다다이즘에 대해 미리

살펴볼 것이다. '高따따'(고한용), 김화산, 박팔양, 정지용, 임화 등에 의해 다다이즘이 어떻게 수입되었고, 여타의 전위예술들과 어떻게 혼동되었으며, 왜 쇠퇴하였는가에 대한 점검이 이 장의 핵심 과제가 될 것이다.

제3장에서는 1930년대 초현실주의 시의 성립과 분기를 이상, 『삼사문학』의 이시우, 한천, 신백수 등, 그리고 만주의 〈시현실〉 동인들을 중심으로 검토해 볼 것이다. 이 장에서는 김기림이 이상의 초현실주의를 자기 자신의 모더니즘 기획 속에 끌어들이고자 한 시사적인 맥락의 정당성으로부터 논의를 시작할 것이다. 이상은 근대를 선취하고자 하는 욕망을 가지고 있었지만, 차츰 근대의 부정성에 대해서도 자각하게 된다. 이상을 다루는 절에서는 그의 '거울' 장치가 어떻게 삶 속에 내재한 죽음이라는 언캐니한 주제를 중개하게 되는지에 대해 살펴보게 될 것이다. 『삼사문학』 동인들은 이상보다 뒤늦게 시를 쓰기 시작한 학생 문사들로서 『삼사문학』을 통해 초현실주의 방법론을 실험하고자 했다. 그들은 '현실'을 어떻게 '초현실'로 그릴 것인가에 대한 고민을 공유하고 있었는데, 그 고민의 진정성과 타당성, 더 나아가 그 수준을 이시우, 한천 등을 중심으로 점검할 필요가 있다. 마지막으로 만주의 〈시현실〉 동인들에 대해서는 거의 알려진 것이 없지만, 그들의 초현실주의를 탈정치적인 맥락에서 일별함으로써 그 사회적, 미학적 위상과 의미를 나름대로 조명해 볼 것이다.

제4장에서는 전후 초현실주의 시가 단선적인 성장을 거두었다기보다는 여러 계보를 형성하면서 분기·발전했다는 점을 조향, 김구용 등을 중심으로 살펴보고자 한다. 조향의 경우, 창작 방법론으로서의 초현실주의를 통해 언어를 어떻게 해체하고 또 구성했는지를

'하이브리드적 초현실주의'라는 측면에서 조망해 볼 것이다. 김구용의 경우, 그의 장시에 나타난 장르횡단적인 충동과 서구적 초현실주의의 의장에 가까운 몽환적 장치들이 1960년대 이후 그의 연작에 이르러 어떻게 불교적 상상력과 습합하며, 또 그것이 어떻게 사회적 기획 속에서 이루어진 것인지 살펴보고자 한다. 조향 등이 서구적 초현실주의의 계보에 속해 있었다면, 김구용은 서구적인 초현실주의에서 벗어나 불교나 선 담론과 습합된 '다른' 초현실주의의 체계를 창출했다고 보고 싶다.

마지막으로 제5장에서는 제4장까지의 논의를 요약하고 이 책에서 미처 다루지 못한 문제들, 추후의 과제들에 대해 언급하면서 이 책의 결론을 갈음하고자 한다.

Ⅱ

1920년대 다다이즘의 수용과 전개

1920년대 식민지 조선의 다다이즘은 그 문학적 성취가 미약한 게 사실이었지만, 사회적으로 뚜렷한 트렌드를 형성하면서 '식민지 근대'의 복잡하고 모호하며 역설적이기까지 했던 특성을 집약하여 보여 주었다는 점에서 문학사적으로 그 의의를 결코 소홀히 할 수 없다.

1920년대의 다다이즘은 식민지 수도 경성의 근대 도시로의 성장과 함께 서서히 그 모습을 드러냈다. 그것은 소비 면에서의 근대적 자극에 대한 반응으로서 문화적인 세련미를 강조하는 경향을 포함하고 있었다. 1920년대 식민지 조선의 다다이스트들은 시의 양식화에 지대한 관심을 가지고 있었을 뿐만 아니라 생활면에서도 스타일을 중요시했다. 그들은 루바슈카 등 특정한 스타일의 의상을 선호했으며 카페에서 술 마시고 떠드는 자유분방한 삶을 추구했다. 또한 그들은 외래어에 민감했으며 코즈모폴리턴의 감수성을 지니고 있었다. 이와 같은 면모는 1920년대 다다이스트들의 근대에 대한 열망을 잘 보여준다. 그러나 그들은 편한 마음으로 근대를 추구할 수만은 없었다. 1920년대 다다이스트들은 3·1 운동 이후의 민족적 울분,

비분강개 또한 공유하고 있었다. 그들은 준비론 사상으로 표상되는 민족주의 운동의 지지부진함에 대해 실망했고 '청년 문화의 누벨바그(Nouvelle Vague)'로 떠오른 사회주의 사상에 쉽게 공명했다. 그들은 특히 모든 조직과 제도를 부정하는 아나키즘과의 결합을 모색했다. 그런 방식으로 그들은 봉건사상과 제국주의 근대에 대해 반항하고자 했던 것이다. 그래서 그들의 시에는 자주 술 마시고 떠드는 가운데 조국에 대한 근심과 비애를 토로하는 장면이 들어 있곤 했다.

1920년대 식민지 조선에서 다다이즘은 썩 환영을 받지 못했다. 1920년대 초 다다이즘은 세기말 문학 등으로 잘못 알려져 있었다. 예를 들어 월탄 박종화는 일본 다다이즘의 특징을 "데카단의 놀음과 독일 표현파 작품의 수입"으로 규정했다. 팔봉 김기진 역시 다다이즘을 도회지에서 일어난 기형적, 과도기적 현상쯤으로 치부했다.[1] 이와 같은 현상은 일본의 다다이스트 다카하시 신기치(高橋新吉)가 서울을 방문한 1924년 9월 이후에도 나아지지 않았다. 심지어 1927년의 '아나-볼 논쟁'에서도 다다이즘은 '퇴영적이고 환멸적이며 절망적인' 사상이라는 생각이 지배적이었다. 이로 인해 1920년대 다다이즘은 문단에서 큰 세력으로 떠오르지는 못했다. 지금까지 알려진 1920년대의 다다이스트들로는 고한용, 김화산, 박팔양, 임화, 정연규, 유완희 등이 있는데, 이들의 다다이즘은 조직을 형성하지도 지속성을 띠지도 않았다.

이 장에서는 식민지 조선에 다다이즘을 본격적으로 들여온 고한용이 주도한 '1924년 다다'와, 보헤미안풍·사회주의 사상의 유행 현

---

1) 朴鍾和, 「日本文壇의 最近傾向」, 『개벽』, 1924.2.; 金基鎭, 「反資本 非愛國的인 戰後의 佛蘭西文學」, 『개벽』, 1924.2.

상으로부터 '다다 스타일'을 확립한 김화산·박팔양 등의 '1927년 다
다'를 각각 나누어 살핌으로써, 이들 다다이즘이 1920년대 식민지
근대에 어떻게 대응했고 그 의의와 한계가 무엇인지 나름대로 밝혀
보고자 한다.

1. 해학과 체관의 인생관으로서의 다다: 고한용의 경우

다다이즘은 高漢容, 高따따 등의 필명을 썼던 〈색동회〉 회원 曙園
高漢承에 의해 1924년 무렵 식민지 조선에 본격적으로 소개되기 시
작했다. 1921년부터 1923년까지 일본대학 예술과에 다녔던 고한용
은 일본 문단의 츠지 준(辻潤), 다카하시 신기치(高橋新吉) 등의 다다
이즘에 대해 많은 관심을 가지고 있었다. 1924년 다카하시 신기치가
조선을 방문한 것을 계기로 고한용은 동아일보, 『개벽』 등에 다다이
즘에 관한 글을 다수 발표했다. 고한용의 다다이즘 소개는 지속적으
로 이루어지지 않고, 1924년 9월부터 몇 달간 집중적으로 이루어진
것이었다. 이것은 식민지 조선의 다다가 그 추이야 어찌 됐든 간에
그 초창기에는 일본 다다이즘에 절대적으로 의지하고 있었음을 방
증하고 있는 사례라고 할 수 있다. 단적으로 말해 1924년 고한용의
다다는 다카하시 신기치 등 일본 다다이스트들의 다다를 겨우 흉내
내는 수준이었다. 그러나 1924년 식민지 조선에서 고한용은 다다이
즘에 관해서 분명히 주도권을 쥐고 있었다. 다다이즘에 관한 그의
글들은 다다이즘에 대한 소개의 차원을 넘어서 그 자체로 '다다 사투
리'로 된 다다의 실천이었다.[2]

다카하시 신기치가 서울을 방문한 것은 1924년 9월 1일의 일이었
다. 그는 서울에 보름간 체류했다. 고한용의 「서울왓든 따따이스트
의 이약이」(『개벽』, 1924.10)에 의하면 그는 서울에서 다다에 관한 강
연을 하려고 했다. 다카하시 신기치의 다다 강연은 고베에서 한 차
례 '정지명령'을 받은 바 있었다. 또한 도쿄에서도 '다가바지즘(ダが
バジズム)'이란 제하의 강연을 기획했지만, 그가 검속되는 바람에 기
획 자체가 무산되었다.

1920년대 초 일본에서는 외국에서 수입된 사상에 대한 막연한 두
려움이 있었다. 모던 보이, 모던 걸이라는 양복을 입은 사람들의 출
현은 많은 사람들에게 충격을 주었다. 장발에 때로 턱수염을 기르며
루바슈카에 나팔바지를 입은 모던 보이들은 국민의 연대에 위협을
주는 인물로 받아들여졌다. 그래서 1923년 11월에 공포된 긴급 칙령
에는 국민 전체에 대한 과격 사상을 배제하고 사회비판을 삼가라는
조항이 포함되어 있었다.[3] 물론 이것은 사회주의나 아나키즘과 같
은 소위 '위험사상'을 염두에 둔 조치였지만, 다다이즘을 포함한 외
래 사상은 예외 없이 위험사상으로 의심을 받았다. 실제로 『다다이
스트 신기치의 시』(1923)로부터 영향을 받은 츠보이 시게지(壺井繁治)
중심의 『적과 흑(赤と黑)』은 다다적인 아나키즘 성향의 동인이었다.

---

2) '다다 사투리'라는 말은 고한용이 「따따이슴」이라는 글에서 사용한 것이다. 고한용은
   '다다 사투리'를 다다이스트 사이의 표현 방식이라는 소박한 의미로 사용했다. 무위산
   봉 고사리의 경우, '다다 사투리'라는 말은 쓰지 않았지만, 무의미한 '片言半白'으로
   새로운 표현을 하는 것을 다다 특유의 언어로 보았다.
   高漢容, 「따따이슴」, 『開闢』, 1924.9, 2면 참조.
   無爲山峰 고사리, 「『다다』? 『다다』!」, 東亞日報, 1924.11.24.
3) 리차드 H. 미첼, 김윤식 옮김, 『日帝의 思想統制』, 일지사, 2쇄, 1997, 25~26면 참조.

『적과 흑』은 "예술의 우상적 가치를 파괴하라! 그 공허한 말의 개념을 放散시켜라! 우리 육체의 마지막 폭발점을 위해!"라고 하여 서정 정신과의 완전한 결별을 기치로 내세웠다.[4] 또한 츠보이 시게지는 1926년 11월 『문예전선』 그룹에서 문학운동에서의 목적의식이 강조되었을 때, 아나키스트 계열의 문학자들과 함께 『문예전선』 그룹에서 탈퇴했다. 따라서 다다이즘을 선동적인 '주의'로 보는 시각에 전혀 근거가 없었던 것은 아니었다.

고한용 역시 다다이즘은 '미행이 따라붙을 필요가 없는' 사상임을 강조하지 않을 수 없었다.[5] 이와 같은 시대적 분위기 속에서 다다 강연은 사실상 실현되기 어려운 것이었다. 게다가 다카하시 신기치의 내한 역시 뚜렷한 목적의식 하에 이루어진 것이 아니었으므로 다다에 대한 강연 기획은 고한용이 지나치게 앞질러 간 것으로 보아야 할 것이다.

다카하시 신기치는 서울에 머물면서 떠들썩한 스캔들을 몰고 다녔다. 광화문통에서 장죽을 휘두르면서 '아감보죠'를 외치는가 하면, 한강으로 가는 전차 안에서는 마코 담배의 껍질에 시를 휘갈겨 쓰기도 했다. 또한 사직공원에서는 산책하다가 갑자기 불경을 높은 소리로 외우기도 했다. 고한용은 「서울왓든 따따이스트의 이약이」 이외에도 1924년 11월 17일자 동아일보에 게재된 「DADA」에서도 다카하시 신기치에 대해 썼다.

고한용은 다카하시 신기치의 장난기 어린 기행에서 인생에 대해 그리 심각하게 여기지 않는 하나의 인생관으로서의 다다이즘을 발

---

4) 마루치 마모루, 한성례 옮김, 「일본 현대시에 대해」, 『다층』, 2001, 가을호, 참조.
5) 高따따, 「DADA」, 東亞日報, 1924.11.17.

견했다. 고한용이 다다이즘을 어떻게 처음 접하게 되었는지에 대해
서는 정확하게 알려진 바가 없다. 그는 다카하시 신기치의 내한 이
전에 이미 일본의 다다이스트 츠지 준과 서신 교환을 하고 있었다.
고한용은 "辻潤君에게서 얼마전에온 서신에 의하면 오는 가을 안으
로 조선에 한 번 나오리라고 하엿다. 오거든 조선의 따따 제군, 갓치
노라보는 것이 엇더할는지?"라고 「따따이슴」에 쓴 바 있다. 그런데
츠지 준은 1884년생이고 고한용은 1902년생이었다. 그들이 과연 편
하게 교유할 수 있었는지에 대해서는 다소 미심쩍은 면이 있다. 츠
지 준은 1920년 4월, 슈티르너의 『유일자와 그 소유』를 『自我經』으
로 개제하여 번역·출판한 바 있다. 이 책은 식민지 조선에서도 많이
읽힌 편인데, 고한용은 이 책을 통해 츠지 준을 알게 되었을 것이다.
다카하시 신기치와 만나기 이전에 이미 고한용이 모리구치 다리(森口
多里)의 『근대미술십이강』을 통해 트리스탕 짜라의 「다다 선언문」
요지를 읽었다는 것만은 분명하다.[6] 고한용은 트리스탕 짜라의 선
언문을 알고 있었지만, 다다이스트들의 전쟁에 대한 환멸, 서구 이
성중심주의에 대한 회의 등 다다의 정신적 배경에 대해서는 잘 알지
못했다. 그는 다다이즘을 반항정신과 인생에 대한 낙천적 태도의 결
합 정도로 생각했다. 김기진의 「본질'에 관하야」(매일신보, 1924.11.23)
에 대한 반론으로 집필된 「잘못안 따따」에서 고한용은 다음과 같이
말했다. "따따에는 對人關係에 二面觀이 잇는것이다. 反抗이란것만
을가지고는 愉快한生을 把持할수업는까닭이다. 그러니까 한편으로
는 반항하며 한편으로는 사랑할수잇슴만치 그만치 自由로운따따의

---

6) 高漢容, 「따따이슴」, 『開闢』, 1924. 9, 4~8면 참조.

感情이다."7) 이와 같은 언급은 유럽 다다이스트들의 자유분방한 기
행을 염두에 둔 것으로 보이지만, 그들의 장난기 뒤에 숨은 기존 사
회에 대한 야유와 조롱까지를 이해한 언급으로는 보이지 않는다.

　동아일보에 게재된 고한용의 「DADA」, 「잘못안 따따−김기진 군
에게」 등을 보면, '인생관으로서 다다이즘'이 생성되는 배경의 중요
한 요인으로 고한용이 '실연'을 꼽고 있는 것 같다는 의심을 지울 수
없다. 이것은 얼마간 다카하시 신기치의 서울에서의 행적과도 관련
이 있다. 다카하시 신기치가 마코 담배의 껍질에 적은 시에는 일본
인의 피가 섞인 것으로 짐작되는 '李'라는 여자가 등장한다. 그리고
「DADA」에는 다카하시 신기치와 고한용의 실연담이 각각 간단하게
언급되고 있으며, 그로부터 정신적·육체적 방랑 끝에 다다이즘에
이르게 되었다는 식의 설명이 덧붙여져 있었다.

　　지금부터는 대단히 자랑꺼리인바 朝鮮最初의따따이스트高따따의
　　紹介를始作한다 […] 長年의짝사랑에서 所謂苦悶의徑路를밟기시작
　　하야가지고 『하이네』『괴테』등『센티멘탈리스트』의詩集을안고　눈오
　　는밤의북악산을 한두번 넘어본것은안이엿지만 그것들이 도라다보는
　　『빠락크』의 이와가튼 廢墟일줄은 뜻하지못하엿다 그러나 그뿐만은
　　아니다 失戀에放浪은붓튼文字이다 그 例에 넘치지아니하고 뛰여나
　　가는 流浪의길에 발뿌리채는 人間苦이며 하품나갈 社會惡에 永遠性
　　이따르는矛盾의칼날은 그얼마나괴로운것이엇슬는지 참말 말−이 못
　　된다 (중략)
　　나는고만엇지할수업는 焦點에이르럿다 『쇼펜하우엘』인가하는 그

────────────
7) 高따따, 「잘못안 따따−김기진 군에게」, 東亞日報, 1924.12.1.

아이짜리는 우는아이기에 양떡주기로 厭世法만아르켜주고 헤-겔이
라나 하는자는 심사 틀니는소리만하고?여─지금은 天堂을가잇는지地
獄을가잇는지

　虛無主義에도 죡음 머리를 기웃하여보앗스나 마음편하게 떡─들어
안지엇슬곳은못되엿다 이전부터도 民族觀念에는 도리머리이고 社會
主義의 까닭은 알아들엇스나 시장기가나서 어느 何暇歲月에 일을하
야볼것갓지도안엇다

(「DADA」, 동아일보, 1924.11.17.)

　스스로를 '高따따'로 대상화하는 듯한 포즈를 취하고 있는 위 글에
서 고한용은 자신의 짝사랑과 그로 인한 고민·번뇌, 그리고 독서편
력 등을 소개하고 있다. 고한용의 수사는 동아일보의 권위와는 무관
하게도 채신없어 보인다. 쇼펜하우어를 '아이짜리'라고 깔보는가 하
면, 헤겔에게는 '심사틀리는 소리'만 한다고 핀잔을 주고 있는 것이
었다. 고한용은 저널리즘이라는 공적·제도적 장을 사담과 우스갯소
리의 장으로 만들어버렸다. 그는 다카하시 신기치 시의 '호라(ほら,
誇張·虛風)'와 '데다라메(でたらめ, 엉터리, 터무니없는 것)'를 다다이스트
끼리만 통하는 '다다 사투리'라는 용어로 공인했다. 그리고 '다다 사
투리'로 직접 『개벽』과 동아일보에 여러 차례에 걸쳐 다다이즘을 소
개하는 글을 써서 발표했다. 고한용이 공적 규율에 대해 전혀 배려
하지 않았음에도 저널리즘이 그에게 발표 기회를 여러 번 준 것은
다다이즘에 대한 그의 상징적인 권위가 두루 인정되었다는 것을 의
미한다. 이것은 다소 의외인데, 왜냐하면 그가 다다이즘과 관련된
시나 소설을 후대에 남기고 있지 않기 때문이다. 고한용은 1924년
9월부터 12월까지 극히 제한된 기간 동안 다다이즘에 대해 소개한

뒤 문학사에서 그 자취를 감추다시피 했다.

물론 1926년 여름, 그가 재동경유학생 극연구단체 〈동우회〉의 고국 방문 공연에서 처녀작 「장구한 밤」에 직접 출연하여 인기를 모았다거나 〈색동회〉 행사 때 아동극 방면에서 활동했다는 기록이 남아있지 않은 것은 아니다.[8] 그는 1923년 관동대지진으로 인해 일본대학 예술과 3학년을 다니다가 잠깐 귀국하여 다다이즘을 소개한 뒤 다시 도일한 것으로 보인다. 다카하시 신기치가 정신분열증으로 인해 고향에서 정양하기 시작한 1928년 무렵에는 고한용도 다다이즘에 대해 흥미가 떨어졌다고 보아야 할 것이다. 고한용은 도쿄에서 조직된 색동회에만 참여했을 뿐 조선의 문단과는 왕래가 없었으며, 〈색동회〉 멤버 정인섭, 이헌구가 적극적으로 가담한 〈외국문학연구회〉에도 끼지 못했다. 그는 1936년 개성에서 최선익 등과 함께 상사회사를 설립하여 중역으로 활동하면서 문단으로부터 더욱 멀어졌다. 해방 이후 그는 『어린이』지를 복간하고 3호까지 주재했지만, 이것을 끝으로 문학사에서 완전히 사라졌다.

아무튼 고한용이 쇼펜하우어, 헤겔을 비롯하여 허무주의, 민족주의, 사회주의를 거쳐 최종적으로 다다이즘에 이르렀다고 하는 그 사상의 편력은 그 나름대로 의미가 있다. 그는 『개벽』에 발표한 글에서도 이와 같은 맥락의 말을 한 바 있다. "따따이슴의 분자는 지금까지 잇서오든 여러가지 主義와 思想에서도 만히 볼수 잇다. 스치르너의 個人主義에서도, 알씨빠—세프의 사닝이슴에도, 입센의 「無」에도, 佛敎의 解脫, 니—체의 哲學, 虛無主義, 享樂主義, 浪漫主義, 떼

8) 秦長燮 작성, 「초창기 회원 약력과 활동—高漢承 이력서」, 鄭寅燮, 『색동회 어린이 運動史』, 학원사, 1975, 427~428면 참조.

카단이슴. 그리고 美術上으로도 印象派 以後의 諸派, 表現派, 立體派, 未來派 등 모도 조금씩 아무데나 석기여 잇섯다. 그리고 익살마진 시골 老婆의 人生觀에도 흔히 잇슬 것이다."⁹⁾ 이것은 물론 유행사상을 목록화한 것에 지나지 않는 것으로 볼 수도 있을 것이다. 그러나 고한용은 다다이즘이 이 모든 사상들을 얼마간 흡수하고 있을 뿐 아니라 그것들을 뛰어넘는 경지에 있는 것이라고 진지하게 믿고 있었다. 이것은 그가 기존의 여러 사상들을 요모조모 뜯어봄으로써 다다이즘을 자기 나름대로 전유하고자 노력했음을 보여주는 것이다. 여기서 고한용이 슈티르너의 개인주의적 아나키즘이나 불교의 해탈 등을 언급하고 있는 점은 각각 츠지 준과 다카하시 신기치를 염두에 둔 것이라고 할 수 있다. 그러나 더 중요한 것은 그가 전유한 다다이즘이란 것이 종국에는 "익살마진 시골 노파의 인생관"으로 귀결되고 있다는 점이다. '시골 노파의 인생관'이란 삶에 대해 일정한 거리를 두고 관조하면서, 인생을 심각하게 보기보다는 인생의 숱한 굴곡들에 대해 체관함으로써 낙천적인 삶을 영위하고자 하는 삶의 자세라고 할 수 있다. 고한용이 그와 같은 삶의 자세에서 다다이즘의 철학을 추출하고자 한 것은, 그가 다카하시 신기치의 불교와 습합된 禪的인 다다이즘의 영향권에 있었기 때문이다.

고한용이 쓴 「따따이슴」에 의하면 그는 후고 발, 짜라는 물론 피카비아와 뒤샹에 대해서도 알고 있었다. 그러나 그는 다다이즘을 미학적으로 보지 않고 인생관으로 보려고 했다. 그는 다다이즘에 대해 "一部의 學者 博士들은 墮落한 世紀末主義者로 떠돌닌다지만 苦悶과

---

9) 高漢容, 「따따이슴」, 『開闢』, 1924.9, 2면.

絶望 가운대서 살아오든 나에게는 엇지나 고마운 主義인지 모르겟다.”라고 말한 바 있다. 다다이즘이 실연의 절망으로부터의 구원일 수 있는 것은, 그것이 시골 노파의 해학과 체관에 대응될 수 있을 때에야 비로소 가능한 이야기라고 할 수 있다. 따라서 김기진 등이 다다이즘을 병적이고 퇴폐적인 세기말주의라고 비판했을 때, 고한용은 여기에 대해서 논리적인 답변 대신에 ‘체험’으로써 맞설 수 있었다. 고한용은 “社會主義者諸君의생각에는─놈새가아직 社會惡의맛을몰나저따위수작을하고잇다고할는지몰으지만 東京서의 노동자생활에 六味고『련근』가튼맛을如何히만히보앗는지는 說明이되지아니한다”라고 전제한 뒤, 도쿄 유학 시절의 다양한 ‘아르바이트’들을 열거한다. 체신성 배달부, 맥주회사 직공견습, 우유·신문 배달, 약 광고, 해군공창에서 쇠붙이 줍기 등이 그것이다. 그리고 ‘시노바즈(不忍池畔)’의 교교한 월색에 고국의 연인이 그리워지고 세상이 슬퍼진다는 것이었다.[10) 고한용은 다다이즘을 체험의 진실성 위에 세움으로써 다다이즘이 경박한 유행 사상 따위가 아닌 ‘인생관’이라고 역설하고자 했던 것이다. 물론 그것은 다카하시 신기치의 자유분방한 삶으로부터 유추해낸 것이었다. ‘다다 사투리’로 된 그의 글들은 다카하시 신기치를 흉내 낸 것에 지나지 않았다. 그는 다다이즘 미학에 입각한 창작을 한 편도 남기지 않았음에도 다다의 권위자로 인정받을 수 있었는데, 그것은 다분히 그가 일본의 다다이스트들과 맺고 있었던 우의에 힘입은 것이었다.

다카하시 신기치를 통한 고한용의 다다이즘 소개는, 고한용이 다

---

10) 高따따, 「우옴피쿠리아」, 東亞日報, 1924.12.22.

카하시 신기치의 인간적인 면에 경도됨으로써 그 한계를 드러냈다. 특히 고한용이 다카하시 신기치의 다다 미학에 입각한 창작보다도 낙천적인 생활 태도에 감화된 점은 물론 고한용의 순박함에서 기인하는 것이겠지만, 1920년대 식민지 조선의 다다이즘이 문학사에서 뚜렷한 흐름을 형성하지 못하게 하는 한 계기를 마련해주었다는 비판을 피하기 어려울 것이다. 1920년 8월 15일 만조보에 게재된 「향락주의의 최신예술」, 「다다이즘 일면관」을 읽고 다다에 감염된 다카하시 신기치는 처음부터 다다이즘을 '자아'에 충실한 구도적인 사상으로 파악했다. 그가 등사판 시집 『참외집(まくわうり集)』 60부를 찍기 전에 진언종 승려로 있었던 점은 그의 다다이즘을 이해하는 데 결코 소홀히 할 수 없는 부분이다. 그가 「기관총」이라는 시에서 "나의 탄환은 그러나 불교를 한 발짝도 나가지 못하는지도 모르겠다 / 혹은 나는 거꾸로 총살당하면서도"라고 노래한 점은 그의 다다이즘이 다분히 불교의 선과 관련된 것이었음을 보여준다.[11] 그는 종종 자신의 시를 '탄환'에 비유하곤 했는데, 이것은 그의 시가 기성 사회의 고정관념이나 가치관에 대한 저항의 의미를 지니고 있다는 점을 암시하는 것이었다.[12] 그런데 선불교 역시 기존 사회, 기존의 '나'는 허상이며 眞我를 찾기 위해 참선을 강조한다는 점에서, 다카하시 신기치는 선적인 방법을 다다이즘과 일맥상통하는 것으로 받아들였다. 결국 다카하시 신기치의 다다이즘은 그 출발부터 불교화한 것이었으며, 고한용은

---

11) "私の彈はしかし佛敎を一步も出ないかも知れない/ 或は私はアベコベに銃殺されたにしても"(高橋新吉, 「機關銃」, 『日食』, 素人社書屋, 1934, 18면.)

12) 트리스탕 짜라 편집의 『다다』 제6권(1920)은 "Bulletin Dada"로 꾸며지기도 했다. '彈丸'(bulletin)은 다다이즘의 중요한 상징 중의 하나라고 할 수 있다.

이를 다시 삶을 심각하게 보지 않고 관조적으로 보려고 하는 해학과
체관의 인생관으로서 옮겨놓았던 셈이다.

2. 패션으로서의 다다: 박팔양, 김화산의 경우

1925년부터 1926년 사이 식민지 조선의 다다이즘은 상당히 침체
되어 있었다. 이와 같은 양상은 1927년을 전후하여 등장한 『요람』
동인 출신의 박팔양, 김화산 등의 활동으로 인해 호전된다. 그들은
고한용의 '인생관으로서의 다다'로부터 영향을 받았지만, 다다 시의
양식화에 더 관심을 기울임으로써 고한용의 영향으로부터 벗어날
수 있었다. 즉, 그들은 카페에서 술 마시고 떠드는 식의 젊은 보헤미
안들의 다다적인 기행으로부터 '다다 스타일'을 고안해냈다. 그들의
반항적인 포즈는 좌파적인 기분과 쉽게 결합되었는데, 이것은 1924
년의 다다가 사회주의와 일정한 거리를 유지한 것과 비교되는 점이
다. 1927년의 다다이즘이 아나키즘 등 좌파의 사상과 쉽게 결합된
것은, 1920년대 전반기까지 '새로운 예술'을 총칭하는 용어였던 '신
흥 예술'이 1920년대 중반 이후 프롤레타리아 계급의 성장으로 인해
'프롤레타리아 예술'을 지칭하는 용어로 굳어진 사정과 관련이 있
다.[13] 1920년대 다다이스트들은 유행 사상으로서 사회주의 사상을
재빨리 받아들였다. 그러나 그들은 제국주의에 대해 행동으로 저항
하기보다는 미학적으로 반항하고자 했기 때문에 프로 진영으로부터

---

13) 박인기, 「신흥 문예의 인식」, 『한국현대시의 모더니즘 연구』, 단국대출판부, 1988,
  56면 참조.

비판을 받았다. 정통적인 프롤레타리아 예술의 관점에서 보았을 때, 1920년대 다다이스트들은 사회주의의 '패션'만을 답습한 퇴폐주의자이거나 허무주의자로 비치기 십상이었다.

여기서 '패션'이란 '상품 물신의 유행 현상'을 지칭하는 동시에, 그와 같은 유행 현상을 미적으로 양식화하는 것을 가리키기도 한다. 1920년대 다다이스트들은 앞선 세대의 감상주의를 극복해야만 했고, 보헤미안풍과 사회주의 사상의 유행은 시의적절하게도 그들에게 독창적인 스타일에 대한 실마리를 제공해 주었다. 유행은 샤를 보들레르가 「현대적 삶의 화가」에서 온당하게 지적하고 있듯이 "시간이 우리의 감각에 찍어놓은 낙인"에서 비롯되는 '독창성'을 공급해 주는 수원이었다. 그러나 일시적인 유행으로부터 영원한 것, 본질적인 것을 끌어내지 못하는 이상, 유행은 결코 모더니티를 획득할 수 없는 것이기도 했다.[14] 그런 의미에서 1920년대 다다이스트들 역시 앞선 세대와 구별되는 '다다 스타일'을 만들어내긴 했지만, 식민지 근대의 제모순과 적극적으로 대결하지 못하고 양식의 문제에만 매달렸다는 점에서 일정한 한계가 있었다.

이 절은 1927년 무렵 다다이즘의 양식화 문제를 보헤미안풍의 유행, 사회주의 사상의 유행 현상과 관련지어 살피는 데 그 목적이 있다. 1920년대 보헤미안풍, 사회주의 사상의 유행은 청년 문화의 상징으로서 자리 잡아 가고 있었던 것이 사실이다. 그런데 '사회주의 기분'을 다루는 것과, 구체적으로 아나키즘적 세계관에 입각하여 부르주아 언어관에 대한 부정을 감행한 다다는 구분하여 살필 필요가 있

---

14) 샤를 보들레르, 박기현 옮김, 「현대적 삶의 화가」, 『세계의문학』, 2002, 봄, 34~38면 참조.

다. 그래서 여기서는 보헤미안풍·사회주의 기분의 만연이라는 광범
위한 현상을 먼저 살핀 다음, 그 한 갈래이기는 하지만 그 스타일이
확연히 구분되는 '아나키즘과 결합된 다다이즘'의 문제에 대해 논하
고자 한다. 이에 앞서 고한용의 '1924년 다다'와 '1927년 다다' 사이의
다다이즘 침체 현상에 대해 간략하게 검토해두는 것이 좋을 것이다.

(1) 1920년대 중반 다다이즘의 침체 원인

1920년대 한국 다다이즘의 한 특징으로 작품의 양적·질적 수준이
미미했다는 점을 들어야 할 것이다. 1924년 다다이즘이 처음 소개된
이래 1925년부터 1926년 사이에 다다에 대한 글을 우리 문학사에서
찾아보기 힘들다는 점은 잘 납득이 가지 않는 부분이다. 여기에는
적어도 네 가지 원인이 있다.

① 1924년 다다이즘의 초기 소개 창구가 너무 협소했다. 1920년
대 다다이즘의 수용은 거의 고한용 한 사람에 의해 이루어졌다고 해
도 과언은 아니다. 그런데 고한용이 문단에서 사라짐으로써 다다이
즘은 가장 중요한 소개 창구를 잃게 된 셈이다.

② 1924년의 다다이즘은 세기말 데카당스 문학, 혹은 '반달리즘
(vandalism)'이라는 비판을 받음으로써 위축되었다. 예를 들어 김기진
은 다다를 '말초신경적 관능의 무도', 『프로레타리안』의 『아리스토
크라틱』한 감정의 소산물'이라고 비판했다.[15] 이에 대해 고한용
은 「잘못 안 '따따'」에서 김기진과 김명순 간의 스캔들 등 사생활을
건드리면서 대응할 수밖에 없었다. 또 無爲山峰 고사리[=김억][16]는

---

15) 金基鎭, 「'本質'에 關하야」, 每日申報, 1924.11.23.

"『다다』는 이퀄破壞이다. 잇다는모든것에대하야 鐵權을놉히하야두 다려부시자는 旣成의『言語』와 文章과表現과 그리고 思想까지라도 두다려부시자는『벤텔리슴』이다."라고 다다 비판에 나섰다. 무위산 봉 고사리는 다다이스트들이 기존의 시에 반항하는 의미에서 신조 어를 즐겨 쓴 점 등 다다의 언어관에 대해서는 비교적 온당한 시각 을 가지고 있었다.[17] 그러나 그는 다다의 대표자로 폴 모랑(Paul Morand)을 거론하는 등 다다가 출현한 역사적 배경 등에 대해서는 정확하게 알고 있지 못했다.

③ 1920년대 한국 문단이 새로운 사조들의 수입에 바빴던 것도 1920년대 중반 다다이즘의 침체에 어느 정도 영향을 주었다. 1920년 대 한국 문단에는 다다이즘 이외에도 수입해야 할 다양한 '신흥 문예' 들이 있었다. 星兒 林仁植[=임화]이 1926년 4월 매일신보에 「폴테쓰派 의 宣言」을 게재하고 있었다면, 김진섭은 1927년 1월 『해외문학』 창 간호에 「표현주의 문학론」을 발표하고 있었다. 1925, 26년 다다이즘 은 표면적으로 침체 일로를 걷고 있었다. 1920년대 중반 다다이즘의 침체는 김니콜라이가 1927년 1월 『조선문단』에 발표한 「윤전기와 사 층집」의 말미에 "高따따, 方따따, 崔따따, 죽엇는지살엇는지 寂寂無 聞이다"라고 부기한 데서 단적으로 드러난다. 물론 임화나 김진섭의

---

16) 나기는 '無爲山峰 고사리'를 고한용의 필명으로 보고 있으나(「한국의 다다―모던이라 불린 안티 모던」) 이는 착각이다. 無爲山峰 고사리는 다다에 대해 비판적인 태도를 보이고 있어서 고한용으로 보기 어렵다. "各國人이 서로 다른 모양으로 各自의 表現이 다르고 態度가 달나저서 文藝史上에는『이즘』투성이다"라고 한 부분은 金億의 「詩形 의 音律과 呼吸」을 연상시킬 뿐더러, '詩'라는 말 대신 '詩歌'라는 말을 고집하고 있는 점 등을 감안할 때, 無爲山峰 고사리는 金億이 확실하다.

17) 無爲山峰 고사리, 「『다다』? 『다다』!」, 東亞日報, 1924. 11. 24.

글이 미래파나 表現派를 식민지 조선에 최초로 소개한 글은 아니었지
만, 그들의 글이 다다의 공백기를 메우고 있었다는 점에서 나름대로
의미를 지니고 있었다.

더욱 중요한 점은 이들 '신흥 문예'들이 분명하게 구별되고 있지
않았다는 점이다. 예를 들어 김진섭은 表現主義에 대해 "奇奇怪怪한
幾化學(幾何學의 誤植―인용자)的 圖形의 가운대 처박은 線과 色彩의 亂
雜한 交叉―이것을 그들은 기림이라고 보인다. 言語의 論理와 文法
을 破壞하고 喧騷한 叫喚, 音節 업난 音聲, 小兒의 片言, 理解할 수
업난 吃音을 無秩序하게 羅列한 것을 그들은 이름하야 文學이라 한
다."라고 설명했다.[18] 그런데 이것은 김화산이 「계급예술론의 신전
개」(1927)에서 아나키즘적 신흥 예술의 새로운 표현 형식으로 내세운
것과 매우 유사하다. 김화산은 "새로운 藝術形式은 묵은 文章法의 破
壞로부터 비롯한다. 부르조와階級의 冗漫한―閑暇한 技巧로부터 端
的이며 飛躍的이며 律動的 力學的 幾何學的 文章의 創建이다. 平面
으로부터 立體에 直線으로부터 曲線에 Climax의 積極的 發展이다."
라고 썼다.[19] 김진섭과 김화산이 모두 '기하학'이라는 말을 끌어들
이면서, 유클리드의 평면 기하학이 입체적인 비유클리드 기하학으
로 비약하는 순간으로부터 '신흥 문예'의 가능성을 보고 있었다. 이
와 같은 현상은 다다이즘, 표현주의, 미래파, 입체파 등 다양한 예술

---

18) 金晉燮, 「表現主義 文學論」, 『海外文學』, 1927. 1, 17면.
19) 이와 같은 기술은 金華山 자신이 다다 혹은 미래파 예술에 대해 설명한 글 「說明에서
   感覺으로」(조선일보, 1925.10.23)를 연상케 한다. 즉, 그는 "우리는 詩를 要求한다.
   强烈한 自我의 燃燒를 要求한다. 客觀에서 主觀으로 平面描寫에서 立體描寫로 그리
   고 說明에서 感覺으로 우리의 一切의 藝術製作의 精神을 轉換할 必要가 잇다."라고
   썼다.

사조들이 '신흥 문예'라는 이름으로 몽땅 싸잡아 취급되고 있었음을
보여주는 예이다. 이는 1920년대 한국 다다이즘이 사조적 정체성을
유지·발전시키는 데 장애로 작용을 했다.

　④ 1920년대 한국 다다이즘은 애초에 고한용에 의해 '인생관'으로
서 수용되었던 탓에 다다풍의 창작보다는 다다풍의 생활 방식을 더욱
강조했던 것으로 보인다. 그 결과 1920년대 한국 다다이즘은 카페를
중심으로 한 보헤미안 문화 속에 융해되었다. 식민지 조선의 젊은 보
헤미안들은 기성 사회에 대한 반항으로서 다다적인 기행을 일삼았고,
반체제적인 사회주의, 아나키즘에 쉽게 매료되어 루바슈카를 입거나
보헤미안 넥타이를 하고 다녔다. 일면 그와 같은 분위기는 애국 계몽
기의 반봉건적 에너지와 합쳐지면서 더욱 확산되었다.

　1920년대 다다─보헤미안풍의 유행은 1927년 이후 그대로 다다
시의 내용에 반영됨으로써 카페에서 술 마시고 과장되게 떠드는 식
의 '다다 스타일'을 형성했다. 이 점은 1920년대 한국 다다이즘 시를
선별하는 데 반드시 고려해야할 사항이다. 임화가 자기 자신을 3인
칭 '그'로 대상화하여 쓴 수기 「어떤 청년의 참회」를 보면, 그가 무라
야마 도모요시(村山知義)의 글을 읽고 '낡은 감상풍의 시'를 버리고
'다다풍의 시'를 시험했다는 말이 나온다. 임화는 다카하시 신기치,
츠지 준의 글을 접하고 있었고, 고한용, 김화산, 김니콜라이 등의 다
다 활동에 대해 호감을 품고 있었음을 고백했다.[20] 이것은 당시 다
다이즘이 감상주의 시의 대타적 존재로 두루 받아들여지고 있었음
을 암시해주는 것으로 볼 수 있다. 그렇다면 감상주의 시의 대타적

---

20) 林和, 「어떤 靑年의 懺悔」, 『文章』, 1940.2, 23면 참조.

작품으로서 다다 시의 실체에 대해 의문을 품지 않을 수 없다. 다시 말해 다다 시가 상당히 널리 씌어졌을 법한데, 오늘날 1920년대 다다 시의 구체적인 양상을 파악하기는 쉽지 않다. 1920년대 다다이즘은 문예사조의 하나라기보다는 더욱 광범위한 의미에서 인생관·생활 방식의 일종이었으며, 그것이 독특한 작풍을 만들어냈다고 할 수 있다. 따라서 감상주의에 맞섰던 일종의 작풍으로서 다다이즘에 대해 구체적으로 살펴볼 필요가 있다.

(2) 다다-보헤미안풍의 유행과 다다 스타일의 확립

박팔양의 「요람시대의 추억」은 ④와 관련하여 시사하는 바가 있다. 그러나 「요람시대의 추억」을 살피기에 앞서 다다이즘과 관련된 『요람』 동인들의 활동에 대해 전반적으로 검토해 보아야 할 것이다. 우선 박팔양 자신이 한때 '김니콜라이', 'ROCOCO' 등의 이름으로 활동했던 다다이스트였을 뿐만 아니라, 조선일보에 '方元龍'이라는 이름으로 「세계의 절망—나의 본 따따이슴」(1924.11.1.)을 쓴 바 있었던 김화산 역시 『요람』 동인이었다. 『요람』의 핵심 멤버 정지용의 시 세계도 1926년 무렵 「파충류동물」, 「카페·프란스」(이상 『學潮』 1호) 등에서 '다다 기분'의 시로부터 출발했다고 할 수 있다. 정지용은 「파충류동물」에서 "그녀ㄴ에게 / 내 童貞의 結婚 반지를 차지려 갓더니만 / 그 큰 궁둥이로 떼밀어"와 같은 속되고 익살맞은 표현을 쓰는가 하면, 기차의 소음을 나타내는 의성어를 다른 활자로 인쇄하여 규칙적으로 배열하는 등 다다풍의 시를 시험했다.

한편 김화산은 그의 'DADA 未定稿' 「악마도」에서 「카페·프란스」의 장면을 "『妄想으로부터 現實으로!』카페·프란스로가자. // 내코

끗헤서『술』이 舞蹈曲을 알외인다. / 옴겨다심은 棕櫚나무. 빗두루슨
장명등. /『오! 나에게 술을 주시오! 추립브 아가씨』"로 패러디했
다.[21] 「1930년 짜스 풍경화의 파편과 젊은 시인」에서도 김화산은 분
명히 「카페·프란스」에 대한 오마주로서 '카페 판다라이'의 풍경을
묘사했다.

> 『카페·판다라이』
> 불
> 불·불
> 불
> 彩色燈아래 움지기는 風景畵.
>
> 파-란 페퍼-민트속 그려진 幻想을
> 쨔스땐쓰로 흐려바리는
> 루쥬 어엽븐 입을 가진 웨이트레스.
>
> 이쪽 커-텐 밋헤는
> 빠르간 넥타이 머리긴 靑年한놈
> 함부루 피아노의 키-를 두들기고.
>
> 저쪽 테-불에선
> 술醉한 ××·××두사람
> 오늘도 끗업는 討論에 밤을 새이는구나.

---

21) 「惡魔道」는 친구의 애인에게 戀情을 고백했다가 거절당한 주인공 '나=金華山'의 좌절
감을 패러디와 과장법 등이 뒤엉킨 요설체로 풀어쓴 소설이다. '失戀'과 그에 따른
절망감을 다다 스타일로 기술하고 있다는 점에서 高漢容의 영향이 엿보인다. 주인공
'나'가 작가 金華山과 동일 인물이라는 점, 패러디가 가미된 요설체를 취하고 있는
점 등은 1930년대 李箱의 소설에 얼마간 영향을 주었던 것이 아닌가 싶다.

오오 고양이처럼 조을며
하품을 씹고 안젓는 아라사 시약시야
××× ××× 흔들니는 너의××
여러해전 ×××에 ×× ××× ××이약이나 하여다오.

오늘은 까닭도업는 시름이 새롭고나.
술과 사랑과 조선의 향기를 품은 시름이―.

오호 쓰듸쓴 커피-茶를 다오
자주ㅅ빗 코로나 연긔 가온데
上氣된 네얼골 곱기도 하다.
　　　　　　　　　　　-「1930년 짜스 風景畵의 破片과 젊은 詩人」 전문

　　이 시에서 가장 핵심적인 부분은 "술과 사랑과 조선의 향기를 품은 시름"(제6연)이라는 대목이다. 시적 자아는 "오늘은 까닭도 업는 시름이 새롭고나."라고 탄식한다. 그러나 이는 괜한 너스레에 불과하다. 그들의 '시름'은 어제·오늘의 일이 아니다. 그 '시름'은 정지용의 「슬픈 인상화」(1926)에서는 "부즐없이 오랑쥬 껍질 씹는 시름……"으로 표현되기도 했던 바로 그 시름이다. 그것은 '憂國(=식민지인의 비애)'의 코드라고 할 수 있을 법한데, 정지용의 시에서도 김화산의 시에서도 왠지 조국을 상실했다는 절박함이 느껴지지 않는다. 그들의 시에서 '우국'의 코드는 '술과 사랑(담배와 연애)'의 개입 없이 온전히 성립되지 않는다. 그들은 '우국'의 코드와 '술과 사랑'의 코드를 뒤섞어 놓음으로써 그 사이에서 균형을 모색했다.
　　김화산은 이 "술과 사랑과 조선의 향기를 품은 시름"을 카페 판다라이의 정경 묘사를 통해 양식화했다. 이 시의 제6연은 앞선 연들의 종합이 되는 셈이다. 이 양식화의 과정에서 가장 중요한 역할을 하고 있는 것은 '패션'이었다. 웨이트리스와 댄스홀을 갖춘 카페 자체도 새로운 유행이라고 할 수 있지만, 이 시에서 카페의 인테리어, 여급들과 손님들, 카페의 공기마저도 훌륭한 패션으로 다루어지고 있다. '페-퍼민트', '짜스댄스', '루쥬', '웨이트레스', '커-텐', '넥타이', '피아노', '키-', '테-불', '커피', '코로나' 등 외래어의 남발은 이 시가 시적 자아의 '시름'을 다루고 있음에도 불구하고, 이 시를 기성의 낭만주의 시와 구별할 수 있게 하는 장치의 기능을 하고 있다. 즉, "파란 페-퍼민트속 그려진 幻想"은 "살과 혼 / 훈향내 높은 환상의 꿈터"(박종화, 「사의 예찬」)와 자명하게 구별된다. 또 술 취한 청년들의 토론마저도 커튼 밑에서 피아노를 치고 있는 청년의 유행을 좇은 외관과의 병치(juxtaposition) 속에서 패션의 일부가 되고 만다. '함부로' 피아노를 쳐대는 겉멋이 든 청년의 경박함은 아마도 조국의 활로에 대한 것이었음직한 '끝없는 토론'의 진정성을 훼손시킨다.[22]

여기서 패션이란 "구름 위에 걸쳐 있는 달 대신 최신 유행의 벨벳 쿠션 위에 '비춰진' 달이 있다"고 말하는 방식, 곧 양식화의 문제다. 발터 벤야민(Walter Benjamin)은 패션에 대해 "상상력이 결여되었던 이 세기에 사회 속에 있는 집단적 꿈의 에너지가 오히려 두 배의 격렬한 힘으로 패션이라는 이 불가해한, 오성은 도저히 좇아갈 수 없는 안개 가득한 소리 없는 영역으로 도망가 버렸다"라고 설명한 바 있

---

[22] 金華山의 「四月途上所見」(『別乾坤』, 1930.6.) 역시 패션으로서의 다다로서 식민지 근대의 엠비 밸런스한 상태를 보여준다. 이 시에서도 김화산은 외래어에 대한 偏愛(스카아트, 넥타이, 쇼윈도, 샨데리아, 시네마, 등)를 드러내고 있으며, 자본주의 근대의 한 표상인 '시네마 廣告紙'와 '共産黨大檢擧를 報하는 新聞紙'를 동시에 제시하고자 했다.

다. 이렇게 설명되는 패션은 '현재적인 것'이면서도 가까운 미래를 선취하고 있는 것으로 이해된다. 그러나 그것이 곧 모더니티 그 자체는 아니었다.[23] 카페 판다라이에 간 젊은 시인은 박래품 '커피'를 주문해 놓고 여급에게 수작을 건다. 여급의 얼굴은 상기되어 있는 것처럼 보이지만, 그것은 여급의 맨 얼굴이 아니다. 자줏빛 코로나 연기는 여급의 얼굴을 신비화한다. 여급의 얼굴은 박래품인 코로나 연기에 의해 물신화된다. 카페 판다라이의 젊은 시인은 "조선의 향기를 품은 시름"이 새롭다고 했지만, 그는 일제와 결탁한 부르주아 자본에 깊이 침윤되어 있는 존재였다. 그것은 카페 프란스로 간 세 명의 청년들도 마찬가지였다. 그들은 이국의 여급에게서 육체적 위무를 갈구한다("오오, 異國種강아지야 / 내발을 빨어다오."). 카페 판다라이와 카페 프란스로 간 젊은이들의 패션은 식민지 조선 젊은이들의 좌파적 꿈의 에너지를 선취하고 있었지만, 좌파의 목적의식과 실천 의지를 획득하는 데는 실패했다.

'다이쇼 15년(1926년)'의 박팔양도 정지용, 김화산 등과 비슷한 길을 걸었다. 그의 「인천항」은 정지용의 「슬픈 인상화」와 거의 같은 정경을 다룬 시이다. 박팔양은 "오랑쥬 껍질을 씹는 시름" 대신 '코즈모폴리턴이즘'을 내세웠다. 그것을 카프의 프롤레타리아 국제주의와 나란히 세워놓았을 때, 박팔양을 비롯한 1920년대 다다이스트들의 '좌파적 기분'이 지닌 낭만성과 순진성이 더욱 선명하게 드러날 것이다. 또 박팔양은 「태양을 등진 거리 위에서」에서 "나는 오늘도 / 단 하나 밖에 없는 나의 단벌 「루바시카」를 입고 / 黃昏의 거리위

---

23) 발터 벤야민, 조형준 옮김, 「아케이드 프로젝트-패션」, 『세계의문학』, 2002, 봄, 101~103면 참조.

로 걸어간다."라고 썼다. 「태양을 등진 거리 위에서」의 시적 자아는 "다 떨어진 兵丁구두를 끌고" 거리를 배회한다. 그는 친구들과 어떤 일을 도모하기 위한 '토론'을 하러 가는 길이다. 그는 오동나무 잎이 가을바람에 떨어지는 것을 보고 "오오! 옛都市 서울의 寂寥한 저녁 거리여!"라고 읊었다가 다시금 "그러나 이는 / 感傷的 詩人의 글투! / 우리는 센티멘탈하게 울지않기로 作定한 사람이다."라고 스스로를 질책한다. 좌파의 의상과 비분강개의 토론으로 시상을 양식화해가 던 박팔양은 패션으로부터 벗어나자마자 시상이 감상주의로 전락하 고 있음을 감지한 셈이다. 이와 같은 장면은 임화가 '감상풍의 시'를 버리고 '다다풍의 시'를 시험했다고 한 「어떤 청년의 참회」의 한 대 목을 연상시키기에 충분한 것이다.

박팔양은 「도회정조」에서 더욱 철저하게 신흥 예술을 시험해보고 자 했다. 「도회정조」에서 그는 "不規則한 直線의 羅列, 曲線의 徘徊, / 아아 表現派 그림 같은 都會의 기분이여!"(제1연)라든지 "直線과 斜 線, 半圓과 橢圓의 線과 線, / 都會의 建物들은 아래에서 위로 不規則 하게 發展한다."(제5연) 등에서 보이는 것처럼 표현파 문학론을 그대로 옮겨다 놓은 듯한 구절로 시상을 전개했다. 그러나 그는 이 시의 후반 부에서 1920년대 신흥 예술의 딜레마를 그대로 드러내고 만다.

> 아침에는 數없는 사람의 무리가 머리를 동이고
> 일터로! 일터로! 밥먹을 자리로
> 저녁에는 맺이 풀려 몰려 나오는 사람의 무리가
> 慰安을 求하려, 享樂場으로 享樂場으로!
> 演劇場과 賭博場과 遊廓과 妓生집은

한집도 빼놓지 않고 滿員이다.

妓生이 人力車우에 높이 앉아
값비싼 담배를 피우면서 연회장으로 달릴때,
巡査는 다떨어진 洋服에 헬메트를 쓰고
네거리에서 STOP과 GO를 불른다.
거미새끼들 같이 모였다 헤어지는
上, 中, 下層의 各 生活群들을 向하여.

어떻든 이 도회란 곳은
哲學者가 昏倒하고 商人이 萬歲부르는 좋은 곳이다.
그 錯雜한 氣分과 氣分의 交流는
어느놈이 敢히 나서서 整理하지를 못한다.
마치 그는 偉大한 濁流의 흐름과 같다.

그러나 비오는 저녁의 고요한 거리에는
비스듬한 長明燈이 높은 電信柱 밑에서 조을고,
歡樂을 求하는 친구들이 모다 房안에 들었을때
거리에는 애스팔트 人道우에 가느다란 비가 나린다.
외로워서 외로워서 우는것 같이
그것은 히스테리患者, 눈물 흘리는 것 같아서
짜긋하고 가슴빠근한 엷은 悲哀를 느끼게 한다.
그것도 亦是 사랑할 都會의 一瞬間 아니?

-「都會情調」7연~10연

박팔양이 묘사하고 있는 도시의 저녁 풍경에는 근대 도시의 소비
적인 면이 부각되어 있다. 도시인들은 끝없이 향락장으로 밀려든다.

'연극장과 도박장과 유곽과 기생집'은 '근대 도시인'의 여가 생활에 관한 목록이라고 하기엔 비정상적인 것으로 보인다. 여기에는 근대와 전근대가 공존하는 식민지 수도 경성의 한 단면이 드러나 있다. 근대의 물신주의 풍조가 '유곽과 기생집'의 팽창을 촉진한 면이 없지 않지만, 이들은 '연극장' 만큼 충분히 새로운 것은 아니었다. 따라서 '연극장과 도박장과 유곽과 기생집'이라는 목록은 식민지 근대의 불구성을 은연중에 드러낸 결과라고 할 수도 있을 것이다.

박팔양은 식민지 근대의 불구성에 대해 명확하게 인식하지는 못했지만, 「도회정조」의 제8연에서 식민지 근대의 어두운 장면 하나를 더 포착해냈다. 그것은 도시 내부에 다양한 생활수준을 가진 계층들이 섞여 살고 있다는 데 대한 발견이다. 이와 같은 발견은 인력거를 탄 '고급 기생'에 대한 질투 섞인 반감에서 비롯한 것이었다. 그러나 박팔양은 계층의 분화와 그것의 심화를 식민지 근대의 불구성과 직접 관련지어 생각하지는 못했다. 그는 "上, 中, 下層의 各 生活群"들이 서로 대립하게 될지도 모른다는 사실에 대해서 깊은 성찰을 보여주지 못했다. 비록 이 시의 시적 자아가 고급 기생에게 보내는 '질시' 그 자체가 계층 간의 불화와 대립을 예고하는 것이기는 하지만, 박팔양의 계층 분화에 대한 '감각'은 계급투쟁에 대한 절박한 필요성으로 발전하지 못했던 것이 사실이다. 그는 사람들이 날마다 향락장을 가득 메우고 있는 현실이나 값비싼 담배를 피우면서 인력거를 타고 가는 기생에 대해 반감을 가지고 있으면서도, 한편으로 그것들을 부러운 눈으로 쳐다보고 있었다. 그가 본 도시 풍경은 '탁류'이면서도 '위대'한 것이었던 셈이다(9연).

이 시의 마지막 연의 "짜긋하고 가슴빠근한 엷은 悲哀"라는 구절은 정지용과 김화산의 '시름'에 맥이 닿아 있다. 그런데 박팔양은 그런 '비애'마저도 "사랑할 都會의 一瞬間"이라고 해놓았다. 이것은 일견 근대 도시의 어두운 이면을 포착하고 있는 선행 연들과 모순되는 결론처럼 보인다. '비애'가 "사랑할 都會의 一瞬間"이라고 한다면, 과연 그 비애란 것이 얼마나 진지한 감정이었던가에 대해 물어야만 할 것이다. 그것은 백조파의 '비애'와 비교해 보아도 그 깊이가 확연히 얕아 보인다. "부즐없이 오랑쥬 껍질 씹는 시름"(정지용)이나 "까닭도업는 시름"(김화산)과 마찬가지로 "짜긋하고 가슴빠근한 엷은 悲哀"(박팔양) 역시 시름이나 비애에 온전하게 젖어 있다기보다는 그와 같은 감정을 '대수롭지 않은 것'으로 치부하는 듯한 뉘앙스를 가지고 있었던 것이 사실이다. 여기에는 낡은 감상풍의 시 전통을 넘어서고자 했던 1920년대 다다이스트들의 시 의식이 개재해 있었다.

(3) 사회주의 사상의 유행과 다다-아나키즘

1920년대 다다이스트들의 문학사적 위상은 박팔양의 「요람시대의 추억」에서 더욱 명징한 표상을 얻었다. 그 글에서 박팔양은 "『白潮 화려하던 그 시절』이 곧 우리 조그마한 요람이 고요히 소리도없이 자라가던 시절이었던 것이다."라는 말로써『요람』동인의 활동 시기를 못박은 뒤,『요람』이 '프롤레타리아 문예 특집'으로 꾸며졌을 때 '원고압수' 처분을 받고 경무국 도서과로부터 주의를 받은 일에 대해 술회했다.[24] 등사판 회람잡지였던『요람』이, 정지용, 박제찬 등이 교토 동지사대학으로, 김용준이 도쿄미술학교로 유학을 떠난 뒤에도

---

24) 朴八陽, 「搖籃時代의追憶」, 『中央』, 1936.7, 45면 참조.

'원고 회람'의 형식으로나마 명맥을 유지했다고 한 점, 『정지용시집』
제3부의 동시, 민요풍의 시 중 반수 이상이 『요람』에 등재된 것이었
다고 한 점 등, 박팔양의 언급을 종합해 볼 때 『요람』 동인의 주요
활동 시기는 1922년부터 1924년까지로 추정해 볼 수 있을 것이다.
1923, 24년 무렵 박팔양, 김화산 등은 이범계 개인 경영의 경성도서
관에서 〈염군사〉 동인이었던 이호, 최승일 등과도 만나 교유했다.[25]
박팔양은 백조파의 홍사용을 선배로 거론한 다음, 『요람』 동인이 프
로 문예에 관심을 가졌던 점, 〈염군사〉의 멤버들과 안면을 트고 지낸
점 등에 대해 이야기했다. 「요람시대의 추억」이 이와 같은 체재를 취
하게 된 것은 박팔양이 『요람』 동인의 문학사적 위치를 백조파에서
카프로 넘어가는 언저리에서 찾고자 했기 때문이었다. 물론 『요람』
동인의 문학사적 위치를 곧바로 1920년대 다다이스트들의 문학사적
위상과 결부시키는 것은 논란의 소지가 있는 것이 사실이다. 그러나
최소한 박팔양, 김화산 등 『요람』 멤버들이 백조파의 감상주의를 극
복하고 프로 문예 쪽으로 경사하는 과정에서 다다이즘 시를 쓰게 된
것만은 부인할 수 없을 것이다.

그런 의미에서 1920년대 식민지 조선의 다다이즘은 1930년대 모
더니즘 운동의 전사로서 존재했다기보다 아나키즘 등 일련의 사회
주의 운동과 관련을 맺으면서 '좌파 기분'에서 씌어졌던 신흥 문예로
서 존재했다고 할 수 있다. 다시 말해 1920년대 다다이즘은 이미지
즘이나 주지주의 등 미학 상의 모더니즘보다 프롤레타리아 문예에
더 근접해 있었다. 이 점은 서구의 다다이즘·초현실주의가 사회주

---

25) 朴八陽은 李浩, 崔承一을 '파스큐라' 동인으로 술회하고 있으나, 이는 박팔양의 착각
   이다.(위의 글, 46면 참조.)

의 운동과 깊은 관련을 맺고 있었던 것을 감안하면 크게 놀랄 일도 아니다. 가령 휠젠벡(R. Huelsenbeck), 프란츠 융(Franz Jung), 게오르게 그로스(George Grosz) 등 '베를린 다다'의 주요 멤버들은 독일 공산당 당원이기도 했으며, 1925년 프랑스 식민지 모로코에서 일어난 리프 전쟁을 계기로 초현실주의자들은 공산당 기관지인 『클라르테』에 협조하게 되었다(「처음, 그리고 언제나 혁명」, 1925). 앙드레 브르통, 루이 아라공, 폴 엘뤼아르 등은 「위대한 날에」(Au Grand Jour, 1927)라는 선언서를 발표하면서 공산당에 합류를 하기도 했다.[26]

1920년대의 다다이스트들은 표현 기법에서 기성세대의 시 전통을 부정하는 반미학의 성격을 지녔지만, 그것이 곧바로 1920년대 다다 이즘을 모더니즘의 한 갈래로 확정케 하는 근거는 될 수 없을 것이다. 오히려 1920년대의 다다이스트들은 '새로운 예술'을 갈망했다는 점에서 넓은 의미의 근대주의자이면서, 동시에 조국이 식민지로 전락한 것에 대해 비분강개하고 예술을 통해 제국주의에 항거하고자 한 이상주의자였다고 할 수 있을 것이다. 이 점은 1927년 무렵 카프 내에서 치러진 '아나—볼 논쟁'에서도 조금 확인된다. 아나키즘 예술론을 표방했던 김화산 등이, 재현의 원리와는 다른 다다와 같은 새로운 표현 수단을 강조했으면서도, 끝까지 프롤레타리아 예술론의 한 범주에 자신들의 예술론을 놓고자 한 점은 시사하는 바가 있다.

가령 박팔양의 「윤전기와 사층집」은 1920년대 다다이스트들의 미학적 반항이 좌파적 기분과 어떻게 섞였는지에 대한 적절한 예를 제공해 준다. 이 시는 1920년대 다다이즘 시로서는 보기 드물게 '다다'

---

26) 매슈 게일, 「초현실주의 태동기」, 오진경 옮김, 『다다와 초현실주의』, 한길아트, 2001, 255~258면 참조.

의 기치를 표나게 내세우고 있다는 점에서 1920년대 다다이즘을 거
론하는 자리에서 빠지지 않고 다루어져 왔지만, 프롤레타리아 예술
론과 관련하여 본격적으로 분석되기보다는 모더니즘적인 표현 기법
의 차원에서 피상적으로 검토되는 데 그친 감이 있다.

    A
××! ××! ××!
輪轉機가 소리를지른다
PM. 7-8. PM 8-9.
ABC, XYZ.
符號를 보렴으나
한時間에 十萬장式박어라!

    B
音響! 音響! 音響!
여보! 工場監督!
당신의목쉰소리는
××! ××!!에 지질려눌려
죽엇소이다
흥! 發動機의 뜨거운몸둥이가
목을놋코울면 무엇하나
피가나야한다 心臟이 터저야한다

    C
벽돌 四層집 놉다란집이다
식껌언 旗란놈이
집웅에서 춤을춘다

엣다 바더라! 憎惡의화살
네집뒤에는 輪轉機가
죽어너머저 呻吟한다

    D
××! ◇◇! ○○!
DADA, ROCOCO(誤植도묘타)
飛行機, 避雷針, ×光線
文明病, 末梢神經病,
無意味다! 無意味다!
이글은不得要領에 意味가업다
나는 2=3을밋는다

    E
곤죽, 뒤죽, 박죽,
人生은 두루뭉수리란놈이다
벽돌 四層直線이 斜線이오
過勞와 더위로 데여죽은輪轉機의
巨大한 屍體에
구뎅이 구뎅이가 끌는다

    F
十萬장! 十萬장!
符號는 돌어간다
A−B=C≡D
그리고 1−2−3−4로
工場監督의 얼골이붉다
별안간 벽돌四層이 문허진다

人生은 永遠히 『XYZ』이냐

－以上批評謝絶－

(高따따, 方따따, 崔따따, 죽엇는지살엇는지 寂寂無聞이다)

－「輪轉機와 四層집」 전문

　「윤전기와 사층집」은 활자의 크기를 다르게 조정한다든지 영어의 알파벳이나 숫자, 여러 가지 시각적인 기호들을 활용하고 있는 점, 이치에 맞지 않는 문장을 만들어내고 있는 점 등 다다의 다양한 표현 방법이 시험된 작품이다. 복자의 활용 역시 그와 동궤의 실험이라고 할 수 있다.

　「윤전기와 사층집」의 실험적인 기호 체계는 기실 다다이스트들의 기성 언어에 대한 절망을 적절히 반영한 산물이었다. 서구의 다다이스트들이 언어에 대해 회의적인 태도를 보인 것은 세계대전으로 인해 말의 의미가 돌이킬 수 없을 정도로 저속해졌으며, 그것은 넓은 의미에서 서구 문명의 퇴조를 나타내는 징후라는 인식에 기반을 둔 것이었다. 후고 발(Hugo Ball)은 다다이스트들에 의해 새롭게 발명되지 않은 단어들을 시에 써서는 안 된다고 주장하기도 했다. 또한 장 아르프(Jean Arp)는 인간에 의해 만들어진 것보다는 더 수준 높은 질서를 찾기 위해 '원과 입방체, 그리고 날카롭게 교차하는 線들에 대한 사랑'으로 표상되는 기하학에 입각한 추상 스케치를 강조하기도 했다.[27]

---

27) C. W. E. Bigsby, 박희진 옮김, 『다다와 초현실주의』, 서울대학교출판부, 1987, 제5쇄, 40~41면 참조.

박팔양은 복자를 사용한다든지 아나키즘을 표상하는 "시꺼먼 旗"(C연)를 소재로 취함으로써 프롤레타리아 예술의 분위기를 내고 자 했다. 그 외에도 그는 B연에서 '공장 감독'에 대해 빈정대는 듯한 말투를 씀으로써 계급·계층 간의 갈등을 암암리에 드러내고자 했 다. 그러나 '공장 감독'에 대한 적의는 이 시의 주제 의식으로까지 이어지지는 못했다. 박팔양은 '공장 감독'의 착취에 대해서 더 구체 적인 장면을 만들어내지 못했다. 박팔양의 관심은 계급·계층 간의 갈등에 있었다기보다는 오히려 문명 비판에 있었다. 그는 '윤전기'를 통해 인쇄된 활자들을 '구덱이'로 비유했다(E연). '윤전기'에서 나온 신문에는 '비행기, 피뢰침, ×광선'에 대해서도 나오지만 '문명병, 말 초신경병'에 대한 기사에 대해서도 나왔다. 박팔양은 이 두 개의 축 이 모종의 인과 관계로 엮여 있다고 생각했다. "나는 2=3을 믿는 다"(D연)라는 구절이 지닌 함의는 '문명병, 말초신경병'(2개의 아이템) 이 '비행기, 피뢰침, ×광선'(3개의 아이템)의 발전과 함께 등장한 것임 을 안다는 것일 터이다. 그러나 박팔양은 이와 같은 근대의 패러독 스에 대해 천착하는 대신 인생 자체가 하나의 패러독스임을 지적하 는 데 그치고 말았다.

박팔양은 이 시에서 '인생'이란 말을 두 번 사용했다. "人生은 두루 뭉수리란놈이다", "人生은 永遠히 『XYZ』이냐" 등의 구절이 바로 그 것이다. 박팔양은 '2=3'이 성립되는 부조리한 현실로부터 인생이 "곤 죽, 뒤죽, 박죽"이라는 결론을 도출해냈다(E연). 엄밀한 의미에서 이 때의 '인생'이란 말은 '현실'이란 말로 바꾸어 썼어야 했을 것이다. 윤전기에서 나온 신문이 보여주는 것은 '인생'이 아니라 '현실'이기 때문이다. 그러나 박팔양은 '인생'이란 표현을 택했는데, 이는 다다를 일종의 '인생관'으로서 내세운 고한용의 영향이다. 박팔양이 구체적인 사회 현실에 대한 비판이 아닌 인생이 뒤죽박죽이라는 식의 허무주의적인 결론에 도달함으로써, 이 시는 프롤레타리아 예술론을 지향하고 있으면서도 프롤레타리아 시로서는 실패하고 말았다.

물론 「윤전기와 사층집」의 시적 실패를 규명하는 것으로 이 시의 문학사적 의미를 전부 밝혀냈다고 생각하는 것은 분명히 어리석은 일이 될 것이다. 이 시의 문학사적 의미를 마저 밝혀내기 위해서는 다시 '다다 스타일'의 문제로 돌아가야 할 것이다. 「윤전기와 사층집」은 김화산의 「1930년 짜스 풍경화의 파편과 젊은 시인」이나 박팔양 자신의 「도회정조」의 '다다 스타일'과는 근본적으로 다른 스타일의 시이다. 「윤전기와 사층집」이 다른 시들에 비해 훨씬 전위적이다. 이것은 이 시가 아나키즘의 네거티브한 비전들을 포함하고 있기 때문이다. 이 시는 부르주아 언어에 대한 공격을 일관되게 보여주고 있을 뿐더러, 그 대상이 막연하긴 하나 "憎惡"의 감정(C연)이나 '파괴'의 비전(F연 "별안간 벽돌四層이 문허진다")도 포함하고 있다. 이 시의 시적 자아가 D연에서 모든 것이 "無意味다! 無意味다!"라고 외치는 장면은 부르주아 이데올로기에 대한 전면적인 부정이라는 점에서 다다적이면서 동시에 아나키즘적인 것이었다.

사실 아나키즘의 혁명적인 분위기가 좌파 전체를 대변하는 듯한 시기도 있었다. 임화가 '감상풍의 시'를 버리고 「지구와 '박테리아'」(1927) 등 다다풍의 시를 쓰던 무렵은, 임화가 좌파 사상 전반을 아나키즘의 틀로 이해하던 시기와 거의 겹쳤다. 그가 야마카와 히토시(山川均)와 사카이 도시히코(堺利彦)의 글을 통해 접하게 된 '계급'이란 말을 크로포트킨의 「청년에게 고함」과 오스기 사카에(大杉榮)의 '정열적 방법'으로 이해했다고 고백한 것은 그에 대한 근거가 될 수 있을 것이다.[28] 임화가 한편으로 다다풍의 시를 시험하고, 다른 한편으로 아나키즘에 대해 관심을 기울이고 있었다는 점은 우연의 일치로만 생각하기 어렵다.

1920년대 다다이즘과 아나키즘이 어떤 부분에서 쉽게 결합될 수 있었던 것은, 다다이즘과 아나키즘이 공히 권위주의적 제도, 조직, 국가 등을 부정하고 개인의 자유분방한 삶을 추구하는 점 등 공통분모를 가지고 있었던 탓이다. 이와 관련하여 일본 '다다의 본존' 츠지 준이 개인주의적 아나키스트인 막스 슈티르너의 『유일자와 그 소유』를 『자아경』으로 번역·소개한 바 있었다는 점을 떠올려 보는 것도 좋을 것이다. 취리히 다다의 후고 발 역시 1914년 11월 직접 전쟁을 보기 위해 벨기에로 여행을 떠났다가, 그곳에서 목격한 상황에 혐오감을 느끼고 베를린으로 돌아와 바쿠닌, 크로포트킨 등의 저서를 읽으며 반전 운동을 했다는 기록이 있다.[29] 일본과 우리나라의 다다이스트들이 프롤레타리아 예술론으로 기운 것 역시 서구의 앙드레 브르통, 루이 아라공 등이 프롤레타리아 운동과 연대를 모색한 것과 맥을 같이 하는 것으로 볼 수 있을 것이다. 그러나 1920년대 식민지 조선에서 다다이즘과 아나키즘의 결합은 매우 제한적으로밖에 이루어지지 않았다. 다다이즘과 아나키즘은 서로 공감하는 부분이 많았지만 엄연히 갈 길이 달랐다. '아나-볼 논쟁'에서 아나키스트 편에 섰던 김화산은 그가 「악마도」에서 다다이스트를 자칭한 것으로 인해 논쟁에서 불리해지지 않을까 걱정하지 않으면 안 되었다(「계급예

---

28) 林和, 앞의 글, 23면 참조.
29) 매슈 게일, 「취리히 다다」오진경 옮김, 앞의 책, 43~44면 참조.

술론의 신전개」). 염상섭이 1927년 3월『조선문단』에 기고한「2월문단시평」에서「아마도」에 대해 술주정뱅이의 작품 같다고 혹평한 깃도 김화산의 태도에 영향을 주었다.[30] 한편 아나키즘 작품은 그 혁명적인 성격으로 인해 발표지면과 매체를 쉽게 얻을 수 없었다. 그로 인해 아나키스트 문인들 중 상당수는 아나키즘 사상을 전면에 내세우지 않고 서정 위주의 작품을 쓰거나 비판적 리얼리즘의 입장에서 현실 문제를 다루기도 했다.[31] 따라서 실제로 다다이즘과 아나키즘이 결합되어 작품화되는 경우는 매우 드물었다.「윤전기와 사층집」이 겨우 그 실례를 보여주고 있을 따름이다.「윤전기와 사층집」한 편으로 다다−아나키즘의 문학사적 의미를 논하기는 어렵겠지만, 가령 이 시에서 박팔양이 현실 사회의 모순을 야기하고 있는 원인에 대해 천착하기보다 인생은 허무한 것이라는 식의 결론에 이르고 있는 데서 다다−아나키즘의 문학사적 한계를 추단해 볼 수도 있다.

3. 1920년대 다다이즘의 시사적 의의와 그 한계

지금까지 1920년대 식민지 조선의 다다이즘이 수용된 경로와 그 추이에 대해 살펴보았다. 1920년대 식민지 조선의 다다이즘은 그 나름의 선언서를 가지고 있지도 않았으며, 조직적인 운동의 양상으로 진전되지도 못했다는 점에서 서구 다다이즘과는 여러 모로 다른 양상을 보여주었다. 1920년대 식민지 조선의 다다이즘은 서구 다다이즘

---

30) 廉想涉,「二月文壇時評」,『朝鮮文壇』, 1927. 3, 72면 참조.
31) 김경복,『한국 아나키즘시와 생태학적 유토피아』, 다운샘, 1999, 14∼15면 참조.

과는 역사적 토대가 다르기 때문에 그 양상도 다를 수밖에 없었다. 지금까지 1920년대 식민지 조선의 역사적 특수성에 입각하여 다다이즘의 수용과 그 전개 양상을 더듬어 온 셈인데, 이제 그 문학사적 의의를 간략히 짚어보면 대략 다음과 같이 요약할 수 있을 것이다.

식민지 조선의 다다이즘은 1924년 다카하시 신기치가 서울을 방문한 것을 계기로, 고한용이 다다이즘을 소개하는 글을 『개벽』, 동아일보 등에 발표하면서 시작되었다. 고한용은 다카하시 신기치의 과장된 말투, 허풍, 기행 등에서 "익살맞은 시골 노파의 인생관"과 같은 낙천적인 삶의 태도를 발견하고, 다다이즘을 해학과 체관이 결합된 인생관으로서 정립시키고자 했다. 1924년 고한용의 다다이즘 소개는 외래 사조의 학술적 소개의 성격을 띠었다기보다는 그 자체가 '다다 사투리'를 통해 이루어진 다다의 실천이었다.

1927년 김화산, 박팔양 등 『요람』 동인 출신의 다다이스트들은 보헤미안풍의 유행, 사회주의 기분의 유행 현상으로부터 '다다 스타일'을 추출해냈다. 그것은 3·1 운동 이후 누적된 민족적 울분과 '술과 사랑'이라는 낭만주의적 코드가 결합된 것이었다. 1927년의 다다이스트들은 감상주의 시에 맞선 '다다풍'으로서 '엷은 비애'나 '까닭 없는 시름'에 대해서 썼다. 1927년 식민지 조선의 다다는 제국주의 근대에 대해 비판적인 태도를 취하고 있었으면서도, 다른 한편으로는 '새로운 예술'에 대한 근대적 열망을 간직하고 있었다. 이와 같은 엠비 밸런스한 심리 상태는 '다다 스타일' 시에 자주 반영되어 나타나곤 했다. 1927년 다다이스트들의 엠비 밸런스한 심리 상태는 그들을 낭만주의에 안주할 수도 없게 했을 뿐만 아니라, 광의의 모더니즘에도 낄 수 없게 했다. 그들은 「요람시대의 추억」에서 단적으로 드러나듯이 백조파에서 카프로 넘어가는 과도기에 있었다.

1920년대 다다이스트들은 사회주의 중에서도 유독 아나키즘에 대해 친연성을 가지고 있었다. 1927년 치러진 소위 '아나-볼 논쟁'에서 윤기정 등 볼셰비키 진영을 대변하는 논자들이 김화산을 다다이스트로 비판한 점 등(「계급예술의 신전개를 읽고」, 조선일보, 1927. 3. 30)은 다다이즘과 아나키즘이 어느 지점에선가 결합되고 있었음을 보여주는 것이다. 1920년대 다다이즘과 아나키즘이 쉽게 결합될 수 있었던 것은, 다다이즘과 아나키즘이 공히 권위주의적 제도, 조직, 국가 등을 부정하고 개인의 자유분방한 삶을 추구한다는 점에서 일맥상통했기 때문이었다. 그러나 다다이즘과 아나키즘의 결합이 광범위하게 이루어졌던 것은 아니었다. 아나키스트들은 '민중의 직접 혁명' 등 제국주의에 대한 행동으로서의 저항을 그 방법론으로 가지고 있었다면, 다다이스트들은 부르주아 사회에 대한 미학적인 반항을 그 방법론으로 지니고 있었다.

1920년대 식민지 조선의 다다이즘은 조직적인 운동으로 발전하지 못한 채 개인적인 차원에 머무른 감이 있다. 그로 인해 1920년대 다다이즘은 많은 작품을 남기지 못했을 뿐더러 지속성을 띠지도 못했다. 고한용이 아동 문학으로 방향을 튼 데 이어, '林따따' 임화는 '아나-볼 논쟁'을 거치면서 카프로, 박팔양은 〈구인회〉로 그 문학적 행로를 달리 했다. 1920년대 다다이스트들이 저마다 다다이즘을 포기하고 각기 다른 길을 가게 된 것은 근대와 反근대 사이에서 갈팡질팡했던 1920년대 다다이즘 자체의 모순 때문이었다. 그러나 1920년대 식민지 조선의 다다이즘은 1930년대 초현실주의 운동에 반사회적이고, 정치·사회적인 금제에 맞선다는 의미에서의 자유주의적인 분위기를 유산으로 남겼다. 1930년대 이상은 1920년대 다다이스트들의 기질적인 반항심을 물려받았고, 1934년 결성된 『삼사문학』 동인들은 여전히 '패션'으로서의 초현실주의를 추구했다. 무엇보다도 진정한 의미에서의 다다 미학은 이상에 이르러 본격적으로 실험되었고, 전후 초현실주의 시인들 역시 다다 미학을 그들의 시에서 각기 나름대로 소화했다. 조향이 다다이즘적인 기법을 문명 비판의 수단으로 활용한 것은 그 단적인 예가 되겠지만, 성찬경의 요소시 계열의 실험 등도 역시 다다의 미학으로부터 파생된 것이었다. 그런 의미에서 한국의 다다이즘은 1920년대에 국한된 문예사조에 그치는 것이 아니라, 지금도 여전히 급진적인 미학적 실험의 원천이 되고 있는 부정과 반항의 정신 속에 녹아서 면면히 이어져 오고 있다고 생각한다.

Ⅲ

1930년대 초현실주의 시의 성립과 분기

　1930년대 식민지 조선에서의 초현실주의는 1920년대의 다다이즘으로부터 영향을 받았지만, 1920년대의 다다이즘이 우국의 정서, 아나키즘적인 색채를 가지고 있었던 데 비해 탈정치적이고 개인주의적인 색채를 띠었다. 그것은 프롤레타리아 문예 진영에서 다다에 친연성을 가지고 있었던 아나키스트들이 축출되고 목적의식이 강화된 사정에서 그 원인을 찾을 수 있다. 그로 인해 '신흥 문예'로 통칭되었던 전위예술이 전반적으로 위축되었던 것이 사실이다.

　그와 같은 상황 속에서 '신흥 문예'는 反帝·反부르주아지의 프롤레타리아 문예 전선에서 탈락된 채 신문이나 잡지의 '문학소식란'으로 밀려나게 되었다. 해외문학파 정인섭은 "작년으로부터 조선의 大신문학예란(조선일보, 동아일보, 중외일보)에 海外文學消息欄이란것이 일률로 시작되엿든 것은 특히 주목할 바로 생각할 수 잇고 이리하야 세계문단의 동향의 대한 관심이 심각하면 할사록 朝鮮文壇의 眼界가 넓어질 것은 물론이요 또한 깃버할 일이다."라고 밝혔다.[1] '해외문학소식란'으로 표상되는 외국문학에 대한 저널리즘적인 관심은 해외문학파 주도로 창간된 『문예월간』에서도 이어진다. 다다이즘, 미래파, 초현실주의 등에 대한 소식이 이 저널리즘을 통해 명맥을 유지할 수 있었다. 그러나 저널리즘을 통한 초현실주의의 소개는 정보 이상의 의미는 지닐 수 없었다. 더욱이 1930년대 초부터 정인섭, 이하윤, 이헌구 등 해외문학파가 문단의 상황을 예술파 및 민족파(右派), 프로문학파, 해외문학파 등으로 三分하고, 프로문학파와 문단의 주도권을 놓고 대립하게 되면서 초현실주의에 대한 본격적인 수용에 차질이 생겼다.

식민지 조선에서와는 달리 일본에서의 초현실주의는 하루야마 유키오(春山行夫)를 중심으로 한 『詩と詩論』 그룹에 의해 사뭇 본격적인 수용 양상을 띠었다. 일본 문단의 사정에 민감했던 김기림은 그 나름대로 일본의 전위시를 모더니즘으로 수용하면서 센티멘털 로맨티시즘과 偏內容主義를 공격하는 데 이용하고자 했다.[2] 김기림은 초현실주의의 수사적 방법론을 기교주의로 전유했다. 김기림이 초현실주의에 대해 부정적인 입장을 취했다가 다시 그것을 포용하는 태도로 선회한 것은 이상의 시를 자신의 모더니즘 기획의 중심에 놓으려 한 탓도 있었다.

이상은 1930년대 초반 무렵만 하더라도 일본어 창작에 더 무게를 두고 있었다. 『朝鮮と建築』에 게재된 「異常한 可逆反應」(1931) 연작, 「三次角設計圖」(1931) 연작, 「建築無限六面角體」(1932) 연작 등에서 이상은 여전히 다다적이거나 미래파적인 미적 방법론을 고수하고 있

---

1) 鄭寅燮, 「朝鮮文壇에 呼訴함」, 朝鮮日報, 1931.1.2.~1.17.
2) 김기림 모더니즘의 성격에 대해서는 이 책 말미 '부록A'의 「근대 보편과 식민지 근대의 간극」을 참조해 주셨으면 한다.

었다. 그러나 그것은 1920년대의 전위예술들과는 달리 탈정치적이고 개인주의적인 경향을 띤 것이었다. 이상은 도쿄 문단으로부터 직접 초현실주의 미학을 받아들이고 있었기 때문에 일본어 창작에서 좀 더 전위적인 요소들을 실험적으로 보여주게 되었다. 이상에게 도쿄 문단은 따라잡아야 할 당위로서의 근대였지만, 식민지 수도 경성에서 그의 생활은 여전히 전근대적인 수준에서 답보하고 있었다. 그와 같은 사정은 이상의 우리말 시에서 근대를 선취하고자 하는 자아와 식민지 근대 지식인으로서의 주체 사이의 분열로 나타났다. 이상은 '거울' 장치를 통해 자아와 주체의 분열이라는 주제에 대해 천착했는데, '거울'의 강박증적 구조와 이상 문학의 중심 테마인 자살 충동은 밀접한 관련을 맺고 있었다.

이상이 초현실주의의 심리적 자동주의와 죽음 충동의 언캐니한 양상을 초현실주의의 전형으로서 입안했다면, 『삼사문학』의 이시우, 한천 등은 초현실주의가 현실과 어떻게 관련을 맺는가에 대한 질문에 답하면서 시의 '새로운' 방법론을 모색했다. 그러나 그들은 '현실'을 사회나 역사와 관련짓기보다는 개인의 심리나 백일몽에 의해 추상화함으로써 지나치게 사적인 것으로 변형시키는 데서 '초현실'의 의의를 찾았다. 이상의 죽음 충동이 식민지 현실과 연동을 했던 데 비해 『삼사문학』 신인들의 초현실주의 수사는 더 개인적인 데 치우친 면이 있다.

식민지 수도 경성의 초현실주의가 이상의 죽음으로 중단되었고, 제국의 수도 도쿄에서 낸 『삼사문학』 제5권의 필진들 역시 더 이상 초현실주의를 지속적으로 밀고 나가지 못하게 되었을 때, 만주의 〈시현실〉 동인들이 초현실주의를 실험하고 있었다는 점은 잘 알려져 있지 않다. 이수형, 신동철 등 〈시현실〉 동인들은 관동군 통제하의 만주에서 탈정치적인 초현실주의를 그들의 시학으로 삼았다. 그들은 에로틱한 초현실주의의 비전에 탐닉함으로써 미적인 반항을 시도한 것으로 보이지만, 그것이 정치적 거세에 대한 방어기제의 성격을 지니면서 사회적인 의미를 획득하는 데는 실패했다.

이 장에서는 이상, 『삼사문학』의 신인들, 〈시현실〉 동인들이 근대에 대해 어떤 태도를 취했느냐를 중심으로 1930년대 식민지 조선의 초현실주의가 어떻게 나누어질 수 있는지에 대해 보여주고자 한다. 그에 앞서 식민지 조선에서 초현실주의 이론이 어떻게 수용되었고, 또 문단 주도권 다툼에서 어떤 역할을 했는지 살필 필요가 있다. 어떤 의미에서 초현실주의 이론 자체보다 그것이 '신흥 예술'로서 1920년대에 이어져 있을 뿐 아니라, 이상 등 몇 사람에게만 국한된 경향이 아닌 문단적인 이슈였음을 보여주는 것이 더 중요하다는 점에서도 식민지 조선에서의 초현실주의 이론의 수용 양상을 먼저 검토할 필요가 있다. 단, 이시우의 초현실주의 이론 소개는 『삼사문학』의 초현실주의를 논하면서 함께 거론할 것이므로 초현실주의 이론의 수용 양상을 다루면서 상론하는 것은 피하고자 한다.

1. 식민지 조선에서의 초현실주의 이론의 수용 양상

식민지 조선에서 초현실주의는 1930년을 전후하여 이하윤, 이헌구 등 해외문학파들에 의해 해외 문단의 동향 소개라는 다분히 저널리즘적인 기획 속에서 처음 소개되었다. 이하윤은 1929년의 프랑스 문단을 회고하면서 루이 아라공 등 초현실주의자들이 급격히 마르크시즘으로 기울고 있는 점을 소개했으며, 이헌구 역시 프랑스 문단의 상황을 초현실주의, 민중주의를 중심으로 개관했다.[3)]

특히 이헌구는 초현실주의를 '모데르니슴의 난센스'로 규정하면서 "그네들은 새로운 기계문명의 파괴자들이다. 따라 극도의 虛無魂의 선언자들이다. 그네들은 프로이드 정신분석학에 그네의 결정적 운명을 의탁하라는 것이다. 오직 「꿈」과 狂喜! 이것이 현실을 이해하는 열쇠가 되며 또한 내재적 혁명적 충동의 발현이 된다."라고 그 성격을 설명했다. 더 나아가 이헌구는 초현실주의를 '世紀兒의 痼疾'로서 부르주아지의 몰락을 단적으로 보여주는 예로 강도 높게 비판했다.[4)]

해외문학파의 초현실주의 소개는 일본에서 『詩と詩論』 그룹에 의해 진행된 초현실주의 수용에 비해 내용 면에서 상당히 빈약했던 것으로 보이는 면이 있다. 예를 들어 『詩と詩論』 그룹이 앙드레 브르통의 「초현실주의 선언서」, 루이 아라공의 「스타일론」을 각각 기타가와 후유히코(北川冬彦), 다키구치 슈조(瀧口修造)의 번역으로 『詩と詩論』 제5집에 소개했고, 하라 겐기치(原研吉)가 「초현실주의 제2선언서」를 『詩と詩論』 제7집에 번역 소개하고 있는 데 반해, 식민지 조선에서는 초현실주의의 각종 선언서가 본격적으로 번역 소개된 적이 없었다. 그것은 해외문학파가 초현실주의에 대해 부정적인 생각을 가지고 있었고, 더욱이 1930년대 초반 해외문학파가 카프와 문단의 주도권을 놓고 첨예하게 대립하고 있었던 탓에 초현실주의에 대

---

3) 異河潤, 「佛文壇回顧」, 『新生』, 1929. 12.
李軒求, 「佛蘭西文壇縱橫觀」, 『文藝月刊』, 1931. 12.
4) 李軒求, 위의 글, 76~77면 참조.

해 관심을 가질 여력이 없었기 때문이다.

해외문학파가 카프의 직역적 국제주의, 이론중심주의 등을 문제 삼고 있는 동안, 김기림은 초현실주의 수용의 새로운 창구 역할을 하게 되었다. 김기림 역시 처음에는 초현실주의에 대해 부정적인 입장을 표명했다. 김기림에게 초현실주의는 시를 무계획한 무의식의 발현처럼 보이게 하는 '主觀의 藝術'로서 예술의 보편성이 결여된 것처럼 보였던 게 사실이다.[5] 이와 같은 생각은 「상아탑의 비극」에서도 재확인된다. 그는 초현실주의가 자기 파괴적인 다다를 계승하기는 했지만, 새로운 포에지를 찾으려는 노력도 있었다고 지적했다. 그러나 초현실주의자들의 포에지가 종국에는 '자살 충동'으로 귀착하고 말았다는 점에서 김기림은 초현실주의를 '근대시의 최후의 층계'라고 비판적인 논조로 규정했다.[6]

초현실주의에 대한 김기림의 생각은 1934년 조선일보 하기 예술 강좌의 일환으로 연재된 「현대시의 발전」에 이르러 다소 수정되었다. 김기림은 새로운 시들이 그 방법론을 초현실주의를 표준점으로 하고 있다고 보았다. 물론 「현대시의 발전」에서도 김기림은 동시대 시인들에게 초현실주의를 벗어날 것을 주문했다. 그러나 김기림은 정신 운동으로서의 초현실주의는 이미 그 시대적·사회적 근거를 상실했다고 보았지만, 시의 방법론으로서의 초현실주의는 아직 유효하다는 인식을 드러내기도 했다. 그는 '초현실주의 방법론'을 다시 '꿈', '미와 추', '초현실', '자동기술', '언어', '형태미', '형이상학' 등의 항목으로 나누어 고찰했다. 특히 '형이상학'의 항목에서 그는 초

---

5) 金起林, 「詩의 技巧, 認識, 現實 等 諸問題」, 朝鮮日報, 1931.2.11.~2.14.

6) 金起林, 「象牙塔의 悲劇」, 東亞日報, 1931.7.30.~8.9.

현실주의자들이 사람의 정신을 아프리오리한 어떤 보편성에서 통일될 수도 있는 것으로 믿었다는 점을 인정함으로써 초현실주의가 보편성이 결여된 예술이라는 1931년의 주장을 번복했다.[7]

　김기림이 초현실주의에 대한 생각을 바꾼 것은 일면 이상의 초현실주의를 자신의 모더니즘 기획 속에 포함시키고자 하는 의도가 있었다고 생각한다. 「현대시의 발전」에서 김기림은 이상을 '우리들 중 누구보다도 가장 뛰어난 슈르의 이해자'로 칭하면서, 이상의 시를 로맨티시즘이나 상징주의의 감격·애수 등에 대비되는 '대낮의 해변과 같은 명랑한 표정'이라는 수식으로 설명했다. 편내용주의와 센티멘털 로맨티시즘에 반대하면서 기교주의 시론을 모더니즘 기획으로 내세운 것이 바로 김기림이었음을 상기할 때, 이상에 대한 그와 같은 김기림의 지지가 지닌 의미가 더욱 분명해질 것이다. 「모더니즘의 역사적 위치」에서 김기림이 이상을 일컬어 "가장 우수한 최후의『모더니스트』李箱은『모더니즘』의 초극이라는 이 심각한 운명으로 한 몸에 구현한 悲劇의 擔當者였다."라고 했는데, 여기에는 이상의 초현실주의를 모더니즘의 한 흐름으로 포용하는 김기림의 모더니즘 역사에 대한 커다란 밑그림이 비교적 분명하게 드러나 있었다.[8] 「현대시의 발전」에서 김기림은 자신의 시 「西班牙의 노래」에도 '聯想의 飛行'으로 명명한 초현실주의 기법이 실험되어 있다고 밝혔다. 물론 초현실주의 기교에 대한 김기림의 관심은 「시에 잇서서의 기교주의의 반성과 발전」에 이르러 다시 편향화한 기교주의로 반성되며, '전체로서의 시'에 대한 추구로 지양된다.[9]

---

7) 金起林, 「現代詩의 發展」, 朝鮮日報, 1934. 7.12.~7.22.
8) 金起林, 「모더니즘의 歷史的 位置」, 『人文評論』, 1939.10.

1930년대 식민지 조선에서의 초현실주의 수용이 전적으로 수사면에만 집중되었던 것은 아니다. 「초현실주의문학—'이반·꼴'씨의 所說」에서 조약슬은 초현실주의에 있어서 '현실'의 문제에 대해 천착했다.[10] 조약슬은 '초현실주의'라는 술어가 현실과 초현실의 관계에 대해 오해를 불러일으킬 수도 있다는 점을 보여주었다. 그는 '초현실'이 현실을 초월한다는 것을 의미하지 않으며, 초월적 표현재료로 현실을 표현한 것에 불과하다고 했다. 또한 그는 초현실적 작품을 비평하기 위해서는 현실과 초현실을 대립적 영역으로 놓고 그 이원론에 입각해서 작품을 분석해야 한다고 주장했다.

조약슬은 초현실주의를 이미지즘 운동으로 보고자 했다. 그는 '극히 초보적으로 된 재료를 가지고 포에틱한 심상을 구성함', '심상의 如何는 善良한 포에지의 기준' 등의 항목이 포함된 초현실주의의 강령을 이반 골의 시론으로 소개했는데, 이는 초현실주의보다는 이미지즘에 가까운 시론으로 보이는 면이 있다. 이와 같은 경향은 어느 면에서 『삼사문학』 이시우, 신백수, 정병호 등의 짧은 산문 형태의 시에서도 발견되는 것이라는 점에서 단순히 초현실주의에 대한 오해로 치부해버리기 어려울 것이다. 그것은 현실을 재현이 아닌 새로운 방법으로 어떻게 형상화할 것인가에 대한 세계관의 모색에 따른 결과로도 볼 수 있을 것이기 때문이다.

초현실주의를 곧바로 세계관으로 연결시키지는 않았지만, 홍효민도 「행동주의문학의 이론과 실제」에서 초현실주의의 심리주의가 행동적 휴머니즘의 '능동정신'으로 지양되는 역사적 당위성에 대해 역

---

9) 金起林, 「詩에 잇서서의 技巧主義의 反省과 發展」, 朝鮮日報. 1935.2.10.~2.14.
10) 趙若瑟, 「超現實主義文學—'이반·꼴'氏의 所說」, 每日申報, 1934.3.3.~3.11.

설했다. 홍효민은 초현실주의가 언어를 통해 사상의 참된 기능을 표현하고자 한다는 점에서 이성의 통제가 없는 심리적 자동주의라고 할 수 있으며, 그와 같은 맥락에서 초현실주의를 예술지상주의의 일종이라고 보았다.[11] 홍효민의 시각은 한편으로 김기림의 미학적 관점을 윤리학적인 것으로 치환한 듯한 감도 있는 게 사실이다. 홍효민은 행동주의문학이 '전인격적인 표현'을 의도한다고 했는데, 이는 김기림의 '전체시'에 대한 발상과 비슷해 보인다. 물론 김기림이 모더니즘으로부터의 발전으로서 '전체시'에 대해 구상했던 데 반해, 홍효민은 反주지적 입장에서 행동을 더 강조했다고 할 수 있다. 아무튼 김기림이나 홍효민 모두 카프의 와해에 당면하여 초현실주의를 지양·발전 혹은 극복하고자 했다는 점에서 공통점을 찾을 수도 있을 것이다.

1930년대 식민지 조선에서 초현실주의 이론은 체계적으로 정리되지 못하고 문단의 주도권 다툼과 연동을 하여 혼돈을 일으켰다. 김기림, 조약슬, 홍효민 등이 소개한 초현실주의는 각각 기교주의적인 것, 이미지즘적인 것, 예술지상주의적인 것으로 조금씩 그 관점에 차이가 있었다. 게다가 초현실주의 창작론이라고 할 수 있는 이시우의 「絶緣하는 논리」는 카프의 프롤레타리아 시는 물론 김기림 주도의 모더니즘 기획에도 적대적인 자세를 취했다. 1936년까지도 이와 같은 혼돈 상태는 정리되지 않았는데, 노자영이 「슈울·레알리즘詩論」에서 초현실주의를 다다에서 발전한 앙드레 브르통, 루이 아라공 계열과 입체파에서 발생한 이반 골 계열로 나누어 고찰한 것은 그

---

11) 洪曉民, 「行動主義文學의 理論과 實際」, 『新東亞』, 1935.9, 473면 참조.

증거라고 할 수 있다. 노자영은 초현실주의가 사회주의에 의해 나누어지는 것에 대해서는 언급하지 않고, 단순히 이반 골의 시론이 표현의 대상을 현실에 두기 때문에 무의식 상태에 기초를 둔 브르통, 아라공 등의 초현실주의와는 반대된다는 점만을 부각시켰다.[12] 노자영에게는 앙드레 브르통의 초현실주의와 이반 골의 그것을 구분하는 것이 더 급선무였다고 할 수 있겠는데, 그것은 양자가 당대 문단에서 혼선을 빚고 있었기 때문이었다.

기실 1930년대 식민지 조선의 초현실주의는 이론의 정리 작업과는 별개로 창작 면의 성과를 내놓고 있었다. 이상, 이시우, 한천 등의 창작은 경성 문단의 초현실주의 논의보다는 도쿄 문단의 초현실주의 논의에 좀 더 민감하게 반응하고 있었다. 이상은 도쿄에서 나오는 『세루팡』지를 보았고, 조약슬은 다키구치 슈조(瀧口修造)가 번역한 앙드레 브르통의 『초현실주의회화론』, 니시와키 준자부로(西脇順三郎)의 『초현실주의문학론』, 오스기 사카에(大杉榮)의 『자유의 선구』 등을 「초현실주의문학—'이반·꼴'씨의 所說」의 참고문헌으로 덧붙였다. 노자영이 참고한 것은 사카모토 에츠로(阪本越郎)의 「詩의 周圍」와 앙드레 브르통의 선언서들을 요약한 일본 측의 자료들이었다. 이시우 역시 하루야마 유키오(春山行夫)의 「포에지론」을 「絶緣하는 논리」에서 인용한 바 있다.

식민지 조선에서 초현실주의 이론에 대한 관심은 1939년에 다시 한 번 표출된다. 일본미술학교 학생이었던 조우식이 매일신보에 「'뿌르톤'의 『通底器』」, 「續초현실주의론」을 기고한 것이 그것이다. 「'뿌

---

12) 盧子泳, 「슈울·레알리즘詩論(硏究)」, 『新人文學』, 1936.2, 58면 참조.

르톤'의『通底器』에서 조우식은 브르통의 '환영적 물체'에 대한 관심
과 알베르토 자코메티의 성적 매력을 발산하는 '움직이는 물체'에 대
해 국내에서는 처음으로 소개했다.[13] 또「續초현실주의론」에서는 살
바도르 달리의 '비판적 편집광의 방법'을 소개하기도 했다. 조우식은
살바도르 달리가 아프리카 토인 부락의 사진이 어느 순간 사람의 형상
으로 보이는 경험을 한 점에 대해 주목하면서, '상징적인 기능을 하는
오브제'에 대한 관심을 표명했다. 미술학도로서 조우식의 궁극적인
목적은 조선 古來의 자연물 감상의 형식에 데포르마시옹 없이 한 사물
에 이중의 이미지를 투사하는 초현실주의의 비판적 편집광의 방법을
가미시켜볼 수는 없을까 하는 데 있었다.[14] 조우식은 이것을 '동양
예술의 서양화적 계승'이라는 맥락에서 추구했는데, 동양적인 것, 고
전에 대한 그의 관심은 일제의 근대초극론으로 기울어질 위험을 내포
하고 있었다.[15]

　1930년대 식민지 조선에서의 초현실주의 이론은 동시대 초현실주
의 창작에 큰 영향을 미치지는 못했지만, 그 자체로 시의 새로운 방
법론에 대한 젊은 시인들의 열망을 드러낸 것이었다는 점에서 그 의
의를 찾을 수 있을 것이다. 그것은 이상의 전위적 실험에 이론적 근
거를 제공해 주었을 뿐만 아니라 김기림이 추구했던 모더니즘 기획
에 개입하여 한국 모더니즘 시의 발전에도 자극을 주었다. 또한 초
현실주의 이론에 대한 모색은 미약하나마 1930년대 내내 이어지면
서 문단 주도권 다툼의 계기가 되기도 했고, 식민지 현실에 대한 대

---

13) 趙宇植,「'뿌르톤'의『通底器』」, 每日申報, 1939.3.5.
14) 趙宇植,「續超現實主義論」, 每日申報, 1939.3.19.
15) 趙宇植,「古典과 가치(續)」,『文章』, 1940.10, 202면 참조.

응 태도를 문제 삼기도 하면서 긍정적이든 부정적이든 간에 식민지
문학 운동의 단초가 되었다.

2. 근대에 대한 양가적 감정과 죽음 충동: 이상의 경우

이상이 우리 시사에서 초현실주의를 확고하게 자리매김했다는 점
에 대해서 이의를 제기할 연구자는 아마 거의 없을 것이다. 그러나
이상의 시에서 초현실주의적인 요소는 무엇이고 다다이즘적인 요소
는 어떻게 나타나 있는지 명백히 밝히고 있는 것은 산적한 이상 연
구의 부피에 비해 상대적으로 그 성과가 미미하다. 이상의 시를 자
동기술법에 의해 설명하는 것은 거의 공식이 되다시피 하고 있는 느
낌마저 든다. 이상의 시를 초현실주의로 보는 근거를 도식이나 수식
을 활용하고 있는 이상의 일본어 시에서 찾으려는 경향도 이제는 일
반화된 것으로 판단된다.[16] 그 와중에 이상의 초현실주의 시가 지닌
모더니티에 대한 비판적 사유는 논외로 부쳐지고 있는 것이 작금의
연구자들의 현주소이다.

이상 시는 한편으로 근대를 선취하고자 하는 열망을 포함하고 있지
만, 다른 한편으로는 근대에 대한 비판도 내포하고 있는 것이 사실이

---

16) 김윤식은 李箱 문학의 기호 체계를 한글체 초기소설계, 일어체 창작노트계, 한글체의
   수필체 소설로 삼분하고, 이 중에서도 일어체의 창작노트계가 李箱 문학의 본질에
   해당한다고 주장한 바 있다. 그러나 김윤식의 구분에는 우리말 시에 대한 고려가 빠져
   있는 것 같다.
   　김윤식, 「유클리드 기하학과 光速의 변주」, 『김윤식선집1: 문학사상사』, 솔, 1996,
   1판 1쇄, 504면 참조.

다. 이상을 미적 근대의 층위에서 논할 수 있는 근거가 바로 거기에 있다고 해도 큰 무리는 없을 것이다. 그런데 미적 근대의 층위에서 이상의 시를 논의하다보면 김기림의 모더니즘 기획 속에서 이상을 확인하는 수준에서 더 이상 나아갈 수 없다고 생각한다. 오히려 이상 시가 미적 근대를 보여주는 면이 있다면, 그것은 그의 초현실주의를 통해 직접 설명되어야 할 것이다. 왜냐하면 초현실주의를 경유해서 이상에 접근할 때에만 이상의 자본주의 근대의 훼손된 거래 방식에 대한 비판적 사유에 대해 온전히 설명할 수 있기 때문이다. 이상 문학에 자주 등장하는 죽음 충동은 모더니즘의 층위에서는 분열증을 앓는 근대 주체의 한 증상 이상의 의미를 지니기 어렵다. 그러나 초현실주의의 층위에서 이상의 죽음 충동은 단순히 病狀의 일종이라는 의미에 그치지 않고 구조적인 면에서 식민지 근대의 모순에 대한 비판적 논점들을 환기시키는 적극적인 개념으로 더 나아간다.

이 절은 이상의 죽음 충동이 지닌 의미를 초현실주의의 층위에서 검토하는 데 그 목적이 있다. 그의 죽음 충동에 대해 초현실주의적인 층위에서 검토하기 위해서 이 절은 '거울' 장치의 강박증적 구조로부터 그 실마리를 찾게 될 것이다. 그에 앞서 이상의 일본어 시들에 대한 검토가 필요한데, 그와 같은 작업이 없이는 이상의 근대에 대한 양가적 감정에 대해 제대로 설명할 수 없다고 판단되기 때문이다.[17] 그런 의미에서 이 절에서는 이상의 시를 일본어로 쓴 시, '거울' 장치가 부각된 시, 일상적인 내용을 직접적인 서술로 드러낸 시로 구분하여 이상의 근대에 대한 시각이 어떻게 변화하고, 그에 따라 그의 초현실

---

17) 이하 인용한 李箱의 일본어 번역시들은 문학사상사 판을 그대로 옮긴 것임을 밝혀둔다.

주의 미학이 어떤 식으로 변주되는지에 대해 살펴볼 것이다.

(1) 자본주의 근대의 충격과 과학적 세계관의 도입
　　: 일본어 연작의 경우

「초현실주의 선언」(1924)에서 앙드레 브르통(André Breton)은 생명이 있는 것과 생명이 없는 것이 뒤섞여 있는 불가사의한 것의 예로 '새로운 시대의 마네킹'과 '낭만주의 시대의 폐허'를 든 바 있다.[18] 두 가지 사례는 기계 생산품이 새로 나타난 구식물건들의 자리를 빼앗는 자본주의 근대의 메커니즘을 반영하고 있다. 실제로 초현실주의 시대는 대량 생산과 소비의 효과가 처음으로 파급되었던 시기였다. 프랑스의 경우, 초현실주의의 시대였던 1920년대는 사회경제적 위기의 시대였다. 세계대전으로 인해 1,700만 명이 목숨을 잃었고 국가 재산의 30퍼센트가 소모되었다. 1920년대 내내 프랑스는 최소한 두 차례의 일시적인 경기 호황과 불황을 번갈아 가며 겪었는데, 생산성장률만큼은 계속 증가했다. 그 기반이 노동자를 '영혼 없는 기계'로 만드는 자본주의 근대의 메커니즘이었음은 물론이다.[19] 이상의 초현실주의와 김기림의 모더니즘 기획이 서로 만났던 1930년대 식민지 조선 역시 자본주의 근대의 충격이 사회 전반에 걸쳐 두루 영향을 미쳤던 시기였다. 자본주의 근대가 시에 가한 충격은 김기림의 「시에 잇서서의 기교주의의 반성과 발전」에도 조금 드러나 있다.

---

18) 앙드레 브르통, 「제1차 선언」, 앙드레 브르통·트리스탕 짜라, 송재영 옮김, 『다다·쉬르레알리슴 선언』, 문학과지성사, 2000, 제5쇄, 123~124면 참조.

19) 할 포스터, 「아름다운 시체」, 조혜옥 옮김, 『욕망, 죽음, 그리고 아름다움』, 아트북스, 2005, 216~218면 참조.

「시에 잇서서의 기교주의의 반성과 발전」에서 김기림은 근대시의 순수화 원인을 네 가지로 제시한 바 있다. 첫째 과학 문명의 급속한 발전에 따른 사회 정세의 변화, 둘째 과학적 세계관에 의해 神의 관념이 붕괴됨, 셋째 근대소설의 약진에 따른 양식의 차별화 요구, 넷째 선대의 가치체계에 대한 불신과 도전이 그것이다.[20] 거기서 김기림은 자기 자신이 추구했던 모더니즘 기획이 전대의 센티멘털 로맨티시즘과 전혀 다른 패러다임에 근거를 두고 있다는 점을 역설하고자 했는데, 이는 이상의 시를 염두에 둘 때에야 비로소 온전해 질 수 있다.

이상이 우리 문학사에 처음 모습을 드러낸 것은 1930년 2월 잡지 『朝鮮』에 소설 「12월 12일」을 연재하기 시작하면서부터라고 할 수 있다. 시의 경우는 1931년 『朝鮮と建築』에 「異相한 可逆反應」이라는 題下의 6편, 「鳥瞰圖」라는 제하의 8편, 「三次角設計圖」라는 제하의 7편이 7월부터 10월 사이에 게재된 것이 그 시발이었다. 「12월 12일」이 한글로 집필된 반면, 이상의 시들은 처음에는 철저하게 일본어로 집필되었다. 어떤 의미에서 일본어로 시를 쓰기 시작했기 때문에 이상이 전대의 시와는 전혀 다른 패러다임을 만들 수 있었다고 해도, 이를 전면 부정하기 어려운 면이 있다.

특히 「三次角設計圖」 연작은 근대와 새로운 패러다임의 선취에 대한 이상의 열망이 (유사)과학적 세계관으로 표출되고 있다는 점에서 주의를 끈다.

---

20) 金起林, 「詩에 잇서서의 技巧主義의 反省과 發展」, 朝鮮日報, 1935.2.10.~2.14.

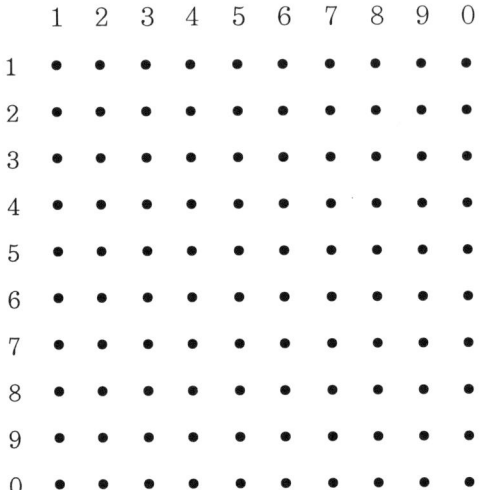

(宇宙는冪에依하는冪에依한다)

(사람은數字를버리라)

(고요하게나를電子의陽子로하라)

스펙톨

軸X 軸Y 軸Z

　速度etc의統制例컨대光線은每秒當300,000킬로미터달아나는것이確實하다면사람의發明은每秒當600,000킬로미터달아날수없다는法은勿論없다. 그것을 幾十倍幾百倍幾千倍幾萬倍幾億倍幾兆倍하면사람은數十年數百年數千年數萬年數億年數兆年의太古의事實이보여질것이아닌가, 그것을또끊임없이崩壞하는것이라고하는가, 原子는原子이고原子이고原子이다, 生理作用은變移하는것인가, 原子는原子가아니고原子가아니다, 放射는崩壞인가, 사람은永劫인永劫을살릴수있는것은生命은生도아니고命도아니고光線인것이라는것이다.

臭覺의味覺과味覺의臭覺

(立體에의絕望에依한誕生)
(運動에의絕望에依한誕生)
(地球는빈집일境遇封建時代는눈물이날이만큼그리워진다)

ー「線에關한覺書1」 전문

「線에關한覺書1」의 도입부에 나오는 도표는 새로운 패러다임을 '인스톨'하는 어떤 장치처럼 보인다. 이 도표는 「線에關한覺書3」에서 도 조금 축소되어 제시된 바 있다. 이상은 「線에關한覺書3」의 도표 아래 'nPh=n(n-1)(n-2)……(n-h+1)'라고 쓴 뒤 "腦髓는부채와같이圓 까지展開되었다, 그리고完全히廻轉하였다."라고 덧붙였다. 이것은 새로운 패러다임이 시작되었으며 그에 따라 사고 역시 전적으로 바뀌어야 한다는 의미일 것이다. 「線에關한覺書1」에 나오는 도표는 우주 는 무한하다는 것('冪에依하는冪'), 인간은 그 우주 속에서 고정된 숫자 가 아니라('사람은數字를버리라') 무한한 가능성에 열려 있는 운동성을 지닌 존재라는 것을 나타내고 있다.

「線에關한覺書1」에서 이상은 사람이 광속보다 빠르게 움직일 수 없겠는가 묻고 있다. 그와 같은 발상은 허무맹랑하게 들리지만, 사 람이 광속보다 빨리 움직일 수 있다면 역사의 속도를 추월하여 미래 를 선취함으로써 태고의 사실도 볼 수 있으리라는 사고는 기존의 시 적 발상과는 달리 삼단논법에 의거한 과학적 논리를 갖추고 있었다. 이상은 '原子는 原子이다'가 '冪에 依하는 冪'의 광대무변한 우주의 관점에서 보면 결코 불변의 진리일 수 없다고 주장한 것이다.

이상은 원자가 단순히 원자에 그치는 것이 아님을 '생리작용'을 통해 입증하고 있는 것으로 판단된다. 가령 '放射는 崩壞인가'라는 구절은 정액의 방사와 무관하지 않다. 사람이 영겁을 살 수 있다는 논리가 성립될 수 있다면, 그것은 종족 보존에 의한 피의 연속을 통해서만 가능한 일이라고 그는 주장하고 있는 것이다. 그렇다면 정액의 방사 뒤에 육신이 '붕괴'하는 현상이 결코 '붕괴'에 그치는 것이 아니라 사람이 영겁을 살기 위해 하는 행위라는 논리가 성립한다. '원자'는 남성의 '정자'로서 단순히 '원자'에 그치는 것이 아니라 생의 연속성에 대한 상징이라는 것이 이상의 논리이다. 그는 생명 탄생의 신비를 우주적인 맥락으로 옮겨놓고 있었던 것이다.

이와 같은 맥락에서 「線에關한覺書1」은 이상 자신의 정신적 탄생에 관한 '설계도'임이 드러난다. '臭覺의味覺과味覺의臭覺'이란 결국 성행위 속의 혼돈된 감각을 표현한 것에 지나지 않는다. 성행위의 결과 그는 '탄생'한다. 그것을 '立體에의 絕望', '運動에의 絕望'이라고 함으로써 그는 새로운 미학의 원리를 제시했다. XYZ축의 삼차원적 공간을 입체적으로 그리는 것, 고정불변의 운명이 아닌 가변적이고 움직이는 세계를 그리는 것이 바로 그것이라고 해도 과언은 아닐 것이다. 이상은 도식이라든지 수식을 통해 그것을 기하학적 원리로 표현하고자 했다는 점에서 다다이즘이나 미래파 등 전위예술의 시적 방법론을 보여주었다.

이상 시의 도식은 프란시스 피카비아(Francis Picabia) 작품의 기계 형태적 이미지를 떠올리게 하는데, 그것은 회화에 대한 이상의 관심을 고려할 때 크게 놀랄 일은 아니다. 이상은 1930년 『朝鮮と建築』 표지 도안 현상 공모에 도안 두 편이 각각 1등과 3등으로 입선되기도 했다.[21] 그 도안들 역시 프란시스 피카비아의 기계 형태적 이미

지처럼 대상을 추상화, 비인간화한 것이었다. 그것은 다다이스트들이 자기들만의 언어를 새롭게 '발명'하는 원리와도 일맥상통하는 것이었다.

「三次角設計圖」 연작은 새로운 시적 방법론을 이상 나름의 어떤 원리에 의해 체계화하고 있다는 점에서 하나의 시론을 보여주고 있는 것으로도 볼 수 있다. 특히 「線에關한覺書5」에서의 빛과의 속도를 다투는 모티프는 이상의 심리적 자동주의와 관련하여 의미심장한 면이 있다.

사람은光線보다빠르게달아나면사람은光線을보는가, 사람은光線을본다, 年齡의眞空에있어서두번結婚한다, 세번結婚하는가, 사람은光速보다빠르게달아나라.

未來로달아나서過去를본다, 過去로달아나서未來를보는가, 未來로달아나는것은過去로달아나는것과同一한것도아니고未來로달아나는것이過去로달아나는것이다. 擴大하는宇宙를憂慮하는者여, 過去에살으라, 光線보다도빠르게未來로달아나라.

사람은다시한번나를맞이한다, 사람은보다젊은나에게적어도相逢한다, 사람은세번나를맞이한다, 사람은젊은나에게적어도相逢한다, 사람은適宜하게기다리라, 그리고파우스트를즐기거라, 메퓌스트는나에게있는것도아니고나이다.

速度를調節하는날사람은나를모은다, 無數한나는말하지아니한다, 無數한過去를傾聽하는現在를過去로하는것은不遠間이다, 자꾸만反復

---

21) 김주현, 「李箱과 건축표지 도안」, 이상문학회, 『이상리뷰』, 창간호, 역락, 2001, 89~93면 참조.

되는過去, 無數한過去를傾聽하는無數한過去, 現在는오직過去만을印
刷하고過去는現在와一致하는것은그것들의複數의境遇에있어서도區
別될수없는것이다.

聯想은處女로하라, 過去를現在로알라, 사람은옛것을새것으로아는
도다, 健忘이여, 永遠한忘却은忘却을모두求한다.

來到할나는그때문에無意識中에서사람에一致하고사람보다도빠르게
나는달아난다, 새로운未來는새로웁게있다, 사람은빠르게달아난다,
사람은光線을드디어先行하고未來에있어서過去를期待한다, 于先사람
은하나의나를맞이하라, 사람은全等形에있어서나를죽이라.

사람은全等形의體操의技術을習得하라, 不然이라면사람은過去의
나의破片을如何히할것인가.

思考의破片을反芻하라, 不然이라면새로운것은不完全이다, 聯想을
죽이라, 하나를아는者는셋을하는것을하나를아는것의다음으로하는것
을그만두어라, 하나를아는것은다음의하나의것을아는것을하는것을있
게하라.

사람은한꺼번에한번을달아나라, 最大限달아나라, 사람은두번分娩
되기前에××되기前에祖上의祖上의星雲의星雲의星雲의太初를未來에
있어서보는두려움으로하여사람은빠르게달아나는것을留保한다, 사
람은달아난다, 빠르게달아나서永遠에살고過去를愛撫하고過去로부터
다시過去에산다, 童心이여, 童心이여, 充足될수없는永遠의童心이여.

─「線에關한覺書5」 전문

사람이 광선보다 빠르게 달아나서 광선을 본다는 발상은 「三次角
設計圖」 연작의 가장 기본적인 모티프이다. 그것은 역사의 발전 속

도를 추월하여 미래를 선취한다면, 미래의 관점에서 현재는 끊임없이 과거가 되리라는 열망을 담고 있는 사고로 받아들여진다. 물론 이상은 정지에 대해 고려하고 있지 않기 때문에 미래는 고정되어 있지 않고 계속 더 먼 미래를 향해 확대된다. 따라서 어느 순간 미래는 다시 더 먼 미래의 과거가 되는 것이다. 「線에關한覺書5」 제2연의 'A≠B, A=B'식의 모순형용이 성립할 수 있는 것은 이와 같은 논리에 그 근거를 두고 있다.

1929년 허블(E. P. Hubble)에 의해 은하들이 점차 거리를 벌리며 멀어지는 '은하의 후퇴(적색이동)'가 실측되면서 우주의 확대가 가치중립적 세계가 되었다는 것은 주지의 사실이다. 이상은 이 과학적 발견을 근거로 미래 선취에의 열망을 합리화하고 있었다. 그는 우주가 점차 팽창한다는 과학적 발견을 과학적 진보의 결과로 상정하고 문명의 진보가 두려운 사람들은 계속 과거에나 살라고 야유를 보내고 있었다.

이상은 문명의 개발자 '파우스트'가 되어 미래로 무한히 질주한다. '파우스트'가 '메피스토펠레스'에게 영혼을 팔아 젊어진 것을 이상은 자신의 광선 모티프와 결부시켜 보고자 했다(제3연). 미래를 향한 운동의 속도를 조절하게 되면 이상은 과거와 현재, 미래의 각기 다른 '나'가 만나게 될 수도 있으리라고 주장한다. 그것이 "速度를 調節하는 날 사람은 나를 모은다."는 구절의 속뜻일 것이다. 그 '나'가 반드시 과거, 현재, 미래의 세 명인 것은 아니다. 현재는 끊임없이 과거가 되고 있기 때문에 '나'는 무수히 많다. 그런 의미에서 현재는 과거의 반복이라는 제4연의 논리도 가능해진다. 현재의 새로움은 극히 짧은 순간의 새로움일 뿐이며, 영원히 새로운 것은 새롭고자 하는 열망, 현재를 부정하는 정신밖에 없다고 할 수 있을 것이다. 그래서

'聯想'은 處女性을 지닌 것이어야 한다는 주장이 나오는 것이다.

그렇다면 어떻게 하는 것이 연상을 '처녀'로 하는 것인지 물어야 할 것이다. 그 답은 기실 사람은 광속보다 빨리 달아나라고 하는 제1연의 구절에서 찾을 수 있다. 그것은 생각하기 전에 쓰기의 방법론, 다시 말해 심리적 자동주의와 관련이 있다. 제6연에서 '나'가 '무의식 중에 사람에 일치하고 사람보다도 빠르게 나는 달아난다.'고 한 것 역시 무의식을 받아쓰는 방식인 심리적 자동주의에 대한 설명이다. '연상'을 '처녀'로 하라는 말은 연상 자체를 죽이라는 이 시 마지막 연의 명령과 그대로 일치하는 것으로 보아야 할 것이다.

마지막 연에서 '연상'은 순수한 사고라기보다는 2차적으로 환기된 것이다. '연상'은 그 다음 구절의 '아는 것'과 관련이 있다. 이상은 '아는 것'은 불완전한 것으로서, 완벽을 추구하기 위해서는 '全等形의 體操의 技術'을 습득해야 한다고 주장했다. '全等形의 體操의 技術'이란 순수한 정신에 의한 자동기술법을 지칭하고 있는 것이다. 이상은 사람들이 심리적 자동주의에 의해 '祖上의 星雲'을 그 태초에서부터 보게 될 것을, 즉 트라우마의 비밀을 직시하게 될 것을 두려워하기 때문에 광선보다 빠르게 달리는 것, 즉 심리적 자동주의의 채택을 피한다고 역설하고자 했다. 그 반면 이상 자신은 시의 새로운 패러다임으로서 심리적 자동주의를 통해 '동심'의 상태를 되찾는다. 여기서 '동심'이란 앙드레 브르통이 '진실한 인생'에 가장 근접한 시기로 꼽았던 "어린 시절의 추억이나 또는 그와 비슷한 것들한테서는 독점할 수 없는 감정, 따라서 정상을 벗어난 감정 같은 것"을 뜻한다고 해도 무방할 것이다.[22] 그것은 일면 충족될 수 없는 호기심으로 가득한 트릭스터의 심리와도 무관하지 않다.

트릭스터의 심리가 초월 상징과 관련되어 있다는 것은 잘 알려져 있다. 초월 상징이란 인간이 가진 '초월 의지'를 대표하는 상징이다. 초월 상징에 있어서 가장 오래된 고대에까지 거슬러 올라가면, 마술과 예지 능력을 지닌 무당(shaman)으로서 트릭스터의 주제에 이르게 된다.[23] 「三次角設計圖」 연작에서 이상은 현재보다는 미래로 광속보다도 빨리 달아나고자 하는데, 그것은 지금까지의 가치와 한계, 차원을 넘어서 전혀 새로운 존재가 되고자 하는 초월의 심리와 관련이 있다.

이상의 트릭스터로서의 면모는 그의 한글로 된 시들보다는 일어로 된 시들에서 일층 두드러진다. 일문 「鳥瞰圖」 연작의 「神經質的으로 肥滿한 三角形」, 「異常한 可逆反應」 연작의 「破片의 景致」, 「▽의 遊戲」 등의 '△', '▽' 등 다다적인 기호들은 性을 희화적인 것으로 만드는 역할을 하고 있다. 또한 「수염」, 「BOITEUX·BOITEUSE」 등의 시에서는 '홍당무', '三心圓', '오렌지', '大砲', '葡萄' 등 인간의 신체 부위를 변형·대체한 오브제들을 통해 性을 장난스럽게 제시하고 있다는 점에서 그의 트릭스터로서의 면모를 발견할 수 있다. 그의 트릭스터로서의 면모가 모두 전위예술의 시적 방법들에서 두드러지고 있는 점은 주목을 요하는 부분이다. 그런데 그의 트릭스터로서의 면모는 장난기로 용인되기보다는 「異常한 可逆反應」이라는 연작의 제목처럼 '異常한' 것으로 치부되었고 경박한 감마저 준다.

---

22) 앙드레 브르통, 「제1차 선언」, 앞의 책, 147면 참조.
23) 죠셉 L. 헨더슨, 「고대신화와 현대인」, 칼 융·M. L. 폰 프란츠 공편, 조승국 옮김, 『인간과 상징』, 범조사, 1984, 179~185면 참조. 李箱 문학의 초월 상징에 대한 좀 더 자세한 논의는 다음 논문을 참고할 수 있다. 강우식, 「이상 시의 초월 상징」, 『한국 상징주의 시 연구』, 문학아카데미, 1999, 176~183면 참조.

任意의半徑의圓(過去分詞의時勢)

圓內의一點과圓外의一點을結付한直線

二種類의存在의時間的影響性
(우리들은이것에관하여무관심하다)

直線은圓을殺害하였는가

顯微鏡
그밑에있어서는人工도自然과다름없이現象되었다.
                    ×
같은날의午後
勿論太陽이存在하여있지아니하면아니될處所에存在하여있었을뿐
만아니라그렇게하지아니하면아니될步調를美化하는일까지도하지아
니하고있었다.

發達하지도아니하고發展하지도아니하고
이것은憤怒이다.

鐵柵밖의白大理石建築物이雄壯하게서있던
眞眞5″의角바아의 羅列에서
肉體에對한處分을센티멘탈리즘하였다.
目的이있지아니하였더니만큼冷靜하였다.

太陽이땀에젖은잔등을내려쬐였을때
그림자는잔등前方에있었다.

사람은말하였다.
「저便秘症患者는富者집으로食鹽을얻으려들어가고자希望하고있는

것이다」라고

···········

-「異常한 可逆反應」 전문

「異常한 可逆反應」은 무한한 정신의 가능성을 개발하는 것으로서의 시의 새로운 방법을 과학적 세계관과 등가의 원리로 설명하고자 하는 시각의 소산이다. 이 시는 '×'표에 의해 두 부분으로 나뉘는데, 그 전반부는 과학적 세계관을 표상하고 있고 후반부는 시의 새로운 방법으로서 '정신의 개발'을 강조하고 있다.

우선 이 시의 전반부는 세포의 본질을 파악하기 위해 주사기로 세포막을 뚫는 것을 현미경으로 관찰한 실험의 한 과정을 기하학적인 점과 선으로 나타내고 있다. 이상은 '直線'으로 추상화된 주사기가 '圓'으로 변형된 세포에 미칠 시간적 영향에 대해 생각한다. 그것이 세포에 악영향을 미칠 것인가에 대해 이상은 묻고 있는 것이다. 일견 주사기가 세포막을 뚫는 것은 세포를 죽이기 위한 활동처럼 보일 수도 있지만, 주사기를 세포막에서 빼는 순간 '圓'은 다시 '圓'으로, '直線'은 다시 '直線'으로 환원할 수 있기 때문에 직선이 원을 살해했다고만 볼 수는 없다.

이 시의 후반부는 실험실 바깥의 풍경을 보여주고 있다. 가령 이 시의 전반부가 병원의 한 실험실의 풍경이라면 이 시의 후반부는 병원 건물에 인접한 공원의 풍경이라고 보아도 좋을 것이다. '鐵柵밖의白大理石建築物'이 병원이라면 '眞眞5″의角바아의 羅列'이란 병원 인접 공원의 벤치를 가리킨 것이다. 시적 자아는 '眞眞5″의角바아의 羅列'에서 '肉體에對한處分을센티멘탈리즘'한다고 했는데, 육체에 대한 처분은 몸을 맡기고 쉰다는 의미로 볼 수 있기 때문에 '眞眞5″의角바아의 羅列'을 '角바아'를 여러 개 이어붙인 벤치로 보는 데 별 무리가 없다. '센티멘탈리즘한다'는 것은 결국 벤치에 앉아서 생각에 잠긴다는 의미일 것이다. 시적 자아가 벤치에 앉아 생각에 잠겨 있는 동안 '태양'은 있어야 할 곳에 정지한 듯 떠 있다(제6연). 그 동안 시적 자아는 벤치에 앉아 생각에 빠져 있다. 그 골똘한 모습을 보고 사람들은 변비증환자가 부잣집으로 食鹽을 얻으려 들어가고 싶어 하는 것이라고 말한다(제10연). 이런 엉뚱한 구절이 이상을 트릭스터로 구분 짓게 하는 것인데, 이것은 꿈의 불합리함과 관련이 있다.

이 시의 후반부는 전반부의 이미저리를 반복하고 있다('可逆反應'). 가령 태양은 '圓外의 一點'이고, 제9연의 '잔등'은 '半徑의 圓'에 해당한다. '태양'이 '잔등'을 비추는 것은 시적 자아의 내면과 '태양'이 '結付'되는 것을 암시한다. '圓'을 꿰뚫는 '直線'의 이미지는 마지막 연의 변비증환자가 부잣집으로 소금을 얻으러 들어가는 이미지와 이어져 있다. '변비증환자'란 무언가 생각을 통해 새로운 것을 만들어내려는 사람, 즉 시인이고, '富者집'은 상상력의 보고라고 할 수 있는 내면, 무의식의 영역이며, '식염'이란 상상력이라고 할 수 있다. 결국 이 시의 마지막 연은 벤치에 앉아 생각하는 사람이 상상력을 통해 시를 안출하려고 하는 시인일 것이라는 행인의 추측을 그대로 보여주고 있었던 셈인데, 시인이 무의식의 영역을 탐색하는 행위는 주사기가 세포의 분석을 위해 그 내부로 틈입하는 것만큼 과학적 세계관에 기반을 둔 활동이라는 것이「異常한 可逆反應」의 진의일 것이다.

그것을 이상은 '圓'을 꿰뚫는 '直線'의 이중 이미지를 통해 보여주고자 했다. '圓'을 꿰뚫는 '直線'의 이미지는 벤치에 앉아 있는 시적 자아의 영상과 겹친다. 그와 같은 이중 이미지의 활용은 살바도르 달리 (Salvador Dalí)가 나중에 '비판적 편집광의 방법(paranoiac-critical method, 1935)'이라고 부른 수법에 상당히 근접해 있다. 그것은 주변 세계에 자신의 정신적 이미지를 투사하기 때문에 다른 장소에서도 자꾸 동일한 것을 반복해서 보게 되는 편집증 환자의 상태를 흉내 낸 것으로서 인간의 내면에서 꿈틀대는 망상에 따라 세계를 재정리하는 수법이다.[24] 그것이 편집증 환자의 망상이기 때문에 터무니없는 생각으로 치부되는 것이 아니라 오히려 편집증 환자의 증상을 이용하여 무의식 세계의 광대함과 상상력의 위대함을 드러내는 데 살바도르 달리와 이상의 목적이 있었다고 해도 크게 어긋난 설명은 아니다.

1931년 무렵 이상은 일본어로 처음 시를 발표하기 시작한다. 그 무렵 이상은 초현실주의에 전적으로 기울어져 있었다기보다는 미래파, 다다이즘, 초현실주의 등 전위예술의 다양한 방법들을 활용했다. 그 당시 이상이 일본어로 시를 썼기 때문에 그의 과격한 시적 실험들이 기성 문단이나 독자들에 의해 제지당하지 않을 수 있었고, 또 기존의 시 전통으로부터도 더 자유로울 수 있었다. 이상은 1933년 정지용의 도움으로 『가톨릭청년』에 우리말로 된 시를 처음으로 발표하기 시작했고, 1934년에는 이태준의 소개로 조선중앙일보에 우리말 「烏瞰圖」 연작을 연재했다. 국문 「오감도」 연작의 경우 일본어로 된 시들의 전위적 수법들을 그대로 이어받고 있었는데, 독자들의 항의 소동으로 「오감도」의 연재가 중단되는 시사 초유의 사태가 벌어졌다는 것은 주지의 사실이다. "왜 미쳤다고들 그러는지 대체 우리는 남보다

---

24) 피오나 브래들리, 「초현실주의의 꿈 이미지」, 김금미 옮김, 『초현실주의』, 열화당, 2003, 초판 1쇄, 38~41면 참조.

數十年씩 떨어져도 마음 놓고 지낼 작정이냐."고 이상은 흥분했는데, 그만큼 근대를 선취하고자 하는 이상의 열망이 컸음을 짐작할 수 있는 대목이다.[25] 이상이 우리말 「오감도」 연재를 둘러싼 소란에 대해 강하게 불쾌감을 나타내기는 했지만, 이로써 이상은 독자들의 기대 지평에 대해서도 고려하지 않을 수 없게 되었다. 성천기행에서 돌아온 1936년 무렵 이상의 시에서 미래파나 다다이즘의 수법이 사라진 점은 그와 같은 맥락에서도 검토되어야 할 것이다.

(2) 자가 진단의 실패와 강박증적인 구조: '거울' 장치의 의미

이상이 자아와 주체의 분열이라는 주제에 대해 근접하게 된 시점은 그가 우리말로 시를 쓰기 시작한 시점과 거의 일치한다. 이상의 「거울」이 『가톨릭청년』에 실린 것이 1933년 10월의 일이니, 우리말로 시를 쓰자마자 그는 '거울'이라는 장치에 대해 관심을 보였다. 그 후로 이상은 줄곧 '거울'이라는 장치를 자기 시의 중심부에 놓고 시작을 했다고 해도 과언은 아니다. 「오감도」 연작(1934)의 「시제4호」, 「시제8호」, 「시제15호」를 비롯하여 「明鏡」(1936)에 이르기까지 '거울' 장치는 이상 시의 대표적 아이콘이었다. 이상이 '거울'에 대해 쓰면서부터 서서히 다다이즘이나 미래파의 영향으로부터 벗어나게 된 것처럼 여겨지는 면도 있다. 「異常한 可逆反應」 연작이나 「三次角設計圖」 연작, 「建築無限六面角體」 연작 등 일본어로 시를 쓰던 시기의 이상이 기성의 시 전통과 문단에 대해 반항적인 포즈를 취하면서 파우스트적

---

25) 李箱, 「散墨集-鳥瞰圖作者의 말」, 김윤식 엮음, 『李箱문학전집3: 隨筆』, 문학사상사, 초판 4쇄, 1998, 353면.

인 개혁자의 이미지를 가지고 있었다면, '거울'이라는 장치를 경유하면서 이상은 더욱 자폐적인 방향, 내면화의 길을 갔다.

1933년의 「거울」에서 이상은 '나'와 거울 속의 '나'가 서로 '반대'이기는 하지만, 여전히 '닮았다'는 점을 강조했다("또꽤닮았소"). 「거울」의 주안점은 '내'가 거울 속의 '나'를 근심하고 진찰할 수 없으니 퍽 섭섭하다는 것이었다. 「거울」의 존립 근거는 사실 '진찰 가능성'에 있었던 셈이다. 그것은 근대주의의 과학적 세계관과도 일맥상통하는 것으로 볼 수 있다. 가령 「異常한 可逆反應」에서 그는 인공의 세계와 자연의 세계가 등가로 '現象한다'는 사상을 내세웠는데, 이상은 '거울'을 통해서도 동일한 것을 보여주고자 했다. '거울' 장치의 '재현의 원리'야말로 근대 합리주의 사상의 핵심임은 두말할 것도 없는 사실이기 때문이다. 그런데 「거울」에서는 그 근대 합리주의 사상이 제대로 통하지 않았고 자아와 주체의 분열이라는 주제가 거기서 갑자기 튀어나왔다.

어떤 의미에서 「오감도」 연작은 「거울」의 주제를 더욱 확대한 것에 지나지 않는다고 할 수 있다. 「오감도」 연작은 사회에 대한 '조감'의 의미를 지녔다기보다는 개인적인 주제를 자폐증적인 양상으로 보여주었다. 「시제2호」의 "나는왜드디어나와나의아버지와나의아버지의 아버지와나의아버지의아버지의아버지노릇을한꺼번에하면서살아야 하는것이냐."하는 가장으로서의 중압감이라는 주제는 나중에 「易斷」 연작, 「위독」 연작(1936) 등의 주제로 이어지지만, 「오감도」 연작이 기실 개인적인 문제를 다루는 기획이었다는 것은 「시제2호」를 통해 능히 짐작할 수 있다. 여기에 '거울' 장치가 개입하게 되면서 이상의 시가 내성적인 방향으로 나아가게 되는 것이다.

「易斷」 연작이나 「위독」 연작에서는 '거울' 장치가 사라진다. 그것은 '거울' 없이도 내성적인 톤을 유지할 수 있게 된 데서 그 이유를 찾아야 할 것이다. 그러나 「오감도」 연작에서는 '거울'이 중요한 장치로 활용되었다. '거울' 장치는 이상의 시에서 일본어 연작의 과학적 세계관·전위적 방법에서 「易斷」 연작, 「위독」 연작의 일상성, 즉 가족과 가난, 매춘과 객혈 등의 세계로 나아가는 그 중간에 놓여 있었다. 예를 들어 「시제4호」는 거울에 비친 십진법의 숫자판을 시에 끌어들임으로써 여전히 다다이즘적인 실험을 보여주고 있었다.

「시제8호」는 다다이즘보다는 초현실주의적 주제를 보여준다. 그것은 여전히 재현의 원리에 기반을 둔 자기 분석적 '거울'이라는 주제를 반복하고 있지만, 「三次角設計圖」 연작에서 보여주었던 무조건적인 근대 열망과는 다른 '근대 합리주의 사상의 한계'라는 논점이 덧붙여졌다는 점에서 주목된다.

第一部試驗　手術臺　　　　　　一
　　　　　　水銀塗沫平面鏡　　　一
　　　　　　氣壓　　　　　　　　二倍의平均氣壓
　　　　　　溫度　　　　　　　　皆無

爲先痲醉된正面으로부터立體와立體를爲한立體가具備된全部를平面鏡에映像시킴. 平面鏡에水銀을現在와反對側面에塗沫移轉함. (光線侵入防止에注意하여) 徐徐히痲醉를解毒함. 一軸鐵筆과一張白紙를支給함. (試驗擔任人은被試驗人과抱擁함을絶對忌避할것) 順次手術室로부터被試驗人을解放함. 翌日. 平面鏡의縱軸을通過하여平面鏡을二片에切斷함. 水銀塗沫二回.

ETC아직그滿足한結果를收得치못하였음.

第二部試驗　直立한平面鏡　一
　　　　　助手　　　　數名

野外의眞空을選擇함. 爲先痲醉된上肢의尖端을鏡面에附着시킴. 平
面鏡의水銀을剝落함. 平面鏡을後退시킴. (이때映像된上肢는반드시
硝子를無事通過하겠다는것으로假設함) 上肢의終端까지. 다음水銀塗
沫. (在來面에)이瞬間公轉과自轉으로부터그眞空을降車시킴. 完全히
二個의上肢를接受하기까지. 翌日. 硝子를前進시킴. 連하여水銀柱를
在來面에塗沫함 (上肢의處分) (或은滅形)其他. 水 ETC 以下未詳

－「詩第八號」 전문

　「시제8호」는 두 개의 실험 모델로 구성되어 있다. 가설을 설정하
고 그 가설을 입증하기 위해 실험군과 대조군을 둘러싼 제반 조건들
을 여러 각도로 조작하는 것을 근대 합리주의의 실험적 태도로 규정
할 때, 「시제8호」는 바로 그와 같은 실험적 태도에 의해 조작된 두
가지 실험 과정을 보여준다. 첫 번째 실험('第一部')이 거울에 한 번
맺힌 像은 지속적으로 거울 면에 보존될 것이라는 가설을 입증하기
위한 실험이라면, 두 번째 실험('第二部')은 거울에 맺힌 상이 지속적
으로 보존되는 것이 '水銀塗抹' 처리와 직접적으로 관련을 맺고 있다
면 수은도말의 횟수를 늘림으로써 하나의 거울에 여러 개의 상을 반
영·보존할 수 있으리라는 가설을 입증하기 위한 것으로 볼 수 있다.
물론 「시제8호」의 가설들은 과학적이라고는 볼 수 없는 허무맹랑한
이야기일 뿐이지만, 가설을 설정하고 실험을 하는 이상의 태도는 과
학적 세계관에 입각한 것이었다.

「시제8호」의 실험들은 초현실주의 오브제와 관련이 있다. 이 시는 '거울'이 재현과 관련이 있다고 믿는 '試驗擔任人'에 의해 진행되는 실험들로 이루어져 있지만, 그 실험의 과정이 폭로하는 것은 오히려 '믿을 수 없는 것으로서의 사물'이라는 주제였다. 이 시에서 이상은 무기물인 거울을 유기물인 것처럼 '수술대'에 올려놓고 마치 살아 있는 무언가의 피부를 절개하는 듯한 포즈를 취함으로써 언캐니한 감정을 불러일으킨다. '平面鏡'을 두 조각으로 절단하는 이미지는 재현의 상징인 '눈'을 절단하는 루이스 부뉴엘과 살바도르 달리의 초현실주의 영화 「안달루시아의 개」(1928)의 도입부를 연상시킨다. 그것은 재현에 대한 비판이며 무의식의 세계, 상상력의 세계로의 문을 여는 행위와 관련된 것이었는데, 이상은 이 이미지에 우연히 도달했다. 이상의 관심은 오히려 '분석' 그 자체에 있었다. 그가 이 시에서 '거울'이라는 말 대신 '平面鏡'이라는 단어를 택하고 있는 점은 이와 관련하여 주의를 끈다. 그가 관심을 가졌던 것은 三次元의 '立體的인' 현실을 어떻게 '平面的'인 거울에 옮겨놓을 수 있는가, 다시 말해 입체적인 현실을 어떻게 평면적인 종이('一張白紙') 위에 옮겨놓을 수 있는가 하는 것이었다. 새로운 '수은도말'에 의해 '二個의 上肢'를 얻을 수 있을지도 모른다는 가설에서 '수은도말'이란 '페이지'에 대한 메타포였던 셈이다. 따라서 '平面鏡의 絶斷'이란 자기 분석적 시에 대한 은유라고 볼 수 있을 것이다. 그러나 이상의 자기 분석 시도는 「시제8호」에서 성공을 거두지 못한다. '滿足한結果를收得치못함'이라고 밝히고 있는 데서 그 점은 드러나 있다.

'거울' 장치가 재현의 원리에 기반을 둔 근대 합리주의의 친숙한 세계관으로부터 출발하여 오히려 '믿을 수 없는 사물'로서 낯설고 기

괴한 존재, 언캐니한 존재로 회귀한다는 점은 「시제15호」에 이르러
서야 비로소 명확해진다.

1

나는거울없는室內에있다. 거울속의나는역시外出中이다. 나는至今
거울속의나를무서워하며떨고있다. 거울속의나는어디가서나를어떻게
하려는陰謀를하는中일까.

2

罪를품고식은寢床에서잤다. 確實한내꿈에나는缺席하였고義足을
담은軍用長靴가내꿈의白紙를더럽혀놓았다.

3

나는거울있는室內로몰래들어간다. 나를거울에서解放하려고. 그러
나거울속의나는沈鬱한얼굴로同時에꼭들어온다. 거울속의나는내게未
安한뜻을傳한다. 내가그때문에囹圄되어있드키그도나때문에囹圄되
어떨고있다.

4

내가缺席한나의꿈. 내僞造가登場하지않는내거울. 無能이라도좋은
나의孤獨의渴望者다. 나는드디어거울속의나에게自殺을勸誘하기로決
心하였다. 나는그에게視野도없는들窓을가리키었다. 그들窓은自殺만
을위한들窓이다. 그러나내가自殺하지아니하면그가自殺할수없음을
그는내게가르친다. 거울속의나는不死鳥에가깝다.

5

내왼편가슴心臟의位置를防彈金屬으로掩蔽하고나는거울속의내왼
편가슴을겨누어拳銃을發射하였다. 彈丸은그의왼편가슴을貫通하였

으나그의心臟은바른편에있다.

6

模型心臟에서붉은잉크가엎질러졌다. 내가遲刻한내꿈에서나는極刑
을받았다. 내꿈을支配하는者는내가아니다. 握手할수조차없는두사람
을封鎖한巨大한罪가있다.

-「詩第十五號」 전문

「시제15호」는 '거울' 장치에 '分身' 모티프를 덧붙임으로써 언캐니
한 사물로서 '거울'이라는 주제에 도달한다. 원래 분신 모티프는 죽
음으로부터 영속성을 보장하려는 욕망, 죽음의 권능에 대한 강한 부
정에 그 기원을 두고 있기 때문에 최초의 분신은 '불멸의 영혼'으로
상정되기도 했다. 이와 같은 생각은 원초적 나르시시즘의 영역인 자
아에 대한 무한한 사랑에 그 기반을 둔 것이었다. 분신의 재현은 자
아가 성장해 감에 따라 새로운 내용을 얻게 되면서 새로운 심리 심
급으로 자리 잡게 되는데, 이 심급은 옛날의 자아와 대립할 뿐만 아
니라 자아를 관찰하고 비판하기도 한다. 감시 망상에 걸린 환자의
경우, 분신과 자아 사이에 생긴 균열로 인해 분신은 자아에서 분리
되어 고립된다.[26] 이 분신은 자아의 죽음 없이는 결코 죽는 법이 없
는 불멸의 존재이며 더구나 자아에 대해 비판적이기 때문에 자아를
불안하게 한다.

「시제15호」에서 이상은 '거울 속의 나'가 '나'를 어떻게 하려는 음
모를 세우고 있지나 않을까 두려워한다. '거울 속의 나'는 '나'와 거

---

26) Sigmund Freud, 「The Uncanny」, translated by David McLintock, 『The Uncanny』,
Penguin Books(U.K.), 2003, pp. 142~143.

의 대등한 존재인데, 그것은 "내가그때문에囹圄되어있드키그도나때
문에囹圄되어떨고있다."라는 구절에 잘 나타나 있다. '나'는 '거울 속
의 나'가 '나'를 대체할지도 모르리라는 것에 대해 두려움을 느끼고
있다. 그것은 '확실한 내 꿈'에 '나'는 결석한 반면, '거울 속의 나'가
'내 꿈의 白紙'를 '군용장화'로 더럽힌다고 한 대목에서 알 수 있다.
그러나 백지가 더러워진 것에 대한 죄의식은 '나'에게 투사되어 있는
것처럼 보인다('罪를품고식은寢床'). 급기야 '나'는 '나'의 존립 근거를
위협하는 '거울 속의 나'를 살해하고자 한다. 거울에 권총을 발사하
는 행위는 그와 같은 불안을 수반한 행위였다. 그러나 '거울 속의 나'
를 살해하고자 하는 욕망은 '내'가 왼편 가슴에 '방탄금속'을 덧대는
행위에서도 알 수 있듯이 살고자 하는 욕망에서 비롯된 것이었다고
보아야 할 것이다. 그것은 이 시에서 '자살의 권유'라는 형태로 드러
난 죽음 충동이 생의 충동과 함께 연동을 하고 있다는 점을 새삼 떠
올리게 한다.

죽음 충동과 생의 충동은 또한 「시제15호」에서 동일한 것의 반복
이라는 요소를 포함하고 있다. 즉 '나'는 '거울 속의 나'가 무슨 일을
꾸밀지 불안해서 계속 '거울 있는 실내'로 들어간다. 또한 계속 '거울
속의 나'를 죽이고자 하는 시도를 반복하지만 결국 죽이지 못한다.
이와 같은 반복 강박은 종국에는 '내'가 자살해야만 이 상황이 종결
될 것이라는 운명 강박으로 전이된다.

이 모든 상황이 '내가 결석한 나의 꿈'에서 기인하고 있다는 점은
이 대목에서 다시 강조될 필요가 있다. 이상은 왜 그토록 꿈에 자기
자신이 결석했다는 점에 집착하고 있는지 물어야 할 계제가 아닌가
싶다. 「시제8호」에서 平面鏡의 수은도말된 표면이 '페이지'의 메타

포임을 앞서 살펴보았지만, 이상에게 '거울'은 하나의 시 텍스트였다. 이상은 '거울'이라는 미적 장치를 통해 자기 자신을 분석해 보고자 하지만, 그 '거울'은 자기 자신을 보여주지 못하고 위조된 상만을 보여줄 뿐이다. 이상은 이 텍스트 안의 '나의 부재'에 대해 절망하고 있었던 것으로 볼 수 있다. 그 절망감으로 인해 이상은 자살 충동에 시달리게 되었던 것이다.

앞에서 이상의 '거울' 장치가 그의 일본어 연작시와 1936년 「易斷」 연작, 「위독」 연작의 중간에 놓인다고 했는데, 그것은 '거울' 장치가 전위적인 미학에 그 원천을 둔 것이기 때문이었다. '거울' 장치가 사라지고 나자 이상은 다시 소설 쓰기로 나아가지 않을 수 없었다. 1936년 도쿄에 간 이상은 센다이의 도호쿠제국대학교에 다니고 있던 김기림에게 보내는 서한에서 자기 자신의 「위독」 연작에 대해 자평하면서 "사실 나는 요새 그따위 시밖에 써지지 않는구려. 차라리 그래서 철저히 소설을 쓸 결심이오. 암만해도 나는 19세기와 20세기 틈사구니에 끼여 졸도하려드는 무뢰한인 모양이오."라고 밝혔다.[27] 「날개」, 「종생기」, 「봉별기」, 「지주회시」, 「실화」에 이르는 그의 단편들이 1936년에 모두 집중되어 있는 반면, 시로는 「易斷」 연작, 「위독」 연작을 위시한 일상성이 전경화된 것들이 대부분이었다는 점도 이상의 서한이 결코 빈 말이 아님을 보여준다.

'거울'이라는 미적 장치가 사라진 뒤 이상은 「易斷」 연작을 "방거죽에極寒이와닿았다. 極寒이房속을넘본다. 房안은견딘다."(「화로」중)라는 식의 기술로밖에는 시작할 수 없었다. 언어의 은유적 기능에

---

27) 李箱, 「私信(七)」, 김윤식 엮음, 『李箱문학전집3: 隨筆』, 앞의 책, 235면.

의존했던 '거울' 장치가 사라지자 언어의 인접성에 기댄 환유의 원리가 그 자리를 메울 수밖에 없었던 것이다. 그러나 미적 장치가 소멸되고 개인의 심리만이 부각된 「易斷」 연작, 「위독」 연작은 더 이상 시의 새로운 방법을 보여줄 수 없었고, 그것을 자각한 이상은 소설 쓰기에 더 주력하는 방향으로 나아가게 됐던 셈이다.

(3) 마조히즘과 죽음 충동, 언캐니한 여성들

이상의 죽음 충동은 반복 강박이 운명 강박으로 전이되는 과정에서 나온 것이다. 이상이 운명 강박에 시달리고 있었다는 점은 「易斷」 연작이 어떤 운명론을 보여주고 있다는 점에 의해서도 추단할 수 있다. 그런데 이상의 죽음 충동이 지닌 강박증적 구조는 전기적으로는 그의 가장으로서의 중압감에서 기인한 면이 있다.

가난 때문에 이상이 백부 김연필 집의 양자로 들어갔다가 1932년 5월 김연필이 뇌일혈로 죽자 다시 가난한 본가로 돌아와 그 생계를 돌보게 되었다는 점은 주지의 사실이다. 이상이 가장으로서의 중압감으로 인해 괴로워했고 가족을 부양해야 하는 책임으로부터 벗어나고 싶어 했다는 점은 이상이 그의 여동생 김옥희에게 보낸 공개서한(「私信(一)」)과 이상이 그의 남동생 김운경에게 보낸 엽서(「私信(十)」)를 통해서도 확인할 수 있다.[28] 이상은 근대를 미적으로 선취하고자 하는 열망을 가지고 있었지만, 가족을 돌보아야 한다는 생활인으로서의 의식이 그 열망을 가로막았다. 그것이 자아와 주체의 분열을 나타내는 '거울' 장치를 그가 내세우게 된 이유라고 해도 큰 무리는 없을 것이

---

28) 李箱, 「私信(一)」, 위의 책, 217면 참조; 李箱, 「私信(十)」, 위의 책, 243면 참조.

다. 중편 「12월 12일」에도 죽음 충동은 나타나 있다. 그러나 근대 선취에의 열망이 전면화 된 1931년, 1932년 무렵의 일본어 연작시들에 죽음 충동은 드러나 있지 않다. 이상이 '거울' 장치를 사용하면서 비로소 이상의 시에 죽음 충동이 등장하기 시작했다.

이상의 '거울' 장치가 반복 강박, 운명 강박을 야기하며, 바로 거기서 죽음 충동이 발생한다는 점에 대해서는 앞에서 잠깐 살펴보았다. 「오감도」 연작까지만 해도 죽음 충동은 미적으로 제시되었다고 할 수 있다. 그러나 「위독」 연작에서 죽음 충동은 미적인 장치의 중개 없이 직접적으로 서술되었다.

> 죽고싶은마음이칼을찾는다. 칼은날이접혀서퍼지지않으니날을怒號하는焦燥가絶壁에끊치려든다. 억지로이것을안에떠밀어놓고또懇曲히참으면어느결에날이어디를건드렸나보다. 內出血이뻑뻑해온다. 그러나皮膚에傷채기를얻을길이없으니惡靈나갈門이없다. 가친自殊로하여體重은점점무겁다.
>
> —「沈歿」 전문

> 墳塚에계신白骨까지가내게血淸의原價償還을强請하고있다. 天下에달이밝아서나는오들오들떨면서到處에서들킨다. 당신의印鑑이이미失效된지오랜줄은꿈에도생각하지않으시나요—하고나는의젓이대꾸를해야겠는데나는이렇게싫은決算의函數를내몸에지닌내圖章처럼쉽사리끌러버릴수가참없다.
>
> —「門閥」 전문

「침몰」에서 이상은 죽음 충동으로 인해 점점 의식이 흐려지는 것을 '침몰'이라는 제목을 통해 나타냈다. "죽고 싶은 마음이 칼을 찾는다."라는 「침몰」의 도입부는 일상적인 표현과 구별하기 힘들 정도로 직접적인 기술이다. 이는 죽음 충동이 그만큼 일상화된 것임을 역설적으로 보여주는 것에 지나지 않는다. 이와 같은 일상적인 죽음 충동은 「동해」, 「종생기」 등 이상의 단편에서도 쉽게 찾아볼 수 있다. 그러나 「동해」나 「종생기」에 나타난 죽음 충동은 그 배경에 대해서 명확하게 보여주고 있는 것이 없다. 「위독」 연작에서 비로소 죽음 충동의 배경이 분명하게 제시되었다.

「위독」 연작에서 「침몰」의 죽음 충동은 「문벌」에 의해서 보충된다. 「문벌」의 주제는 「오감도」 연작의 「시제2호」에서부터 이어진 것으로서 가장으로서의 중압감이다. 「易斷」 연작의 「가정」 역시 이 계열의 주제를 담고 있다. '墳塚에 계신 白骨'이 '血淸의 原價償還'을 강청한다는 것은 「문벌」이 이상 자신을 죽음으로 내몰고 있다는 의미일 터이다. 「오감도」 연작까지만 해도 죽음 충동은 왼편 가슴에 방탄금속을 덧대는 등의 포즈를 수반하고 있었지만, 「위독」 연작에서 죽음 충동은 정제되지 않은 괴로움으로 부각되거나(「침몰」) 위악적인 행동으로 표출되는 양상(「매춘」)을 띠었다. 그것은 「위독」 연작의 「육친」에서도 찾을 수 있는 '크리스트에 酷似한 襤褸한 사나이'로서 육친에 대한 애증의 양면성과도 흡사한 구조이다. 기실 프로이트의 충동 이론 자체가 이와 같은 양면성을 내포하고 있기도 했다.

프로이트는 '충동'을 "유기체 생물 속에 내재하는 무의식적인 힘으로 사물을 이전 상태로 되돌리려는 힘"으로 규정했다. 이와 같은 정의는, 유기체 생물 속에는 유기체를 그 이전의 비유기체 상태로 돌려놓으려는 충동이 존재하며 모든 삶의 목표는 궁극적으로 '죽음'이라고 할 수 있다는 유명한 결론을 낳았다. 프로이트는 죽음 충동이 주체를 보호하기 위해 그 파괴적인 에너지를 세계를 향해 방출할 경우 그것은 사디즘의 모습을 띠게 되지만, 죽음 충동의 파괴적인 에너지가 세상 쪽을 향하지 않고 주체 내에 갇히게 될 경우 근원적인 性的 마조히즘의 모습으로 나타나게 된다고 보았다.[29] 죽음 충동이 사디즘과 마조히즘의 서로 모순되어 보이는 두 가지 성적 경향으로 발현될 수 있다는 것은 이상 문학과 관련하여 의미심장한 면이 있다. 그것은 이상 문학의 에로티시즘이라는 주제와 곧바로 이어져 있기 때문이다.

이상 문학에서 에로티시즘은 「광녀의 고백」, 「흥행물천사」 등 일문 「鳥瞰圖」 계열로부터 시작되었다. 거기서부터 이상이 여성의 육체에 대해 다루기 시작했다. 「異常한 可逆反應」 연작에서도 여성이 기호의 형태로 등장하지만, 「광녀의 고백」, 「흥행물천사」의 여성들에게 더 주도권이 있었다. 가령 「광녀의 고백」, 「흥행물천사」의 여성들이 훨씬 '무섭게', 기괴하게 그려져 있다.

　　　－어떤後日譚으로

　　整形外科는여자의눈을찢어버리고形便없이늙어빠진曲藝象의눈으로만들고만것이다. 여자는실컷웃어도또한웃지아니하여도웃는것이다.

　　여자의눈은北極에서邂逅하였다. 北極은초겨울이다. 여자의눈에는白晝가나타났다. 여자의눈은바닷개잔등같이얼음판위에미끄러져떨어지고만것이다.

---

29) 할 포스터, 「쾌락을 넘어선 원칙」, 윤소이 옮김, 『욕망, 죽음, 그리고 아름다움』, 앞의 책, 43~47면 참조.

世界의寒流를낳는바람이여자의눈물을불었다. 여자의눈은거칠어
졌지만여자의눈은무서운氷山에싸여있어서波濤를일으키는것은不可
能하다.

여자는大膽하게NU가되었다. 汗孔은汗孔만큼의荊棘이되었다. 여
자는노래부른다는것이찢어지는소리로울었다. 北極은鐘소리에戰慄
하였던것이다.

거리의音樂師는따스한봄을마구뿌린乞人과같은天使. 天使는참새
와같이瘦瘠한天使를데리고다닌다.

天使의배암과같은회초리로天使를때린다.
天使는웃는다, 天使는고무風船과같이부풀어진다.

天使의興行은사람들의눈을끈다.
사람들은天使의貞操의모습을지닌다고하는原色寫眞版그림엽서를산다.

天使는신발을떨어뜨리고逃亡한다.
天使는한꺼번에열個以上의덫을내어던진다.

日曆은쵸콜레이트를늘인다.
여자는쵸콜레이트로化粧하는것이다.

여자는트렁크속에흙탕투성이가된즈로오스와함께엎더려져운다.
여자는트렁크를運搬한다.

여자의트렁크는蓄音機다.
蓄音機는喇叭과같이紅도깨비靑도깨비를불러들였다.

紅도깨비靑도깨비는펜긴이다. 사루마다밖에입지않은펜긴은水腫이다.

여자는코끼리의눈과 頭蓋骨크기만큼한水晶눈을縱橫으로굴리어秋波를濫發하였다.

여자는滿月을잘게잘게씹어서饗宴을베푼다. 사람들은그것을먹고 돼지같이肥滿하는쵸콜레이트냄새를放散하는것이다.

－「興行物天使」 전문

「흥행물천사」에서 여성은 전혀 아름답게 그려져 있지 않다. '여자' 는 성형수술이 잘못되어 눈은 코끼리의 그것처럼 되어버린 데다가 땀구멍조차 넓은 것으로 묘사되고 있다. 또한 그 '흥행물천사' 여자 는 마음도 거칠어서 좀처럼 눈물을 흘리는 일도 없으며 노래 솜씨라 고 하는 것 역시 '찢어지는' 울음소리를 방불케 하는 것으로 이 시에 그려져 있다. 그 여자가 '흥행'에 성공한 요인은 그녀 자신의 육체를 페티시의 대상으로 만드는 데 있었다. 예를 들어 그녀는 자기 자신 의 누드를 담은 도색적인 그림엽서를 남성들에게 판다. 이 시에서 이상은 여성의 육체를 무기물인 '트렁크'에 빗대고 있다. 그것은 여 성의 성기에 대한 비유라고 할 수 있다. 또한 여성의 성기에 대한 비 유는 '축음기'라는 새로운 비유로 환유적으로 이동한다. 그것은 여성 의 교성으로부터 유추된 비유다. 물신화된 여성이 '코끼리의 눈과 頭 蓋骨 크기만큼한 水晶눈'이라는 언캐니한 비유에 의해 한껏 과대하 게 형상화되고 있는 반면 이 시에서 남성은 왜소한 '펭귄'으로 희화 적으로 그려지고 있다.

이 시에서 '흥행물천사'로서 여성은 페티시를 통해 근대 그 자체에 대한 알레고리가 되고 있다. '흥행물천사'는 표면적으로 '쵸콜레이 트'의 자선을 베푸는 '천사'의 역할을 하고 있지만, 사람들을 물신주의에 빠뜨리는 '유혹자'의 구실도 하고 있다. 그 '유혹자'는 미츠코시 백화점의 '숍 걸'을 연상시킨다. "三越 松坂屋 伊東屋 白木屋 松屋 이 七層집들이 요새는 밤에 자지 않는다. 그러나 우리는 그 속에 들어가면 안 된다. 왜? 속은 七層이 아니오 한 層式인데다가 山積한 商品과 茂盛한 '숲껄' 때문에 길을 잃어버리기 쉽다."라고 이상은 '도쿄'의 상품 경제면의 근대를 묘파한 바 있다.[30] 이 언캐니한 유혹자들이 인간을 상품으로부터 소외시키고 자본주의 근대의 한 복판에서 길을 잃게 하리라는 점에 대해 이상은 인식하고 있었다. '흥행물천사'만큼 강력한 여성으로 그려지지는 않았지만, 언캐니한 여성의 이미지는 「I WED A TOY BRIDE」에서도 반복된다. 『삼사문학』 제5집에 실린 그 시에서도 여성은 물신화된 육체, '작난감新婦'로서 자동인형처럼 묘사되어 있다.

「紙碑」 연작에서도 이상은 언캐니한 여성으로서 '안해'에 대한 주제를 보여주고자 했다. 그러나 언캐니한 이미지의 여성이라는 주제는 그에게 시적인 주제라기보다는 산문적인 주제였다. 그것은 '19세기적 윤리'에 의해 자본주의 근대를 비판하려는 의도를 포함하고 있었기 때문에 이상은 이 주제에 대해 소설 쪽으로 다루어볼 생각을 품게 되었다. 「지주회시」, 「날개」, 「동해」, 「종생기」 등 이상의 단편에 등장하는 여성 주인공들은 모두 언캐니한 이미지의 여성들이라고 할 수 있다. 예를 들어 「지주회시」에서 주인공의 아내는 '거미'로 비유되고 있으며, 「날개」에서 주인공의 아내는 '女王蜂'으로 그려지고 있다. 그들은 모두 자기 자신의 육체를 물신화하여 단편 속 주

---

30) 李箱, 「東京」, 김윤식 엮음, 『李箱문학전집3: 隨筆』, 앞의 책, 97~98면.

인공인 '나(李箱)'와 대결한다. 그들은 '나'를 속이고자 하고 '나'는 그
들에게 속지 않으려고 한다. 그러나 언제나 여성들이 '나'보다 우위
에 서 있는 것처럼 보인다. '물신'이 되어 자본주의 근대에 완전히
적응을 한 여성들에게는 경제적 능력이 있지만, '나'는 경제 활동에
무관심하거나 여성들에게 기생을 한다. 이와 같은 양상은 전통적 여
성관에 비추어 볼 때는 낯설고 기괴한 것이지만, 그 배면에는 자본
주의 근대의 훼손된 상품 거래 방식이라는 친숙한 주제를 깔고 있다
는 점에서 언캐니하다.

　「동해」나 「종생기」 계열의 남자 주인공들은 그들의 맞수로서 여
성 주인공들의 훼손성에 대해 너무나 잘 알고 있다. 또한 그들은 여
성 주인공들이 그 '飜身術'(「종생기」)로서 속임수를 쓰는 것만큼 자주
잔재주를 부려서 여성 주인공들을 이겨보고자 하는 경향이 있는 것
이 사실이다.

　　　(가) 천연 결혼하기 싫다. 트집을 잡아야겠기에─
　　　「몇번?」
　　　「한번」
　　　「정말?」
　　　「꼭」
　　　이래도 안되겠고 間髮을 놓지 말고 다른 방법으로 拷問을 하는 수밖
　　에 없다.
　　　「그럼 尹 以外에?」
　　　「하나」
　　　「예이!」
　　　「둘」

「잘 헌다」

「셋」

「잘 헌다, 잘 헌다」

「넷」

「잘 헌다, 잘 헌다, 잘 헌다」

「다섯」

속았다. 속아 넘어 갔다. 밤은 왔다. 촛불을 켰다. 껐다.

(나) 나는 차츰차츰 이 客 다 빠진 텅 빈 空氣 속에 沈沒하는 果實 씨가 내 허리띠에 달린 것 같은 恐怖에 지질리면서 정신이 점점 몽롱 해 들어가는 벽두에 T군은 은근히 내 손에 한 자루 서슬 퍼런 칼을 쥐어준다.

(復讐하라는 말이렷다)

(尹을 찔러야 하나? 내 決定的 敗北가 아닐까? 尹은 찌르기 싫다)

(姙이를 찔러야 하지? 나는 그 毒花 핀 눈초리를 網膜에 映像한 채 往生하다니)

내 심장이 꽁꽁 얼어들어온다. 빼드득 빼드득 이가 갈린다.

(아하 그럼 自殺을 勸하는 모양이로군, 어려운데 어려워, 어려워, 어려워)

-「童骸」 중에서

(다) 그 낯으로 오늘 貞姬는 내게 李箱先生님께 드리는 速達을 띄우 고 그 낯으로 또 나를 만났다. 恐怖의 飜身術이다. 이 恍惚한 戰慄을 즐기기 위하여 貞姬는 無辜의 李箱을 徵發했다. 나는 속고 또 속고 또 또 속고 또 또 또 속았다.

나는 勿論 그 자리에 昏倒하여 버렸다. 나는 죽었다. (중략)

눈을 다시 떴을 때는 거기 貞姬는 없다. 勿論 여덟시가 지난 뒤였다. 貞姬는 그리 갔다. 이리하여 나의 終生은 끝났으되 나의 終生記는 끝나지 않는다. 왜?

貞姬는 지금도 어느 삘딩 걸상 위에서 듀로워즈의 끈을 푸르는 中이오 지금도 어느 泰西館別莊 방석을 비이고 듀로워즈의 끈을 푸르는 中이오 지금도 어느 松林 속 잔디 벗어 놓은 外套 위에서 듀로워즈의 끈을 盛히 푸르는 中이니까다.

-「終生記」 중에서

「동해」에서 '나'는 '姙이'의 남성 편력에 대해 알아내기 위해 '姙이'에게 자백을 강요한다(가). 이와 같은 호승심은 사실 사디즘의 구조를 띠고 있는 것으로 볼 수 있다. '나'는 죽음 충동으로부터 주체를 보존하기 위해 죽음 충동의 파괴적인 에너지를 언캐니한 여성들에 대한 애증으로 발산하고자 한다. 가령 '나'는 (가)에서처럼 情婦를 성적으로 고문하기도 하고, 친구 '尹'에게 정부인 '姙이'를 데이트 상대로 빌려주고 (나)에서처럼 질투에 치를 떨기도 한다. 이상 단편의 주인공들은 모두 여성을 '소유'하고자 한다. 심지어 「날개」의 주인공은 아내가 준 용돈을 모아 다시 아내를 '사고자' 한다. 「날개」의 주인공은 그와 같은 거래 방식에서 희열을 느낀다. 「날개」의 아내 역시 그와 같은 거래 방식에서 쾌락을 얻는다. 「종생기」의 '나' 역시 '貞姬'를 소유하기 위해 속임수를 쓴다.

이상 단편의 남성 주인공들의 여성에 대한 소유욕과 정복욕은 기실 주체의 생명을 계속 이어나가고자 하는 사디즘적 리비도가 변형된 것이었다. 그리하여 그의 단편에서는 끊임없이 헤겔식의 주인과 노예의 변증법을 방불케 하는 남녀 간의 인정 투쟁이 이어진다. 그러나 결과는 언제나 좀 더 '치사한' 여성 주인공들의 승리로 끝난다. 그들 여성 주인공들은 (다)에서처럼 남성 주인공이 잠든 사이 다른 남성들에게로 가서 '듀로워즈'의 끈을 푸는 제국주의적인 남성 편력을 보여준다. 그것은 제국주의와 연동을 하는 '치사한' 자본주의 근대의 모순이 그만큼 공고함을 웅변하고 있는 결말로도 볼 수 있다. 훼손된 상품 거래에서 패퇴한 이상 단편의 주인공들은 다시 유서를 쓰거나 면도칼을 보고 깜짝 깜짝 놀라는 수밖에 다른 도리가 없다. 트릭스터답게 이상은 그의 단편들을 통해서 이 죽음 충동마저 희화화하는 데 성공했다. 그러나 이상이 시를 통해서는 죽음 충동을 우스꽝스러운 유서 같은 것으로 희화화할 수 없었다고 생각한다. 그의 시에서 죽음 충동은 가장으로서의 무기력함, 비관적인 지병 등에 대한 마조히즘적인 번민으로 표출되었다. 바로 거기에 「위독」 연작의 의미가 있었다고 생각한다.

이상은 죽음 충동을 통해 그것 자체에 내재한 식민지 근대의 사디즘적 구조, 마조히즘에 의해 와해되는 근대적 주체에 대한 비판적인 논점들을 우리 문학사에 제공해주었다고 할 수 있다.

(4) 시사적 의의와 그 한계

지금까지 1930년대 이상의 초현실주의 시에 대해 살펴보았다. 이 글에서는 이상의 시를 일본어 시, '거울' 장치가 부각된 시, 일상적인 내용을 직접적인 서술로 드러낸 시 등으로 대략 나누어 살피려고 했다. 그 과정에서 분명히 이상의 시 세계를 단순화하는 실수를 범했을 것이다. 그러나 또한 그 과정에서 그가 근대에 대해 양가적인 감정을 품고 있었다는 점이 비교적 선명하게 드러날 수 있었으며, 그의 죽음 충동이 그의 시와 소설을 아우르는 창작의 원리라는 점이 명백해질 수 있었다.

이상은 일련의 일본어 연작들을 통해 근대를 선취하고자 하는 열망을 드러냈다. 그 열망은 새로운 시로서 전위적 수법이라는 형태로 제시되었다. 그래서 이상의 다다이즘적 경향이나 미래파적 요소에 대해 논하고자 할 때, 그의 일본어 창작에 무게를 둘 수밖에 없었다. 그러나 이상이 우리말로 시를 쓰게 되면서부터는 다다이즘이나 미래파적인 요소에만 기댈 수는 없었다. 그가 우리말로 시를 쓰기 시작했다는 것은 그가 문단의 일원으로 공인되는 과정의 한 단면을 보여주는 것이기도 했다. 그가 우리말로 시를 쓰게 되면서 식민지 현실, 식민지 지식인으로서의 자의식이 강화되었다고 해도 과언은 아니다. 또한 거기에는 가족을 책임져야 하는 생활인으로서의 감각이 덧붙여졌다.

애초 이상이 '거울' 장치에 관심을 가졌던 것은 그것이 근대 합리주의 사상의 핵심 원리인 재현의 표본처럼 보였기 때문이다. 다시 말해 이상에게는 '거울'을 통해 식민지 현실 속의 자기 자신을 비춰봄으로써 자신의 갈 길을 찾고자 하는 분석적 의도가 있었다. 이상은 '거울' 장치를 통해 전위적 수법들을 지속시키고자 했다. 그러나 '거울' 장치가 지닌 강박증적 메커니즘이 이상의 기획을 압도하면서, '거울' 장치는 '믿을 수 없는 사물'로서 언캐니하게 회귀했다. '거울' 장치에 덧붙여진 그의 분신 모티프는 근대에 대한 열망으로 가득한 자아와 식민지 현실의 제모순에서 벗어날 수 없는 식민지 근대 주체 사이의 분리라는 주제를 우리 시사에 도입했다.

이상의 죽음 충동은 '거울' 장치가 이상의 분석적 의도를 압도했을 때 나왔다. 이상은 죽음 충동이 근대 비판의 윤리적인 요소를 포함하고 있다는 점에 대해 알고 있었기 때문에 스스로를 '19세기적'인 인물로 규정하곤 했다. 그리고 그 죽음 충동을 시보다는 소설 쪽에서 다루어보고자 했다. 그것은 시에서 '거울' 장치가 퇴조한 것과 무관하지 않다고 판단된다. 미학적인 기획이 죽음 충동에 의해 이미 와해된 지점에서 이상은 윤리적인 문제에서 타개책을 찾고자 했다고 볼 수 있을 것이다.

1936년 10월 이상은 도일해서 제국의 수도 도쿄에서 자본주의 근대의 실체를 확인한다. 도쿄의 모습에서 이상은 광속보다 빠르게 미래로 달음질쳐서 현재를 과거처럼 보리라던 과학적 세계관 속의 합리주의적 근대 대신 물신화된 도시, 상품 경제면에서의 '치사한' 거래만이 존재하는 근대를 목도하게 된다. 이상의 초현실주의는 그 자본주의 근대의 거래 방식, '목숨을 건 도약'으로서의 언캐니한 교환의 논리에 대해 문제 삼음으로써 김기림의 저널리즘적인 문명 비판이 감당하지 못했던 근대의 본질적 모순을 적절하게 문학사적 과제로 제기했다는 점에서 큰 의미를 지닌다.

3. 현실과 초현실의 이원론: 『삼사문학』의 경우

1930년대 식민지 조선의 초현실주의는 이상과 『삼사문학』을 중심으로 논의되고 있는 것이 사실이다. 그러나 『삼사문학』은 이상에 비해 연구하는 사람이 적다. 그것은 『삼사문학』의 영인본을 구하기 힘든 탓도 있고, 영인본을 판독하는 것이 만만한 일이 아니기 때문이기도 하다. 더구나『삼사문학』이 그만한 수고를 기울일 가치가 있느냐는 의구심 역시 전혀 불식되지 않은 실정이다. 그러는 동안에『삼사문학』에 대한 풍문만 무성해진 면도 있다. 예를 들어『삼사문학』을 온전히 초현실주의만의 전유물인 것처럼 여기는 것이 그것이다. 이 경우 초현실주의의 몇몇 기법들로『삼사문학』에 실린 시들을 재단하기 일쑤여서 초현실주의를 기법으로만 인식하게 되는 폐해를 재생산하는 악순환을 거듭하고 있다. 또 다른 예로 이상이 김기림에게 보낸 서한에서『삼사문학』동인들의 '생리'를 고평한 것을 근거로『삼사문학』의 문학적 수준에 대해 과도한 기대를 품는 경향도 있다.[31] 그러나 이 문제는『삼사문학』을 전반적으로 읽어보아야지 알 수 있는 문제이지 결코 이상의 평에만 의지할 것은 아니다.

『삼사문학』제3집에는 문단 선배들을 대상으로 한 설문란이 마련되어 있다. 문예 동인지에 대해 어떻게 생각하느냐는 것과『삼사문학』에 대해 어떻게 생각하느냐는 것이었다.[32] 이런 내용의 설문을 마련한 것은『삼사문학』제1집·제2집이 문단적으로 이슈가 되지 못한 데서 궁리해낸 관심 끌기의 방편일 수도 있고, 또 그 만큼『삼사문학』이 동인지로서 안정감을 유지하게 되었다는 것을 의미하기도 했다. 그러나 이보다 더 중요해 보이는 것은 이 설문에 동원된 문단 선배들의 면면이다. 김동인이나 이태준, 장혁주 등도 이 설문에 응했지만, 김진섭, 함대훈, 유치진, 김광섭, 조희순, 이헌구, 이하윤

---

31) 李箱, 「私信(七)」, 김윤식 엮음, 『李箱문학전집3: 隨筆』, 문학사상사, 초판 4쇄, 1998, 235면 참조.

32) 「설문」, 『三四文學』, 제3집, 1935. 3, 60~61면 참조.

등 소위 '해외문학파'만이 설문의 대상이 된 점이다. 이 점은 1930년대 시단의 역학 구도와 관련해서『삼사문학』의 위상을 설명하는 데 중요한 자료인데, 지금까지 아무도 여기에 대해 언급한 사람이 없었다는 것은 이상한 일이다.『삼사문학』은 1930년대 시단과 분리해서 논의되어 온 감이 있다. 그러나 매체로서의『삼사문학』을 고려하지 않은 채『삼사문학』초현실주의의 시사적 의의를 찾는 것은 매우 불합리한 연구 태도이다.

그런 의미에서 이 절에서는『삼사문학』의 형성과 그 분위기를 먼저 동시대 초현실주의 이론의 수준이나 시단의 역학 관계 속에서 간략하게 조망한 다음,『삼사문학』초현실주의의 성격에 대해 주요 시인들의 작품 세계를 구체적으로 살핌으로써 알아보는 순서를 취하고자 한다.

(1)『삼사문학』의 형성과 그 분위기

『삼사문학』은 1934년 신백수, 이시우, 조풍연, 정현웅 등이 주축이 되어 '새로운 예술로의 힘찬 추구'를 그 기치로 내걸고 출발했다. 신백수는『삼사문학』이 1937년 1월 제6집을 낸 뒤 폐간된 것으로 밝히고 있지만, 현전하는 것은 제1집부터 제5집까지 다섯 권이 전부다.[33]『삼사문학』의 창간호는 신백수가 주간을 맡고, 정현웅이 표지 및 삽화를 그리고, 조풍연이 필사를 해서 등사판 200부를 찍었는데 일주일이 못 가서 다 팔렸을 만큼 반응이 좋았다.[34]

---

33) 申百秀,「歷의 내력」,『象牙塔』제7호, 1946. 6. 25.
34) 趙豊衍,「『三四文學』의 기억」,『現代文學』, 1957. 3, 263~264면 참조.

지금까지 『삼사문학』은 초현실주의 성향의 동인지로만 알려져 왔는데, 그 창간호에는 박종화의 시조를 위시한 전통 서정시가 주조를 이루었고 「걸인」(김영기), 「없는 사람들」(김원호) 등 소설들은 사실주의 성향이 두드러졌으며 희곡 「풍랑」은 자연주의 계열이었고, 초현실주의 작품으로는 이시우의 시 「アール의 비극」 한 편이 고작이었다. 『삼사문학』은 제2집부터 김원호, 신백수, 유연옥, 이시우, 이효길, 정현웅, 조풍연, 한천 등 동인 중심의 문예지를 표방했는데, 엄밀하게 말해서 이들이 초현실주의 동인은 아니었다. 이시우가 초현실주의 시론 「絕緣하는 논리」를 싣고 있는 제3집에서도 정현웅은 「사실주의(회화)만보」를 게재하고 있었고 조풍연도 사실주의 계열의 소설 「간판선수」를 실었다. 정현웅은 제4집의 「사·에·라」에서는 "新奇하다는다만그것으로問題視하든것은 임이지나간歷史다. 여기에있어 藝術의正統을 차저 다시 過去에關心하려는것은 當然한일이다."라고 하여 '새로운 방법론'을 주창한 이시우와는 어긋나는 태도를 공공연히 강조하기도 했다.[35] 그래도 비교적 초현실주의에 가까웠던 것은 신백수가 서울에 남아 있는 동인들에게는 의논도 없이 도쿄에서 이상, 주영섭, 황순원 등을 새 동인으로 끌어들여서 낸 제5집뿐이었다.

이와 같은 사정을 종합해 볼 때 『삼사문학』을 본격적인 초현실주의 동인지로 규정하는 것은 무리일 것으로 판단된다. 그런 의미에서 『삼사문학』을 일괄적으로 초현실주의 동인지로 보는 것보다는 『삼사문학』 내의 초현실주의적 흐름을 시사적인 맥락에서 재조명하는 것이 『삼사문학』에 대한 온당한 접근 방법이라고 생각한다. 설사 『삼사문

---

35) 鄭玄雄, 「사·에·라」, 『三四文學』, 제4집, 삼사문학사, 1935.8, 22면 참조.

학』의 시사적 의의가 대부분 초현실주의적인 성과에 집중되어 있다고 하더라도, 『삼사문학』 동인들이 어떻게 서로 모순되는 예술적 지향을 가지고 있으면서도 동인의 틀을 유지할 수 있었는가 하는 점은 여전히 문제로 남는다. 더 직접적으로 말하면 『삼사문학』을 주도했던 신백수, 이시우, 한천 등 초현실주의자들이 어떻게 사실주의 성향의 정현웅이나 조풍연 등을 포용할 수 있었는가 하는 점이다. 당대 초현실주의만으로는 문예지의 수익성을 장담할 수 없었기 때문이라든지 연희전문의 학연 때문이라고만 한다면 본질에서 벗어난 답변이 될 것이다. 거기에는 미학적인 공감이 있었다고 보아야 할 것인데, 그것을 밝히는 것이 이 절의 목적이다.

『삼사문학』을 초현실주의 성향의 동인지로 보는 근거는 전적으로 이시우의 활동에 기대고 있는 것이다. 특히 그의 「絶緣하는 논리」는 기존의 시사에서 초현실주의의 대표 시론으로 두루 인정받고 있다. 그 글에서 이시우는 우리 근대시가 '思想'이란 의미의 내용 면에서는 발전을 해왔지만, 형식에서는 큰 진전을 보이지 못했다고 지적하면서, '사상의 현실성'에 매달린 프롤레타리아 시가 '문학의 현실성'인 초현실주의를 부정한 점을 비판했다.[36] 여기서 눈여겨 볼 것은 '문학의 현실성'이 곧 '초현실주의'라는 인식이다. 이 인식에는 '현실'과 '초현실'의 관계에 대한 전제가 깔려 있다. 즉 '문학의 현실성'이 곧 '초현실주의'라는 언급에서 '현실'과 '초현실'은 동떨어져 있지 않고 오히려 서로 얽혀 있다.

기실 1930년대 초현실주의 수용에서 '초현실'이라는 용어만큼 혼

---

36) 李時雨, 「絶緣하는 論理」, 『三四文學』, 제3집, 삼사문학사, 1935. 3, 9면 참조.

란을 일으킨 것도 없었을 것이다. 조약슬은 "現實이람을 優秀한(藝術 的으로) 面影으로 轉換함이 卽 '슐레아리즘'이다."라는 이반 골의 초 현실주의 정의를 원용하면서, "超現實이람은 現實을 超越하야 現實 을 무시한다는 말은 아니다. 單히 現實을 超越的 表現材料로서 現實 을 表現함에 不過하다는 것이다."라는 말로 현실과 초현실의 관계를 규정했다. 조약슬은 초현실주의 작품을 창작할 때는 반드시 '현실'이 라는 '대립적 영역' 내에서 그 사고를 구성해야 한다고 하면서, 현실 과 초현실의 이원론을 통해 초현실주의를 설명하고자 했다.[37] 『삼사 문학』의 이시우 역시 '문학의 현실성이 곧 초현실주의'라는 인식을 통해 이 이원론을 보여주었다.

'초현실'을 논의하기 위해서는 반드시 그 '대립적 영역'인 '현실'을 상정해야만 한다는 논리에 대해 『삼사문학』 동인들이 같은 뜻이었다 면, 이시우, 신백수, 한천 등 초현실주의자들이 주축이 된 『삼사문학』 이 사실주의를 비롯한 다른 경향을 두루 포용한 것도 수긍이 갈 만하 다. 현실과 초현실의 이원론의 관점에서 '사실주의'와 '초현실주의'가 문예 상의 사조로서 나란히 가는 것은 오히려 자연스러운 일이라고 할 수 있는데, 단지 이시우를 위시한 『삼사문학』 동인들은 '현실'이 '정치'에 고정되지 않을 때만 '초현실'과 관련을 맺을 수 있다고 생각했 다. 이것은 『삼사문학』 동인들의 정치 감각을 보여주는 것이다. 가령 이시우는 「絕緣하는 논리」를 "정체된 조선시단에 한 개의 반성을 제 기"하고자 썼다고 했는데, 이것은 카프 해체 직전의 문단 침체를 염두 에 둔 언급이다.[38] 이시우는 「絕緣하는 논리」에서 프롤레타리아 시와

---

37) 趙若瑟, 「超現實主義文學-'이반·꼴'氏의所說」, 每日申報, 1934.3.3~3.11 참조.
38) 李時雨·鄭玄雄, 「後記」, 『三四文學』, 제3집, 1935.3, 86면 참조.

모더니즘 시를 동시에 공격하고, 「SURREALISME」에서 김기림, 정지용 등 모더니스트들을 공격함으로써 『삼사문학』의 문단적 위상을 높이고자 하는 의도가 있었다.

지금까지 『삼사문학』 동인의 형성과 그 분위기를 간략히 살펴본 셈이다. '현실'과 '초현실'의 이원론은 조약슬의 글에서도 드러나듯이 그대로 1934년 식민지 조선 문단의 초현실주의에 대한 이론적 수준이라고 보아도 무방할 것이다. 그 이원론을 통해 『삼사문학』이 동인의 틀을 유지할 수 있었고, 해산 직전의 프롤레타리아 진영과 김기림, 정지용 등 모더니스트들을 비판할 수도 있었던 것은 전술한 바와 같다. 이제 좀 더 근본적인 문제를 제기해 볼 수 있을 듯한데, 그것은 '현실'과 '초현실'의 이원론이 문단의 헤게모니 싸움이 아닌 『삼사문학』 동인들의 작품에 어떤 영향을 미쳤는가 하는 것이다. 그 이원론이 이시우 초현실주의의 성격을 가늠하는 중요한 단서가 된다는 점에서 이제부터는 이시우의 작품들에 '현실'과 '초현실'의 이원론이 어떤 영향을 미쳤는지 간단히 살펴보려고 한다.

(2) 산문으로 쓰기와 미니멀한 현실: 이시우의 경우

「絕緣하는 논리」에서 이시우는 시의 수정주의적 발전 모델인 '산문시' 혹은 '律的 散文'에 거부감을 드러내며 "현 방법론적인 질서를 필요치 않게 된 새로운 방법론적인 질서"로서 온전히 산문으로 쓰지 않으면 안 된다고 주장했다. 그리고 운문의 시론에서 '운율'이 불가결한 요소이듯 산문의 시론에서는 '의미'가 불가결한 요소라고 역설했다.[39] 이시우가 '산문'이 아니면 안 되는 이유에 대해 명확하게 밝힌 것은 아니다. 가령 아베 도모지(阿部知二)가 의미(sense), 감정

(feeling), 태도(tone), 목적(intention) 등에서 산문과 운문이 구별되지 않는다고 주장한 것을 떠올려보면, 이시우의 산문으로 쓰기는 다분히 맹목적인 데가 있었다. 이시우의 새로운 방법론에 대한 고민은 아베 도모지의 「方法論的 斷片」이나 사카모토 에츠로(阪本越郎)의 「새로운 형식(新しい形式)」 등 『詩と詩論』 그룹의 새로운 방법론 모색에 자극을 받은 다소 정제되지 않은 논의였다.[40]

　기실 이시우는 「絕緣하는 논리」를 발표하기 전부터 '산문으로 쓰기'를 고집하고 있었다. 「アールの 비극」은 警句風의 산문으로 된 시이다. 이 시에서 산문으로 쓴다는 것은 표현 내용으로서의 현실을 산문화를 통해 초현실로 바꾼다는 것, 다시 말해 초현실주의 방법론 자체였다. 물론 '산문화'란 줄글로 쓴다는 것 이상의 의미를 지니는데, 이시우는 '산문화'를 통해 현실을 낯설게 추상화하는 경향이 있었다.

　　1. アールは거울안의アールと같이슬프오
　　2. 喫煙을爲한喫煙에서煙氣의儼然한存在를認識할수없는O과같은 アール의一生이다
　　3. 쟈미없던어적게에서밖에ロ-マンチズム을發見하지못하는アール는오늘도亦볼쟈미없는ロ-マンチズム을맨들고있더라(ロ-マンチズム을爲한ロ-マンチズム인O과같이쟈미없는아, O과같이쟈미없는O-과- 가티-이-쟈-미-없-는……)
　　4. 書架에낀겨져있는書籍과같은アール의憤怒는-アール는尨大한辱

39) 李時雨, 「絕緣하는 論理」, 앞의 책, 12면 참조.
40) 阿部知二의 「方法論的 斷片」은 먼저 '理論에 대하여'라는 항목에 대해 논하고 나중에 '시와 산문에 대하여'라는 항목을 논한 글이다. 阪本越郎의 「新しい形式」은 그 자체로 警句 형식으로 된 글로서, 두 편 모두 『詩と詩論』 제7집(1930)에 수록되어 있다.

의思想인化石을거울에빛오일뿐이다

   5. 너조차잠작고있으면또한개의ア―ル는大體너에게다무엇을속삭
일수있단말이냐. ア―ル의비보

―李時雨, 「ア―ル의悲劇」 전문[41]

「ア―ル의 비극」에서 'ア―ル'는 'R'의 일본식 표기이다. 'R'은 인명
의 이니셜인 셈인데, 결국 시인 자신으로 보아야 할 것이다. 그렇다면
'ア―ル의 비극'은 곧 시인 자신의 비극이 되는 셈이다. 이시우가 이
시에서 '나'라는 일인칭 대신 'ア―ル'라는 삼인칭을 통해 자기 자신을
대상화한 것은 '자기 자신의 비극'이라는 소재가 자칫 자기 연민으로
기울면서 감상풍으로 전락할 위험을 방지하기 위한 방편이었다.

「ア―ル의 비극」은 '자기 자신'을 대상화한다는 의미에서 자의식을
드러내고 있는 시인데, 그것은 '거울' 장치 본연의 기능이기도 하다
(제1연). '거울'은 자아(the self)가 자기 자신에 대해 관찰하게 하는 수
단으로서 심리적 초현실주의의 중요한 도상으로 간주되어 왔다. 제1
연의 '거울' 역시 이상의 「거울」(1933) 계보에 속하는 것으로서 심리
적 초현실주의의 도상으로 판단된다. 'ア―ル'는 '거울' 앞에서 담배
를 피워본다. '喫煙을 위한 喫煙'은 어떤 목적 없는 순수한 행위지만,
거기서도 엄연히 그 결과로서 '연기'가 피어오른다(제2연). 그러나 'ア
―ル'는 그 결과보다는 '순수한 행위'로서 끽연에서만 '의미'를 찾는

---

41) 간호배는 「ア―ル의悲劇」에 나오는 '○'을 숫자 '0'으로 보고 있으나, 이 점은 분명치
    않은 것 같다. 조풍연의 필사로 된 『三四文學』 제1집의 '北星堂' 광고의 글씨 역시
    조풍연이 쓴 것으로 보이는데, 거기 '振替 京城 一六0八二番'의 숫자 '0'은 「ア―ル의悲
    劇」에 나오는 '○'보다는 훨씬 날렵한 형태를 하고 있다.
    간호배, 『초현실주의 시 연구』, 한국문화사, 2002, 76~77면 참조.

다. 제3연의 'ロ-マンチズム을爲한ロ-マンチズム'은 '喫煙을 爲한 喫煙'과 동일한 구조다. 그것은 일견 '예술을 위한 예술'을 떠올리게 한다. 어찌 됐든 'ア-ル'는 'ロ-マンチズム을爲한ロ-マンチズム'을 '재미없는 것'으로 설명하고 있다. 'ア-ル'는 '어제'에서만 'ロ-マンチズム'을 발견하며, 과거('어적게')에 대한 집착으로서 'ロ-マンチズム'에 기댄 창작은 매일 반복된다. 'ア-ル'는 그것 때문에 자기 자신에 대해 화가 나 있는 것이다. 제3연의 '○과 같이 쟈미없는'에서 '○'은 욕설과 관련이 있다. 제4연의 '尨大한 辱의 思想'이라는 구절은 '○'이 욕설과 무관하지 않으리라는 추측을 낳게 한다. 그러나 'ア-ル'의 자기 자신에 대한 분노는 '書架에끼쳐져있는 書籍'처럼 관념적인 데 지나지 않는다. 그 점 또한 'ア-ル'의 비극 중 하나라고 할 수 있다.

「ア-ル의 비극」은 '자의식 과잉의 심리'를 산문 형식으로 풀어씀으로써 표현 형태 면의 초현실주의를 실험한 시이다. 그 대극의 방향에서 표현 내용 면의 '현실'에 대해서도 물어볼 수 있음직한데, 이 시우가 참고한 현실은 脫역사적 공간으로서 '거울'이었고, '憤怒'가 화석화한 일상이었다는 데 이시우 초현실주의 시의 한 특징이 있었다. 이를테면 그는 일상의 세목들을 재현하는 대신 일상을 심리적 공간으로 재배치하는 것을 '산문으로 쓰기'로서 밀고나갔다.

이와 비슷한 맥락에서 「제일인칭시」 역시 '인칭'에 대한 조작을 통해 일상을 산문화하는 방향에서 초현실주의의 방법론을 보여준 시로 판단된다.

　　내가ソノコ하고제비초리의이야기를하고있으면, 나의제비초리의三
人稱의悲劇.
　　제비초리는가을이면가을이기때문에슬픈것이라고, 나는ソノコ한테
슬픈제비초리의辨明을하는도다.　　肉體를稀薄히하는나의形而上學이
두려워서, 나는나의피의不純함을슬퍼하고자눈물을내일냐고, 작고만
작고만하품을하는도다.
　　아아나의永遠은나의조을님속에季節같이숨었는도다.
　　아아나의a priori는소나무처럼작고만작고만成長하는도다.
　　　　　　　　　　　　　　　　　－李時雨,「第一人稱詩」전문[42]

　「제일인칭시」는「アールの悲劇」보다 등장하는 인물이 많다는 점
에서 복잡하게 보이는 면이 있다. 가령 'ソノコ(その子)'라든지 '제비
초리'가 누구인지 밝혀져 있지 않으며 시의 제목조차 시의 정황 설명
에 별로 도움을 주지 않아서 이 시는 다소 난해한 감이 있다. 그러나
시의 제목은 그 시의 내용을 압축하고 있는 경우가 많다는 점에서
이 시를 이해하기 위해서는 역시 시 제목의 의미부터 파악해야만 할
것으로 여겨진다. '제일인칭시'라는 것은 결국 '자기 자신의 이야기
를 담은 시'라는 의미로밖에 달리 해석할 길이 없다. 그런데 '제일인
칭시'라는 것이 말 그대로 '나'를 시적 화자로 내세웠다는 의미에만

---

42) 간호배는「第一人稱詩」의 마지막 두 행을 독립된 다른 한 편의 시「續」으로 보고
　　있으나, 이것은 잘못된 생각으로 보인다. 우선『三四文學』제2집의 목차에「續」이란
　　작품은 나타나 있지 않다. 申百秀가 같은 책에 시 두 편을 썼는데, 목차에는 '떠도는
　　·他一篇'으로 되어 있는 것과 비교해 보는 것도 좋을 것이다. 또 간호배가「續」으로
　　본 부분의 어조는 '~도다' 투로서「第一人稱詩」의 어말 어미 처리 방식과 동일하다.
　　따라서「續」은 앞 쪽과 이어져 있다는 것을 표시하는 '續'字를 간호배가 작품의 제목으
　　로 오해한 것일 뿐,「續」은「第一人稱詩」의 후반부일 따름이다.(간호배, 위의 책, 83면
　　참조.)

국한되어 있지는 않다. 예를 들어 '나의제비초리의三人稱의悲劇'이라는 구절에서 '나'와 '제비초리'의 관계는 매우 애매하다. 이 시에서 '나'와 'ソノコ'는 '제비초리'에 대해 이야기를 하고 있다. 그러나 이 시의 제목은 '제일인칭시'다. 그러면 '제비초리'란 '나'로 보아야 할 것이다. '삼인칭의 비극'이란 자기를 대상화하는 것에서 느껴지는 애수 같은 것을 말한다.

　'자기 자신'을 대상화한다는 것은 관념적 행위인데 '肉體를稀薄히하는나의形而上學'이란 그것을 두고 한 말이다. 「アール의 비극」에서도 이시우는 자기 자신에 대한 불만과 분노를 표명한 바 있지만, 「제일인칭시」에서는 그것이 '피의 불순함'을 슬퍼하는 것으로 나타나고 있다. 「제일인칭시」에서 '내'가 계속 '하품'을 하는 것은 관념적인 일상에 대한 부정을 암시하는 것이다. 그 일상의 대극에 '초현실'이 있음은 물론이다. 그것은 하품으로부터 시작된 '잠'의 세계인데, 그 안에 '영원'이 '계절같이' 숨어 있다. 이때의 '영원'이란 무의식이고 그것을 의식하기 힘들기 때문에, 그것은 '계절같이' 숨어 있다고 할 수 있는 것이다. '잠'의 세계에서 'a priori(先驗)'는 끝을 모르고 성장한다.

　「アール의 비극」, 「제일인칭시」에서 이시우가 보여준 초현실적 공간으로서 '산문화된 일상'은 '산문의 의미'로서 개인의 심리만을 미니멀하게 보여줄 뿐 역사나 사회는 물론 가족이나 각각의 인물들 간의 관계 등은 극단적으로 생략해 버린다는 점에서 이상의 심리적 초현실주의와도 사뭇 다르다. 이상이 '금홍', '임이' 등과 주인과 노예의 자리를 놓고 인정 투쟁을 벌이는 반면 이시우에게는 그런 '관계'에 대한 고려가 없다. 「제일인칭시」의 '나'는 'ソノコ'에게 왜 '제비초리'의 이야기를 가장한 자기 이야기를 늘어놓고 있는지, 'ソノコ'는 아이인지 여자인지 아무런 단서도 이 시에는 없다. 이시우는 'ソノ 그'에게 말을 하는 '나'를 조명하고 있을 뿐이다. 트라우마와 관련되어 있지 않은 '피의 불순함'과 같은 것을 과연 '심리'라고 부를 수 있을지도 논란의 여지가 있다. 이시우는 순간 순간 고정되지 않고 변하는 '기분'이나 '심정'의 세계에서 오히려 산문의 '순수한' 의미를 발견했다고 할 수 있다. 이를테면 이시우는 잘 짜인 시적 상황에서 '환기되는 감정'이 아니라 '기분 그 자체'를 보여주고자 했다.

이시우만이 아니라 신백수나 정병호 등도 '현실'을 산문화를 통해 미니멀하게 보여주는 것을 표현상의 초현실주의 방법론으로 받아들이고 있었다. 『삼사문학』 제4집·제5집에 게재된 이시우, 신백수, 정병호의 시들이 모두 짧은 산문형, 혹은 종종 경구 형식을 취하고 있는 점은 이와 관련하여 주의를 끈다. 조약슬이 소개한 이반 골의 초현실주의 강령에는 "極히 初步的으로 된 材料를 가지고 '포에틱'한 心象을 構成함"이라는 항목도 들어 있었는데, 『삼사문학』 초현실주의의 미니멀하게 그려진 현실도 이 항목과 무관하지만은 않다.[43]

「방」은 「アール의 비극」, 「제일인칭시」보다 더 산문적이고 자의식 과잉이 두드러지는 작품이다.

> 세월갓흔벽에일이의키가나날히자랄적에 일이의부서진작란감은꼿
> 과갓치나날히늘어갓다. 일이의부서진작란감이꼿과갓치늘어가든날 일
> 이의아버지는부서진작란감처럼길우에서절명한것을일이는모른다. 약
> 병마테세월갓치싸혀잇는부서진일이의작란감들. 일이는공일날갓치따
> 듯한미다지박그로작고만나가겟다고하고, 일이의어머니는작고만나가

---

43) 趙若瑟, 앞의 글, 1934.3. 3 참조.

지를말나고한다. 아아房처럼슬픈일이의작란감들. 이럴때마다일이는 이약이하지안은이약이갓흔아름다운이약이를房처럼담북진이고잇섯 고, 일이의어머니는일이의얼골을房처럼물그럼이바라다보고잇기만하 는것이엇다. 일이는엇지하야작란감을부시는게제일조흐냐. 겨울에서 부터봄으로. 날마다오른편책상사랍에는가위와고무공과오색가지색종 히가, 외인편책상사랍에도만년필과편지와약이다아말내붓흔옥됴명긔 의약병들이너혀잇섯스니까, 가위와고무공과오색가지색종히도너혀잇 섯든것이엇다. 겨울에서부터봄으로. 결국달은뜨지를안코, 밤마다벽에 서는별의소래가버레소래갓치들니여왓다. 이러는동안에세월갓흔房은 일이의房이철이의房으로바귀여지는날은과연어느날일넌지. 화원과갓 흔일이의향수등.

−李時雨, 「房」 전문

　「방」은 이시우의 창작 공간으로서의 '방'을 심리적으로 미니멀하 게 추상화하여 보여주고 있다. '방'에는 '부서진 작란감'들과 '책상' 이 하나 있을 뿐 다른 사물은 생략되어 있다. '책상' 서랍에는 가위와 공, 색종이가 있고, 만년필과 편지 같은 것들도 들어 있다. 계절이 겨울에서 봄으로 바뀌는데도 '방'의 풍경은 변하지 않고 그대로다. 이 시의 주인공인 '일이'는 날마다 장난감을 부수는 데만 열중하고 있다. '일이'의 장난감이 무엇인가를 밝히는 것은 이 시를 해석하는 데 매우 중요한 문제로 보인다. '방'에 다른 사물들은 없기 때문에 '일이'의 장난감은 '가위와 공, 색종이'라고 볼 수도 있을 것이다. 그 러나 '가위와 공, 색종이' 등은 왼편 서랍 속에 든 '만년필과 편지' 등의 보충을 받지 않고는 온전하게 장난감이 될 자격이 없다. '가위 와 공, 색종이'는 아이들의 물건이고 '만년필과 편지'는 어른들의 물건이다. 그것들이 공존한다는 데 이 '방'의 특징이 있는 듯하다. '방'의 시간은 뒤틀려 있다. 물론 '방' 안의 사람들의 시간도 왜곡되어 있는데, 가령 '일이'가 장난감을 부순다고 해서 반드시 아이일 필요는 없다. '일이'는 날마다 장난감을 부수는데, '어머니'는 '일이'를 야단치지 않는다. 단지 왜 장난감을 부수는지 궁금해 할 뿐이다. '일이'가 아이였다면, '어머니'가 화를 내야하는 게 당연하다. 모자의 살림살이가 넉넉하지 않다는 것은 방안의 풍경만으로도 짐작할 수 있는 일이다. 따라서 '일이'는 아이가 아니며 그렇다고 어른으로 진입하지도 못한 존재라고 볼 수 있을 것이다.

 '만년필'은 '일이'의 장난감이 무엇인지 암시해준다. '일이'가 날마다 부수는 것은 종이이다. 그러니까 날마다 장난감을 부순다는 것은 날마다 파지를 낸다는 것을 의미하는 것이다. 날이 갈수록 '파지'들이 쌓이는 것을 이시우는 '세월갓치 싸혀잇는 부서진 일이의 작란감들'이라고 표현했다. 또한 '부서진 작란감'이 '꽃'에 비유되는 것도 구겨진 파지의 형상이 꽃송이를 연상케 하기 때문이다. '어머니'는 '일이'가 아버지가 돌아가신 것도 모른 체 시나 쓰고 있는 것이 못마땅한 눈치다. '어머니'는 '일이'가 외출을 하지 못하도록 하고, 장난감 부수는 일이 왜 좋은지 한심하다는 투로 묻는다. 그로 인해 '시'는 '이야기하지안은' 상태로 '방'에 머물게 된다. 겨울에서 봄까지 '일이'의 습작은 계속 되지만, 좋은 작품('달')은 쓰지 못하고 소품('별')들만 몇 편 썼을 뿐이다.

 이 시의 후반부는 지나치게 모호하다. '철이'가 누구인지는 도저히 밝혀낼 수 없다. 미래의 어느 순간 '일이의 방'이 '철이의 방'으로 바뀌는 것이 순리라면 '철이'는 '일이'의 아들이라고 보아도 그럴 법해 보인다. 결국 '일이의 방'이 '철이의 방'이 될 날이 언제 오겠는가 묻는 것은 '일이'가 가장 구실을 하기 힘들 것이라는 한탄의 뉘앙스가 있다. 거기에는 좋은 시도 쓰지 못한 채 세월만 헛되이 보내고 있다는 의미가 포함되어 있다. 그렇다고는 하더라도 "화원과 갓흔 일이의 향수등"이라는 이 시의 마지막 구절은 역시 너무 어색한 결미인데, 설사 이것을 '절연' 기법의 실험이라고 하더라도 시의 완성도를 떨어뜨리고 있다는 비판을 면하기는 어려울 것이다.

표현 내용으로서 현실을 미니멀한 심정의 세계로 추상화하는 데서 새로운 시의 방법론을 찾은 이시우는 짝사랑이나 실연 등의 모티프를 자주 사용했다. 「당신이 옆을보고 앉을때는」(『여성』, 3권 5호), 「薔薇花와같이」(『여성』, 3권 7호), 「歌歌」(『조광』, 4권 11호) 등도 그러한 경향으로 범주화할 수 있을 것이다. 그것은 이시우가 아직 젊고 경험이 일천한 데서 오는 소재난의 한 현상으로 비치기도 한다. 「驪駒歌」를 만약 초현실주의 시로 볼 수 있다면 이시우가 추구했던 초현실주의의 방법론이라는 것도 종국에는 연애 기분에서 오는 번민 따위와 구분하기 어렵게 될 것이다.

幸福에對한우리들의이야기속에서, 不幸의全部를뺀댓자, 남는것은 決코幸福은안이다. 그女子를탠幸福의汽車는, 十年같은山너머로떠나는날이다. 幸福은, 다른이에게도없는것이닛가, 필연코나에게도없는것이겟지. 나는그女子의生日날을외이고, 솔밭에는바람이부는날이다. 幸福과같은. 不幸과같은.

-李時雨, 「驪駒歌」 전문

'驪駒'의 노래라는 것은 말을 타고 가는 이에 대한 노래라는 점에서 '전별 노래'의 의미를 지닌다. 「驪駒歌」는 제목과 그 내용이 그대로 일치하는 시라고 할 수 있다. 즉 이 시는 행복을 찾아 떠나는 여자를 잊지 못해 여자의 생일을 떠올리는 나약한 젊은이의 심경을 순간적으로 포착하여 보여준다. 이시우는 새로운 시의 방법으로 산문으로 쓸 것을 강조한 바 있지만, 「驪駒歌」는 오히려 이시우가 '律的 散文'으로 비판한 형식을 답습하고 있다. 이 시는 호흡을 기준으로 끊어 읽을 수 있도록 반점(,)을 사용하고 있으며 '행복', '불행' 등의 단어를 반복적으로 사용함으로써 리듬감을 만들어내고 있다.

이시우는 창작론으로서 초현실주의 시론을 우리 시사에서 가장 먼저 전개한 시인이었지만, 그의 창작이 시론과 전적으로 합치했던 것만은 아니었다. 「絶緣하는 논리」에서 이시우는 "絶緣하는 語彙. 絶緣하는 「센텐스」 絶緣하는 單數的 「이메이지」의 乘인 複數的 「이메이지」. 絶緣體와 絶緣體와의 秩序잇는 乘은 絶緣하지안는 優秀한 約數를 낳는다."라고 하면서 '절연'을 강조했지만, 『삼사문학』에 실린 이시우의 시에는 뚜렷하게 '절연'으로 볼 만한 실험이 보이지 않는다.[44] 다만 이시우는 「絶緣하는 논리」에서 강조한 '산문으로 쓰기'의 원칙은 줄곧 지키고자 했다. 그는 현실과 초현실의 이원론에 입각해서 초현실주의 시를 썼는데, 가령 현실을 심정적으로 미니멀하게 추상화함으로써 그는 초현실주의의 새로운 방법론을 보여주고자 했다. 어쩌면 그의 '절연' 역시 현실의 맥락을 생략해버리는 그의 시가 지닌 미니멀한 경향과 무관하지 않다.

---

44) 李時雨, 「絶緣하는 論理」, 앞의 책, 10면 참조.

이시우의 현실과 초현실의 이원론에 기반을 둔 초현실주의는 시인이 포착한 현실에 대한 인식의 깊이에 따라 그 수준이 결정된다고 해도 과언은 아닌데, 이시우의 경우 그의 경험 부족으로 인해 짝사랑이나 실연의 번민 따위가 그 주된 내용이 되고 말았다. 시의 내용이 되는 현실이 빈약하다면 초현실적 방법으로 그것을 추상화한다고 해도 그 빈약함이 극복될 수 없을 것임은 자명하다. 이시우의 현실과 초현실의 이원론이 지닌 딜레마가 여기 있었다.

(3) 초현실주의 백일몽, 언캐니의 결여태: 한천의 경우

『삼사문학』 시 분야에서 이시우 다음으로 중요한 인물은 신백수가 아니라 한천이었다. 신백수가 「靈은 零이니라」(제3집)를 통해 소설 분야에서도 새로운 가능성을 보여준 반면, 한천은 줄곧 시 분야에만 매진했다. 또한 「얼빠진」, 「무게없는 갈쿠리를 차고」(제1집), 「떠도는」, 「어느 혀의 재간」(제2집), 「잎사귀가 뫼는 心理」(제5집) 등 신백수의 시가 관념적인 소품 위주였던 데 반해, 한천의 시들은 전부 소품을 벗어났을 뿐만 아니라 「단순한 鳳仙花의 哀話」(제3집), 「城」(제4집) 등은 이시우의 초현실주의 시론에 대한 실천으로서 산문으로 된 새로운 시의 한 가능성을 보여주었다는 점에서도 의미가 남다르다. 그런 의미에서 이제부터는 「단순한 봉선화의 애화」, 「성」 등의 초현실주의 시가 지닌 성격을 규명하고, 그것이 이시우의 시론과 어떻게 연동을 하는지에 대해 간략하게나마 해명해 보고자 한다.

「단순한 봉선화의 애화」나 「성」은 일견 그 문장의 난삽성으로 인해 접근이 용이하지만은 않다. 그러나 그 난삽성이 의도된 실험의 결과이고, 이시우나 신백수와는 달리 한천의 시는 그 시적 화면이 풍부한 이미저리로 구성되어 있다는 점에서 그 나름대로 개성을 찾을 수도 있을 것이다. 그보다도 한천이 두 편의 시에서 모두 '동공'의 메타포를 사용하고 있는 점이 주의를 끈다. 이시우가 '거울'을 통해 초현실주의 미학에 접근해 간 데 대해 한천은 '동공'을 통해 그것에 근접해 갔다. 우선「단순한 봉선화의 애화」를 살핀 다음「성」에 대한 논의로 넘어가고자 한다.

> 어머니의일만정열속에서신성한瞳孔이신선한宇宙를낳았다. 海氣의넢넢으로짠舞衣를날리면서부푼 象牙의 海心을껴안어보려들든, 너의비달기의結婚前夜와같은 憂鬱한나래는, 비-나리는아부르港口를갸옷거리는독크에서서, 오-랜世代의진실로낡은世代의어머니가물려주시든힌비단치마폭을쓴바다ㅅ바람에퍼ㄹ펄펄날리면서, 高尙한마스트웅에거니는구름처럼聽衆없는高尙한音樂會에서, 다만홀로히흐리어진 瞳孔을힌비단치마자락에싸안어들고소리없이미끄러졌다. ─거미알을잡순像인亞流氏들이하-얀이트를反射하는黃昏의거리……조약돌웅에로.

> 褪色한초록빛寢室인山脈들사이로서壯한白雲의나래를펼치든전날밤, 힌希望의힌로케트는나의동무게순(桂順)이가고히잠든火星가까운 酒幕, 오리부山城에서산산히바스러떠러지고말았단다. 永久히그대失望을건질길바이없든바다가바다가場마중나섰던조개氏의기픈緣分을하품만나는세피어의모래언덕웅에밀리워보내고어린조개속의애기별같은두개의토바즈의眞珠를나란히간지미를만들어─추잡스러운상魚氏들에게덜퉁스럽게두마음쓰려들든세피어의바다여!

> 眞珠의아기들은줄난부끄럼군이기에고요히오로라의안개속으로기어저버리었다. 말없이뺨을적시는두줄기시내는가을비나리는航海의表情을본드시, 스산산寢室이다. 林檎밭도없고銀빛의고기도없고暗黑도

없고, 羊떼들도가고殘忍한水夫는아폴로를그리워하는庭園에園丁을시켜서, 鳳仙花와白馬를카메라에넣어갔다. 茂盛한法律, 십만의노예들이움즉이든輝煌한메트로포리스의回轉木馬가, 서늘한椰子樹그늘에서선뜻한懷疑의둥근心臟을어름짱갈이느낀다음뮤즈를불러聖餐마당에서노래부르기시작한때는正히 輕薄한포에지가피에로인초생달님과함께, 분주―히枯木가지웅에서風琴을탄다.

알파와오메가의肺炎으로因하야, 天國과幽宮다락을세레네―드하는巡禮詩人마리아를에워싼멘사의强情曲이무르녹기에, 겨우얻은人蔘첩을들고드어를열랬드니온천만에거미줄이어찌나끼였든지그만저―오리온의별들이, 내에나멜의구두코끝에서어느한아가씨의임종을슬퍼하겠지……太陽이구버보지않는거리란, 별밤아레거미氏들의별밤의……파라인가! 미지근한 溫突夜半은신선한아침의五月에서업싸이드의宣言을받은菖蒲밭에幽靈의침실인가!

싸포의不朽의烟氣난, 百家의古典과放恣한아침을이나뭐―의言語속에다몬타―주한다. 永久한 文法의接續詞와가치한없이便利를주는이놈은, 永遠한스핑스이다. 이윽고나의주머니속에간직한바다는종달새의알토를드르면서, 그윽한빠리톤으로새벽을招來한다.―세피어의海岸을잊자! 나의言語의意義는너의머리의數에지나지않는다. 오로지蓬萊의테―푸의감은해방되러―렐이東方바다로깃을찾어, 종달새의나래를타고, 鳳仙花의마음을안은채―소보ㄱ히나려오기까지……

―韓泉,「단순한鳳仙花의哀話」전문

「단순한 봉선화의 애화」는 초현실주의의 일관된 아이콘의 하나인 '눈'에 관한 주목할 만한 비유로부터 시작된다. 눈(瞳孔)이 '신선한 우주를 낳았다'는 메타포는 기욤 아폴리네르의 「누항」(Zone)에 나오는 "세기들의 스무번째 동공 그는 재주가 좋아 / 예수 같은 금세기가 새로 변해 공중으로 올라가네."라는 구절을 연상케 한다. 아폴리네르의 「누항」에서 '동공'은 '가장 핵심적인 것'을 나타내는데 '20세기의 동공'은 곧 모더니티에 대한 상징이었다. 또한 '눈'은 직면과 결합, 소통의 통로로서 시각적이거나 시적인 초현실주의의 이미지 도처에 반복해서 나타나곤 한다.[45] 초현실주의의 대표적인 영화 「안달루시아의 개」(1928)의 첫 장면은 면도날로 여자의 눈을 둘로 자르는 그로테스크한 이미지로부터 시작하는데, 이것은 사실주의적 재현의 '눈'이 아닌 그 자체로 초현실주의적인 경이로움을 간파해낼 수 있는 '직관의 눈', 즉 '꿈'으로 통하는 문을 여는 것과 관련이 있었다.[46] 따라서 '신성한 동공'이 '신선한 우주를 낳았다'는 「단순한 봉선화의 애화」의 첫 구절은 새로운 시적 방법론으로서 초현실주의 미학의 출범에 대한 선언적 의미를 담고 있었다.

한천은 「단순한 봉선화의 애화」를 초현실주의 미학의 완성작이라기보다는 첫걸음으로 보고자 했다. 그는 '신성한 동공'으로 표상되는 초현실주의 미학을 통해 '象牙의 海心'을 껴안음으로써 새로운 시를 쓰고자 했지만 '거미알을 잡순 像인 亞流氏'들의 황혼녘 거리에서 미끄러지고 만다. '거미알'은 거미줄의 연상 작용에 의해 오래되고 고루한 것의 계승과 결부되는데, 기존 미학의 쇠퇴기('黃昏')에서 미끄러졌다는 것은 본의 아니게 '亞流氏'들의 수법을 답습한 실수와 관련

---

45) 피오나 브래들리, 「눈에 요구되는 충돌: 초현실주의 공연과 연극 및 영화」, 김금미 옮김, 『초현실주의』, 열화당, 2003, 70면 참조.

46) 『詩と詩論』 제7집에는 이지마 타다시의 소개로 「안달루시아의 개」의 '여자의 눈을 면도칼로 자르는' 첫 장면이 사진으로 실려 있다.
　飯島正, 「最近の前衛映畫」, 春山行夫 編, 『詩と詩論』, 第7册, 厚生閣, 1930, 180面.

된 모종의 사건을 염두에 둔 표현이다. 그 사건은 제2연의 '계순'과 관련이 있다. 왜냐하면 '전날밤'만 하더라도 이 시의 시적 자아는 '白雲의 나래를 펼칠' 꿈으로 충만해 있었는데, 그 희망을 담은 '로케트'가 '계순'이 잠든 주막 가까운 '오리부山城'에서 산산조각 나고 말았다고 시적 자아가 밝히고 있기 때문이다. 한천은 '로케트'의 추락을 '세피어의 바다' 탓으로 돌린다. 바다가 수중에 잠겨 있던 '조개氏의 기픈 緣分'을 '하품만 나는' 세상으로 밀어 올렸다는 것은 잊었던 '계순'에 대한 기억이 되살아난 것을 원망하는 듯한 뉘앙스가 있다. '바다'가 '두 개의 토파즈의 眞珠'를 '상어氏'에게 선심 쓰듯 주어버렸다는 제2연의 마지막 부분은 '눈물'에 대한 메타포처럼 보이는데, 여기서 '상어氏'는 제1연의 '亞流氏'들과 같은 기존의 미학을 고수하는 시인들로서 감상을 시적으로 이용하는 시파를 겨냥한 비유로 보인다. 제3연 도입부의 '眞珠의 아기들'이 '부끄럼군'인 것은 눈물이란 부끄러운 것이라는 생각의 반영이며 '두줄기 시내'는 '눈물'을 의미한다.

이 시에서 '바다'는 무의식의 상태를 암시하고 있다. 또한 무의식은 '꿈'의 기제에 의해 현실을 초현실로 변형시킨다. '눈물'은 '진주'가 되고 현실계의 인물들은 수생동물로 변형되어 등장하며, '계순'을 둘러싼 공간은 우주('火星')와 산악 지대('오리부山城')의 중간 지점에 막연하게 자리 잡는다. 그 사이를 시적 자아의 소원을 표상하는 '로케트'가 날아다닌다. 이와 같은 꿈의 상태는 제3연의 첫 구절에까지 지속된다. 시적 자아는 꿈의 세계에서 '침실'의 세계로 돌아온다. 현실계에는 '林檎밭도없고銀빛의고기도없고暗黑도없'다.

이 시의 시적 자아는 꿈에서 깨어난 후에도 여전히 초현실의 세계에 미련이 남아 있다. 그는 꿈을 시로 옮기고자 하기 때문이다. 꿈이 시적 자아의 트라우마를 포함하고 있는데도, 시적 자아는 그것을 기록하고자 한다. 따라서 '殘忍한 水夫'란 꿈의 바다에서 돌아온 시적 자아, 즉 시인 자신이다. 자기 자신의 트라우마를 기록하는 자이기 때문에 잔인하다는 것이다. 그러나 시적 자아가 쓰려고 하는 시는 자기 연민의 감상풍과는 다른 종류의 시이다. 시적 자아는 '이성'을 상징하는 아폴로 신을 그리워하는 '園丁'을 시켜서 '봉선화와 백마'를 '카메라'에 넣어오도록 한다. '봉선화와 백마'는 서로 관계가 먼 대상들을 맞세움으로써 생기는 '절연'의 효과를 만들어낸다. 그러나 '봉선화와 백마'는 기실 아주 동떨어진 것은 아니다. 그것은 시적 자아와 '계순' 사이의 추억과 관련이 있다. 그렇게 볼 수 있는 것은 다음 구절에서 '백마'가 '메트로포리스의 回轉木馬'였음이 밝혀지기 때문이다. 그렇다면 '봉선화'는 그 목마가 회전할 때 흘러나왔던 배경 음악으로서 홍난파의 「봉선화」라고 볼 수 있을 것이다. '회전목마'의 이미지에 이어 한천이 곧바로 '聖餐 마당'에서의 '노래'에 관해 이야기하고 있는 점은 그와 관련해서 눈여겨보아야 할 대목이다. 한천은 이 추억에서 비롯된 시가 감상적으로 흐르는 것을 상당히 경계했는데, '심장을 어름짱같이 느낀 다음'에야 비로소 '뮤즈'로 하여금 노래하게 했기 때문이다. 노래가 시작되자 '경박한 포에지'가 풍금을 탄다. '포에지'가 경박하다고 한 것은 감상풍에 대한 반대의 의미를 지니는데, 손풍금을 켜는 악사의 몸짓이 경박하게 보이는 것과 관계가 있는 발상이다.

　제4연의 첫 구절은 초현실주의의 새로운 미학의 완성이 임박했음을 암시하는 이미저리를 포함하고 있다. '알파와 오메가의 肺炎'은 진리의 始終에 대한 갈망으로서 새로운 시의 방법론에 대한 기대를 나타낸다. '천국'과 '幽宮다락'을 오가며 '세레나데'를 연주하는 '순례시인'은 '마리아'가 아니라 '멘사(메시아)'로 보아야 할 것이다. 메시아의 '强情曲'은 앞 연의 '聖餐마당에서의 노래'를 말한다. 그러나 새로운 방법론의 문('드어')을 열려는 시도는 '거미줄'로 인해 실패한다. 그 '거미줄'은 시적 자아 내면의 '거미줄', 타성이다. '계순'의 죽음('어느한아가씨의臨終') 앞에서 시적 자아는 초연하지 못하고 울고 만다. 그 울음은 '오리온의 별'이 되어 '에나멜 구두 끝'으로 떨어진다. 시적 자아는 이와 같은 슬픔의 과잉이 신선한 오월 아침에 부적절하게 끼어든('업싸이드') '미지근한 溫突夜半' 같다고 생각한다. 그것은 구태의연한 '거미氏'들의 미학에 속하기 때문이다.

한천은 이 시가 옛날 스타일('百家의 古典')과 도전적인 성격의 새로운 미학('放恣한 아침')이 언어적으로 '몬타−주'된 상태로 보고 있었다(제5연). 그는 문법의 접속사와 비슷한 기능을 가진 이 '몽타주'를 '永遠한 스핑스', 즉 수수께끼 같다고 스스로도 신비스럽게 보았다. 한천이 몽타주로 보았던 것이 과연 몽타주라고 할 수 있는 것인지는 논란의 여지가 있다. 그러나 한천의 시를 비롯한 이시우, 신백수의 시가 옛날 스타일을 어느 정도 포함하고 있었던 것은 부인하기 어렵다. 「단순한 봉선화의 애화」의 마지막 부분에서 한천은 '세피어의 바다'가 일깨운 슬픈 기억에 대해서는 잊고 새로운 포에지가 더 가다듬어질 때를 기약한다.

「단순한 봉선화의 애화」는 꿈을 상술하는 과정에서 비논리적인 이미지들을 보여주었고, 초현실주의가 꿈의 기제를 통해 사물들을 어떻게 변형시키는지 보여주었다. 그러나 이 시는 꿈을 지나치게 시시콜콜하게 설명하면서 시상이 산만해지는 약점을 지니고 있었다.

그에 반해 「성」의 경우는 시상의 전개 면에서 '城'의 이미지에 집중
함으로써 전작의 한계를 보완하고 있는 것으로 보여 주목된다.

　　우리들의城의성성城과같은여러개의城의마련은세계의눈동자였다.
오늘건강치못한城이라고불러지고만城기슭에는, 맘마의부드러운하늘
처럼바람떠난나의풍선이허우적거리고, 지난시절의너와나와의城의城
을싸고도는, 자욱한城의비밀이, 금붕어의온실그늘의꼬리처럼운명의
얄구진눈보라속에서, 집시의희망높이꾸부러저가는, 이태로운리즘속
의보람없는오후여!

　　너울너울비단나뷔의나름도헛되고, 스처가는제비의나름도헛되고,
오월을지례하든봉선화의오월도헛되고, 목장의고요하고푸른빛도헛되
고, 세월같은온돌방의아리랑그후의이야기는, 오늘어느城안의퇴ㅅ마
루우에서, 거문고의줄줄을뜯고있을가, 우중충한성서에도, 봄마중따러
나가보아도, 그길로바루맴매잔빠꼬다공원의뻰치에서, 티없는세월을
갈거먹어보아도……파파와맘마의일긔장과, 순히와나의그것이어쩌
면, 그리도들?없는울타리안에서그늘진천국으로거닐고있는지……

　　짠城안의비긋난윤리의지애비인수리개에게는, 울안의병아리들의
유방아닌유방보다나은, 황홀하고섹스인아라베스크는자인치않는가
보이! 짠城기슭의지느레미와같은율동이답보로-할때우리의근성에
다이바지하는에스페란토는강변의반딋불이다. 언어와언어의울타리
밖으로가로넘는언어와언어의, 미끄러운스타일의글자와글자의, 또
한언어와언어의……공일날하이킹은, 추녀모스리의수정고드름처럼
곱게나넨둥쓰지말었으면……

　　화원같은레토리크의큐피트의화살마저그리워질녁인, 님의펜끝에서

설레는그네는, 숙성한공주보담더—아름찬, ㄱㄴㄷ……레반텐의뼈속에사모친세월같은반만연의그네의세월도, 잠간외딴섬속으로휴양시켜보내자!……노을빛낀바비론의城벽이어! 그속에잠자든……진주와가나리아의아츰이들장을제치고, 벌레먹은임금꽃이새록새록피어나고새가울면……봄이오면우리들의城의성성城과같은여러개의城의마련은우주의태양이리라.

—韓泉, 「城」 전문

「성」 역시 '눈동자'의 메타포로 시작한다는 점에서 「단순한 봉선화의 애화」와 유사한 출발을 보여 준다. '세계의 눈동자'는 이 시 끝부분의 '우주의 태양'과 의미 면에서 겹친다. '눈동자'는 '태양'으로 변형되기도 한다는 점에서 역시 '핵심적인 것'의 의미를 지니게 된다. 한천은 '여러 개의 城의 마련'이 '우주의 태양'이라는 결론을 보여주는데, 여기서 '城의 마련'은 초현실주의 미학의 성채를 완공하는 것을 의미한다. 그런데 '城'은 초현실주의 미학의 성채이기도 하지만, 그와 다른 의미도 포함하고 있다. '城'은 명백히 '性'을 연상시키는 면이 있다. '城'이 '건강하지 못한 것'과 결부되는 것은 발음의 연상 작용에 의해 '城'이 데카당스한 '性'에 대한 암시도 포함하게 되기 때문이다.

제1연에서 시적 자아는 性이 그리 나쁜 것만은 아니라고 말하려다가 오히려 性에 관한 어두운 기억을 떠올리게 된다. '너와 나와의 城'은 성적인 사랑을 연상케 한다. '자욱한 城의 비밀'은 '금붕어의 은실 그늘의 꼬리'라는 이미지에 의해 에로틱한 것을 베일에 감춘 듯한 느낌이 들게 한다. 이 시의 시적 자아는 그와 같은 '성애'가 헛된 것일 뿐이라고 이야기한다(제2연). 그것은 '파파와 맘마의 일긔장'에도 있으며 '순히나 나'의 일긔장에도 있는 범상하고 새로울 것도 없는 이야기이기 때문이다.

이 시의 시적 자아에게 '비긋난 윤리의 지애비인 수리개'의 성적인 사랑('섹스인 아라베스크')은 지지부진한 '답보'(제3연) 상태의 미학을 보여줄 뿐이다. 그런 답보 상태를 타개할 만한 실마리로서 시적 자아는 '에스페란토'를 들고 있다. '에스페란토'에 비해 '공일날의 하이킹'이라든지 그 하이킹에서 보게 될지도 모를 처마 끝의 '수정고드름'(sexual metaphor)은 아예 쓰고 싶지 않다고 이 시의 시적 자아는 속내를 드러내기도 한다. 여기서 '언어와 언어의 울타리 밖으로 가로넘는 언어와 언어의'로 묘사되는 '에스페란토'는 국제보조어로서 에스페란토라기보다는 국제 전위예술의 공통 언어로서의 초현실주의 미학에 대한 비유다. 이와 같은 맥락에서 이 시의 '城'은 '性'의 의미를 경유하여 다시 '성채'의 의미로 되돌아온다. 결국 「성」은 초현실주의 시에 관한 메타시의 성격을 지니고 있었던 셈이다.

『삼사문학』 시에서 이시우가 유일하게 시론을 가지고 있었는데, 한천은 창작을 통해 초현실주의에 대한 생각들을 피력했다. 이시우가 「絶緣하는 논리」에서 한천의 「프리마돈나」만을 초현실주의 '절연'의 예로 설명할 만큼 『삼사문학』에서 한천의 위상은 결코 주변부에 있지 않았다. 「絶緣하는 논리」와 보조를 같이 하여 한천이 『삼사문학』에 '산문'으로 된 시를 발표하고 있는 점도 주의를 끈다. 이때 그 산문시로서의 수준을 점검함으로써 『삼사문학』 초현실주의 시의 수준을 가늠해 볼 수도 있을 것이다. 단적으로 말해서 한천은 '절연'을 문맥의 해체로 받아들임으로써 시를 난삽하고 난해한 것으로 만들고 말았다.

다른 한편으로 한천 시의 내용은 이시우의 그것과는 다른 양상을 보였다는 점이 지적될 필요가 있다. 이시우는 표현 방법은 '초현실'이되 그 대상은 트리비얼한 '현실'이기를 고집했는데, 한천은 '꿈'에 대해서 썼다. 한천은 '동공'의 메타포를 통해 초현실주의 꿈의 기제들이 시에 어떻게 적용될 수 있는지에 대해서도 보여주었다. 「단순한 봉선화의 애화」의 경우 한천은 낭만주의의 유암한 분위기의 꿈이 아닌 기묘한 형상의 이미지들이 비논리적으로 출몰하는 초현실주의적 백일몽의 양태를 상세히 보여준 시로 판단된다. 그러나 「단순한 봉선화의 애화」의 경우 '계순의 죽음'이라는 트라우마를 꿈의 기제를 통해 언캐니하게 변형하는 대신 안일하게 슬픔과 연결시키고 있는 면이 있다. 다시 말해 한천은 꿈의 기제가 현실의 형상들을 변형시키는 원리에 대해서는 잘 알지 못한 상태에서 기묘한 형상들을 의인법 등을 통해 만들어내는 데 더 주안을 두었다. 그런 의미에서 한천 시의 꿈은 온전한 꿈이라기보다는 백일몽처럼 보인다. 언캐니의 결여 형태로서 한천의 초현실주의는 꿈의 자동주의가 지닌 가능성을 보여주기도 했지만, 한편으로는 '초현실'을 '비현실'로 혼동하게 할 만한 면도 지니고 있었다.

(4) 초현실주의의 '새로운' 패션: 신인들의 경우

이시우는 「絶緣하는 논리」에서 동시대 시에 대한 규정은 그 '패션'에 의거할 수밖에 없다는 취지의 발언을 한 바 있다. 그리고 자유시라든지 律的 散文을 시대에 뒤떨어진 형식으로 비판하는 의미에서 하루야마 유키오(春山行夫)의 말을 원용하여 "「오오케스트라」라가 끝

이 나도 아직까지「라팔」을 불고잇는 者가 잇다.”라고 했다.[47]「絕緣
하는 논리」가 발표되자『삼사문학』시에도 다소 변화가 있었는데,
신백수, 정병호, 최영해, 주영섭, 유연옥 등이 이시우의 시론에 호응
을 보내면서 초현실주의 기법에 관심을 가지게 된 것이 그것이다.
지금부터는 이와 같은 변화를 하나의 유행 현상이라는 맥락에서 잠
깐 살펴보고자 한다.

　『삼사문학』제4집의 첫머리에 실린 신백수의「Ecce Homo後裔」
는 이시우의「絕緣하는 논리」에 대한 호응을 담고 있는 시라는 점에
서 주목된다.

　　　日記를輕蔑할수있는鸚鵡의神經인侮蔑의두드래기로기여들때,
　　　多感헌Ab여−尖銳헌주둥아리는網膜들이南極과北極에서
　　　無色해진것을모를理없다.

　　　움속에싹튼양배추가溫室에맺은파나나앞에꾸러앉어,
　　　Hebe의香薰을諂望하든搖片의季節을共鳴하였고,
　　　두나래의榮華를爲헌 鸚鵡는앵무로變節하였다.

　　　　　　　　　　　　　−申百秀,「Ecce Homo後裔」전문

　「Ecce Homo後裔」는 그 제목부터 기성 문단에 대한 반항을 담고
있다. ‘Ecce Homo’는 요한복음에 나오는 말로 빌라도가 가시 면류
관을 쓴 그리스도를 가리키며 한 말이다. 이것을 다시 니체가『차라
투스트라는 말한다』(1889)의 머리글로 사용함으로써 그 반항적인 의

---

47) 李時雨,「絕緣하는 論理」, 앞의 책, 10면 참조.

미가 더해졌다. 니체는 그 책의 성격을 '모든 가치의 전도'에서 찾고자 했다. 그러므로 신백수는 스스로를 기존 시 전통을 顚倒하는 시단의 반항아로서 규정한 셈인데, 이것은 비단 신백수 자신만을 위한 호칭은 아니었고 『삼사문학』 동인들이 그렇게 되기를 바라는 뜻도 있었다. 특히 이 시의 제목은 이시우에 대한 헌사였다. 그렇게 볼 수 있는 이유는 제1연의 후반부에 나오는 '남극과 북극'이라는 표현이 「絕緣하는 논리」에 나오기 때문이다. 이시우는 「絕緣하는 논리」에서 정지용의 시를 비판하면서 "自由詩의 極北을 생각하는 것은, 歷史에서 歷史로 도라가는 데에 있다. 鄭芝溶氏가 朝鮮自由詩壇에 가장 높은 자리를 가질 수 있다는 말은 鄭芝溶氏가 가장 完璧에 갓갑읍게 뒷거름질 칠 수 잇다는 말과 一致한다. 北極=南極. 自由詩의 悲劇." 라고 쓴 바 있다.[48] 여기서 북극과 남극은 가장 높은 시적 성취와 시적 실패를 각각 암시하는 것으로서 정지용 시의 성과는 궁극적으로 운문의 한계를 넘지 못한다는 뜻을 담고 있다.

　「Ecce Homo後裔」의 제1연에 나오는 '앵무'는 신백수 자신을 지칭하는 것으로 보인다. '侮蔑의 두드래기'라는 것은 신백수의 「12월의 종기」(『삼사문학』 제3집)를 염두에 둔 표현이다. 신백수는 '多感헌Ab'에게 "尖銳헌주둥아리는網膜들이南極과北極에 / 無色해진것을모를 理없다."고 이야기한다. 여기서 '多感헌Ab'는 '문학사(Bachelor of Arts)'를 뜻하는 말로서 당연히 시단에 「絕緣하는 논리」를 통해 도전장을 내민 이시우라고 할 수 있을 것이다. '尖銳한 주둥아리'는 '앵무의 부리'를 지칭하는 것으로서 신백수 자신을 환유적으로 표현한 것

---

48) 위의 글, 13면 참조.

으로 보아도 좋을 것이다. 이상을 종합하면 신백수 자신도 이시우가 「絕緣하는 논리」에서 기존의 시단을 비판한 점에 대해 모를 리 없으며 또한 그 견해에 공감한다는 것으로 의미가 모아진다.

　신백수는 제2연에서 그와 같은 공감을 다시 한 번 표명하는데, 여기에는 이시우와 신백수의 동인 내 위상에 대한 비유도 포함되어 있다. 제2연에서 신백수는 '양배추'로, 이시우는 '파나나'로 비유된다. 「絕緣하는 논리」로 프롤레타리아 문학 진영과 정지용으로 대표되는 모더니스트들에 대해 도전하는 형세를 만든 이시우를 신백수는 식민지 조선에서는 아주 희귀한 '파나나'로 비유하고 있으며, 『삼사문학』을 그 산실로서의 '溫室'로 빗대놓았다. 이에 비해 자기 자신은 겨우 '싹튼' 양배추에 불과하다는 것이다. 그리고 자신은 이시우와 함께 청춘의 신 히비('Hebe')로 표상되는 새로운 문학에 '공명'하였음을 신백수는 제2연의 두 번째 행에서 밝히고 있었다. 그래서 '두나래의榮華'를 위해 '鸚鵡'는 '앵무'로 변절한다. '변절'은 일견 부정적인 의미로도 볼 수 있겠지만, 모든 가치를 전도하는 새로운 미학의 이단아로서 기존 문단을 배반하겠다는 의미의 '변절'로 보는 것이 온당한 시각이라고 판단된다. 그 '두나래의榮華'가 신백수 자신이 쓴 「「34」의 宣言」의 "모딤은 새로운 나래[翼]다. ―새로운 藝術로의 힘찬 追求이다."와도 상통한다는 점에서 그렇게 보는 것도 무방할 것이다. 또 그 '변절'에는 자기 자신의 미학에 대한 수정도 포함되어 있었다. 신백수는 『삼사문학』의 창간을 주도하고 그 재정적 부담 역시 그가 떠맡고 있었지만, 정작 『삼사문학』이 제3집까지 나오는 동안 이렇다 할 초현실주의 시를 보여주지 못했던 것이 사실이다. 그런 점에서 「Ecce Homo後裔」는 미학 상의 생각을 수정한 것이기도 했다.

제4집부터 『삼사문학』의 동인이 된 정병호는 처음부터 초현실주의에 대한 관심을 보였고, 소수의 동인들만이 작품을 게재한 제5집에도 시를 발표한 『삼사문학』 후기의 대표적인 멤버라고 할 수 있다. 특히 「수염·굴관·집신」(제4집)은 「우울」(제4집), 「여보소」(제5집)보다 세련미가 더한 것은 아니지만, 전위예술에 대한 정병호의 이해 수준을 가늠할 수 있다는 점에서 주목된다.

漂動하는에-혈이누른해빛으로彩色되든그날아침   감정이의出發瞬間의트렁크속엔,
「久遠의豊滿을武器삼는모나·리사의肖像畵一幅?
不滅의 努力을 伴侶삼은 石膏彫刻의피우스트?像?
그리고, 자랑이란집으로꼬은씩씩한새집신한커리-나란히그곳을 점거하얏고……」

錄色光射가虛無구름을물드리든그날저녁, 리셩이의 到着瞬間의트렁크속엔,
「모나, 리사의아릿다운입술가엔국직한수염이뚜렷이그려젓고,
剛健한퍼우스트미리가엔삼껍질굴관이눌니듯쓰여있으며,
아아, 씩씩함을자랑튼그집신총이발기발기헤어젓음을……」

-鄭炳鎬, 「수염·굴관·집신」 전문

「수염·굴관·집신」은 '감정'과 '이셩'을 각각 인격체로 알레고리化하여 상호 대비하고 있는 시이다. '감정'이 모나리자의 영원의 미소, 파우스트의 영웅적인 향상심을 트렁크 안에 소중히 간직하고 있다는 점에서 로맨티시즘과 관련된 것으로 볼 수 있다면, '리셩(理性)'은 기존 미학에 대한 풍자와 조롱, 로맨티시즘의 종말을 고하는 '굴건'

을 쓴 과학자 파우스트의 이미지를 트렁크 안에 넣고 있다는 점에서
전위예술과 결부된 것으로 볼 수 있다. 모나리자의 입가에 콧수염을
그린 것은 마르셀 뒤샹의 레디메이드 작품에 대한 인유로서 다다적
반항을 표상하는 이미지로 판단된다. 정병호는 이와 같은 전위예술
의 반항적인 성격을 '이성'의 도래로 설명하고자 했지만, 다다가 세
계대전으로 인해 그 진정성이 훼손된 이성에 대한 부정을 실천한 운
동이라는 점에서 정병호의 전위예술에 대한 인식이 상당히 부정확
한 것임을 알 수 있다.

　「수염·굴관·짚신」은 그 내용 면에서도 전위예술에 대한 잘못된
이해를 보여주었지만, 표현 면에서도 '절연' 등 전위예술의 새로운
방법을 보여주지 못했다. 「우울」, 「여보소」 등 정병호의 다른 시들
도 다다적인 지향을 추출할 수 있을 듯하지만, 그것은 이시우가 주
창한 새로운 방법, 유행 현상으로서의 전위예술에 대한 추수 이상의
의미를 지니지는 못했다.

　조풍연의 연희전문 동기인 최영해 역시 『삼사문학』 제4집에 게재
된 「아모것도 없는 풍경」을 통해 '절연'에 바탕을 둔 몽타주의 방법
을 실험해 보기는 했지만, 그것이 지속적인 지향이 되었다기보다는
일과성의 유행 추수에 그친 감이 있다. 외솔 최현배의 아들이기도
했던 최영해의 경우 『삼사문학』이 해체된 이후 조선일보 교정부(1938
년 입사)에서 일하다가 광복 이후에는 정음사를 창립하여 경영에 매
진했다. 초현실주의 경향의 시를 쓰지는 않았지만 『삼사문학』 제2
집부터 제4집까지 「가을의 마음」, 「새벽길」, 「교반」 등을 발표했던
홍이섭도 『삼사문학』 해체 이후 문학보다는 역사학에 기울게 되는
데, 『삼사문학』 초현실주의의 한계는 이와 같은 비전문성, 한시적인

성향에서도 찾을 수 있다. 이 점은 제5집에서야『삼사문학』에 합류한 주영섭도 마찬가지인데, 그 역시 시네 포엠(「거리의 풍경」)이라든지 몽타주(「달밤」)의 기법적인 실험을 보여주기는 했지만 그 기법의 새로움이 내용의 새로움까지를 담고 있지는 못했다.

　　유연옥은 다른 신인들과는 달리『삼사문학』창간 때부터 한 번도 거르지 않고 지속적으로『삼사문학』에 시를 발표한 연희전문 출신의 신예다. 그러나 꾸준히『삼사문학』에 관여해온 핵심 동인치고는 그 시적 경향이 초현실주의에 기울어져 있지만은 않았다.

　　　　밤과 낮이 비ㅇ빙 도라오는 이 琉璃宮은
　　　　눈섭이 곻은 마네킹人形들이 산다는 나라.

　　　　方言은 서로 다르다, 서로 다르다,
　　　　눈만이 한가지 暗號를 가지고,

　　　　이제 빙긋이 우슴하는 마네킹人形.

　　　　구렝이 처럼 우리의 冬眠이 상기 깊은데
　　　　머ㄴ나라를 떠나는 새로운 손님만 그리워 한다.

　　　　애뜻한 눈물 한방울 못가진 마네킹人形.

　　　　험상한 몸에 얼룩진 痕迹을 가려야하기에
　　　　언제나 假裝舞蹈會를 즐기게 되었다 한다.

　　　　벌서 몇번이나 되푸리하는 그 수상한 포-즈!
　　　　제서 제 마음을 내어바리곤,
　　　　인제 不幸을 잊고저 행복을 바란다지만

끝내 그들의 一生은 도르고 도는 마네킹人形.

-劉演玉, 「마네킹人形」 부분

 '마네킹'은 『삼사문학』 제5집을 대표하는 심상이라고 할 수 있다. 유연옥의 「마네킹인형」 외에도 이상의 「I WED A TOY BRIDE」 역시 '마네킹的'인 것에 대한 상상력을 보여주고 있기 때문이다. 이상이 여자를 '인형'이나 '작란감'처럼 생각하는 것은 명백히 '마네킹'을 염두에 둔 것이었다.

 마네킹은 생명이 있는 것과 없는 것, 인간과 비인간이 혼돈된 언캐니한 것의 화신이라고 할 수 있다. 그것은 근대 자본주의 시스템이 인간의 정념을 어떻게 인간이 아닌 상품에 집중시키도록 하는지 적절히 보여준다. 마네킹은 '근대적 신체'에 대한 질문을 환기시키는데, 그것은 근대 이후 노동자는 기계를 닮아가고, 노동의 결과로 산출된 상품들이 오히려 인간적인 생동감을 지니게 되는 현상에 대한 것이었다. 마네킹은 노동과 의지, 생기와 자율성을 인간으로부터 끄집어내서 낯선 독립된 존재로 만들어놓은 듯한 형상으로 묘사된다.[49] 「마네킹인형」에서 유연옥이 마네킹을 낯설면서도 친숙한 것으로 느끼는 근거 역시 그것이 인간화된 상품 물신이기 때문일 것이다. 그러나 유연옥은 그것이 '대상의 세계'를 합리화하는 한편 '주체의 세계'를 비합리화하는 자본주의 근대의 훼손된 질서에 근거를 두고 있다는 초현실주의자들의 비판적인 사유에는 아직 미치지 못한 채 자본주의 근대의 새로운 풍물로서 마네킹에 대한 호기심을 보인

---

49) 할 포스터, 「아름다운 시체」, 조혜옥 옮김, 『욕망, 죽음 그리고 아름다움』, 아트북스, 2005, 192~196면 참조.

데 그친 감이 있다. 이와 같은 호기심 역시 초현실주의를 하나의 패션으로 보는 시각에 일조했다고 생각한다. 「二重星」, 「가을」, 「최후의 정거장」 등 유연옥의 다른 작품들이 모두 낭만주의적 감성에 기반을 두었다는 점에서도 「마네킹인형」의 초현실주의에 대한 관심에 적극적인 의의를 부여하기는 어려울 것이다.

(5) 시사적 의의와 그 한계

지금까지 『삼사문학』의 초현실주의적 성격에 대해 살펴보았다. 『삼사문학』은 처음부터 초현실주의를 표방하지는 않았고 막연하게 새로운 예술에 대한 기대를 가진 연희전문 출신 문학청년들이 작품을 발표하기 위해 만든 잡지였다. 그러나 이시우가 『삼사문학』 제3집에 「絶緣하는 논리」를 발표하면서 『삼사문학』의 초현실주의가 공식화되었다고 할 수 있다. 이시우는 「絶緣하는 논리」에서 한편으로는 해산 직전 카프의 편내용주의를 비판하고, 다른 한편으로 정지용 등 모더니스트들의 시를 평가 절하함으로써 초현실주의를 통해 문단의 지형도를 재편하고자 했다. 이와 같은 기획은 「SURREALISME」(제5집)에서도 그대로 반복되는데, 김기림·정지용에 비판을 집중시킨 것은 카프가 이미 해산된 뒤였기 때문에, 문단의 중심이 김기림·정지용·이상 등의 〈구인회〉로 치우쳐 있었기 때문이다.

「絶緣하는 논리」는 '절연'을 새로운 창작 방법론의 하나로 내세운 글로도 볼 수 있지만, 실상 이시우조차도 '절연'을 실제 창작에서 보여주지는 못했다는 점에서 시사적인 의의를 인정받기에는 무리가 따를 것이다. 오히려 「絶緣하는 논리」에서 가장 강조된 것은 '산문으로 쓰기'였다. 이시우는 그 당위성에 대해 시대적 '패션'을 내세웠다. '운문'으로 쓰는 것은 19세기에 이미 그 모든 실험이 끝났다는 것인데, 이시우가 '산문'으로 써야 하는 필연성에 대해 뚜렷하게 밝힌 것은 아니었다. 이시우의 '산문으로 쓰기'는 아베 도모지(阿部知二) 나 사카모토 에츠로(阪本越郎) 등 『詩と詩論』 그룹의 새로운 방법론 ·형식에 대한 관심으로부터 자극을 받은 것이었지만 '산문'이 아니면 안 되는 이유에 대해 명확히 밝히지 않은 채 맹목적으로 '패션'만 내세운 것이어서 충분한 설득력을 얻지는 못했다. 그러나 이시우, 한천 등이 산문으로 쓰기를 꾸준히 실천했고, 『삼사문학』의 다른 신인들도 산문 형식을 새로운 방법론으로 흉내 냄으로써 하나의 유행을 선도한 점은 인정될 수 있을 것이다.

이시우는 '초현실'을, '현실'을 미니멀하게 추상화한 것으로 간주했는데, 이때의 '추상화'에 대응되는 것이 곧 '산문화'였다고 범박하게 말해도 큰 무리는 없을 것이다. 거기에는 '현실'을 산문적 질서로 보는 시각이 전제되어 있었는데, '초현실'은 이것을 문학적으로 변형한 것이어야 했다. 이시우는 현실적 맥락이 생략된[絕緣] 산문을 그대로 '초현실'로 보았을 가능성이 있다. 초현실이 현실의 변형이라면 현실을 보는 시인의 시선이 지닌 넓이와 깊이에 따라 초현실의 문학적 성취 역시 좌우될 것은 자명한 일이었는데, 이시우의 초현실주의 시는 그 경험 부족으로 인해 연애 기분이나 그로 인한 번민을 시적 현실로 포착하는 수준에서만 맴돌았다. 이시우 시에서 '현실'은 시대적 정황이나 역사의식과도 무관한 탈정치적 성향을 띠었다고 할 수 있는데, 이시우의 탈정치적 성향은 해외문학파의 순문예주의와도 친연성을 지닌 것이었다.

한천 역시 '산문으로 쓰기'를 새로운 시적 방법론으로 밀고 나간

『삼사문학』의 중요한 동인이었다. 그러나 한천은 '동공'의 메타포를 통해 꿈에서 초현실주의 상상력의 원천을 끌어왔다. 그러나 한천의 꿈–텍스트는 어디까지나 꿈을 상술하는 데 초점이 있었고 꿈의 원인이 되는 트라우마에 대해서는 심각하게 다루지 않았다. 그로 인해 한천의 시는 기이한 비전으로 가득한 난삽한 시가 되고 말았다. 언캐니의 결여태로서 한천의 시도는 꿈의 자동주의가 지닌 상상력의 해방이라는 가능성을 보여주기도 했지만, '초현실'과 '비현실'을 혼동한 면도 있다.

『삼사문학』은 초현실주의에 대한 김기림, 조약슬 등의 이론적 검토에서 한 발 더 나아가, 초현실주의를 하나의 창작 방법론으로서 공론화했다는 점에서 시사적인 의미가 있다. 그러나 그 실제 창작 면에서 반드시 시론을 제대로 적용한 것만은 아니었다. 더구나『삼사문학』문학청년들의 초현실주의 실험이 지속성을 띤 것이었다기보다는 유행 현상을 무작정 추수한 감도 있다. 가령『삼사문학』의 신인들이 시를 지속적으로 창작한 전문 시인으로만 남지는 않았다는 점도『삼사문학』의 시사적 의의를 적극적으로 고평하는 데 제한 요소가 되고 있는 것으로 판단된다.

4. 초현실주의 위생학: 재만 초현실주의에 대한 시론

1940년 8월 23일부터 8월 29일까지 만선일보 문예란에는 〈시현실〉 동인 특집 코너가 마련되었다. 이수형·신동철의 「生活의 市街」 (8.23), 김북원의 「의자」(8.24), 강욱의 「악보를 가젓다」(8.25), 이수형의 「창부의 운명적 해양도」(8.27), 김북원의 「비들기 날으다」(8.28), 신동철의 「능금과 비행기」(8.29) 등이 그것이다. 이들 작품들만 놓고 볼 때 〈시현실〉 동인은 초현실주의적인 성향의 동인이라고 할 수 있을 것이다. 지금까지 만주 소재의 시 연구는 주로 유민시의 층위에 편향된 느낌이 있었던 게 사실이다.[50] 그런데 〈시현실〉 동인들의 시는 이 범주로 묶을 수 없는 전위예술의 성격을 띠고 있다는 점에서 주목된다.

〈시현실〉 동인의 시들은 오양호에 의해 초현실주의 그룹으로 처음 소개되었다(오양호는 함형수, 정야야, 천청송, 송석영(S.S.Y.) 등까지 〈시현실〉 동인으로 보고 있다). 그는 자동기술법, 이미지의 격리성과 기이성, 초현실주의 오브제적인 면에서 〈시현실〉 동인을 초현실주의 그룹으로 보았으나, 정작 구체적인 작품 분석은 없이 초현실주의적 요소들을 피상적으로 나열한 감이 있다. 그는 "얼토당토않은 해석이 기발한 비유를 죽일 우려가 있고, 초현실주의 시가 정작 바라는 독자 나름의 상상력을 오도하기 십상"이라고 해석을 피한 이유를 밝혔다.[51] 그런데 구체적인 작품 분석 없이 〈시현실〉 동인의 성격을 규

---

50) 윤영천, 『韓國의 流民詩』, 실천문학사, 1987.
  오양호, 『日帝强占期 滿鮮 朝鮮人 文學硏究』, 문예출판사, 1996.
51) 오양호, 위의 책, 160면 참조.

정하는 것이야말로 〈시현실〉 동인의 시를 오도할 위험의 소지가 있다. 또한 〈시현실〉 동인들이 초현실주의적 성향을 보였다면, 그 초현실주의가 지닌 성격을 해명하고 시사적 의의를 밝히는 것이 마땅하리라고 생각한다.

여기서는 〈시현실〉 동인들의 작품을 구체적으로 살펴봄으로써 그들의 초현실주의가 지닌 성격에 대해 시사적으로 그 의미를 찾아보고자 한다. 우선 만선일보 문예란의 동인집만이 명확하게 동인 활동의 소산으로 드러난 만큼 동인집 중심의 시인·작품으로 연구의 대상을 한정시킬 필요가 있다. 그 첫머리에 놓인 작품이 이수형·신동철 합작인 「生活의 市街」이다.

밤의 피부 속에는 夜光蟲의 神話가 피어난다
밤의 피부 속에서 銀河가 發狂한다
發狂하는 銀河엔 白裝甲의 아츰의 呼吸이 亂舞한다
時間업는 時計는 모─든 現象의 生殖術을 구경한다
그럼으로/白裝甲의 이마에는 毒나븨가 안자
永遠한 午前을 遊戱한다
遊戱의 遊戱는
花粉의 倫理도 아닌
白晝의 太陽도 아닌
시커먼 새하얀 그것도 아닌
眞空의 液體 엿으나 液體도 아니엿다
자─ 그러면 出發하자
許可된 現實의 眞空의 內臟에서
시커먼 그리고 새하얀 그것도아닌

聖母마리아의 微笑의 市場으로 가자
聖母마리아의 市場엔
白裝甲의 秩序가 市街에서 퍼덕일뿐이엿다

　　　　　　－李琇馨·申東哲 合作, 「生活의 市街」 전문

　「生活의 市街」는 이수형과 신동철의 '합작'이지만, 초현실주의의 '아름다운 屍體 놀이'처럼 즉흥적이고 우연에 기댄 효과를 노린 실험으로는 보이지 않는다.[52] 왜냐하면 시상의 전개가 비교적 매끄럽고 이미지에 일관성이 있기 때문이다. 그것은 이수형과 신동철 사이에 시상이나 시의 주제에 대한 충분한 교감이 있었다는 것을 의미한다. 그들이 우연성에 관한 초현실주의의 강령을 무시하면서까지 시의 세부적인 사항들에 대해 꼼꼼히 점검했던 것은 이 시가 신문 문예란에 〈시현실〉 동인을 소개하는 기획의 첫머리에 놓인다는 점 때문이었다고 할 수 있다. 그런 맥락에서 이 시는 그저 단순한 시 한편의 의미에 그치는 것이 아니라 동인의 지향을 함축하는 선언서의 의미마저 지니고 있었다.

　「生活의 市街」는 '밤의 신화'가 '聖母마리아의 市場'에 어떻게 이어져 있는지를 하나의 일관된 이미지를 통해 논리적으로 보여준다. '白裝甲'의 이미지는 이 시의 전반적인 분위기를 형성하는 데 기여하

---

52) '아름다운 시체 놀이'라는 것은 여러 사람이 각각 단순한 단어나 어구를 하나씩 제출해서 하나의 문장을 만드는 놀이인데, 이때 각각의 참가자들은 다른 사람의 단어나 문구를 볼 수 없다. 이 놀이의 명칭은 어느 날 이 놀이에서 "아름다운 시체가 새로운 와인을 마실 것이다."라는 문장이 만들어진 데서 유래한 것이다. 이 놀이는 우연의 창조적 가능성에 대한 초현실주의자들의 지지를 보여준다.
　매슈 게일, 「초현실주의 태동기」, 오진경 옮김, 『다다와 초현실주의』, 한길아트, 2001, 225면 참조.

고 있을 뿐만 아니라 시의 주제와도 밀접하게 관련되어 있다. 여기
서 '장갑'의 돌올한 출현(제3행)은 인유에 의한 것으로 짐작되는 면이
있다. 가령 '장갑'은 '時間업는 時計'(제4행)에 대응되는 장치로 여겨
지는데, '時間업는 時計'란 살바도르 달리의 「기억의 영속」(1931)에
나오는 바늘 없는 시계에 대한 명백한 인유로 보인다. 그렇다면 '장
갑' 역시 인유일 가능성이 높다. 이 시의 '백장갑'은 앙드레 브르통의
『나자(Nadja)』(1928)에 나오는 장갑 이미지와 무관하지 않다. 그 소설
에는 파란 장갑을 낀 여자가 '초현실주의 연구소'를 방문하는 장면이
있는데, 브르통은 그녀가 장갑을 벗어봤으면 하는 마음을 가지면서
도 정말 장갑을 벗으면 어쩌나 하는 두려운 마음을 동시에 느낀다.
그녀는 장갑을 벗는 대신 청동 장갑을 남긴 채 돌아갔고, 그 장갑을
보면서 브르통은 심리적 안정을 되찾게 된다.

　'장갑'은 사람의 손과 유사하지만 생명이 없는 근원 상태를 보여주
는 사물이라는 점에서 초현실주의자들의 관심을 끈 오브제였다. 그
것은 '잘린' 손의 형태를 통해 '거세'에 대한 불안을 야기하면서 그와
동시에 페티시로 거세에 대응하려는 태도 또한 담고 있다. 「生活의
市街」에서 '白裝甲'은 억압되었던 것이 페티시적인 형태로 복귀하는
데서 오는 언캐니한 감정을 불러일으킨다. 그 '억압'이 성적인 것과
관련되어 있다는 것은 굳이 제4행의 '生殖術'에 대해 점검해 보지 않
더라도 알 수 있을 것이다.

　이 시에서 거세에 대한 불안은 비단 '장갑'의 상징에 의해서만 드
러나는 것은 아니다. 제6행의 '毒나비'는 명백히 거세에 대한 위협을
함축하고 있는 것처럼 보인다. 그것을 '성병'과 관련지을 수 있다면,
'白裝甲' 이미지의 기저에 콘돔에 대한 암시가 포함되어 있다는 것을

쉽게 알 수 있을 것이다. 피임기구로 인해 '生殖術'은 '번식'보다는 '유희'를 위한 기술이라는 의미를 얻게 되고, 성교에서 성병에 대한 위협이 사라지자 '영원한 午前'(제7행)이 도래한다. '영원한 午前'이란 '밤'의 생리에 반대되는 것, 병적인 것에 대한 부정으로서 건강성을 암시하는 것이다. 피임기구를 사용하는 것은 어떤 商道('花粉의 倫理')도 아니고, 그렇다고 절대적인 윤리('白晝의 太陽')로도 볼 수 없는 '유희를 위한 유희'일 따름이다. 그것을 알고 있으면서도 이 시의 시적 자아들은 이 퇴폐적인 유희에 몰두한다.

이수형과 신동철은 '유희를 위한 유희'만이 '許可된 現實'에 대해 자괴감 섞인 어조로 노래하고 있다(제14행). '5개 민족 협화를 통한 왕도낙토의 건설'을 그 기치로 내건 만주국은 기실 관동군 통제 하의 일제 식민지에 지나지 않았다. 일제의 압제와 가난을 피해 조국을 등지고 떠나온 사람들에게 만주는 '眞空'처럼 허무하기만 한 공간이었다. 게다가 만주는 더 이상 다른 곳으로 도망칠 수도 없는 막다른 곳이기도 했기 때문에 절망감은 더할 수밖에 없었다. '許可된 현실'이란 만선일보의 작은 귀퉁이에 불과했다고 해도 그리 지나친 발언은 아닐 것이다. 그나마 우리말로 된 것들에 대해서는 검열이 집요하게 따라붙었다. 민족에 대해서도 프롤레타리아에 대해서도 말할 수 없었다. 그런 것들은 '독나비' 같은 것, 밤의 영역에 속하는 것들로서 정치적 거세를 불러올 수도 있는 것들이었다. 밤의 육체가 그것을 원하더라도 생활의 시가에서는 생존을 위해 '백장갑의 질서'에 순응할 수밖에 없었다고 할 수 있다. 〈시현실〉 동인들에게 초현실주의란 일종의 방어 기제로서 페티시적인 것이었음이 이 대목에서 조금 드러났다고 보아도 큰 무리는 없을 것이다.

　‘방어 기제로서의 초현실주의’라는 관점에서 더 살펴보아야 할 것
은 ‘生殖術’이라는 조어이다. 일찍이 이상이 ‘飜身術’ 같은 단어를 만
들어냄으로써 자기 풍자를 보여주었다는 점에서 ‘生殖術’이라는 조
어는 주의를 끄는 면이 있다. 비단 「生活의 市街」에서만이 아니라
만선일보에 실린 이수형과 신동철의 시에서 이와 비슷한 조어를 어
렵지 않게 발견할 수 있다.

　　　一萬系列의 齒科術時代는 밤의 海洋에서 섬의 하-모니카를분다
　　　一萬系列의 化粧術時代는 空港의 層階에서 뿔근 추-립푸 저녁을심
포니한다 記念日 記念日의추-립푸는 葬送曲에핀紙花엿다
　　　明日의 손꾸락을 算術하는 츈-립푸는머-ㄴ 푸디스코 압페
　　　떠오르는 떠오르는비누방울의 夜會服 記念日記念日의 幸福을約束
한 肉體의女人이 雙頭의 假面을장식하는날 七色의 슈미-즈가 孔雀의
미소를쯰워나의 海洋의 蜃氣樓를따러왓다
　　　記念日 記念日의 너의장식에
　　　너의그洋초와 갓튼 蒼白한 얼골에너의 그바다와가튼 神話를 들여
주는 눈동자에
　　　나의 椅子는 溺流되엿다
　　　나의 椅子는 溺流되엿다
　　　그러나 娼婦는 울고만잇엇다
　　　肉體의 女人은 장식의 歷史가슬펏다
　　　假面의 女史는 살아잇는것이 슬펏다雙頭의 怪物은 왜울엇을까?
　　　明日을 또장식하여야 할 運命을
　　　明日도 그다음날도 그다음날도 살아야할것을
　　　女人아 假面아 深夜의 어린애야
　　　現實에規約된 誠實보담도 阿片보담도술보담도밤의秘密보담도 외

　　健康術을 사랑한다

　　　　　　　　－李琇馨, 「娼婦의 運命的 海洋圖」 전문

　「창부의 운명적 해양도」에는 '齒科術時代', '化粧術時代', '健康術'
등 '術'자가 붙어서 된 조어가 세 개나 들어 있다. 이와 같은 조어
방식에는 인간관계의 근대적 변화에 대한 비판적 시각이 개재해 있
다. 자본주의 근대에서는 인간관계마저 기계화한다. 인간관계에 이
윤이나 효율 따위가 개입하기 때문에 인간관계는 더 이상 '정'에 의해
좌우되는 것이라기보다는 '기술'에 의해 추동되는 것 같은 감마저 들
게 되는 것이 사실이다. 그리고 그것은 어김없이 생존과도 직결된다.
　「창부의 운명적 해양도」는 근대적 연애 풍속도에 대한 풍자를 담
고 있는 시이다. 세상에는 '一萬系列'의 화술('치과술')로 여자를 유혹
하는 남자가 있고 '一萬系列'의 교태('화장술')로 남자를 유혹하는 여
자도 있다. 이 시는 그 두 부류의 남녀 간의 연애담으로 보아도 무방
할 것이다. 이 시에서 여자는 두 개의 이미지에 의해 표상되는데,
'뿕근 추－립푸'(제2행)와 '雙頭의 假面'(제4행)이 바로 그것이다. 두 이
미지는 제3행에서 한 차례 겹치는데, '明日의 손꾸락을 算術하는 츈
－립푸'는 일면 시작의 신 야누스가 '明日'로 향하고 선 것을 떠올리
게 한다. 그런데 '雙頭의 假面'은 야누스이기 때문에 두 개의 이미지
가 무리 없이 결합될 수 있었다고 볼 수 있다. 또 사랑의 꽃 '뿕근
추－립푸'는 사실 '葬送曲에 핀 紙花'였기 때문에 이중성('雙頭')을 지
녔다고 할 수 있을 것이다. 꽃이긴 꽃이되 모조였던 것이다.
　이 시에서 '추－립푸' 여인의 이중성은 그녀의 '화장술'의 하나이기
도 한 '장식'에 의해 더욱 심화된다. '장식'은 여자를 생명이 없는 상

품처럼 보이게 만든다. 오히려 '장식'이 더 육감적인 생명력을 발휘하는 것처럼 보이기까지 한다. 비눗방울 같은 '야회복'과 일곱 빛깔 '슈미즈'는 여자의 육체를 페티시로 대체한다. 그러나 이와 같은 '장식'이 여자의 '화장술'이 지닌 최고의 경지라고는 말할 수 없다. 여자의 '화장술'은 여자의 울음에서 비로소 완성된다. "나의 椅子는 溺流되엿다"라는 구절은 여자의 눈동자 속에 비친 '의자'가 여자의 눈물로 인해 떠내려갔다는 의미로 받아들여진다. 그것을 두 번 반복한 것은 '두 눈'에서 흐르는 눈물이기 때문이다. 그런데 그 눈물에 떠내려간 것이 시적 자아가 아닌 '의자'였다는 점은 주목해야 할 부분이다. '나의 의자'는 궁극적으로는 '나의 부재'이기 때문이다. 비로소이 대목의 시적 상황이 분명해진다. 시적 자아는 '여자'를 떠나고자 하며, '여자'는 시적 자아를 붙잡기 위해 눈물을 보이고 있는 것이다. 시적 자아는 '여자'의 울음을 '명일'에 대한 걱정으로 치부해버린다. '여자'의 눈물이 진실인가 거짓인가에 대한 의문은 더 이상 이 시에서 문제가 되지 않는다. 시적 자아는 '여자'에게 '外健康術'을 사랑하라는 충고를 남기고 가버린다.

'外健康術'이란 연애에서 상처 받지 않으려면 스스로 감정에 휩쓸리지 않도록 '일방성'을 유지하라는 것을 의미한다. 그것을 '건강'과 결부시키고 있다는 점에서 '外健康術'이라는 조어는 지극히 근대적인 발상의 소산인 동시에 '방어 기제'의 일환이라고 할 수 있을 것이다. 또한 그것은 자기 신체에 대한 애착이라는 면에서 나르시시즘적인 국면도 가지고 있었던 것으로 보이는데, 이 점은 〈시현실〉 동인의 다른 시인들에게서도 확인할 수 있다. 가령 김북원의 「비들기 날으다」(1940.8.28)는 나르시시즘의 상징인 '수선화'를 시적 모티프로 사용하고 있다.

山岳 山岳 山岳
여기는 바―바리즘의 一丁目
조이스會館 유리사즈또어를 녹크하는
S孃의 第一號室
구두가잇섯다
S孃의第二號室 上衣가잇섯다
S孃의第三號室 回轉椅子가잇섯다
S孃의第四號室 빼드가잇섯다
S孃의第五號室 體溫이잇섯다
그는水仙花가 조앗다
그는水仙花의 花瓣이 조앗다
그는水仙花의 花粉이 조앗다
그는水仙花를 발콩에 노앗다
발콩에 푸른 眺朕이잇섯다
발콩에 아츰이
발콩에 美少年이잇섯다
S孃은 美少年이 조앗다
美少年은 S孃이실타
S孃은 美少年이 戀戀哀切타
美少年은 S孃의肉體가실타
美少年이 발콩에잇지 안엇다
美少年이 발콩을떠나든날
S孃은 花粉을 거더찻다
水仙花의 形骸가 바수어젓다

발구락이 紅海를 흘렷다
이윽고 S孃은 美少年을 歸納하다

        -金北原, 「비들기날으다」 전문

「비들기 날으다」는 한 여자의 짝사랑과 그로 인한 자살을 하드보
일드 스타일로 그려낸 작품이다. 'S양'은 '미소년'을 사랑하는데, '미
소년'은 '수선화'만 사랑한다. 자기애에 빠진 '미소년'은 발코니에서
뛰어내리고, 'S양' 역시 그의 뒤를 따라 자살한다는 것이 이 시의 내
용이다.

「비들기 날으다」는 그 진부한 내용에도 불구하고 세 가지 면에서
주목이 필요한 작품이다. 우선 그 하드보일드 스타일이 문제가 된
다. 김북원은 자살 사건을 냉혹할 만큼 건조한 문체로 그려내고 있
다. 그것은 어떤 면에서 윤리적 판단을 배제하고 있는 데서 비롯된
것처럼 보이기도 한다. 김북원의 시는 이수형의 시에 비해 이미지가
풍부하지는 않지만, 윤리적 판단을 유보하거나 배제함으로써 가치
중립적 태도를 유지하려 한다는 점에서 이수형의 시와 공통점을 지
니고 있다. 중요한 것은 〈시현실〉 동인들이 이와 같은 가치중립적
태도를 미적 방법, '외健康術', '백장갑의 질서' 등으로 환치시켜 밀
고 나갔다는 데 있었다.

둘째 이 시에는 몽타주적인 요소가 들어 있는데, 그것은 이수형이
사용한 수법은 아니었다. 김북원은 'S양'의 심리를 다섯 개의 방 장
면을 통해 나타내고자 했다. 각각의 장면은 각기 다른 사물들에 초
점을 맞춤으로써 'S양'의 다면적 심리를 상징적으로 암시하고 있다.
'미소년'이 수선화에만 관심을 가졌던 것에 비해, 'S양'은 훨씬 많은

비밀을 보유하고 있었다는 것을 방의 몽타주는 보여주고 있다. 이와 같은 몽타주의 심리적인 처리는 제임스 조이스('조이스會館')의 소설에서 배운 것일 수도 있지만, 이상의 수법이기도 했다는 게 더 중요해 보인다. 〈시현실〉 동인들이 본받았던 문단의 선배가 누구인지 명백해졌기 때문이다.

마지막으로 이 시에서 'S양'은 '미소년'을 귀납한다. 김북원은 이 시의 제목을 '비들기 날으다'라고 붙임으로써 남녀가 발코니에서 뛰어내렸음을 암시해 놓았다. 그런데 김북원이 '귀납'한다고 썼던 것은 이채로운 면이 있다. 그것이 단순히 따라 죽었다는 의미만을 지니지는 않는다. 「비들기 날으다」는 〈시현실〉 동인 특집으로 마련된 만선일보 지상에 실려 있기 때문에 단순히 김북원 개인의 작품이라는 차원에서만 보는 것으로는 온전한 이해가 불가능하다고 생각한다.

기실 「비들기날으다」는 이수형의 「白卵의 水仙花」(만선일보, 1940. 3.13)에 대한 답시의 성격을 지닌 작품이다. 「비들기날으다」에 앞서 김북원은 「태동」(만선일보, 1940.4.16)에서 이미 '李琇馨의 答詩'라고 부기를 쓴 바 있지만, 「비들기 날으다」 역시 「백란의 수선화」에 대한 답시로 볼 만한 구석이 있다. 그 점에 대해 살피기 위해서는 「백란의 수선화」를 먼저 검토해 둘 필요가 있다.

> SIX FINGER의憧憬의出發은
> 米明의地球 보담도 嚴肅한 知性이엇다
> 水仙花의白盆은 背後도 眼前도
> 무거웁게 무거운 奇異한 岩石이엇다
>
> 岩石과 空洞을우우로 속으로

近代는 뉴-스의필님처럼急轉步한다
필님 속 水仙花는 センチメンタル이고 主知的이다

裸體의 眼室에는 눈물도 업고 距離도 업섯다

鬱悶의 空洞에서 球根은 수업는
NYMPPO MANIA의 래뷰-를 보왓다
倉庫의 陋態한 鏡面속에서 美少年은 『모더니트』의 流行歌를 그리
고 써거빠진 자랑꺼리를 アクビ로 歷史化하엿다

뿔근 肉體의 秘密의 倉庫를 漏失하여버리는 날 記念日???
物體는 黃昏의 노래가들리고 들리는 氷河속에서 琉璃알가티 漂白
하리라

近代의 化粧室에서는
高周波NH선의X 菌滅殺作用에
憧憬하는 石膏처럼 하一ㄴ『토이렛트』『페-파-』에는 數만흔 男女의
屍體가 塵芥車의 汚物처럼 짓발펴 싸여 잇섯다
化石의 白卵은 近代의 市場에서
純白한 處女의 肉體보담도 純白한SIX FINGER를空港으로 空港으
로 噴水처럼 發散하는것이다

噴水! 너의 肉體는 假說이다
假說 假說 假說……

　　　　　　　　　　　　　　　-李琇馨,「白卵의 水仙花」부분

이수형은 「백란의 수선화」 말미에 '전위예술론 가설의 설정의 의
의에 대하야'라고 써놓았다.[53] 또 이 시를 김장원, 종석징 등에게 보

내고 있다. 그런데 김북원이 여기에 답시(「胎動」)를 쓰고, 같은 해 8월에는 만선일보 문예란에 〈시현실〉 동인집이 특집으로 마련된다. 이런 사정이 〈시현실〉 동인의 형성 과정을 조금 짐작하게 하는 면도 있는데, 그렇다면 「백란의 수선화」는 〈시현실〉 동인의 전위예술로서의 성격을 미리 보여준 시로 볼 수도 있을 것이다.

「백란의 수선화」는 전위예술에 대한 이수형의 고민을 잘 보여주는 시이다. 이수형은 새로운 에스프리를 찾고 있었는데, 이 시에 나오는 'SIX FINGER'는 새로운 에스프리의 표상이라고 할 수 있다. 'SIX FINGER'는 '五感'을 총동원한 것 이상의 초감각, 직관(sixth sense)에 대한 암시가 들어있는 표현이다. '센스(sense)' 대신 '손가락(finger)'이라는 표현을 택한 것은 '손가락'이 새로운 에스프리의 방향을 '指示'하는 표상으로 쓰이는 점과 무관하지 않다.

이 시에서 이수형은 '수선화'에 자기 자신을 투사하고 있다. '수선화의 백분'을 둘러싼 '奇異한 岩石'은 초현실주의자들이 말하는 '베일에 가려진 에로틱한 것'을 떠올리게 한다. '奇異한 岩石'들은 '수선화'를 둘러싼 팍팍한 현실의 중압이면서 그와 동시에 여성의 성기처럼 보이는 '空洞'들을 지닌 언캐니한 형상이라고 할 수 있다. 아무튼

---

53) 이수형의 '전위예술'을 곧바로 초현실주의로 보는 것은 이수형이 쓰고 있는 '假說'이라는 말이 우에다 도시오의 초현실주의 시집 『假說の運動』을 연상시키기 때문이기도 하다. 우에다 도시오는 '초현실주의'라는 용어 대신 '超精神主義'나 '超運動主義'라는 용어를 더 선호했던 것 같은데, 이 시집은 각종 광고에서는 '超現實主義 詩集'으로 소개되어 있다. 이 시집에서 우에다 도시오는 정신의 운동을 강조했는데, 그는 예술가가 운동이 있는 세계를 창조하는 자이며 예술가는 최초의 인간, 창조하는 인간이라고 역설한 바 있다.

上田敏雄, 「EXPLANATION」, 『假說の運動』(現代の藝術と批評叢書 第五編), 厚生閣, 1929, 104~105면 참조.

그 암석들 사이에서 '수선화'는 '센티멘털(センチメンタル)'과 '主知'를 결합한 새로운 에스프리의 꽃으로 성장한다. 그런데 '수선화'가 '센티멘털'과 '주지'를 결합하는 방법에 주의할 필요가 있다. 이수형은 '근대'가 '뉴스의 필름처럼' 급하게 돌아간다고 썼는데, 그 '필름'의 이미지는 '裸體의 眼室'에서 다시 한 번 반복된다. 방 전체가 눈으로 된 '眼室'은 '거울'밖에는 없다. '수선화'는 우물에 비친 자기 모습을 보고 있는 나르시스의 화신이기 때문에 '裸體의 眼室'이란 거울 안에 비친 벌거벗은 모습에 대한 메타포로 보아야 할 것이다. 거울은 '눈물'도 없고 '깊이(원근감)'도 없다. 왜냐하면 거울이란 "記憶이 關係하지 않는 그리고 意志가 音響하지 않는 그 無限으로 通하는 方丈의 第三軸"의 하드보일드한 공간이기 때문이다.[54) '수선화'는 '鏡面(='鬱悶의 空洞)' 속에서 '음란증(nymphomania)'의 '래뷰-'를 읽고 근대의 '유행가'와 부패한 근대성에 따분하다는 투의 '하품(アクビ)'을 보낸다.

'수선화'의 새로운 에스프리는 '뿔근 肉體의 秘密을 漏失'하면서 모더니즘을 과거 속으로 밀어낸다('역사화'). 이수형은 이 새로운 에스프리의 출범을 '記念日'로 선언한다. 이수형은 육체의 비밀을 남김없이 파헤치는 것으로써 새로운 시의 미학을 정초하고자 했다. '근대의 화장실'에서는 마스터베이션의 흔적이 '토이렛트 페-파-'로 쌓여 있다. 그것은 바로 앞 연의 '漏失' 이미지와 연결되어 있다. '수선화'의 새로운 에스프리는 '純白한 處女의 肉體'보다도 '純白한SIX FINGER'를 분수처럼 발산하는 것이라고 이수형은 주장한다. 이로써 이수형이 말하는 '외健康術'이 마스터베이션과 무관하지 않으며,

---

54) 李箱, 「얼마 안 되는 辨解」, 김윤식 엮음, 『李箱문학전집3: 隨筆』, 문학사상사, 1998, 초판 4쇄, 293면.

그것이 '肉體의 假說'로서의 실험이었음이 드러났다. 서구 초현실주의 운동이 여성을 뮤즈로 하여 상상력의 해방을 추구한 반면 〈시현실〉 그룹은 육체에 대해 천착하고는 있지만 자기 자신의 몸을 그 매개로 사용하고 있다는 점에서 나르시시즘적인 면을 보였다.

이수형의 '肉體의 假說'에 대해 김북원이 「태동」, 「비들기 날으다」를 잇달아 발표했음은 앞에서 언급한 바 있다. 'S양'이 '미소년'을 '귀납'했다는 것은 단순히 따라 죽었다는 뜻에 머무르는 것이 아니라 새로운 에스프리로서의 '肉體의 假說'에 대한 동조의 의미로도 보아야 할 것이다. 만선일보 〈시현실〉 동인집 코너에 실린 강욱의 「악보를 가젓다」(1940.8.25) 역시 '소년'의 마스터베이션을 소재로 한 치졸한 내용의 시였는데, 그 치졸함 속에 오히려 금기를 깨는 〈시현실〉 동인의 에스프리가 있었다.

신동철의 「능금과 비행기」(1940.8.29)도 이수형의 '肉體의 假說'에 대한 반향이라는 점에서 김북원이나 강욱 등의 작품과 동궤의 작품이다. 「능금과 비행기」는 동인집의 맨 마지막 작품인데, 여기서 신동철은 '肉體의 假說'에 대한 증명을 시도했다.

> 1 時의高級像感들은 능금의 文明을위하야 오늘아침 비행장에서 重大한
>   禮式을 舉行하다
> 2 發散하는비행기 비행기의웃음속에丁夫人 은리봉을심는다
> 3 비행기의 優生學
> 4 아카시아 욱어진蒼空으로 손수건처럼나붓기는宇宙가온다
>   오리옹座의看板이바뀐다
>   팬키냄새나는藝術家들은 바람이는 軌道에서 뚜껑이처럼도망친다

5 肉體우우로 달리는템포에서 아담의原罪가 소-다水를 마시는순간

6 추-립프의海峽에서 병든新聞들이 열심히도 짊어지려고한다

7 줄다름치는食慾

　껍구러지는空間

8 푸른입김속에 여러아침들이몰려든다

　푸른口腔속에 여러비행기들이 몰려든다

9 다이나마이트製太陽은 文明의進化를위하야 爆發 폭발 폭발한다

10 비행기의 에푸롱에 피로한능금으로해서 거리의少女들은 輕快하

게미쳐난다

11 證明-그것은 새로운健康法이다

12 證明-그것은 새로운生殖法이다

13 證明-그것은 새로운十字架이다

　　　　　　　　　-申東哲, 「능금과飛行機」 전문

「능금과 비행기」의 마지막 석 줄은 이수형의 「백란의 수선화」 마지막 행의 "假說 假說 假說……"에 대한 세 번의 증명으로 되어 있다. 신동철은 「능금과 비행기」에서 육체의 비밀로서 性을 탐구하는 것이 '새로운' 건강법이자 생식법, 십자가(절대 원리)임을 역설한다. 이 시에서 신동철은 새로운 에스프리로서 초현실주의 미학의 출범을 기념하는 '重大한 禮式'을 보여주고자 했다. 그 '예식'은 '비행기의 發散'(제2행)으로부터 시작된다. '비행기'가 날아오르자 '丁夫人'은 '리봉'을 '비행기의 웃음' 속에 심는다. '丁夫人'의 등장은 다소 갑작스럽게 보일 수도 있지만, 기실 '丁夫人'은 여성의 성기를 시각화한 '丁'자로 정숙한 부인이란 의미의 '貞夫人'을 대체한 하나의 알레고리라고 할 수 있다. '비행기' 역시 거대한 팰루스의 변형이라는 점에

서 '丁夫人'을 자궁의 변형으로 보아도 무방하리라고 생각한다. 그렇
게 보면 '리봉'의 의미는 그 다음 행의 '비행기의 우생학'과 관련하여
'피임기구'로 낙착이 될 수 있다. 이와 같은 시상은 「生活의 市街」와
도 유사한 면이 있다.

　신동철은 '비행기의 우생학'이 기존의 '팬키냄새 나는 예술가들'을
몰아낼 것이라고 확신하고 있었다. 그는 '성적 유희'를 통해 시단의
지형도를 바꾸고자 했다('오리웅座의 看板이바뀐다'). 거기에는 이미 '아
담의 원죄'도 문제가 되지 않았다(제5행). 윤리의 문제를 배제하는 순
간 새로운 미학의 출현을 상징하는 태양이 바다 위로 떠오른다. 사
랑의 꽃 '추-립프'는 제6행에서 '태양'의 보조 관념으로 쓰임으로써
신동철의 새로운 에스프리가 '사랑'에 기반을 둔 것임을 암시적으로
보여주었다. 파도도 '병든 신문들'처럼 새로운 미학의 출현을 반긴
다. 그러나 신동철의 '추-립프' 역시 진정한 사랑보다는 '새로운 건
강법', '새로운 생식법'과 연동을 하는 나르시시즘적인 사랑이었다고
보는 것이 옳을 것이다.

　지금까지 〈시현실〉 동인들의 시를 살펴보았다. 〈시현실〉 동인은
그 형성 과정이 아직 불분명하고 만선일보 문예란에 마련된 동인 특
집을 제외하면 그 구체적인 작품을 찾기 어려워서 연구 대상이 되기
에는 부족한 감이 있는 것이 사실이다. 그러나 그 시적 내용이나 지
향이 상당히 특이하고 시적 성취도 역시 무시하기 힘든 수준이어서
앞으로 〈시현실〉 동인에 대한 시사적인 맥락의 접근이 필요할 것이
다. 그 동안 만주에서의 시들은 이용악 등을 중심에 둔 유이민시에
그 초점이 맞추어지는 경향이 있었으나, 망명지와도 같은 만주에서
초현실주의 성향의 시 그룹이 엄연히 존재하고 있었음을 감안할 때

좀 더 다양한 연구 주제의 모색이 필요한 시점이다.

〈시현실〉 동인의 시사적인 의의는 아무래도 '만주'라는 심상 지리와 분리하여 생각하기 힘들다. 가령 식민지 수도 경성에서의 초현실주의(李箱), 제국의 수도 도쿄에서의 초현실주의(『삼사문학』 제5집), 만주에서의 초현실주의(〈시현실〉 동인)라는 도식을 고려해 볼 때, 비로소 〈시현실〉 동인의 시사적 의의에 대해 논할 수 있는 근거가 생긴다. 이상이 식민지 수도 경성에서 19세기와 20세기의 간극을 경험하고 그 절망감을 심리적 초현실주의로 승화시켰다면, 도쿄에서 이상이 만난 『삼사문학』 동인들은 정지용이나 김기림, 이상마저 그 시적 수준에 대해 얕잡아 볼 만큼 자신감을 지닌 채 초현실주의 미학을 밀고 나갔다. '만주'는 근대화의 와중에 있었던 식민지 수도나 이미 근대에 도달했다는 자부심으로 팽만한 帝都 도쿄와는 달리 정치적 망명지거나 流刑의 공간이라는 의미가 더 강했다. 근대화의 수준을 논할 계제가 아니었던 것이다. 그런 의미에서 〈시현실〉 동인들에게 만주는 '眞空'(「生活의 市街」)이거나 '空洞'(「백란의 수선화」)이었다고 할 수 있다. '진공'이거나 '공동'이기 때문에 이미 윤리 같은 것은 문제가 되지 않았으며 육체의 신비를 남김없이 밝히자는 모토 아래 〈시현실〉 동인들은 의기투합했다. 그러나 그들의 육체에 대한 탐닉은 정치적 거세에 대한 방어 기제로서 '許可된 現實'(「生活의 市街」)에 균열을 내지 못한 채 쉽사리 현실에 안주하는 경향이 있었다. 그들은 뮤즈에 대한 사랑보다는 자기애적인 단계의 '초현실주의의 위생학'을 밀고 나갔다. 가령 그들의 시는 그것이 도쿄의 것인지 경성의 것인지 전혀 알 길이 없다. '진공'에서의 시 쓰기이기 때문에 그들은 '鏡面'에 비친 자기 모습에서만 황홀을 느꼈다고 해도 과언이 아니다.

IV
전후 초현실주의 시의 분기와 발전

    그 동안 우리 시사에서 전후 시의 흐름을 보는 시각은 '광의의 모더니즘'과 '전통 서정시'의 구도로 대별하여 보려는 경향이 주조를 이루었다. 1950년대만으로 논의의 범위를 한정할 때 모더니즘적인 경향이 재래적 서정시의 경향을 압도했다고 보는 시각과, 모더니즘 시인들의 기획은 피상적이었고 전통 서정시가 1950년대 시단의 주류를 이루었다고 보는 시각이 팽팽하게 맞서고 있는 것이 사실이다.[1] 모더니즘과 전통 서정시의 이분법적 구도가 아니더라도 고유 정서의 계승자 그룹, 모더니스트 그룹, 모더니즘과 서정을 절충한 형태의 인생파로 시단의 상황을 개관한다든지 서정파, 언어파, 참여파 등의 구도로 시단의 지형도를 파악하려는 시각도 있었다.[2] 그러

---

1) 이영섭, 「50년대 남한의 현실인식과 시적 형상」, 한국문학연구회 엮음, 『1950년대 남북한 문학』, 평민사, 1991, 75면 참조.
    민영, 「1950년대 시의 물길」, 『창작과비평』, 1989, 봄호, 114면 참조.
2) 김춘수, 「戰後 15年의 韓國詩」, 白鐵 외 3명 엮음, 『韓國戰後問題詩集』, 신구문화사, 1961.
    유종호, 「戰後詩 15年」, 白鐵 외 5명 엮음, 『現代韓國文學全集18: 52人 詩集』, 신구

나 그와 같은 구도에는 한국전쟁으로 인해 생긴 트라우마를 개인적 · 사회적 · 역사적 층위에서 시적으로 형상화한 초현실주의에 대한 온당한 평가가 개입할 여지가 적었다.

전후 초현실주의는 넓은 의미의 모더니즘의 차원에서 다루어진 면이 있다. 한국전쟁 전, 사화집『새로운 도시와 시민들의 합창』(1949)을 낸 〈신시론〉 동인의 김경린은 이미지즘, 초현실주의, 표현주의 등을 모더니즘의 하위 범주로 인식했다. 그리고 그는 〈신시론〉 동인 중 김경린, 박인환, 김수영, 임호권 등 대다수는 이미지즘 계열이었고, 양병식은 초현실주의 계열이었다고 회고한 바 있다.[3]『새로운 도시와 시민들의 합창』에서 양병식은 에즈라 파운드, 스티븐 스펜더, 폴 엘뤼아르의 시 3편의 번역을 맡았을 뿐 창작은 싣지 못했다. 그것은 〈신시론〉의 전반적인 성향과 양병식의 개성이 다른 탓도 있었겠지만, 시의 완성도에 문제가 있었던 게 아닌가 싶다. 양병식은 1939년 도쿄 시인구락부 회원으로 활동했고, 전후에는 부산에 정착하여 일본 프랑스문학회 회원으로 활동하면서『구토』,『페스트』등 프랑스 실존주의 문학을 번역하기도 했다. 전후 초현실주의가 외국문학에 얼마나 깊이 침윤되어 있었는지는 양병식이『새로운 도시와 시민들의 합창』에 시를 싣지 못한 채 번역만을 게재했다는 데서도 얼마간 짐작해 볼 수 있다. 당시 초현실주의의 수준은 양병식의 경우에서처럼 일본을 경유한 유럽 초현실주의 수용의 수준으로 가늠해 볼 수도 있을 것이다. 그러나 역으로 당시 초현실주의의 저변은 가시적으로 드러난 것보다

문화사, 1968.

3) 김경린,「양병식의 인간과 문학세계」, 양병식,『꿈과 죽음의 회랑에서』, 경운출판사, 1995, 143~146면 참조.

는 상당히 넓었다는 것도 양병식의 예에서 알 수 있다. 박인환이 경영했던 '마리서사'의 시대를 회고하는 글에서 김수영이 "그 당시는 文名이 있는 소설가 아무개보다는 복쌍(초현실주의 화가 박일영—인용자) 같은 아웃사이더들이 더 무게를 가졌던 시절이고, 예술 청년들은 되도록 작품을 발표하지 않는 것을 영광으로 생각하던 시절"이었다고 한 점은 이 대목에서 참고할 만하다.4)

〈후반기〉 동인으로 활동했던 조향, 김차영 등도 점차 초현실주의의 색채를 강화해나갔다. 조향, 김차영, 김종문 등이 함께 주도한 〈전환〉 동인 연간시집 『전환』의 실체 역시 조향, 김차영이 주축이 되었다는 점에서 이미 〈후반기〉 동인의 시사적 평가와 무관할 수 없는 지점에 놓여있다. 1950년대 모더니즘을 순진하게 어의 그대로의 모더니즘으로 받아들여서는 안 된다는 것은 이러한 저간의 사정에 그 이유가 있다. 문체론의 차원에서만 본다면 초현실주의는 훨씬 더 큰 외연을 차지한다. 가령 박인환이 「최후의 회화」 등의 시에서 데페이즈망 기법을 사용했다든지 김경린이 초현실주의에 대해 호의적이었다는 점은 익히 알려진 바 있다. 김규동도 1950년대에는 「진공회담」, 「불안의 속도」, 「보일러 사건의 진상」 등 초현실주의 작품을 다수 발표했다. 김수영은 이활이나 심재언 등에 대해서 호의적으로 보았고, 정귀영, 노영수, 김창직 등의 전위시 그룹에 대해서도 호감을 보였던 데 대해 박인환에서 김규동으로 이어지는 초현실주의에 대해서는 "프로이트의 정신분석의 혁명이 우리나라의 시의 경우에 어느 만큼 실감 있게 받아들여졌는가를 검토해 보는 것은 우리나라

---

4) 김수영, 「마리서사」, 『김수영전집2—산문』, 민음사, 1981, 74면.

의 詩史의 커다란 하나의 숙제"라고 하여 부정적 평가를 내린 바 있
다.[5] 김수영의 경우, '기질적' 전위시인에 대해서는 호감을 품고 있
었던 반면, 소위 '예술파' 전위에 대해서는 "문맥이 통하지 않는 쉬
르流"라고 하여 비판적인 거리를 두었다.[6] 이 평가의 엇갈림이야말
로 어쩌면 김수영의 초현실주의에 대한 관심의 열도를 잘 보여준다
고도 할 수 있을지 모르겠다.

사실 1950년대 초현실주의 시의 문체는 1950년대 작가들이 전반
적으로 처해 있던 '모국어 능력의 심각한 결여'[7]로 촉발되는 난관 속
에서 형성되었다는 점을 고려할 필요가 있다. 동세대의 전통 서정시
계열 시인들의 경우, 『청록집』을 매개로 하여 1930년대까지 발전한
근대적 문체를 이어받을 수 있었지만, 아방가르드 계열의 시인들의
경우, 1940년대 초까지 공식어로 통용되었던 일본어가 폐기됨으로
써 난관에 부딪힐 수밖에 없었다.[8]

아무튼 모더니즘과 초현실주의의 혼재, 문체의 변개에서 오는 이
질감 등은 그동안 초현실주의에 대한 선입견을 만들어 온 것이 사실

---

5) 이활, 심재언에 대해서는 「마리서사」(1966)에서, 정귀영, 노영수, 김창직에 대해서는
　「시의 뉴프런티어」(1961)에서 다루었다. 박인환, 김규동 등에 대해서는 「참여시의 정
　리」(1967)에서 다루었다.
　　김수영, 「마리서사」, 『김수영전집2—산문』, 민음사, 1981, 74면.
　　김수영, 「시의 '뉴 프런티어'」, 『김수영전집2—산문』, 민음사, 1981, 176면.
　　김수영, 「참여시의 정리」, 『김수영전집2—산문』2판, 민음사, 2003, 387면.
6) 김수영, 「변한 것과 변하지 않은 것」, 『김수영전집2—산문』, 민음사, 1981, 243면.
7) 김윤식·정호웅, 「한국전쟁의 충격과 새로운 출발의 모색」, 『개정증보 한국소설사』,
　문학동네, 2000, 349~350면 참조.
8) 매우 거친 試論이지만 이 책의 말미 '부록B'의 「전후 모더니스트들의 언어적 정체성:
　박인환, 조향, 김수영의 경우」에서 이 문제에 대해 다시 다루었으니 참고해 주셨으면
　한다.

이다. 그러나 초현실주의를 모더니즘 운동의 일부로 봄으로써 초현
실주의를 자동기술법이나 데페이즈망 등 기교 차원으로 환원해버리
곤 하는 것은 초현실주의를 지나치게 협소하게 보는 것일 뿐더러 그
문체의 변개와 관련해서도 아무런 의의도 도출해낼 수 없는 시각이
다. 초현실주의는 마르크시즘, 프로이트와 자크 라캉의 정신분석학,
인류학 등 근대 담론들이 한 데 마주치는 장으로서의 역동적인 기획
이었다는 점에서 초현실주의를 수사 면에만 국한하여 보는 것은 시
사적으로 온당한 시각이라고 할 수 없다.

전후 한국의 초현실주의는 비록 뚜렷한 집단을 형성하거나 문단
의 주도권 다툼에 활력을 불어넣지는 않았지만, 한국전쟁과 1960·
70년대 '개발 드라이브'로 인해 생긴 트라우마를 개인적·사회적·역
사적 층위에서 내면화하는 데 결정적인 역할을 했다. 이 장에서는
전후 초현실주의의 분기를 조향, 김구용 등의 시를 중심으로 살펴보
고자 한다.

조향은 언어 감각, 혹은 문체론의 층위에서 초현실주의를 하나의
창작 방법론으로서 밀고 나갔다. 그는 정치·경제·사회·문화 등 전
후 여러 방면의 혼란상을 언어의 심급에서 종합하고자 했다. 그의
'데페이즈망의 시론'은 다다·초현실주의의 콜라주 미학에 그 근거를
두고 있었다. 그의 시적 콜라주들은 일견 낯설어 보이지만, 그 기괴
한 하이브리드의 양상이 근대 문명의 퇴조라는 당대적 현실의 익숙
한 장면들을 종합한 것이라는 점에서 전적으로 낯선 것만은 아닌 언
캐니의 소산이었다.

김구용은 조향의 문체론적 실험과는 다른 방향에서 새로운 초현
실주의를 수립했다. 그는 식민지 체험이나 전쟁 체험, 전후 정치 현

실의 후진성 등 현실적인 문제와 개인적 구도의 과정을 일치시키려는 시도를 했다고 할 수 있다. 그 과정은 시의 장르 전통을 허무는 것이면서 종교(불교)와 문학의 경계까지를 아슬아슬하게 넘나드는 것이기도 했다. 그의 시에 나타나는 몽환성은 서구 초현실주의의 영향을 어느 정도 받았다고 할 수 있지만, 그의 시에 나타나는 현실성과 종교적 奧義는 서구 초현실주의와는 별개의 동양적인 것이었다.

이 장은 조향과 김구용으로 대변되는 전후 초현실주의의 두 계보에 대한 시론적 성격을 띤다. 각각의 절이 개별적인 시인론의 형태를 취하고 있지만, 두 시인을 '시사적 사건'으로 설정하여 우리 시사에서 전후 초현실주의의 계보를 추적하기 위한 서설로 읽혀질 수 있다면 좋을 듯하다.

1. 하이브리드적 초현실주의: 조향의 경우

조향은 우리 시사에서 드물게 초현실주의 시론을 창작 방법론으로 가지고 있었고, 초현실주의 동인 활동을 통해 일관되게 초현실주의 시를 쓴 것으로 널리 알려져 있다. 그로 인해 조향 시에 대한 기존 연구들이 주로 조향 시의 초현실주의 기법을 정리하는 데 초점을 맞추어 온 것도 부정하기 어렵다. 그러나 기존 연구들이 제시하고 있는 조향 시의 초현실주의 기법이 데페이즈망이나 병치 비유 등으로 한정된 감이 있고, 조향 시를 온전히 초현실주의적인 것으로 설명하기보다는 '현대성'이라는 큰 틀에서 살피려는 경향이 강했던 것이 사실이다.[9] 또한 조향의 초현실주의를 에로스 지향과 타나토스

지향 등 일부 상징으로 설명하려는 것 역시 조향 시를 전체적으로
조망하는 데는 한계가 있다.10) 이들 연구들은 조향의 시에서 초현실
주의적 요소를 확인하는 데 그치고 있을 뿐, 조향의 초현실주의 시
가 초현실주의의 다양한 흐름 가운데 어떤 특징을 계승하고 있으며
그 의의와 한계는 무엇인지 구체적으로 밝히는 데까지 나아가지는
못했다.11) 기존 모더니즘 시사의 경우 조향 시의 미학적 실패를 한
국전쟁의 물적 토대에 대한 관심이 결여한 데서 기인하는 것으로 보
는 경향이 있다.12) 물론 그와 같은 견해가 전혀 일리가 없는 것은
아니지만, 자칫 토대 환원주의적으로 작품을 재단하게 되는 것에 대
해서도 경계할 필요가 있다. 한편 조향의 초현실주의 수용의 한국적
맥락을 살핀 연구들의 경우 조향의 초현실주의를 현실 초월적인 것
으로 보거나(오문석) 반공주의적 시대 분위기와 관련지어 설명(허윤회)
하고 있다.13) 이들 연구의 경우 조향의 시론에 국한한 연구라는 데

---

9) 고명수, 「한 아방가르디스트의 모험과 실패」, 『한국문학연구』 제14집, 동국대학교
  한국문학연구소, 1992.
  고명수, 「초현실주의와 한국 현대시―해방 이후」, 『현대시』, 1994. 10.
  이광수, 「조향의 전기 시세계 연구」, 송하춘·이남호 편, 『1950년대의 시인들』, 나남,
  1994.
  신진, 「조향 시의 현대성」, 『한국 현대시 읽기』, 동아대학교출판부, 2003.
10) 엄성원, 「초현실주의적 지향과 부정의 시학」, 김학동 외, 『한국전후문제시인연구2』,
  예림기획, 2005.
11) 진순애의 박사학위논문이 모더니즘의 계보를 미학적·수사학적 측면에서 살피면서,
  이상으로부터 조향으로 이어지는 통시적 변화와 지속을 다루고 있다. 그러나 이 논문은
  조향 시를 형태시 위주로 점검하고 있어서 조향 시의 전체상을 객관적으로 조망했다고
  하기에는 부족함이 있다.
  진순애, 「한국 현대시의 모더니티 연구」, 성균관대학교 박사학위논문, 1997.
12) 이승훈, 「1950년대 한국 모더니즘 시의 전개」, 『한국 모더니즘 시사』, 문예출판사,
  2000.
13) 오문석, 「1950년대 한국 초현실주의 시론 연구」, 『작가연구』, 제16호, 깊은샘, 2003,

아쉬움이 있다.

조향의 시는 전반적으로 외래어를 남용하고 있다는 점, 미래파·다다·초현실주의 등의 수사를 혼용하고 있다는 점, 국어의 통사 규칙을 무시하고 문장을 해체시키고 있다는 점 등에서 난삽하게 느껴진다.[14] 그런데 이와 같은 특징들은 조향이 내세웠던 데페이즈망, 콜라주 더 나아가서는 하이브리드 미학에서 기인하는 면이 있다. 외래어와 외국어를 섞어 쓴다든지 여러 사조를 혼용한다든지, 불완전한 문장들이 논리와는 무관하게 배치되는 것은 성격이 각기 다른 재료들을 마구 찢어 붙이는 콜라주의 방법과 유사하며, 기존의 사실주의나 모더니즘 미학과는 '다른' 하이브리드의 위반성을 드러내는 것이다. 그런 의미에서 이 절에서는 조향의 초현실주의를 '하이브리드적인 것'으로 규정하고 그 시사적 의의와 한계를 밝혀 보고자 한다.

조향 시를 설명하는 데 하이브리드라는 개념을 원용하고자 하는 것은 데페이즈망이나 콜라주로는 조향 시의 전체적인 양상을 효과적으로 아우를 수 없기 때문이다. 데페이즈망이나 콜라주가 조향 시

하반기.

허윤회, 「1950년대 모더니즘 시론의 시사적 이해」, 『한국의 현대시와 시론』, 소명출판, 2007.

14) 허혜정은 조향의 시를 '자의적인 기표들의 연쇄'로 치부한다. 물론 허혜정의 논문은 〈후반기〉 동인들의 시를 언어의 재영토화라는 관점에서 설명하는 가운데 조향에 대해 언급하고 있는 것이기 때문에 조향 시의 특성보다는 〈후반기〉 동인의 전반적인 성격에 더 신경을 쓴 듯하다. 그러나 조향 시의 난독성은 〈후반기〉 동인들의 전반적인 시 세계와는 구분될 필요가 있다. 또한 조향의 시를 '편집증적인' 것으로 보았다면 조향 시의 난독성은 '의미 없음' 속에서 오히려 '의미'를 만들어가는 과정으로 이해되고 점검될 필요가 있다. 왜냐하면 편집증은 세계를 해체하는 데 그치는 것이 아니라 그것을 재구성하는 증상이기 때문이다.

허혜정, 「1950년대 〈후반기〉 동인의 시와 시론」, 『작가연구』, 제16호, 깊은샘, 2003, 하반기, 178면 참조.

의 전부는 아니다. 데페이즈망은 사물들의 고유한 위치를 뒤바꿔서 일상에 충격을 주는 수법으로, 조향이 그 자신의 시적 방법으로 강조하기도 했지만, 엄밀하게 말해서 그것은 시 구절들이 어떻게 만들어지는지 설명하는 데 동원한 개념이지 미학적 원리라고 하기에는 지나치게 협소하다. 콜라주는 데페이즈망을 포괄하는 더 큰 미학적 방법이다. 콜라주의 원리는 화폭이나 텍스트 속에 이미 존재했던 요소를 집어넣는 데 있으며, 콜라주 예술에서 서로 이질적인 요소들은 병치되거나 융합된다. 일반적으로 콜라주의 형태는 삽입되는 재료의 가공 정도에 따라 순수 콜라주, 수정 콜라주, 변형 콜라주로 나뉘며, 질료의 양상에 따라 시각 콜라주와 언어 콜라주로 나뉜다.[15] 또 역사적으로는 다다 콜라주와 초현실주의 콜라주로 나눌 수 있다. 다다 콜라주가 구조화된 사회적 재료인 고급미술과 대중문화의 형태로 만든 위반의 성격을 띤 몽타주였다면, 초현실주의 콜라주는 무의식과 관련된 심리적 의미를 담고 있는 기표들로 만든 분열증적 몽타주였다.[16] 조향 시의 콜라주는 전부 언어 콜라주이며, 다다 콜라주와 초현실주의 콜라주를 아우르고 있었다. 그러나 그의 콜라주 실험은 1940년대의 시들에서는 나타나지 않으며, 그의 외래어 편향이 반드시 콜라주와 관련이 있다고 하기도 어렵다. 재료의 가공 정도에 따른 콜라주의 분류에서도 조향의 실험을 어떻게 규정할지에 대한 어려움이 있는데, 이 점은 그의 콜라주 형태를 인유와 혼동하게 한다. 반면 하이브리드의 개념을 원용하게 되면, 1940년대 조향의 국

---

15) 조윤경, 『초현실주의와 몸의 상상력』, 문학과지성사, 2008, 87~88면 참조.
16) 할 포스터, 조혜옥 옮김, 「초현실주의에 나타난 정체성」, 전영백과현대미술연구팀 엮음, 『욕망, 죽음, 그리고 아름다움』, 아트북스, 2005, 136면 참조.

제주의적 언어 감각과 전후의 외래어 편향 사이의 관련성을 입증할
수 있게 되고, 데페이즈망, 콜라주 등 기법의 성패와 무관하게 그
'혼합의 부조리성'이라는 정신을 강조할 수 있게 된다. 초현실주의적
오브제나 강박적 아름다움에 대한 강조 등 콜라주로는 포괄할 수 없
는 초현실주의 시의 특징 역시 하이브리드의 꿈과 현실을 혼합하고
신체를 왜곡·변형하는 특징으로 설명할 수 있다.

조향의 시 세계에는 두 차례의 굴곡이 있다. 한국전쟁을 계기로
조향이 좀 더 초현실주의 시론을 철저하게 시 창작에 연계시키게 된
것이 첫 번째 전환점이었다면, 두 번째 전기는 연구에 치중하면서
문단과 소원해진 1960년대 중반 이후의 공백기에 찾아왔다.[17) 이 절
에서는 조향의 시 세계를 1940년 무렵부터 해방기까지, 한국전쟁 시
기부터 1960년대 초까지, 1960년대 중반의 공백기를 지나 1970년
전후부터 그가 타계할 때까지의 세 시기로 나누어 조향의 국제주의
적 언어감각이 어떻게 하이브리드적 초현실주의 미학으로 이어지는
지, 또 동인 활동을 통해 조향의 초현실주의 실험의 양상이 어떻게
달라지는지 순차적으로 살펴볼 것이다.

---

17) 엄성원은 1950년을 전후로 전·후기를 나누었다. 그러나 1950년 이전 시들은 일어로
된 시들이 중심이 된다는 점, 1950년 이후는 시간적으로 지나치게 폭넓다는 점에서,
그러한 시기구분은 문제가 있어 보인다.
  엄성원, 앞의 글, 142면 참조.

(1) 국제주의 언어감각의 언밸런스: 1940년대의 시

조향은 1940년 매일신보 신춘문예 현상 공모에 「초야」가 '三席'으로 당선되어 문단에 나왔다. 등단 이후 조향은 '趙薰'이라는 필명으로 『日本詩壇』과 『詩文學研究』의 동인으로 활동을 시작했다. 조우식의 원고 청탁으로 일제의 국책을 선전하는 장이었던 『국민시가』에 시를 발표할 수도 있었지만, 조향은 일본에서 나오는 동인지에 연애시만을 발표했다고 쓴 바 있다.[18] 그 무렵은 국내에서도 우리말의 사용이 철저히 금지되었고 또 전시 체제에 협력하는 방향의 글만이 지면을 얻을 수 있었기 때문에, 문인들은 절필을 하든지 일본어 창작을 하는 수밖에 없었다.[19] 소위 국책에 협력하지 않고 창작을 하는 길은 일본 문단을 향한 글쓰기가 아니고는 불가능했는데, 조향이 연애시만 썼다고 한 것은 비록 일본어로 창작을 하긴 했지만, 시국에 휩쓸리지 않고 순수 문학을 지켜냈다는 것을 강조한 것이었다.

조향의 일본어 창작은 그의 전집이 묶이는 과정에서 그의 동생 조봉제에 의해 번역 소개되었다. 그 면면을 일별하면 조향의 일문시들은 1942년 1월부터 1943년 10월까지 『日本詩壇』에 발표된 것들로서 김수돈의 시를 일역한 것을 제외하면 총 13편 정도의 편수에 이른다. 또 그 주제는 사랑에만 국한되어 있지는 않았고 향수, 미지의 세계에 대한 동경(「憧憬」, 「少年」), 그리고 희미하나마 민족적 소망을 담은 것들(「春愁」, 「廢園の歌」)도 있었다. 한편 「少女」나 「墓」 등은 조향

---

18) 조향, 「20년의 발자취」, 『조향전집·2』, 열음사, 1994, 1쇄, 40~41면 참조(※『자유문학』, 1958.10).

19) 김윤식, 「한일 이중어 글쓰기의 역사성」, 『한일 근대문학의 관련양상 신론』, 서울대학교출판부, 2001, 30~35면 참조.

이 기타하라 하쿠슈(北原白秋)풍의 이미지즘 역시 소화하고 있었음을 보여주는 자료다. 그러나 조향 일문시의 주조는 역시 연애 감정과 청춘의 우수 따위가 결합된 엘레지였다.

특히 「애가」는 1950년대 조향 시의 연애 모티프를 미리 보여주었다. 「애가」는 비록 憂國의 코드는 들어 있지 않지만 1920년대 '다다 −보헤미안풍'의 유탕한 기분과, 좌표를 상실한 청춘의 우수를 그대로 이어받고 있다. 이 시에서 홍등가의 여급은 자신을 『춘희』의 여주인공 마르그리트 고티에 비견하는가 하면, 시적 자아는 마치 그 연인인 아르망 뒤발인 양 여급을 동정적 시선으로 바라본다. 시적 자아는 여급의 주정을 진실로 받아들이지는 않지만, "거짓과 변덕을 익힌 기질"마저도 애처롭게 바라본다.

허위 감정으로서 향수나 우울은 조향의 일문시 전반에 두루 나타나는데 그것은 조향의 언어 감각에도 영향을 주었다. 조향 일문시의 외래어 편향은 해방 이후의 시처럼 심한 편은 아니지만, 그 시적 풍경과 잘 어울리지 않게 외래어에 대한 애착을 드러낸 경우가 많았다. 가령 「鄕愁」의 경우, 고향의 목가적인 풍경에 외래어 편향의 언어 감각이 개입하면서 시적 풍경에 묘한 언밸런스가 발생하고 있다.

> 풀이 모두 무성한 古風의 기와로 가득찬
> 童話처럼 참으로 오래된 마을
> 兩班의 전통이 곰팡이처럼 어두운 마을
> 木花꽃이 끝없이 피어 있는 山地의 밭길을
> 土犬이 땅을 핥으면서 지나가기도 하고
> 완만한 傾斜地에서는

황금빛 農牛가 MO— O— 저녁 무렵을 울며
牧童들은 아리랑을 노래하면서
그리고 호박꽃빛으로
燈盞에 하나 둘 불이 켜지기도 하여……

참으로 故鄕은
석양에 채색된 牧場의 빛을 띠고 있었다
고향 마을은 네덜란드의 風車처럼
언제나 대범하게 돌아가는 幻影이었다

－「鄕愁」 부분, 조봉제 옮김

「鄕愁」(1943)는 일견 정지용의 「鄕愁」를 떠오르게 한다. 그러나 정
지용 시의 '차마' 잊을 수 없는 고향이라는 절박성이 조향의 시에는
결여되어 있었다. 조향은 이 시에서 동물들이 평화롭게 노닐고 목동
들이 한가롭게 아리랑을 부르는 목가적인 풍경을 만들어냈지만, 정
지용의 「鄕愁」가 지닌 미덕으로서의 '가족애'에 대해서는 제대로 그
려내지 못했다. 이를테면 '어머니'조차 무서운 옛이야기로만 남아 있
는 점은 눈여겨보아야 할 것이다.

조향과 정지용의 차이는 비단 가족애의 문제에만 국한되어 있었
다고 볼 수 없다. 두 시인의 언어 감각은 달랐다. 이 시에서 조향은
고향 마을의 환영이 "네덜란드의 풍차처럼" 돌아간다고 썼다. 조향
의 향수에는 언제나 이국정조가 개입된다. 조향이 고향을 "童話처럼
참으로 오래된 마을"이라고 했을 때는 실감이 나지만, "고향 마을은
네덜란드의 풍차처럼 / 언제나 대담하게 돌아가는 幻影이었다."라는
술회는 실감이 잘 나지 않는다. 풍차가 도는 네덜란드의 전원도 목

가적이기는 하지만, 이것은 등잔에 호박꽃빛 불이 켜지는 우리 시골의 정경과는 분명히 다른 것이었다.

이 언어감각의 언밸런스에 조향 시의 출발점이 있었다. 기실 이 시에서 눈여겨보아야 할 것은 전원 풍경이라기보다는 황소의 울음을 "MO— O—"라고 쓴 언어 감각이며, 그것이 전원 풍경과 전혀 어울리지 않는다는 사실이다. 조향은 해방 이후에도 「밀 누름 때」(1947) 같은 시에서 고향의 정경을 노래한 바 있다. 거기서도 조향은 시골 풍경의 목가적인 평화를 노래했다. 조향은 허수아비의 "포—즈"라든지 밀밭 머리 "에—텔의 파동"에 눈길을 주었다. 그리고 하늘을 "에나멜 느린 듯이"로 형용하기도 했다. 이와 같은 외래어 物神을 하나의 실험으로 간주했다는 데 조향 시의 특징이 있다.

해방 이후 조향은 마산에서 박목월, 조지훈, 이호우, 김춘수, 서정주 등과 함께 시 동인 『노만파』를 결성하는가 하면 청년 문학가 협회 마산지부장을 맡아 좌파 비판에 앞장섰다. 「역사의 창조」(1947) 등은 이 무렵 그의 반공주의를 적절히 보여주는 글이다. 조향은 그 글에서 좌파의 이념을 일종의 '배대주의'로 보면서 그 원인을 전통의 빈곤에서 찾았다. 그는 "지난날의 사대사상으로 말미암아 비뚜러진 역사와 민족정신은 이 마당에서 새출발을 해야 할 것이다."라고 하여 새로운 전통의 필요성을 역설했다.[20] 그런데 이와 같은 새 전통의 요청은 '전통의 계승과 발전'이라는 문학가 협회의 이념과는 조금 성격이 달랐다. 조향이 민족주의 진영에서 벗어나 〈후반기〉 동인 쪽으로 기운 것은 이러한 맥락과도 관련이 있어 보인다.[21]

20) 조향, 「역사의 창조」, 『전향전집·2』, 위의 책, 15~16면 참조(※『竹筍』6집, 1947).
21) 허윤회는 조향의 반공주의가 전체주의를 배격하는 그의 휴머니즘적 아나키즘과 무관

  어떤 면에서 조향이 좌파 진영을 향해 가한 '전통의 빈곤'이라는
비판은 그의 '외래어 물신'의 시에 고스란히 돌아온다.

    가볍게 꾸민 등의자는 남쪽을 향하여 앉았다. 앞에는 바다
    가 신문지처럼 깔려 있고…… 바다는 원색판 그라비유어인 양
    몹시 기하학적인 脚線을 가진 테-불 위에는 하얀
    한 나프킨이 파닥이고 곁에는 글쎄…… 글자를 잃어버린 순수한 詩
集이 바닷바람을 반긴다.

    꽃밭에는 *인노브제크터비테*의 데사잉! 당신의 젖가슴엔
    씨크라멘의 훈장이 격이세요.

    석고빛 충충대를 재빨리 돌아 올라가면 거기 양관의
    아-취타잎 유리창 여기선 푸른 海圖가 한 핀트로
    만 모여 든다.

    IRIS OUT!
    렌즈에는 海鳥의 휘규어!

    ―그대는 인민의 항구가 그립지 않습니까?
    ―새로운 *로맨티즘*의 영토로…… 그렇죠?
    수평선 위에 넘실거리는 새 전설의 곡선! 나는 산술책을
    팽개치고 白麻布 양복 저고릴 입는다. 나는 파아란
    항해에 취한다. 나는 수부처럼 외롭구나.

하지 않다는 의견을 내놓은 바 있다. 그와 같은 생리로 인해 조향이 좀 더 자유로운
분위기의 동인 활동에 치중했다고도 할 수 있다.(허윤회, 「1950년대 모더니즘 시론의
시사적 이해」, 『한국의 현대시와 시론』, 소명출판, 2007, 354~355면 참조.)

19××년 향그런 무역풍 불어오는 밝은 계절의 그 어
느날 그대는 여기서 내 사상의 화석을 발견하시려는 건가?

나는 언제나 조선이 사뭇 그리울게니라.

ADIEU!

－「파아란 航海」 전문

「파아란 항해」(1947)는 '바다'가 가지고 있는 코즈모폴리턴이즘의 감
수성을 전형적으로 보여주는 시이다. 이때의 코즈모폴리턴이즘은 얼
마간 1920년대 유행했던 '다다－보헤미안풍'과도 무관하지 않다. 『日
本詩壇』에 발표한 「馬山港」(1942.6) 역시 정지용의 「슬픈 인상화」나
박팔양의 「인천항」을 그 밑그림으로 하고 있었다. 그러나 '다다－보헤
미안풍'이 그 우국의 코드를 통해 프롤레타리아 국제주의와 그 포즈에
서나마 나란히 바다를 향해 있었던 데 비해, 조향의 '바다'는 청춘의
향상심만 남고 우국의 정서는 퇴색된 사상의 빈곤을 노정하고 있었다.

조향은 제1연에서 바다와 그 주변의 풍경을 몇 개의 '설정'으로 나
타내고자 했다. 말줄임표라든지 '글쎄' 하는 어물어물하는 망설임의
標識는 이 시의 바다 풍경이 상상적 배치에 지나지 않음을 방증하고
있다. 조향에게는 바다 그 자체보다 그것을 둘러싼 풍경들을 어떻게
'디자인'할 것인지가 더 중요했다. 테이블은 어떻게 기하학적인 선이
강조된 형태로 놓여 있어야 하고, 꽃밭은 '인노브제크티비테[非對象
性]'를 어떻게 구현해야 하며, 가슴에 달 '배지'나 손수건, 꽃장식 따
위는 어떤 것으로 할 것인지가 중요했던 것이다.

이와 같은 시의 '디자인術'은 제3연과 제4연에 이르러 '사진술'과

결합된다. 시적 자아의 시선은 마치 카메라의 렌즈처럼 작동을 한
다. '핀트' 'IRIS OUT' '렌즈' 등의 시어가 확실히 그런 생각을 유발
한다. 조향의 카메라 렌즈와 같은 시선은 사람의 마음을 육체와 대
립하는 의미의 영혼이라든지 정신으로 여기기보다 생리상 신경계통
의 기능으로 보는 I. A. 리차즈의 과학적 태도를 환기시킨다. 또한
그것은 김기림의 주지적 태도와도 닿아 있는 것이었다.[22] 「파아란
항해」의 시적 자아는 '카메라의 눈'을 통해 무궁무진한 가능성의 세
계인 '바다'를 동경의 대상으로 포착한다. 제5연에서 조향은 "로맨티
즘의 영토"에 대한 동경을 드러낸다. "새로운 로맨티즘의 영토" 찾기
란 해방기 민족 건설의 꿈이 지닌 역동적인 환영의 일부라고 해도
될 것이다. 해방기의 역동적인 시대상으로 인해 조향 시에 우국의
정서가 끼어들 틈이 없었다고 해도 단순하게 변명으로만 치부하기
힘든 게 사실이다. 그러나 조향은 "나는 언제나 조선이 사뭇 그리울
것이다."라고 썼다. 거기에는 조국을 걱정하는 마음보다는 조국을
떠나 더 넓은 세계로 나아가고자 하는 젊은이 특유의 향상심과 코즈
모폴리턴이즘이 내재해 있었다.

　「파아란 항해」는 사상이 결락된 부분을 언어 감각으로 메우고자
하는 기획의 소산이었다. 조향은 이 시에서 '인노브제크티비테' '로
맨티즘' 등 예술상의 사조와 관련이 있는 개념어에는 강조점을 찍었
고, 그와 별도로 '그라비유어' '테―불' '나프킨' '씨크라멘' '아―취타
잎' '핀트' '렌즈' '휘규어' 등의 외래어를 사용했다. 또 원어를 그대로
노출하여 'IRIS OUT' 'ADIEU' 등으로 쓴 표기 방식도 동원했다. 조

---

22) 김기림, 「시의 이해: I. A. 리차즈를 중심으로」, 『김기림 전집2: 시론』, 심설당, 1988,
　　210면 참조.

향은 이와 같은 언어 감각을 소재 면의 실험이라는 차원에서 보았고, 그것이 곧바로 표현 기교의 실험으로 직결된다고 믿었다. "호박꽃과 호롱불과 마차와 피리와 석굴암의 불상만이 시에 등장할 것이 아니라 씨크라멘과 산테리아와 파아카아드와 쌕스폰과 나체군상이 등장해야 된다는 것이다. 여기에 새로운 제2의 우리의 전통이 형성될 것이 아닌가 말이다. 이러한 소재면의 엑쓰페리먼트는 표현 기교에 있어서의 엑쓰페리멘트를 필연시키는 것이다."라고 조향은 주장했다.[23] 그러나 조향의 소재 면에서의 실험이 지나치게 외래어 편향이었다는 점은 분명히 문제였다. 그것은 소재의 실험이었다기보다 외래어 물신 취향에 더 가까웠다.

조향이 이와 같은 외래어 물신을 표현 기교의 실험으로까지 믿었던 것은 주목되는 면이 있다. 그것은 기타조노 가츠에에게서 배운 것으로 여겨진다. 厚生閣의 '현대의 예술과 비평 총서' 시리즈로 초현실주의 시집 『하얀 앨범(白のアルバム)』을 상재했다든지 『詩と詩論』에 초현실주의 시와 산문을 발표하기도 했던 기타조노 가츠에에 대해서 조향이 관심을 가졌던 것은 조향의 산문 「20년의 발자취」에도 나와 있다.

조향 시에 끼친 기타조노 가츠에의 영향이 조향의 전반적인 시 세계를 긍정적으로 바꾸었는지 부정적으로 변화시켰는지 단언하기는 어렵다. 그러나 조향이 해방기를 건너면서 그 낭만적인 감성을 불식시키고 근대적인 에스프리를 갖는 데 이론적 토대가 되었던 것은 기타조노 가츠에의 시론이었다. 「1950년대의 斜面」에 이르러 조향은

---

23) 조향, 「실험이 없는 세대」, 『조향전집·2』, 앞의 책, 44면(※서울신문, 1950.1.25).

외래어 취향과 더불어 일본시단을 경유한 초현실주의에 대한 지향
을 좀 더 뚜렷이 드러냈다.

> 느닷없이 앞으로만 자빠져 있는 길이 보인다.
> 後半紀의 황홀한 版畵 위에
> 바람처럼 호탕히 쓰러지는 나의 그림자!
>
> 內臟外科와 少女와 遠洋航路와……
> 모든 아름다운 計算과 휘파람과……
>
> "아마리리스"도 없는 祭壇 위에
> 散亂하는 아 아 나의 "에스쁘리"여!
> 白合꽃은 하아얀 幾何學이다.
> 새로운 기하학은 "웨딩·마아취"인가요?
> 招待狀을 찍어 넘기는 재빠른 타이피스트 아씨.
> 손가락이 희구나.
> 　　아아 손가락이 길구나!
>
> 1950년대
> 그 어느 행맑은 午前
> 大理石 충충대에는 장미꽃이 하얗게 잠들어 있었다.
> 비행기는 은으로 칠한 "나이프"다.
> 하늘에 그어 놓은 숱한 "피규어" 끝에 회색 그림자가 장미
> 의 睡眠 위에 사뿐 포개진다.
> 구름은 OBLATE
> 휘날리는 "나프킨"이 되어 食卓에 와 앉는다.
>
> 　　　　　　　　　　　　　　　－「1950년대의 斜面」 부분

「1950년대의 斜面」은 조향이 민족주의 진영에서 다소 멀어져 〈후반기〉 동인들 쪽으로 기울게 되는 상황을 시적으로 담고 있어서 주의를 끈다. "後半紀의 황홀한 版畫"란 전쟁으로 점철된 20세기 전반기가 끝나가는 시점에서 20세기 후반기에 대해 가져보는 기대 같은 것이 표현된 구절이기도 하지만, 그와 동시에 20세기 전반기의 미학과는 다른 미학, 새로운 에스프리에 대한 지향도 들어있는 구절이기도 하다. 조향은 그것을 초현실주의의 반미학에서 찾고자 했다. 공간적·시간적 불연속성을 요체로 한 초현실주의의 데페이즈망에서 조향은 새로운 시의 에스프리를 발견했다. 조향에게 새로운 시의 정신이란 "內臟外科"로 표상되는 분석적 과학과 "소녀"로 표상되는 로맨스, "遠洋航路"로 표상되는 국제주의적 감수성이 서로 결합하여 이루어진 것이었다. 그와 같은 에스프리에 의해 "백합꽃"은 "하아얀 기하학"이 되기도 했고, "비행기"는 "은으로 칠한 '나이프'"가 될 수도 있었다. 조향은 원관념과 보조 관념 사이의 상동성에 의지하지 않고, 역으로 관련이 없을 것 같은 두 사물을 메타포에 의해 연계시키고자 했다.

(2) 콜라주의 실험과 문명 비판의 전언: 1950년대의 시

1950년대 조향의 시는 전쟁 체험으로 인해 한층 어두운 비전과 냉소적인 어조를 갖게 되었다. 한국전쟁을 통해 조향은 근대 문명의 황혼을 보았다. 이는 그의 시론에도 영향을 주었다. 조향은 서구 초현실주의 운동을 '의미의 세계'를 포기한 가운데 시사적인 흐름을 형성했던 운동으로 규정하고, 전후의 현실에 직면하여 새로운 각도에서 '의미의 세계'를 회복해야 할 필요성을 역설했다. 그는 "'데뻬이즈

망의 미학'에다 현대의 검은 비극의 상황을 흘려주어야 한다."고 주
장하면서, 그것을 '네오 슈르레알리슴'이라는 명칭으로 부를 것을 제
안했다.[24) 조향이 "현대의 검은 비극의 상황"으로 설명한 문명 비판
적 성격은 기실 초현실주의 미학에도 이미 포함되어 있는 요소였는
데, 조향은 그것을 좀 더 직접적인 전언의 형태로 표출하는 미적 형
식에 대해 고민하고 있었다. 분명한 것은 그와 같은 형식이 '하이브
리드적'인 것이었다는 점이다. 조향의 초현실주의 미학에 대한 구상
이 하이브리드적인 형태로 그 모양을 잡기 시작했다는 것은 의미심
장한데, 왜냐하면 1940년대 조향 시의 국제주의적 언어감각이 그 표
기 형태면에서 이미 혼종적이었을 뿐 아니라 전후 조향 시의 대표적
인 미적 방법으로서 콜라주나 데페이즈망 역시 이종교배적인 방법
이라고 할 수 있기 때문이다.

　조향의 '네오 슈르레알리슴'은 그 문명 비판적인 면에서 1930년대
김기림의 모더니즘 운동을 연상케 한다. 그러나 김기림이 근대 문명
의 대안으로 프리미티브한 감성을 제시했던 것에 비해 조향의 문명
비판은 전망 부재의 절망적 페시미즘으로 치닫고 있다는 점에서 차
이가 있다.[25) 수사 면에서도 조향은 완전한 문장보다는 문장을 파괴
한 절이나 구, 단어를 위주로 한 표현을 통해 근대인의 파편화된 비
전을 언어적인 국면으로 보여주고자 했다. 또한 각각의 문장이나
절, 구, 단어가 만들어내는 이미지가 연속성을 지니지 않고 단속적
으로 돌출하도록 함으로써 조향은 근대적 생활의 일관성 없는 드라

---

24) 조향, 「현대시론(초)」, 위의 책, 148면(※『대학국어』, 1966).
25) 김기림의 프리미티브한 감성에 대한 좀 더 자세한 논의는 김기림, 「시의 '모더니티'」,
　　『김기림전집2 : 시론』(앞의 책), 81면을 참조할 것.

마를 보여주었다.

「문명의 황무지」는 조향의 '네오 슈르레알리슴'을 가장 전형적으로 보여주는 작품이다.

　　손을 번쩍 들면

　　내 앞에 와서 쌔근거리며 개쁜히 정지하는 〈크라이스라〉. 길들은
　사냥개.

　　「빽·미러」안에다 창백한 표정을 映像하며
　　주검의 거릴 내닫는다. 나는 약간 흔들린다.

　　죽어 쓰러진 엄마 젖무덤 파고드는 갓난애.
　　버려진 軍靴짝.
　　피 묻은 「까아제」.
　　휘어진 鐵筋.
　　구르는 頭蓋骨.
　　부서진 時計塔.
　　전쟁이 쪼그리고 앉았던 廣場에는 누더기 주검들이.
　　彈丸 자국 송송한 郊外의 兵舍.
　　줄 지어 絡繹한 제웅의 무리.
　　참 落寞한 것.

　　유리창 바깥엔 돌아가는 地球儀.
　　옛날의 옛날의 나의 〈무란·루쥬〉.
　　그 곁엔 찢어진 童畫 한 장 팔락이고.
　　童畫 가운데서 넌지시 砲身이 회전한다.
　　내 가슴을 시꺼멓게 겨냥해 온다.

이따금씩 킬킬거리는 웃음소리도 들리고 살갗엔 또야기도 돋아나고.
「레스링」처럼 씩씩하던 都市에는 이제.
넘어져 가는 企業들의 지붕 위를
까마귀만 맴을 돌고.

-「文明의 荒蕪地」부분

　「문명의 황무지」(1957)에서 조향은 전쟁이 남긴 살풍경한 폐허를 몽
타주 방식으로 보여주었다. 조향이 그와 같은 방식을 택한 것은 이
시의 상황이 달리는 차 속에서 바깥 풍경을 바라보는 것으로 설정되
어 있었기 때문이기도 했지만, 전쟁이 만든 비극적 상황을 몇 개의
강렬한 장면들의 연쇄를 통해 강조하려는 의도도 있었다. 조향이 이
시에서 강조하려고 했던 것은 파괴된 일상성이었다. 죽은 엄마의 젖
무덤을 파고드는 갓난애의 모습에는 죽음과 삶이 뒤섞인 이물감이
잘 드러나 있다. "군화짝"이나 "까아제" "鐵筋" "구르는 頭蓋骨" 등은
그 효용성을 상실한 채 버려진 오브제로서 비인간성이 강조된 소품들
이며, "부서진 時計塔"은 전쟁으로 인해 훼손된 민족적 시간에 대한
표상이다. 인간의 모습이 보이지 않는 폐허는 역설적으로 인간이 초
래한 엄청난 비극의 허망함을 "落寞한" 풍경으로 보여준다.
　안타깝게도 조향의 전후 현실에 대한 비극적 인식은 여기서 더 진
전되지 못한다. 조향은 그의 "동화"를 파괴했던 "砲身"이 여전히 자
신을 위협하고 있음을 감지한다. 조향은 이 위협의 근원에 대해 파
헤치고 맞서 싸우기보다는 그와 같은 불안으로부터 도피하기 위해
'성'에 탐닉한다. 시적 자아가 "크라이스라"를 몰고 간 곳은 '동화'로
표상되는 순수의 세계가 훼손된 지점에 선 성적 일탈의 공간 "무란

·루쥬"다. 조향은 시적 자아의 나약한 일탈에 대해서도 냉소를 보낸다("낄낄거리는 웃음소리").

조향이 근대 문명의 황무지를 성적 방종의 공간으로만 단순하게 귀착시킨 점은 다소 안일한 선택이었다. 이를테면 가난이라든지 실존에 대한 고민 등 1950년대 다른 시인들이 맞닥뜨려야 했던 극한 상황이 조향에게서는 결핍되어 있었다. 「문명의 황무지」에서의 시적 자아는 차 속에서 전후의 현실을 스치듯 바라볼 뿐 폐허의 공간에 적극적으로 개입하려는 의지를 보여주지는 않았다.[26]

조향의 실험은 콜라주 시에서 가장 극단적인 반미학의 양상을 띠었다. 조향은 상관없는 시상들을 교차시켜 배열했을 뿐만 아니라 문장을 해체하고 불완전한 시어나 시구들을 나열하여 현대인의 혼란스러운 정신 상태를 보여주고자 했다. 이와 같은 조향의 시상 편집 방식이 시간의 불연속성을 드러내는 데 기여하기도 했지만, 더욱 중요한 것은 각각의 불완전한 시상의 편린들이 연쇄적으로 배열됨으로써 서서히 인과 관계를 맺게 된다는 데서 찾아야 할 것이다. 「어느 날의 MENU」는 조향의 콜라주 기법을 전형적으로 보여주면서, 그 반미학적 가능성은 물론 교양주의적 典故 취향에서 촉발되는 난해성의 폐해 역시 보여주었다.

詩集을 안고. 「뻐아」⟨지중해⟩의 辭表. 거만한 高架線. 과부 구락부. 「메가폰」. 걸어가는 헌병 Mr. Lewis. Poker. 검문소의 ⟨몽코코·크림⟩. 聖教堂에서 街娼婦人과 卒業證明書. I'd like some air. 노오란

---

26) 이승훈, 「1950년대 한국 모더니즘 시의 전개」, 『한국 모더니즘 시사』, 문예출판사, 2000, 196면 참조.

웃음의. 소녀소녀소녀소녀소녀. die blue blume.

防風林 넘에. 누워 있는 파아랗지 않은. 바다. 검은 변. darkness at noon. 제2국민병제2국민병제2국민병. 무말랭이. 글쎄요. 소년 matroos의. 「아달린」과. 기차를 타고 온 민의대표들의 밀짚 모자와. 助淫文學家 「무슈」〈김〉. 買辦階級의 疾走.

西北航空路에서. 無面渡江東. 곤봉정치가의 연설에 관하여. 검은 안경. 화랑부대 ○○고지 탈환. vol de nuit. 〈을지문덕〉의 미소. 〈모나리자〉는 「나이론」양말을 벗고. 「파이프. 올간」. 국제 전화국에서. AGAMEMNON. 땃벌 떼는. 곡마단 단장의. 새까만 밤밤밤밤. 「발콘」에서 심각한 풍속을 지니는 議長들. 〈모택동〉의 피리 소리. 파아란 맹렬한 밤. 그럼요. 〈카사브랑카〉. 假裝舞蹈會. 〈카밍스〉씨의 文法要綱. 〈아라스카〉의 基地에서. 助敎授의 연애 사건을 의하여. 超人鐘. motus! 여기는 喪家이랍니다. 황혼. 네! 그렇거세요. 아아멘!

-「어느 날의 MENU」 전문

「어느 날의 MENU」(1954)는 어느 황혼녘의 '정신의 쉼 없는 움직임'을 몽타주 기법으로 형상화한 작품이다. 이 시 끝부분의 'motus'는 토마스 만의 소설 『베니스에서의 죽음』 서두에 나오는 '정신의 쉼 없는 움직임(Motus animi continuus)'에서 나온 것이다. 그것은 예술에 대한 쉼 없는 열정인 동시에 그칠 줄 모르는 정념에 대한 암시로도 해석할 수 있다.

이 시의 시적 자아는 성적 혼란상, 매판계급의 성장, 국내 정치, 국제 정세, 문학이나 영화 등의 관심사로 쉼 없이 생각을 옮겨간다. 각각의 관심사에 대한 생각들은 그 자체로 완결되기보다는 자주 끊어졌다가 이어지고, 이어졌다가 다시 끊어지기를 반복한다. 조향은 무의식의 흐름을 보여주기보다는 무의식의 편린들을 조합하고 편집했다. 그는 이와 같은 시상의 단절을 '데페이즈망의 미학'으로 설명했다. 그는 현실적인, 일상적인 의미 면의 연관성이 전혀 없는, 동떨어진 사물들끼리 한 자리에 모여 있는 것을 '데페이즈망'으로 불렀다.[27] 이 시에서 조향은 자본주의 근대의 상징인 "거만한 高架線"과, 도시의 상황악을 표상하는 "과부구락부", 그리고 선전정치를 표상하는 "메가폰"을 다다 콜라주 기법으로 처리했다. 세 가지 상징물들은 콜라주 안에서 서로 의미의 관련을 맺게 된다. 조향은 1950년대의 혼란스러운 사회를 위선이 난무하는 "假裝舞蹈會"로 그리고자 했다.

「어느 날의 MENU」는 위선으로 가득한 자본주의 근대의 한 단면을 기존의 서정시가 지닌 미적 원리가 아닌, 자본주의 근대에 의해 훼손된 언어의 파편들을 얼기설기 엮어서 폭로하는 하이브리드적 방식에 의해 보여주었다. 언어유희 역시 그 방법의 일환이었다. 조향은 훼손된 세계에 대해 훼손된 방식으로 맞서고자 했는데, 조향의 시도는 「어느 날의 MENU」에서 어느 정도 그 목적을 달성했다. 그러나 「어느 날의 MENU」를 비롯한 그의 콜라주 시들은 난해시가 지니는 여러 가지 한계들도 보여주었다. 조향 시의 난해성은 역사나 철학에 대한 심오한 이해에서 비롯되는 것이라기보다는, 조향이 시적 소재로 선택한 장치들이 예술 전반에 대한 상식 이상의 교양과 전문 지식을 요구한다는 데서 촉발된 것이었다.

이 대목에서 조향의 문명 비판이 어디까지나 미학의 층위에서 이루어졌다는 점을 다시 한 번 강조할 필요가 있다. '하이브라우(high

---

27) 조향, 「'데페이즈망'의 미학」, 백철 외 3명 편, 『한국전후문제시집』, 신구문화사, 1961, 초판, 417면 참조.

brow)'로서 조향은 문명 비판을 위해 예술 전반의 교양과 전문 지식을 활용했다. 그와 같은 시도는 때로 시형에 대한 관심(「물구나무 선 세모꼴의 서정」)으로 나타나기도 했고, 현학적인 언어유희로 구현되기도 했으며 예술 전반의 다양한 전거들을 끌어들이면서 하이브리드의 양상을 띠기도 했다. 그것은 재현의 원리와 같은 기존의 미학에 균열을 내고자 하는 반미학의 성격을 띠었는데, 1950년대 조향은 기존의 미학이 붕괴된 공동에 초현실주의의 반미학과 더불어 정신의 구원자이자 뮤즈로서 '여성'을 내세우고자 했다. 「푸르른 영원」은 문명 비판과는 별개로 조향 초현실주의 시의 뮤즈로서 '여성'의 존재에 대한 선명한 비전을 제공해준다.

> 내가 그즘 마리아와 사랑을 하던 으슥한 골목길에는
> 소매치기들이 별을 헤며 걷는다. 부서진 아코오뎡 소리가
> 桑田도 碧海넌가.
> 바람이 눅눅하게. 강아지가. 구세군의 북 소리가. 따라
> 가고 가고.
> 육체의 會話가 끝난 다음 너와 나는 하얗게 웃었지!
> 그럼 〈육체의 악마〉·〈太陰女 Salomé〉도
> Liebelei!
> 고향에서는 아무런 소식도 없었다.
> 요오요오를 하고 있는 少年의 自敍傳에 찍혀 가는
> Period 눈이 부셨지.
>
> 가슴을 누르면 하모니카 소리가 나는 女人이. 그럼.
> 나는 트렁크를 들고 가을 바람이 불기 시작한
> 그 문을 나선다. 구레나룻도 없이.

짙푸른 하늘에 그어지는 하얀 線의 심포니
그 너머로 자꾸 거꾸로만 빠져 들어 간다.
허허 막막한 하늘의 深淵에 걸려 있는 나
나는 아슴히 푸르른 〈영원〉을 보고 있다.

　　　　　　　　　　　　　　　 －「푸르른 永遠」 부분

「푸르른 영원」(1956)에 나오는 여성들은 모두 에로틱한 존재로 그
려져 있다. 여기서 중요한 것은 조향 시에 나오는 여성들, 예를 들어
'SARA'(「SARA DE ESPÉRA」) '愛羅'(「BON VOYAGE」) '마리아' 등이 익명
적인 존재인가 실존 인물인가에 있지 않다. 중요한 것은 조향 시에
서 욕망이 여러 여성들로 환유적으로 이동하고 있다는 사실이며, 이
들이 하나같이 뮤즈로서의 역할을 수행하고 있다는 점이다. 서구 초
현실주의 운동에서도 여성은 연인이자 친구, 조력자로서 남성 화가
나 작가에게 창조적 영감을 제공했다. 가령 초현실주의자들이 마네
킹에 대해 특별히 애착을 보였던 것도 실은 여성을 그들의 욕망에
좀 더 가까이 데려다 줄 수 있는 완전한 존재로서 마네킹을 그들이
이용하고자 했기 때문이다.[28] 조향은 이 시에서 '〈육체의 악마〉·〈太
陰女 Salomé〉'를 인유하면서 레이몽 라디게와 니체·릴케에게 예술
적 영감을 주었던 여성–뮤즈의 존재에 대해 말하고자 했다. 조향은
性의 유희가 '요오요오' 장난과 같은 일탈에 지나지 않는 것처럼 심
상한 톤을 유지하려고 애썼지만, '요요'란 본원적으로 끈을 끊고 '푸
르른 영원', 꿈과 자유의 세계로 날아가고자 하는 욕망의 표상이라

28) 피오나 브래들리, 「나는 그 여자를 보지 못한다: 초현실주의와 여성」, 김금미 옮김,
『초현실주의』, 열화당, 2003, 1판 1쇄, 46~47면 참조.

는 점에서 유희적인 데 머무는 것만은 아니었다. 그것은 시원에 대한 그리움 역시 포함하고 있는 행위였는데, "고향에서는 아무런 소식도 없었다."라는 돌올한 구절이 이 시에 개입할 수 있었던 것도 그 때문이었다.

「푸르른 영원」에서 시적 자아가 여성과 관계를 맺는 것을 형상화하는 방식의 다양성은 초현실주의 시의 뮤즈로서 여성이 지니는 의미와는 별개로 시선을 끈다. 조향은 대화법을 통해 관계를 암시하기도 하고, 묘사나 진술에 의해 관계에 대해 말하기도 하며, 문학적 전거를 설명 없이 끌어들임으로써 시적 자아와 여성의 상황, 심리, 심지어 운명까지를 예단하게 하기도 한다. 이질적인 스타일들을 한 데 결합시키는 이와 같은 형식은 1950년대 조향 시의 전반적인 미적 원리에 의해 추동된 결과라고 해도 과언은 아닐 것이다. 1950년대 조향 시에 개재된 하이브리드적인 것들이 기존의 미학을 전복시키는 충격적인 시도이기는 했지만, 가령 동시대 김수영이나 박인환 등 모더니스트들이 보여준 각박한 현실과 절망 이상의 밀도 있는 의식을 조향의 시가 생활의 실감으로 보여주었는지는 확언하기 어렵다.

(3) 반미학적 실험들의 버라이어티: 1970년대의 시

1960년부터 1977년까지 조향이 발표한 시는 아홉 편 남짓이다.[29] 그 기간 동안 조향은 동아대학교 문리대학장, 도서관장, 예총 부산지부장 등 사회 활동에 힘쓰기도 했지만, 〈일요문학회〉(1962년 결성)나

---

29) 전집에는 「밤의 판 파아르」(동아일보, 1968.10.31.)라는 시가 누락되어 있다. 부록B 참조.

〈초현실주의연구회〉를 결성하여 그 활동을 주도하기도 했다. 특히 1973년 조직된 〈초현실주의연구회〉는 동인지 『雅屍體』, 『오브제』 등으로 그 결실을 보기도 했다. 1978년 이후에도 조향은 동인지 『전환』을 통해서 작품 활동을 했다.[30] 조향이 동인 활동을 통한 시작 활동을 고집했던 것은 그와 같은 방식이 그 자신에게 가장 안정감을 주는 익숙한 것이었기 때문이었다. 주지하다시피 조향이 본격적으로 창작을 시작한 것 역시 일본 문단의 동인 집단을 통해서였다.

1970년대 조향의 시는 데페이즈망이나 몽타주 등 반미학의 성격을 띤 초현실주의 수사학에 문명 비판의 성격을 가미한 '네오 초현실주의'의 노선에서 크게 벗어나지는 않았다. 그러나 1970년대 조향의 시에는 동인 활동을 통해 정리된 초현실주의 회화와 문학에 대한 구체적인 지식들이 조향 나름대로 소화된, 좀 더 세련된 실험적 요소들이 부가되었다. 가령 「검은 부정의 arabesque」(1968)는 초현실주의 오브제에 대한 천착의 결과다.

"cozy corner". 커피. 진한 內出血이다. 야릇한 고요가 깔리더니 돌연 물건들이 일제히 웃어댄다. 叛亂이다. 나는 당황한다. 커피잔이 킥킥거리면서 엿가락처럼 나부죽이 녹아내린다. 무람없이 탁자가 낄낄거리며 거드렁거린다. 이 웃음가마리. 난 꽤 무안하다. 난 바깥으로 나가 선다. 검은 喪章을 단 虛無. 否定의 행렬이 술렁거리는 거리. stranger in town 어둠의 자락이 펄럭인다.

---

30) 오형엽, 「조향」, 근대문학100년연구총서 편찬위원회, 『약전으로 읽는 문학사2』, 소명출판, 2008, 35~36면 참조.

노크를 한다. 「어둠」이 나와서 갈색 기침을 너댓 번 내뱉더니 문을 연다. 「어둠」의 얼굴은 뭉개져 있고. 손엔 二미터나 되는 털들이 흐늘거린다. 물결에 일렁이는 水草다. 너무하십니다. 퇴락한 벽에는 죽음이 자고 간 자국. 더러운 무늬들이. 앙상하게 걸려 있는 세월의 갈비뼈 사이로. 내 과거의 時制가 동결된 채 매달려 있고. 「白髮의 拳銃」소리. 「일찌기 존재했던 모든 장소를 오직 메아리만이 또락히 再現할 것이다.」四面 벽에선 자물쇠 잠그는 섬뜩한 音階. 다시 껄껄거리는 소리들. 아찔하다. 「어둠」은 길게 절망을 그림자인 양 끌면서 아직도 골마루에 서 있고. 창 밖에선 군중의 시커먼 끝없는 아우성들이. 밤의 층층계. 死神의 옷자락엔 검은 나비가. 都市는 오늘. 노예선처럼 암담히 가라앉아만 간다.

—「검은 否定의 arabesque」 전문

「검은 부정의 arabesque」는 현실 세계에서 상징적이거나 도발적인 기능을 하는 오브제로서의 사물들에 대한 관심을 보여주는 시이다. 제1연은 초현실주의 오브제에서 볼 수 있는 일상성의 영역에서 벗어난 사물들에 대한 시상을 포함하고 있다. 이 시에서 엿가락처럼 나부죽이 녹아내리는 커피잔의 이미지는 살바도르 달리의 「기억의 영속」에 나오는 '녹아내리는 것처럼 보이는 시계'의 이미지를 연상시킨다. 이와 같은 비일상적인 이미지를 조향은 물건들의 "叛亂"으로 규정했다. '물건들의 반란'은 이 시에서 시적 자아의 심리적 공황 상태를 암시한다. 제1연에서 시적 자아는 이상한 오브제들의 반란을 외면하기 위해 실외로 뛰쳐나가지만, 바깥 풍경 역시 시적 자아에게는 심리적 괴리감을 줄 뿐이다. 거리에는 어디로 갈 바를 찾지 못해 술렁거리는 "否定의 행렬"들의 소음으로 가득 차 있다.

이 시에서 '어둠'은 얼굴이 뭉개졌고, 손에는 2미터나 되는 털들이 흐늘거린다. 그 털들은 자세히 보면 '수초'의 형상으로 변함으로써 '강박적인 아름다움(compulsive beauty)'을 유발한다. 어둠이 유발하는 강박적인 아름다움은 다시 공포를 야기한다. 그것은 죽음에 대한 불안과 무관하지 않다. 조향은 죽음을 "자국"이나 "더러운 무늬"로 표현했는데, 그것은 미지의 죽음이 지니는 모호함, 죽음에 대한 불쾌감을 나타내기 위한 안배였다. 죽음은 모든 것을 "과거의 시제"로 동결시킨다. "백발의 권총"이라는 시구는 이 시의 '죽음'이 노쇠한 자본주의 문명의 자살이라는 점을 넌지시 알려준다. 그렇게 보면 이제 현실을 구성하는 것은 자본주의 문명의 망령일 따름이다. 이 시의 시적 자아가 진정으로 두려워하는 것은 자본주의 근대의 망령 속에서 영원히 유폐된 채 살아가야 한다는 것에 대한 아찔함이다. 시적 자아가 환청으로 들었던 "자물쇠 잠그는 섬뜩한 음계"란 그와 같은 불안에서 기인하는 것이었다.

조향 시에서 불안은 자주 검은 색의 색채 이미지와 결합되어 나타나는 경향이 있다. 조향이 시 제목에 검은 색의 이미지를 표나게 내세우기 시작한 것은 1953년 「검은 DRAMA」에서부터였다. 그 이후에도 조향은 「검은 신화」(1956), 「검은 SERIES」, 「검은 전설」(1958) 「검은 Cantata」(1959), 「검은 부정의 arabesque」(1968), 「검은 ceremony」(1978) 등의 시에서 검은 색의 이미지를 근대 문명의 어두운 면과 적극적으로 관련짓고자 했다.[31] 그 과정에서 '검은 색'은 조향의 초현실주

---

31) 검은 색의 상징성에 대해서 진순애는 박인환, 김수영과 마찬가지로 '죽음'을 나타내는 색이며, 죽음의 공간에서 살아남은 자의 참회 역시 포함하고 있는 색이라고 주장한 바 있다.(진순애, 『한국 현대시와 모더니티』, 태학사, 1999, 240면 참조.)

의 반미학의 상징색으로 부상한 면이 있다.

將軍의 銅像이 소피보는 달밤에
장미는 하얗게 웃었다.
웃음들이 회오리바람처럼 휘감기면서
가로수 가지에 걸리더니
Giacometti의 「손」을 抽象한다.
너는 히아신드처럼 웃으면서
물방울 같은 노래를 연해 게워 낸다.

恐怖는 通路의 에피소우드.
소리개의 하품은 하얀 美學이다.
五色의 에어 쇼우 속에 무성해 가는
原始林.
나나니벌.
구나방들.
「글쎄올시다.」

지평선은 너의 허릴 자르면서 지나가고,
내 안엔 불타는 너의 지평선이 있다.

畫室에선 극성스러운 노랑의 퍼레이드.
검은 ceremony는 로우터리에서 그려지는 오늘의 星座.
모가지 없는 立像들이 하얀 태양 아래서
시커먼 會議를 열고 있는데.
地球의 발목엔 무성해 가는 라플레시아.
지금,
世代는 악취의 황혼이다.

까마귀가 어둠을 울부짖고.
검은 계절이 한창 펄럭인다.

-「검은 ceremony」 전문

「검은 ceremony」는 초현실주의 화가 알베르토 자코메티의 브론즈 작품 「손」(1947)을 인유하면서 초현실주의에 대한 찬사를 보여주었다. 조향의 초현실주의에 대한 애호는 그것이 근대 문명에 대한 비판적 기능을 수행하는 것과 분리하여 생각할 수 없다. 가령 「검은 ceremony」에 나오는 '장군의 동상'은 근대 문명에 대한 우상 숭배에 가까운 믿음을 조롱하기 위한 장치이다. '장군'은 개발 독재, 근대주의의 상징이라는 점에서 특히 그렇다. 조향은 '장군의 동상'이 소피를 본다고 함으로써 '장군'의 권위를 실추시킨다. 이 순간 '동상'은 그 권위를 기리기 위한 조형물이 아닌 조롱의 대상으로 전락한다. 우상의 인간적인 한계가 드러나자 '장미'가 '하얗게' 웃는다(냉소). '장미'는 '동상'과 대비되는 미학의 표상이다. 그것은 '장미'의 '동상'에 대한 냉소가 자코메티의 작품으로 변환되는 데서 단적으로 알 수 있다.

제2연의 이미지들은 제1연의 "물방울 같은 노래"를 구체적으로 나열한 것이다. "장미"는 공포와 권태("소리개의 하품")의 미학을 노래한다. 조향은 근대 문명을 비판하기 위해 공포와 권태를 언급하고 있다. 일직선으로 뻗은 "통로"는 근대의 단선적 시간의식이 지닌 폭력성으로 인해 공포를 야기한다.

이 시의 시적 자아는 거리에서의 "오늘의 星座"는 화실을 가득 메운 "노랑의 퍼레이드"와 대조적으로 "검은 ceremony"라고 역설한다. 시대의 흐름이 지적 성찰 능력을 상실한 "나나니벌", "구나방들"

그리고 "모가지 없는 立像"들에 의해 좌우되는 현실은 절망적일 수밖에 없을 것이다. 지구는 악취를 풍기는 "라플레시아"들의 세상으로 변한다. 조향은 자신의 세대에 대해 전혀 희망을 걸고 있지 않을 뿐더러 혐오감마저 느끼고 있었다. 그래서 "검은 ceremony"는 결코 기념하고 싶지 않은 '지금'을 검은 색으로 덮어버리고 싶어 하는, 부정하고 싶어 하는 미학의 탄생에 대한 역설적인 기념이었다.

1970년대 후반 이후 조향 시의 가장 큰 변화 중 하나는 다다 기법에 대한 실험이 강화되었다는 데서 찾을 수 있다. 이와 같은 현상은 초현실주의와 관련된 여러 동인 활동을 통해 조향이 초현실주의와 관련된 각종 전위예술을 집중적으로 연구하게 되면서 다다에 대한 관심이 상대적으로 커졌다는 데서 그 원인이 있다. 가령 조향은 마르셀 뒤샹풍의 오브제 미술을 연상케 하는 다다 스타일을 경유하여 다다 음향시 같은 의미가 박탈된 절대 순수의 시에도 손을 댔다. 뒤샹풍의 다다가 아직 의미의 영역에 머물면서 자본주의 근대에 대한 가장 급진적인 야유를 보냈다는 점에서 조향 특유의 근대 부정의 시학을 보여주었다면, 음향시의 실험은 자본주의 언어에 대한 절망이 선명하게 부각되지 않은 채 의미의 틀을 파괴하고 음향만을 부각시키려는 기도를 보여주었다.

여기서는 조향 시의 다다적인 국면을 뒤샹풍의 다다와 음향시 계열로 나누어 조금 살펴보고자 한다.

　　　地球의 헹가래가 만발했는데.
　　　水口門 밖에서.
　　　푸른 喪失들.

아스팔트 검은 地層에 찍혀 가는 비둘기의 烙印들.

Eniw elbon을 쏟아내는 크라이스트.

가룟 유다 같은 놈!

밤의 혈맥이 터져 자빠진 海岸線엔,

包裝된 地球의 漂流屍體가 일렁인다.

少女는 옛날의 삶을 찾아서 屍體를 하염없이 어루만진다.

눈. 갑자기 눈이. 少女의 옛날의 눈이.

그럼. 영롱하게 빛난다.

너는 페닉스!

밤의 톱니바퀴에 걸려 있는 少女의 육체!

의 입에서 五色 안개가 피어오른다.

우리는 빌딩을 包裝이나 하자.

거기에다 무지개나 걸어 두지 뭐!

  ─「삶으로 손을 내미는 少女는 밤의 톱니바퀴에 걸려 있다」 전문

　「삶으로 손을 내미는 소녀는 밤의 톱니바퀴에 걸려 있다」(1978)는 그 제목부터 다다 스타일을 취하고 있는 작품이다. 이 선정적인 제목은 마르셀 뒤샹의 「그녀의 독신남자들에 의해 발가벗겨지기까지 한 신부」를 연상케 한다. 마르셀 뒤샹은 그 작품에서 유리에 그림을 그렸고, 철사를 적절히 사용해서 독신남자들의 형상을 기계적인 모습으로 표현했다. 기계적인 형태의 신부는 이 작품의 윗부분에 배치되었고, 독신남자들은 아랫부분에 배치되어 신부에 대한 '해결되지 못한 열정'을 발산하려는 것처럼 보이게 고안되었다.[32] 「삶으로 손

---

32) 매슈 게일, 「다른 중립 도시에서의 다다」, 오진경 옮김, 『다다와 초현실주의』, 한길아
　　트, 2001, 86~87면 참조.

을 내미는 소녀는 밤의 톱니바퀴에 걸려 있다」역시 에로티시즘을 기계적인 이미저리로 형상화하고 있다는 점에서 다다적인 기획을 품고 있었다.

이 시의 도입부는 명백히 성적인 메타포로 장식되어 있다. 제1행의 '헹가래'는 성교와 관련이 있다. "水口門"에서의 "푸른 상실들"은 정액의 유출을 암시한다. 이것은 다시 제4행의 이미저리로 이어지는데, "비둘기의 烙印들"은 정액 자국을 암시한다. 그것이 도시의 어두운 부분이기 때문에 "아스팔트"가 하나의 장치로 등장할 수 있었다. 이 시의 제5행과 제6행은 성교 뒤의 죄의식을 종교적인 것으로 치환시키는 역할을 하고 있다. "eniw elbon"은 거꾸로 읽으면 '고귀한 포도주(noble wine)'가 되는데, 이것은 "크라이스트"가 흘린 피의 기독교적 상징이다. 기독교적 상징을 다다적인 장난에 의해 전복시켜 놓음으로써 조향은 황음이 고귀한 것이 못 되는 일임을 비판하려는 의도를 가지고 있었다. 제7행과 제8행 역시 성교 뒤의 무기력함을 비유적으로 나타낸 것이었다.

이 시에서 '소녀'는 순수했던 옛날의 삶으로 돌아가고 싶어 하지만 그렇게 하지 못한다. 시체를 하염없이 어루만지는 것과 옛날의 삶 사이에는 뚜렷한 연관성을 찾기 어렵다. 소녀는 이 시에서 창부로 등장한다. 소녀가 그녀의 손님을 어루만지는 것은 '애무'를 암시한다. 사창가에서 남성들은 "밤의 혈맥"이 터져 시체가 되지만, 소녀들은 불사조처럼 죽지 않는다. 죽지 않는다기보다는 죽을 수가 없다. 왜냐하면 소녀는 자본주의의 어두운 메커니즘("밤의 톱니바퀴")에 의해 마네킹처럼 전시되고, 기계처럼 작동을 해야 하는 '물신'이기 때문이다. 소녀들의 한숨은 오감을 자극하는 "오색 안개"가 되어 그녀들의 소비자들을 유혹한다. "무지개"처럼 소녀의 육체는 빌딩에 걸려 지나가는 사람들을 현혹시킨다. 그러나 무지개가 늘 그렇듯이 자본주의의 상품은 욕망만을 양산할 뿐 소비자들을 충족시키지는 않는다. 그것은 기껏해야 포장에 불과하다. 삶으로 손을 내미는 소녀도 '무지개'로 포장되어 있지만, 사창가의 남성들도 "포장"된 시체로 자본주의의 바다에서 일렁인다. 남자든 여자든 '밤의 톱니바퀴'에 의해 조정된다. "밤의 톱니바퀴"가 내용 없는 관계, 다시 말해 성의 상품화를 대량 생산하며, 이것은 인간관계 전반으로 확장된다.

조향은 마르셀 뒤샹풍의 다다와 함께 「H씨의 주문」(1978) 등 다다 음향시를 실험하기도 했다.

고로비요**마**가나코루기나야라야마니고니카카
로네**그나**마노니가로구다노사야마고고로니비
니바니노나노가니바고로비츠시기라메니**카르**
로사니가나사바로나크루가야니**타**티치치코바

－「H씨의 呪文」 전문

조향은 1950년대부터 '음향시'에 대해 관심을 가지고 있었다. 그는 자연발생적인 외형률이나 상징주의 계열의 음악성과 구분되는 '음향'을 현대시의 중요한 요소로 보았다. 조향은 미래파 화가 루이지 루소의 「소음예술」(1913)을 원용하여 "가장 불협화인, 가장 기이한, 가장 귀를 찢는" 기계음의 혼효에서 현대 도시의 역동성을 찾을 수 있다고 하여 噪音的인 음향을 강조한 바 있다.[33] 그러나 조향이 1950년대에

---

33) 조향, 「CORTI씨 기관계외」, 『조향전집·2』, 앞의 책, 257~258면 참조.

음향시를 쓰지는 않았다. 1950년대 음향에 대한 그의 관심은 현대시의 한 구성 요소에 대한 관심 이상의 것은 아니었다. 1970년대 후반에 이르러서도 '음향시'에 대한 조향의 생각은 크게 달라지지 않았다. 다만 음향시의 연원을 미래파에만 두지 않고 원시 사회의 주술적인 입타령에서도 그 흔적을 찾으려는 생각이 더해졌다.[34]

「H씨의 주문」은 주술요적인 다다 음향시에 대한 조향의 생각을 잘 보여주는 작품이다. 조향은 이 시의 말미에 "음향으로만 즐겨주길 바란다."라고 부기해 두었다. 그런데 이 시에는 시각적인 장치도 들어 있다. 가령 굵은 글씨로 강조된 음절들을 조합하면 '마그나카르타'라는 단어가 된다. 이 단어가 암시하는 바는 이 다다 음향시의 주술요로서의 효용성과 관련이 있다. 자본주의 근대 문명이 그 모든 폐단들을 노정하고 있는 문명의 황혼기에 「H씨의 주문」은 문명으로부터 소외되었거나 문명에 의해 억압된 사람들의 인권을 회복시키고자 하는 기원의 의미를 품고 있었다.

조향은 굵은 글씨로 된 음절들의 조합을 통해 메시지를 노정하는 시의 형태 실험을 「일회용 변증법 모퉁이에서」(1981) 「운동학적 처녀성……」(1983) 등에서도 계속해서 시도했다. 그러나 이 두 편의 시는 「H씨의 주문」처럼 시를 순연한 음향의 수준으로까지 해체하는 급진성을 띤 것은 아니었고, 다분히 유희적인 성격이 강화되면서 다다의 저항적인 면에서는 상당히 후퇴한 시도가 되고 말았다.

조향은 1950년대 말에도 미래파적인 시의 형태 실험을 시도한 바 있다. 「물구나무 선 세모꼴의 서정」, 「죄」, 「밤」(이상 1959) 「코스모스

---

34) 조향, 「초현실주의 개설」, 위의 책, 346~348면 참조.

가 있는 층계」(1961) 등이 그것이다. 그러나 그의 형태 실험은 어떤 신념에 의해 추동되는 지속성을 지니지는 못했다. 다다에 대한 시적 실험 역시 단발적인 시도에 그쳤다.

1970년대 후반 이래 조향의 시들은 대작을 의식한 탓인지 점점 길어지는 한편 언어유희적인 성격이 강화되는 방향으로 진전을 보였다. "주걱을 물고 있는 점잖은 강아지를 위해서 / 踰嶺하는 幽靈을 幼齡이 거느리고 간다"(「목요일의 하얀 肋骨」, 1983)라든지 "恐怖는 空砲의 公布를 데리고 拱包를 功布로 덮어서 貢布로 휩싼다."(「太陽의 經水 ·끈끈이주걱·搔爬手術」, 1979) 하는 식이다. 이와 같은 시도들은 초현실주의 수사의 다양성을 보여준다는 점에서 그 의의가 어느 정도 인정되지만, 그것이 믿을 수 없는 것으로서의 자본주의 근대의 언어에 대한 비판적 성찰에 그 근거를 두기보다는 현학적이고 비일상적인 어휘들의 '발굴'에 주력함으로써 유희적인 방향으로 흘렀다.

(4) 시사적 의의와 그 한계

지금까지 조향의 시 세계를 세 시기로 나누어 그 특성을 하이브리드적인 것에서 살펴보았다. 전후 초현실주의에 대해 논하고자 할 때 조향은 결코 뺄 수 없는 존재이다. 한국전쟁 이후 조향은 초현실주의 시론을 창작 방법론으로 내세웠다. 1950년대에 초현실주의를 표방한 사람도 거의 없지만, 그것을 일생 동안 끝까지 고수한 경우도 매우 드문 일이다. 1940년대 조향은 본격적인 의미에서 초현실주의 시를 쓰지는 않았지만, 기타조노 가츠에라든지 『詩と詩論』 그룹의 초현실주의 소개에 대해 관심을 가지고 있었다. 특히 그의 언어감각은 기타조노 가츠에類의 국제주의적 감각에 상당히 침윤되어 있었

다. 그러던 것이 그가 한국전쟁을 겪으면서 '데페이즈망의 미학'으로 발전하는 양상을 보이게 되었다. 또한 전후 조향의 초현실주의 실험은 김기림의 문명비판적인 태도에 대한 공감 속에서 그 형태를 잡아갔다. 조향의 초현실주의 실험은 1930년대 모더니즘 기획의 연장선상에서 이루어진 것이었다. 조향의 '사진술적 시선'을 이용한 심리적 시스템은 I. A. 리차즈 등 외국 시론의 영향을 받았다. 전후 조향의 '네오 초현실주의'는 기타조노 가츠에 등 일본 초현실주의와, 김기림의 모더니즘, I. A. 리차즈의 시론의 영향 속에서 형성되었다.

전후 조향의 초현실주의 시는 일상성에 대한 파괴라는 맥락에서 기존의 사실주의나 모더니즘의 원리에 반기를 든 반미학의 성격을 띠었다. 조향은 여전히 언어 면에서 국제주의를 지향하고 있었고, 불어나 독어 철자와 한글을 뒤섞는다든지 외래어를 남용하는 것을 통해 우리말의 묘미를 살린 서정시들과의 차별성을 두고자 했다. 또한 문장을 해체하여 연관이 없을 것 같은 구절들을 연달아 배치함으로써 재현 중심의 기존 미학을 위반했으며, 여성에 대한 탐닉을 통해 기존의 윤리 역시 위반했다. 조향은 다른 문학 작품이나 예술을 콜라주의 재료로 삼기도 했는데, 그것은 대중들에게는 다소 난해한 실험으로 비치기도 했다.

기존 연구에서 조향의 시는 데페이즈망이나 콜라주로만 설명되는 경향이 있었다. 그러나 조향의 시는 알려진 것보다 더 다양한 초현실주의의 흐름들을 포괄하고 있다. 특히 오브제나 강박적 아름다움에 대한 추구는 조향 시에서 소홀히 할 수 없는 부분이다. 조향의 시는 데페이즈망이나 콜라주를 포괄하는 초현실주의 하이브리드의 미학으로 조망할 때 비로소 그 전체상을 드러낸다. 그는 기법으로서만 해체와 전위·혼합을 추구한 것이 아니라 하이브리드를 통해 정신의 부조리를 보여주고자 했다. 그는 하이브리드적인 초현실주의를 통해 근대적 생활의 일관성 없는 드라마를 보여주는 데 성공했다. 그의 초현실주의 시가 전후의 물적 토대에 대한 관심을 촉발시키지는 못했지만, 그에 대한 비판은 전쟁의 충격에서 발원한 그의 초현실주의 하이브리드의 일관된 실험의 의의를 인정하는 것과 함께 가해져야 비로소 정당성을 얻을 수 있다.

〈일요문학회〉에서 〈초현실주의연구회〉, 〈전환〉으로 이어지는 조향의 동인활동은 『일요문학』(1962), 『아시체』(1974), 『초현실주의시리즈·아시체』(1975) 등을 위시하여 1978년 이후에는 『전환』 시리즈로 이어지면서 초현실주의 시의 보급과 발전에 기여했다. 그의 초현실주의 지향은 부산 지역을 중심으로 구연식, 정영태 등에 의해 계승되어, 부산 문단의 아방가르드 체질 형성에 막대한 영향을 미쳤으며, 정귀영, 소한진 등의 초현실주의 지향에도 이론적 자극과 영향을 주었다. 비록 조향의 시가 인식론적 깊이를 확보하는 데 한계를 드러내기도 했지만, 전후 서구이성에 대한 반성을 초현실주의적인 반미학에 의거해 지속적으로 표출함은 물론, 그것을 동인을 중심으로 한 캠페인으로 발전시킴으로써 한국 초현실주의 시의 한 계보를 형성하게 한 점 등은 경시할 수 없는 시사적 업적으로 평가할 수 있을 것이다.

2. 불교적 초현실주의와 사회성: 김구용의 경우

김구용은 『신천지』에 「산중야」(1949)를 발표하며 문단에 나왔다. 2001년 12월 타계하기 전까지 그는 『시집·Ⅰ』(1969), 『시』(1976), 장시 『九曲』(1978), 연작시 『頌百八』(1982) 등 네 권의 시집을 상재했다. 그리고 2000년에는 『시』, 『구곡』, 『송백팔』, 『九居』를 위시하여 그의 일기를 묶은 『구용일기』, 산문집 『인연』을 포함한 『김구용문학전집』이 간행되었다.

김구용 시에 대한 연구는 김구용 시의 난해성·난삽성을 확인하는 수준에서 오랫동안 멈춰 있었다.[35] 어떤 면에서는 난해성이나 난삽성을 '초현실주의적인 것'과 혼동하고 있는 것은 아닌가 하는 의구심마저 든다. 그러나 구문을 난삽하게 쓴다는 것과 초현실주의 시의 애매모호함을 혼동한다거나, 주제가 난해하다고 해서 모두 초현실주의가 되는 것처럼 생각하는 것은 설득력이 부족하다. 많은 연구자들이 김구용의 초현실주의를 동양의 불교와 서양의 초현실주의를 결합한 것이라거나 동양의 禪, 한학 등과 서양의 초현실주의가 접목된 것으로 정리하고 있다.[36] 이와 같은 논의들은 일면 나름대로 설

---

35) 배인환은 김구용 시의 난해성을 여섯 가지 면에서 살핀다. ① 시어 선택에서 추상명사의 도입과 상징어 은유가 많음, ② 역설, 풍자, 모순형용, 禪的 방법 등 표현 양식의 이질성, ③ 초현실주의의 데페이즈망, 의식의 흐름, 주지주의의 몰개성적 태도 등 모더니즘의 여러 양상들이 혼재, ④ 시작 과정에서 언제나 결론부터 출발함, ⑤ 시의 배경이 동양 철학에 있음, ⑥ 長詩 편향 등.
　　배인환, 「김구용의 『아리랑』: '나'의 발견」, 『리토피아』, 2002, 여름호, 78~79면 참조.

36) 하현식, 「김구용론: 선적 인식과 초현실의식」, 『한국시인론』, 백산출판사, 1990.
　　이건제, 「숲의 명상과 산문시의 정신」, 송하춘·이남호 편, 『1950년대의 시인들』, 나남, 1994.
　　고명수, 「존재의 질곡과 영원에의 꿈」, 『리토피아』, 2001, 봄호.

득력을 갖춘 것들도 있지만 대개는 의식의 흐름이나 절연 기법, 자의식 과잉 등만으로 초현실주의의 전체 국면을 단순화하여 보고 있다는 점에서 한계가 있다. 김구용의 시에 대한 전체적인 조망을 시도하고 있는 연구들이 나오기 시작했다는 것은 고무적이다.[37] 각각의 시집별로 그 특성과 의미를 해명하는 작업이 다양하게 이루어질 필요가 있다. 현 단계에서는 김구용 시의 한 국면에 대한 해석이 다른 작품의 해석에까지 영향을 미치고 있는 형국이기 때문이다.

김구용의 시는 자주 이상의 초현실주의 시에 비견되곤 한다.[38] 김수영도 "그는 한동안 1930년대의 오소독시컬한 쉬르레알리슴의 시를 그대로 본받은 것 같은 작품들을 발표해 왔다."고 지적한 바 있는데, 그것은 이상을 염두에 둔 평가였다고 할 수 있다.[39] 시의 형태 면에서 「피곤」, 「묵상」, 「다방」, 「시각의 결정」, 「나비」, 「草笛」 등 김구용의 짧은 산문시들은 이상의 초현실주의 시를 그 전범으로 삼은 것으로 여겨진다. 김구용이 이상에 대해 많은 관심을 가지고 있었고 이상論으로 「'레몽'에 도달한 길」을 쓰기도 했다는 점은 이와 같은 맥락에서 참고가 될 수도 있을 것이다. 그러나 이상의 시가 '놀이'로서의 성격이 강했던 반면 김구용의 시는 더 진지한 것이었다. 실제로 김구용은 「눈은 자아의 창이다」(1957)라는 에세이에서 초현실

---

37) 배인환, 『완화초당의 그리움』, 리북, 2005.
　　이숙예, 「김구용 시 연구: 타자와 주체의 관계 양상을 중심으로」, 중앙대학교 박사학위논문, 2007.
　　민명자, 「김구용 시 연구: 시의 유형과 상상력을 중심으로」, 충남대학교 박사학위논문, 2007.
38) 김윤식, 「「뇌염」에 이른 길」, 『시와 시학』, 2000년 가을호.
39) 김수영, 「요동하는 포즈들—1964년 7월 시평」, 『김수영전집2—산문』2판, 민음사, 2003, 532면.

주의를 '현란한 손재주'라고 하는 기교주의적 맥락에서 비판하기도 했다.[40] 서구의 모방에 그칠 것이 아니라 '전통'을 잊지 않으면서 '현실'을 직시해야 한다는 것이 「눈은 자아의 창이다」에서 밝힌 김구용의 입장이었다. 오히려 이러한 태도야말로 '극난한 시 정신'을 통해 서구 초현실주의를 모방하지 않고 앙드레 브르통의 '심리적 자동성'을 구현해냈다고 하는 평가도 있었다.[41] 「눈은 자아의 창이다」가 씌어진 무렵 김구용이 「소인」이나 「꿈의 이상」과 같은 기존 시의 장르적 특질을 해체한 몽환적인 작품들을 쓰고 있었다는 것을 감안하면 그러한 평가가 말 그대로 온당하다는 것을 알 수 있다.

그런데 김구용의 초현실주의를 논하는 연구자들은 대개 초현실주의를 개인적 차원에서만 논하는 경향이 있다. 그것이 전후의 피폐한 현실에서 기인하는 것은 인정하면서도, 초현실주의는 일종의 심리적 퇴행으로 보면서, 그것을 순치·극복하는 과정으로 김구용 시를 보는 경향이 형성되고 있는 것 같다. 그러나 김구용은 앞에서도 잠깐 보았지만, 항상 '현실'을 직시해야 한다고 주장했고 그 현실 직시의 과정에서 그만의 초현실주의를 만들어갔다는 점을 잊지 말아야 한다. 그의 초현실주의는 개인적인 차원에 그치는 것이 아니라 부단히 사회정치적 국면과 길항하는 개인적 고뇌를 담아내는 과정에서 형성되었다. 김구용의 초기시를 중심으로 그의 '현실 참여적' 성격을 살핀 연구도 있지만,[42] 그의 시 세계를 전체적으로 조망한다고 하더라도 이

---

40) 김구용, 「눈은 자아의 창이다」, 『김구용문학전집6─인연』, 솔출판사, 2000년, 430면 참조.
41) 이수명, 「50년대 초현실주의의 운명─김구용의 시와 그 위상」, 『리토피아』, 2010년 겨울호.
42) 진순애, 「순수의 참여─구용의 초기 시 세계」, 『리토피아』, 2010년 겨울호.

러한 시각은 여전히 유효하다는 점을 이 절을 통해 밝혀보고 싶다.(일
단 『김구용문학전집』을 1차 텍스트로 삼아 논의를 하고 있음을 밝혀둔다.)

(1) 몽환적 형식과 현실 회복의 모색: 1950년대 김구용 시의 초현실성

김구용은 1940년대까지만 해도 전통적이고 회고적인 시들을 썼다.
시조나 산문체의 시를 묘사적인 방법으로 평범하게 썼는데, 1940년대
후반의 「산중야」, 「원천」, 「오후의 기류」까지만 해도 정지용의 『백록
담』(1941)類의 시들과 비슷했던 게 아닌가 싶다. 한국전쟁이 발발하고
나면서부터는 김구용 시의 내용과 형식이 매우 이질적으로 바뀌었다.
전쟁 중에 씌어진 「유리창」, 「이씨 일가」 등은 아마도 전쟁에 대한
비감을 현장감 있게 그려낸 작품으로 거론할 만할 것이다. 전중에 쓴
김구용의 시들에는 전쟁의 참혹함이 '폐허'나 '백골' '송장' '망령' 등의
시어나 피난민의 애수나 기아의 양상을 다루는 것으로 자주 형상화되
었다. 「마지막 곡예」, 「밤」, 「인간기계」, 「양지」 등에서 그는 하드보
일드한 문체를 실험하기도 했는데, 그것은 인간 말살의 현장을 목격한
자의 메말라가는 감성을 대변하는, 시대에 상응한 형식이었다고 여겨
진다. 이러한 계열의 실험은 「생명의 능각」, 「뇌염」 등 사변적이고
관념적인 실존주의적 향취를 지닌 작품으로 전개해갔다. 한편 「인간
기계」, 「반수신」, 「반수신의 고백」과 같은 인간성 상실의 일그러진
자아상을 그린 계열의 작품들은 1950년대 내내 김구용 시의 핵심 주제
가 되었던 자기 상실의 문제로 전개해갔다. 「지침 없는 시계」, 「정경」,
「충실」, 「산재」 등과 같은 시에는 자기 상실과 관련된 언급이 거듭
제시되었다. 전후의 김구용은 실존주의적 향취와 자기 상실의 주제에
서 더 나아가 양자를 종합하여 해결할 가능성이 없는 전후의 착종한

고민을 일종의 감옥으로 인식하는 '수인의식'의 주제에 도달했는데, 그것은 1953년에 씌어진 「오늘」이래 「소인」(1957.2~3), 「꿈의 이상」(1958.12~1959.2) 등 그의 주요 장시들에서도 반복되었다.

김구용의 산문지향성은 여러 논자들에 의해 거듭 논의가 되었는데[43], 「충실」, 「산재」에 이어 가난하고 황폐한 전후 도시 젊은이들의 두색된 욕망을 그린 1954년작 「과정」을 쓸 무렵이 되면 일정한 줄거리를 갖춘 소설에 가까운 김구용 특유의 산문시 형식이 일단 형태를 잡게 된다. 서로 속고 속이는 전후의 세태와 독자에게 읽히지 않는 시를 쓰는 시인의 소통에 대한 갈구를 병치시킨 「위치」(1955)와 간음과 범죄로 가득한 도시에서 벗어나지 못하는 젊은이의 음울한 심리를 묘파한 「육체의 명상」(1955.2), 거리에서 물건을 파는 소녀를 능욕하려다가 오히려 소녀가 사생아를 낳게 되자 그 사생아의 아버지가 되어주겠노라고 거짓으로 위로하는 청년이 나오는 「무상의 모태」(1956.7) 등은 윤리나 사회규범이 더 이상 제 기능을 하지 못하는 혼잡한 사회상을 반영한 수작들이었다.

김구용 시의 초현실성은 그와 같은 현실로부터 도피하기 위한 수단이 아니라 훼손된 현실 세계의 복원을 위한 하나의 장치였다. 이러한 세계 복원에 대한 희망은 1953년에 집필된 「충실─석굴암에서」무렵부터 잃어버렸던 본성을 자각하는 형태로 잠복해 있었다. 그러다가 「소인」, 「꿈의 이상」과 같은 그의 대표적인 장시에 이르러 그의 초현실성은 더욱 부각되었다.

「소인」은 동창의 미국 시찰 환송회에 갔다가 정부에게 돌아가는

---

43) 홍신선, 「시의 논리 현실의 논리」, 『문학과창작』, 2002년 2월호, 133~134면 참조.

길에 만난 '녹빛 외투 여자'의 의문사와 관련하여 체포된 '나'가 구속되어 취조당하는 과정을 그린 장시이다. 취조의 과정과 '나'의 간밤의 행적이 번갈아 가면서 배치된 구조가 잘 짜인 추리소설적인 작품이다. 「소인」의 초현실성은 현실과 꿈을 분간할 수 없다는 그 부조리한 설정에서 기인한다. '나'는 '거미'를 죽이는 꿈을 꾸었고, '녹빛 외투 여자'는 죽이지 않았지만 살인 혐의로 붙잡혀 온다. '나'는 평소의 강박증과 현대인의 불안을 예로 들면서 "그런 평소의 강박관념이 감방에 이러고 있는 내 자신으로 실현되었다."고 취조관에게 호소하기도 한다. 「소인」의 초현실성은 페티시즘적 양상에서도 찾아볼 수 있다. '나'는 '녹빛 외투 여자'를 '녹빛 외투'나 '악아가죽백' '핏빛 지폐' '국제우편봉투' 등의 사물로서 기억한다. 이러한 사물에 대한 관심은 '환송회' 젊은이들의 속물적 육체에 대한 선망과 증오의 양가감정을 숨기고 있는 것으로 여겨진다. 특히 '국제우편봉투'는 이 시의 제목과도 관련이 있는 사물로서, '환송회' 젊은이들에 대한 살의가 '녹빛 외투 여자' 살인의 증거품으로 되돌아온다는 발신과 수신의 설정을 감추고 있다. 이러한 '녹빛 외투 여자'의 사물들은 앙드레 브르통의 소설 『나자』에 나오는 '청동 장갑'과 같은 초현실주의의 한 장치로 이해된다.

「소인」은 이상한 꿈 장면으로 끝나는데, 이 꿈은 분열된 자아를 통합하고 와해된 세계를 재구축하려는 치유의 꿈이라고 할 수 있다.

녹빛 외투 여자는 부활하였다. 그녀는 웃음의 가면을 쓴 범인과 손을 서로 맞잡고 춤을 추었다. 나는 "그들은 둘이 아니라"고 속삭이었다. 운전수는 半獸神처럼 고장난 전차를 열심히 연구하고 있었다. 바다가 한편으로 보이는 그늘에 여자의 고무신들이 하숙집 소년에 의해서 어떤 것은 꽃잎으로, 신라 曲玉으로, 나비로, 반달로, 거미로 흩어져 있었다. 그러나 소년은 수목 뒤에 숨었는지 보이지 않았다. 흩어진 것들은 '착각'이 아니었다. 한 여인의 나체가 문득 불 속에서 실내로 들어왔다. "나는 당신만을 사랑해요." '나의 인형'은 한 번도 말한 일이 없는 소리를 비로소 하였다. "내가 바로 너다" 하고 대답하자 눈물이 웬일인지 흘러내렸다. 녹빛 외투 여자와 운전수와 '나의 인형'과 살인범이 종렬로 직립하여, 보기에는 한 몸 같으나 각각 얼굴을 좌우로 내놓고 '同' '異'를 일시에 구성하였다. 취조관의 지휘를 받고 경관과 의사와 중절모와 간호부와 택시 운전수와 다방 레지들이 겹겹으로 둘러앉아 나에 대한 '찬송'을 연주하고 있었다. '고오', '스톱'의 삼색 신호등이 비치자 그들은 나를 축복하는 천사로 화하였다. 나는 '본질'이었다. 동시에 모든 '因子'였다. 나는 그들과의 '전체'였다. '세계'였다. 그들은 동시에 인간 심령 현상론처럼 꺼져버렸다. 날이 새자, 감방 바깥 복도의 석유등 불은 나의 출발을 고하듯 꺼져버렸다. 강간범은, 끌려 나가는 나에게 손을 흔들었다. 하나는 남고 하나는 떠나건만 우리는 '同形'이었다. 나는 비로소 모든 애정을 죽인 살인자가 되어 강간범에게 미소를 주었다. 나는 녹빛 외투 여자가 현실로 죽기 전에 이미 녹빛 외투 여자를 마음으로 죽였는지 모른다.

-「소인」 부분

이 시에서 '녹빛 외투 여자', '운전수', '나의 인형', '살인범' 등이 각각 얼굴을 좌우로 내놓고 '同異'를 구성하는 군무를 추는 뮤지컬적인 장면은 '내'가 이들을 同形으로 보고 있다는 것을 의미한다. 전차비를 천환짜리 지폐로 지불하는 '녹빛 외투 여자'의 허영은 미국 출장을 가는 동창의 환송회에서 가난을 들키지 않기 위해 전전긍긍해야 했던 '나'의 허영과 겹친다. '녹빛 외투 여자'와 감정의 각을 세운 운전수의 부에 대한 거부감과 피해의식 역시 '나'의 그것과 다르지 않다. '나의 인형'은 '나'의 '녹빛 외투 여자'에 대한 성적 지배욕을, '살해범'은 '녹빛 외투 여자'에 대한 '나'의 살의를 표상한다는 점에서 이들 모두는 살인사건과 무관하지 않다. '취조관'의 지휘 하에 이 시의 모든 등장인물들이 나와 '나'를 '둘러싸고' 찬송을 하는 장면은 갈등의 해소, 화해를 암시한다. '나'는 "나는 당신만을 사랑해요."라고 말하는 '나의 인형'에 대해 "내가 바로 너다."라고 대답한다.

이 뮤지컬적인 설정은 일견 서구적인 장치로 여겨지지만, '내가 바로 너다'는 깨달음은 불교적 세계관에 기댄 것이다. 김구용 시에 도둑이나 감옥이 많이 등장하고, 그의 시적 자아들이 수인의식에 시달리는 것은 불교에서 六識이 眼耳鼻舌身意로 출입하는 사이, 온갖 더러움에 물들어 번뇌와 억압을 일으킴으로써 본래 청정한 마음을 빼앗기기 때문에 '여섯 도둑[六賊]'에 비유되는 것과도 관련이 있다.[44] 여섯 가지 감각기관을 통해 본 세계가 空하며 '나'라는 실체가 있다는 생각도 부질없고, '나'와 '너'의 구분도 무의미하다는 것을 받아들였을 때 「소인」의 시적 자아는 수인의식에서 벗어날 수 있었다. 김구용은 이미 이 무렵부터 불교적 세계관을 수지하고 있었는데, 그것을 극화하여 보여주려고 했다는 데 이 시기 그의 시의 특성이 있다.

「꿈의 이상」도 현실도피적인 꿈에서 벗어나 현실로 복귀하려는 지향을 담고 있는 작품이다. 전후의 피폐한 현실에서 굶주린 '그'는 오렌지 하나를 훔쳤다가 청과상 주인에게 망신을 당하는데, 지나가던

---

44) 함허득통 편저, 이인혜 역주, 『금강경오가해 설의』, 도피안사, 2009, 93~94면 참조.

'흰 옷의 여인'이 '그'에게 오렌지 하나를 선사한다. 그 순간 '그'는 '악몽 같은 성욕'을 느낀다. 대학 시간강사가 된 '그'는 어느 미혼여성 좌담회의 사회를 맡은 것을 인연으로 좌담회에 나왔던 여의사, 여교사, 여대생과 알고 지내게 된다. '그'는 강의료만으로는 생계를 꾸릴 수 없어서 번역에 매달리는 등 과도한 일에 시달리지만, 하숙비를 제때에 내지도 못한다. '그'는 오렌지를 자신에게 건네준 '흰 옷의 여인'을 관음보살과 같은 이상적인 존재로 추억하면서 막연하게 일상으로부터의 구원을 찾아 헤맨다. '그'는 과로로 쓰러지지만 병원비 때문에 공상과학물의 번역과 같은 하기 싫은 일로부터 벗어나지 못한다.

「꿈의 이상」의 초현실성은 비합리적이고 모호한 꿈에서 기인한다. 1929년 무렵 초현실주의 회화에서 오토마티즘에 대한 탐구가 거의 마무리되고 꿈을 어떻게 그려낼 수 있을 것인가에 대한 실험이 막 시작될 때부터 꿈은 일관성 없는 드라마, 정적이 감도는 모호함, 믿기 어려운 것으로서의 사물에 대한 발견 등을 통해 인간 내면의 어두운 면을 탐색하는 장치 구실을 해 왔다.[45] 김구용 시의 꿈 역시 초현실주의의 꿈 그림(oneiric painting)이 지닌 특징들을 가지고 있다. 「꿈의 이상」에 나오는 꿈은 비합리적이기도 하지만, 한편으로 매우 구체적인 서술과 이미지들로 짜여 있다.

「꿈의 이상」에는 세 개의 꿈 장면이 있다. 첫 번째의 꿈에서 '그'는 폭격으로 무너진 건물들 사이를 지나가다가 지난 날 자신에게 오렌지 하나의 자선을 베풀어준 '흰 옷의 여인'을 만난다. 그 꿈에서 여인은 점점 멀어지다가 어느 성으로 들어가 버리고 착암기 소리 같

---

45) 피오나 브래들리, 「초현실주의의 꿈 이미지」, 김금미 옮김, 『초현실주의』, 열화당, 2003, 32~35면 참조.

은 굉음이 '그'를 에워싼다. '그'는 여인을 부르려고 했지만 자신이 여인의 이름을 모른다는 사실을 뒤늦게 깨닫는다. 두 번째 꿈에서 '그'는 타박상을 입은 머리에서 피를 흘리면서 연회색 양복을 입은 남자에게 둘러메진 채 어딘가로 운반되어가는 자신을 창문 너머로 본다. 그 와중에 흰 옷을 입은 여인의 옷이 자신의 피로 더럽혀지고 있었다. 세 번째 꿈에서는 자신의 형상이 나타나지 않는 거울이 등장한다. 거울에서 '그'는 '흰 옷의 여인'을 보았는데, 그녀는 점점 관세음보살로 변해간다. '그'는 그녀에게 자신의 오랜 방황을 고백하지만, 그녀는 "난 원래부터 이유가 없어요."라는 말을 남기고 연회색 양복의 남자와 함께 사라진다.

첫 번째 꿈은 '그'와 '흰 옷의 여인'이 결합하지 못하기 때문에 '그'가 불행해졌다는 운명 강박적인 망상이 반영된 것이었다. 두 번째 꿈에는 유체 이탈이나 분신의 등장 등에서 나타나는 죽음 충동과 여성의 흰 옷을 붉게 물들인다는 데서 드러나는 성 충동이 동전의 양면처럼 결합되어 있다. 세 번째 꿈은 '그'가 '흰 옷의 여인'을 현실의 역경으로부터 자신을 다시 구원해 줄 종교적 대상으로 이상화하고 있음을 보여준다. 그러나 세 번째 꿈은 또한 '흰 옷의 여인'이 관세음보살이 아니라 남자 친구와 함께 사라지는 존재라는 사실 역시 보여준다. 이 마지막 꿈을 통해 '그'는 차츰 꿈의 이상을 좇는 대신 현실의 세 여성, 여의사, 여교사, 여대생 중 하나를 선택하여 혼인함으로써 현실을 직시하겠다는 다짐에 한 발짝 더 다가서게 된다.

1950년대 김구용의 시는 여러 모로 1960년대 이후의 『구곡』, 『송백팔』, 『구거』 3부작과는 다른 양상을 띠었다. 「소인」이나 「꿈의 이상」 등이 부분적으로 불교적 발상이나 표상을 포함하고는 있었지만,

1950년대 김구용의 시들은 전반적으로 '反기독교적'인 양상을 띠고 있었다. 전쟁의 참화 속에서 그는 자주 '신'을 부정하고 '나'만이 있다는 형태의 회의를 나타내곤 했다.

1950년대 김구용 시의 초현실성은 조향 등의 그것이 기법 차원인 것에 대해 더 본원적으로 생각의 자유에 도달하고자 하는 시 정신 차원의 초현실성이었다. 그 과정에서 꿈을 초현실주의적 메커니즘으로 도입했다는 점에서 김구용의 초현실성은 몽환적인 양상을 띠었다고 할 수 있다. 그의 초현실주의는 전후 현실을 외면하거나 단순히 문명사적으로 비판하는 데 그치지 않고 그 '초'규범적인 국면을 이해하고 용납하면서 현실을 치유하고자 모색하는 방향으로 전개되었다.

「소인」이나 「꿈의 이상」에는 단일한 사건에, '주인공'이라 할 만한 단일한 주요 인물이 등장한다는 점에서 1960년대의 『구곡』과는 다른 특징이 있었다. 그렇다고 해서 1950년대의 김구용과 그 이후의 그를 대별하는 것은 다소 문제가 있다. 『구곡』의 多聲的 양상은 1950년대 중반의 「중심의 접맥」이나 1960년대 초의 작품이지만 「곡」 연작에 포함되지 않은 「불협화음의 꽃Ⅱ」에 이어져 있는 것이지 갑자기 출현한 것이 아니기 때문이다.

(2) 시민적 현실인식과 구도적 실천의 일치: 『구곡』의 시사적 성과

『구곡』은 김구용이 1960년에 집필을 시작한 「曲」 연작을 1978년에 한데 묶은 그 자신의 대표적인 연작 장시집이다. 「곡」 연작은 '非在의 언어화'(김현)라든지 '자아 찾기의 도정'(김진수)으로 해석된 이래 별다른 이견 없이 '不二의 세계'를 형상화하고 있는 난해시로 규정되어 왔다.[46] 『구곡』이 다루고 있는 세계의 폭을 감안하면, 이와 같은 해석의 편협함은 상당히 뜻밖이라고 할 수밖에 없다. 기존의 해석들이 지닌 난점은 「곡」 연작을 지나치게 종교적인 관점에서만 읽어내려고 했다는 데 있다. 「곡」이 단순히 개인의 구도 과정을 그리고 있다면, 다시 말해 '불이'에 대한 깨달음으로 가는 과정, 혹은 진정한 자아를 찾아가는 과정을 그리고 있다면, 그렇게 많은 인물을 등장시키고 사족에 가까운 번잡한 이야기들을 배치할 필요가 없었을 것이다. 또한 『구곡』에서 '불이'에 대한 깨달음은 의외로 「1곡」의 20행이 지나기 전에 이미 나온다. "빛처럼 차별은 없어 / 언어를 지우면서 살아난다."라는 구절은 제18, 제19행에 해당한다. '불이'라고 하는 부처님의 말씀은 선험적으로 주어져 있다. 「곡」은 그 가르침에 이르는 과정이 아니라 그 부처님의 '말씀'을 소거하면서 자기가 보지 못한, 깨닫지 못한 것을 '모색'하는 과정을 그리고 있는 연작이다. "인과란 원래부터 없는 것,/텔레타이프는 치하한다. / 〈난 말 잘 듣는 사람을 좋아해〉 / 석가는 근 이천오백 년 전에서 설법한다. / 〈너희들은 나의 말을 믿지 말라〉"(「5곡」) 그런데 그 '모색'은 개인적인 수양이나 구도의 차원이라기보다 '사회적인' 차원이라고 보아야만 한다.

  『구곡』에는 다양한 인물들이 등장한다. 임노동자와 의사, 육군대령, 주한미군, 곡마단 사람들, 古器 절도범과 그 아내, 운전사, 양공주/여대생, 얼굴에 칼금이 있는 '任'이라는 사내, 사찰의 노장 스님, 부두 하역노동자, 은행 강도, 연극배우, 여러 명의 수인, 아내 등 헤

---

46) 김현, 「현대 시와 존재의 깊이」, 김구용, 『김구용문학전집2—구곡』, 솔출판사, 2000, 305면 참조.
    김진수, 「불이의 세계와 상생의 노래」, 김구용, 『김구용문학전집2—구곡』, 솔출판사, 2000, 332면 참조.

아릴 수 없이 많은 인물이 나온다. 『송백팔』, 『구거』 등에도 다양한
인물들이 등장하지만, 『구곡』에는 그들과는 다른 차원이 있다. 『송
백팔』, 『구거』에 비해 『구곡』의 인물들은 구체적인 내러티브를 만들
어낸다. 「1곡」에서 박 양과 두 대학생과 절름발이 권총 강도가 얽힌
부조리한 에피소드는 총 58행을 차지하고 있고, 동두천의 양공주
'이화자'의 자살과 그 운구 행렬의 일화는 총 83행에 이른다. 「2곡」
에서는 '이화자'의 운구 행렬에 대응하여 위정자의 가짜 운구를 내가
는 시위 행렬의 장면이 10행 이상 이어진다. 「3곡」에는 시모노세키
에서 민족 감정 때문에 일본인들과 어울리지 못했던 우울한 체험이
총 23행으로 형상화되어 있다. 이런 맥락에서 『구곡』은 『송백팔』,
『구거』보다는 「소인」, 「꿈의 이상」, 「불협화음의 꽃Ⅱ」와 같은 그의
1950년대 후반 장시들과 더 친연성이 있다.

　　이와 같은 내러티브들은 당대에 유행했던 실존주의 문학의 영향
을 받은 것으로서 전후 도시의 복잡성을 보여주는 장치라고 할 수
있다. 그런데 중요한 것은 이들 일화들이 종합되면서 만들어지는 비
전이다.

　　　　촛불밭을 떠나는 棺에
　　　　하늘이 일어선다.
　　　　시위행렬은 노선을 따라온다.
　　　　"屛風인가요."
　　　　"쉬, 널[棺]이야."
　　　　허무를 가르는 두 개의 널이
　　　　트럭 위에 나란히 서서 지나간다.

名士 '아무개 柩'를 쳐다보는 눈들,
"저건 살아 있는 이름들 아닌가요."
"쉬, 소리가 너무 커······."

―「2곡」부분

처녀는 곧 散髮하더니
얼굴에 검정을 칠한다.
골방에서 이불을 쓰고 누워 신음한다.
어른들이 "염병이라"는데도
왜병대장은 무서워 않았다.
(중략)
할머니는 친손녀인 여대생 머리 너머로
방문을 나서서
왜병대장과 생이별한
딸의 과거를 바라보다가
다시 무덤이 된다.
늦잠에서 깨어난 洋夫人인
여대생은 악보를 끼고 학교로 가다가
죽음을 가장한
행렬에서 헤어나지를 못한다.

―「2곡」부분

「2곡」의 시위 행렬은 「1곡」의 동두천 양공주의 운구 행렬과 반향하고 있으며, 「2곡」의 여대생/양공주의 출생에 얽힌 일화는 「3곡」의 시모노세키 부두 노동자 가족의 민족 차별 체험과 반향하고 있다. 시위 행렬의 장면은 그 자체로는 큰 정치적인 의미를 부여할 수 없을지도 모르지만, 「1곡」의 운구 행렬과의 병치로서 읽으면 더 정치적인 맥락이 생긴다. 여대생/양공주의 가족사는 그대로 일제 식민지 체험, 전쟁·전후 체험 등 한국 근현대사의 질곡을 보여주며, 「3곡」의 부두 노동자 일화와의 병치로서 읽으면 한국 민족주의의 한 성격이 선명해진다. 여대생/양공주 일화는 인용한 부분의 마지막 두 행에서 다시 시위 행렬의 에피소드와 이어지거니와, 이 연결은 한국 정치의 후진성과 한국 근현대사의 후진성을 인과 관계 속에서 파악하게 되므로 당시로서는 상당히 급진적인 이야기가 된다.

『구곡』에서 김구용이 전하고자 하는 메시지는 이처럼 사회 정치적 맥락 속에서 조망하지 않으면 온전히 독해할 수 없는 것이었다고 생각한다. 김구용은 이러한 사회 정치적 국면을 객관적으로 보여주는 데서 그치는 것이 아니라, '내'가 이 문제에 대해 어떤 태도를 취해야 하는가 하는 데까지 고민했다. 그래서 그는 파편화된 내러티브를 종합하기 위한 장치로서 '내'가 '타자'가 되는 상상력을 도입했다. 이 장치를 경유하여 그는 여러 인물들의 일화를 '나'와 상관없는 사람들의 일이 아니라 '나'의 일로, 사회 역사적 과제를 자신의 과제로 자연스럽게 치환할 수 있었다.

> • 어떻거면 나는 시간처럼/남이 될 수 있을까,/不在의 시여.(「4곡」)
> • 千百億化身하는 창으로 창으로/창으로 비둘기는 날아오르며/점점 없어지더니/날갯짓만 남는다.(「5곡」)
> • 그는, 자유로운 비굴이/새겨진 의자에 앉아/일본 헌병에게 충전/당하는 꿈을 꾸었다./이마에 불을 켜고 해저를/날며 학춤을 추다가/가루가 되어 뿌려졌다./동시에, 그는 끄나풀이 되어/전화기로 놓여 있었

다./총구가 드리는 기도.(「5곡」)

- 32면상은 후회할 줄 모른다./외치와 안경과 만년필은/너의 하루를 만든다./흐르는 물은 莞花草堂/눈을 감으면 千二百年/눈을 뜨면 고국산천/흐르는 구름은 옛 선생,/끝은 시작한다.(「8곡」)

- 물고기가 떼지어 꽃핀 숲을/피차가 하나인 머리카락을/모래로 증명하였다./피임은 여관에서 문명한다./고금은 같은데/남녀는 역시 다르다./해가 지는 폐선을/소리만 남기고 사라진 기타를/노름판에 내던진 태양상표를,/우리는 본다./사람마다 나의 世世生生일세./세상에 남은 없네./나 아닌 목숨은 어디에도 있네./그래서, 현실은 사실이 아니며/사실의 뒤가 현실이었다.(「9곡」)

'내'가 '남'이 된다고 하는 상상력은 '천백억화신'의 불교적 상상력에서 나온 것이다. 그것은 '불이'의 사상과 이어져 있기는 하지만, 엄밀하게 말하자면 구분되는 것이다. 가령 "(술집—인용자)처녀는 인종을 차별하지 않았다."(「3곡」)라든지 "빨래줄에서 聖衣와 囚衣를 알아내는가. / 그런 차별에서 벗어나소서."(「8곡」)와 같은 구절은 모든 차별을 부정하는 불이의 사상을 대변한다. '내'가 '남'이 된다고 하는 것은 그러한 인식론적인 문제라기보다 경험이나 실천의 차원에 있는 문제라고 할 수 있다.

『구곡』의 여러 인물들은 세상에는 이렇게 다양한 사람들이 있다는 것을 단순하게 보여주기 위해 고안된 주변적 장치가 아니라, 시적 자아 '나'의 시점을 나누어 가지는 존재로 그려지고 있다. 김현이 「3곡」의 시모노세키 부두 노동자의 아들을 시적 자아 '나' 혹은 시인 자신으로, 일본 소녀 요네코를 '나'의 첫사랑으로 해석했던 것은 이 시점의 공유가 만들어낸 착각이었다.[47] 서사이론적인 용어로 환언하면 김구용은 시점캐릭터를 '나'에 고정하지 않고 모든 등장인물들에게 시점캐릭터의 역할을 분배하려고 했다는 말이 된다. 그래서『구곡』의 여러 인물들 중 어떤 인물은—가령 부두 노동자의 아들은, 시점캐릭터 혹은 시적 자아 '나'로 오인될 가능성이 생기는 것이다.

그러나 그와 같은 안배가 시적 자아의 위치 자체를 무용화하지는 않는다. 김구용은 여전히 '타인'이 되려고 발원하는 존재로서 '나'를 그리고 있기 때문이다. 가령『구곡』에서 '나'가 아닌 다른 인물이 타자가 되고 싶다는 발원을 하고 있지는 않다. 그런데 '나'가 타자가 된다는 것은 다분히 초현실적인 설정이다. 그것은 현실에서는 일어나지 않는다. 『구곡』에서 김구용은 바로 이 문제를 해결하기 위해 '꿈'과 현실을 뒤섞는 몽환적 구조를 채택했다.

> 누가, 하기 싫다는 사람들에게
> 聖人이 되기를 강요하는가.
> 찾으라 칼금의 空間을.
> 우리는 입과 눈을 잃었다.
> 그는 찢어진 사이로
> 눈동자에 들어간다.
> 그곳은 한 그루 나무와 샘물
> 몰입하라, 映影으로.
>
> ―「3곡」 부분

눈에 생긴 '칼금의 공간'은 루이스 부뉴엘의 초현실주의 영화「안

---

47) 김현, 위의 글, 315~316면 참조.

달루시아의 개」의 한 장면에 대한 인유이다. 「안달루시아의 개」에는 여성의 눈을 남자가 면도칼로 절개하는 장면이 나오는데, 그것은 현실의 눈이 보지 못하는 세계, 눈동자 안으로 난 길에 이어진 꿈과 무의식의 세계에 대한 지향을 나타낸다. 그것은 또한 '(여)성'을 매개로 한 상상력의 자유를 구가하는 것이기도 한데, 김구용 역시 이를 통해 시각의 초월성, 혹은 초월적인 시각을 꿈의 영역에서 찾고 있는 것으로 이해된다.[48)]

『구곡』에는 갈피를 잡을 수 없는 생각이 시작되려는 순간이나 졸음이나 입몽 단계의 묘사가 먼저 제시된 이후에 여러 인물들이 등장하는 내러티브로 이행하는 구조가 자주 발견된다.

- 눈[目]으로 이조자기를 쓰다듬으면/어머님의 검버섯 핀 손[手]이 었네./추억은 선반에/여러 가지 달[月]덩이로 놓인다.(「1곡」)
- 거울에서 기억은 쏟아져나와/검은 창에 손은 떼로 몰려와/빗물로 흘러내리더니/무과실책임이 나를 끌어내어/햇빛을 안기더니/비[雨]는 눈[眼]이고/돌은 재[灰]였다./상실은 점령하였다.(「4곡」)
- 불[火]에서 태어난 먹[墨]은/공간에 금을 그어/事故의 안팎으로 잎을 단다./잎은 통금시간에 자라나/날개를 편다.(「7곡」)
- 가지에 달린 사과는/대답이 아니며/생각하게끔/우리를 출발시킨다.(「8곡」)
- 차가 無距離를 달리고 있었다./배경에 사이렌은 화급히 퍼진다./

---

48) '눈'은 일관되게 초현실주의의 도상 노릇을 해왔다. 피오나 브래들리는 "눈은 내부와 외부, 주관적인 것과 객관적인 것을 이어준다. 눈은 '반사면 없는 거울'로서, 그것을 통해 초현실주의적인 경이로움을 언뜻 간파해낼 수 있고, 아마 성취할 수도 있을 것이다."라고 하여 '눈'의 중요성을 강조했다.(피오나 브래들리, 「눈에 요구되는 충돌: 초현실주의 공연과 연극 및 영화」, 김금미 옮김, 『초현실주의』, 열화당, 2003, 70면 참조.

이상한 바다고기 한 마리가/천천히 窓을 들이받아/視野는 소리 없이
부서져 날은다./하얀 바다고기 배속에서/경찰들이 쏟아져나와, 그의/
아들인 시체를 국방색으로 덮는다.(「2곡」)
● 하루가 물 밖으로 나와/文字는 거울로 들어가/태양은 무관심을
構築하고/距離로서 매화를 기르더니/壁에 星湖를 두었다.(「5곡」)

여기에서 '거울'은 '눈꺼풀 없는 눈'으로서 서구 초현실주의 시에서
와 마찬가지로 상상력의 통로 역할을 하고 있다. 또한 생각이나 꿈이
'날개'의 비유로 제시되는 것 역시 상상력의 자유분방함을 강조한 것
으로 이해된다. 이러한 초현실주의적 초월성에 기대어 김구용은 '나'
의 일상에서 타자들의 이야기로 자연스럽게 이행할 수 있었다.
『구곡』의 초현실주의적 초월성은 김구용의 사회 정치적 사유를 다
가릴 만큼 현실과 무관해 보이는 면이 있었다. 또한 종교적 잠언들을
뒤섞어 놓은 개인적인 구도의 과정을 그린 것으로 오인될 만한 소지
도 있었다. 그러나 기실 그 초현실주의적 초월성을 비정치적이고 사
적인 것으로만 치부할 수도 없다는 데 『구곡』의 복잡성이 있다.

광장에는
많은 동상이 섰던 흔적만 남아
무슨 때문인지,
刻銘은 傷해서 하나도 못알아 본다.
상인이 없는 풍성한 市場에
신문은 不死藥을 먹었던 자들의
자살명단으로 만원이다.
시설이 완전하대서

寺院이나 정부청사로 들어갔다가는
거미와 박쥐들에 놀라 나온다.

-「2곡」부분

二重結婚이 의자에서 일어날 때
희죽희죽 웃는 155마일,
일만이천봉의 골짜기마다
별들은 우거졌는데
저승보다는 대동문이 약간 멀다.

-「3곡」부분

氾濫하는 仙人掌
죽음을 당한 신앙,
사람이 없는 길거리에서,
온갖 언어로 構築된
백화점 안에서, 시계는 역행한다.
나는 나를 찾아다녔다.
모르는 것을 주십시요.
아마 그것은 아름답고, 그래야만
나는 깨달을 것입니다.
눈먼 어머님을 속입시다.
정신병원에서 웃는 金을
월남 여자와 놀다가
영창에 들어앉은 정 하사를
데모에서 외아들을
잃은 최 서장을

서독 광산에서 떠메어나온 이 학사를
아군과 적군이 공통하는 모국어를

-「4곡」 부분

『구곡』의 초현실주의적 초월성은 현실을 도외시하고 망상의 세계로 도피하고자 하는 퇴폐적 의식의 소산이 아니다. 『구곡』의 일화들은 무의미의 세계를 지향하지 않는다. 거기에는 오히려 사회 정치적 비판의식들이 내포되어 있다. 「2곡」에 제시된 '광장'과 '시장'의 판타지에는 최인훈의 『광장』에 그려진 남한 사회의 모순에 필적할 만한 시선의 깊이가 확보되어 있다. '동상'으로 표상되는 이데올로기가 유명무실해지고, 자본주의의 논리는 '상인이 없는' 기형성을 드러내고 있으며, 어떤 종교적 규범이나 정부 같은 초월적 사회 장치들이 제 역할을 하지 못하고 있다는 것이 「2곡」의 인용한 부분에 드러나 있다. 이러한 비판적 인식은 「3곡」에서 '155마일'이라는 수치로 표상된 '분단'의 주제와 맞물린다. 「4곡」에서 '나'를 찾아가는 도정은 사적인 존재로서의 개인이 아니라 민주화 시위와 남북 대치, 베트남 전쟁과 디아스포라와 같은 공적인 존재들을 호명하면서 진행된다. 개인적인 망상이나 구도의 과정처럼 보였던 것들이 '내'가 타자가 되는 상상적인 장치와 여러 인물들이 만들어내는 내러티브를 경유하면서 사회 정치적 주제로 전회한다는 데 『구곡』의 한 특징이 있다. 그러므로 「9곡」의 "아내여, 자기 손이 닿지 않는 / 등의 일부분 / 서로를 필요로 하는 도움 / 그 작은 터전이, 우리인 것이다."와 같은 깨달음 역시 단순히 개인적인 각성으로 끝나는 것만은 아닐 것이다.

『구곡』은 4·19와 5·16을 연달아 경험한 1960년대의 시민적 경험을 당대의 어떤 작품보다도 심도 있게, 종합적으로 형상화한 작품이라고 할 만하다. 서구 초현실주의와 불교적 상상력을 종합하고 사회 정치적 상상력과 종교적 구도를 일치시킴으로써 이룩한 『구곡』의 성과는 1970년대에 접어들어 『송백팔』, 『구거』로 넘어가면서 다소 퇴색되는 면이 있다. 『구곡』에서 달성한 균형감각은 『송백팔』, 『구거』에서는 내러티브가 약화되고, 불교적 상상력이 사회적 상상력을 압도하면서 흔들리게 된다.

(3) 자아의 드라마와 '불이' 사상의 전유: 『송백팔』의 불교적 초현실주의

『송백팔』은 1971년부터 1982년 사이에 집필된 김구용의 연작시 「頌」 108편을 한데 모은 연작시집이다. 『송백팔』은 전작에 비해 이야기적인 요소가 많이 절제되어 있는 대신 비교적 짧은 형태의 시들을 중심으로 음악적인 요소가 강조되어 있어서 그의 시집 중에서도 단연 '시적'이라고 할 수 있다. 연작이라고는 하지만 각각의 시편들이 어떤 연속성을 지니고 있는 것은 아니어서 독자적인 작품으로 읽어도 시집의 대의에 크게 어긋나지 않는다.

『송백팔』의 문체는 전반적으로 서구 다다이즘을 연상시킬 만한 양상을 띠고 있다. 김구용 시 특유의 비문 형태가 『송백팔』에서도 이어지고 있는 것은 물론이다. 예를 들어 "사십억 인구의 / 하루가 사십억 일인 / 열매는 세상한다."(「송55」)라는 구절은 보통의 경우에서라면 '사십억 인구의 하루가 사십억 일인 세상이 열매를 맺는다.'와 같은 형태를 취했어야 할 것인데, '세상한다'와 같은 비통사적인 서술어를 만듦으로써 문장을 낯설게 하고 있는 것이다. 이런 것은 통사론적인 오류를 활용한 낯설게 하기라고 할 수 있다. 또한 "귀를 기울여보면 / 오는 곳들은 영산회상이다.”(「송67」)라는 구절에서 장소를 나타내는 ‘곳’과 ‘영산회상’은 의미론적으로 호응하지 않는데, 이런 것은 의미론적 오류를 활용한 낯설게 하기라고 할 수 있다.

이런 비문의 활용만이 다다이즘적인 것은 아니다. 가령 김구용은 여러 곳에서 의미를 부정하는 말을 해놓고 있다. “알고서는 모르느니 / 모르는 믿음을 믿어라.”(「송7」)라든지 “자네가 아는 것만 아는 한 / 그 외는 모를 것이다.”(「송8」)에서와 같이 ‘知’의 한계를 지적한 부분이 특히 그렇다. “의미를 거부하는 / 詩가 항구를 월식한다. / 빛은 없는 것도 보여준다.”(「송2」)에서도 시란 모름지기 의미를 거부해야 한다는 주장이 내세워지고 있음을 볼 수 있다.

그러나 이와 같은 반의미중심주의적 태도는 서구의 의미중심주의를 문장 파괴와 우발적인 실험으로 해체하려고 했던 다다이즘 전통과는 달리 禪的인 패러독스를 통해 허상인 현실을 전도하여 ‘참의미’의 세계에 도달하고자 하는 동양적인 전통을 그 배경으로 하고 있다.[49] 가령 그 선적인 패러독스는 『송백팔』의 도처에서 찾을 수 있다.

- 변동의 침묵으로/여러 가지 皮色은 노래한다.(「송3」)
- 세계는 한 몸이었으니/침묵은 물결친다.[……]교통의 공간인/정적은 말씀을 한다.(「송13」)
- 적막한 격동은/하나를 없애며/寂然한 폭발은/無마저 없애고(「송17」)
- 장님은/마음대로 이루어놓는 벽을 본다.(「송32」)
- 말을 쉬어야만/귀가/대답을 들을 줄 안다.(「송46」)

---

49) 서구의 다다이즘이 동양의 禪으로부터 어느 정도 영향을 받은 것은 사실이다. 그러나 서구의 다다이즘은 동양의 선 전통보다는 훨씬 유희적인 성격을 띠고 있다. 그런 맥락에서 김구용이 서구의 다다이즘으로부터 직접 영향을 받은 것이라고 말하기는 어렵다.

- 간혹 반성은/자기 등을 본다.//사슴의 날개는/不在에서 오는 음성일세.(「송53」)
- 어둠의 소리는/빛나는 어둠이다.(「송75」)
- 구름소리를,/나무 테의 음악을,/없는 말씀을 듣는다.(「송76」)
- 침묵이 귀를 기울이면/흙의/不動은/가지각색을 키운다.(「송100」)
- 귀가 먹으니/내부의 소리가 들린다.(「송108」)

이들 각각의 시편에서 김구용은 자주 '침묵'이야말로 진리의 세계에 가장 가까운 상태임을 암시한다. 그는 '말'과 '말씀'을 구분하곤 하는데, 진리의 언어인 '말씀'은 속악한 세계의 언어인 '말'이 소거된 상태에서만 역설적으로 시적 자아에게 도래한다. 인간 세상에서 만들어진 언어는 진리를 가리는 허상일 뿐이다. 따라서 그 허상으로부터 자유로운 '장님'이나 '귀머거리'가 진리에 가장 가까이 있는 것처럼 묘사되는 것이다. 시각이나 청각과 같은 감각의 영역을 초월해야 진리에 이를 수 있다. 그런데 '말씀(진리)'을 '말씀'이라고 발음하는 순간 그것은 이미 진리가 아니다. '말씀(진리)'은 항상 '없는 말씀'으로 표기되어야만 시인의 의도를 온전히 담아내는 것이 된다. 『금강경』에는 석가여래가 제자 수보리에게 "너는 여래가 '내가 설한 법이 있다.'는 생각을 한다고 하지 말아라. 그런 생각을 말아라. 어째서 그런가? 여래가 설한 법이 있다고 말한다면 그는 부처를 비방하는 것이니, 내 말을 이해하지 못했기 때문이다."라고 했다고 되어 있는데, 김구용이 '없는 말씀'이라고 표현한 것은 이와 같은 법문을 受持한 때문일 것이다.[50]

---

50) 함허득통 편저, 이인혜 역주, 『금강경오가해 설의』, 도피안사, 2009, 538~539면

그런데 김구용은 왜 그렇게 '진리'에 집착하는 것일까. 그것은 '진리'가 결핍된 상태인 일상이 '번뇌'를 촉발시키기 때문일 것이다. 「송」이 108편에서 멈춘 것은 연작을 시작하면서부터 108편을 써야겠다는 기획이 있었는지 확인할 수는 없지만, 다분히 불가에서 말하는 '108번뇌'와 관련이 있다고 보지 않을 수 없다.

『송백팔』에는 상당히 추상적인 형태로 제시되어 있기는 하지만, 생활인의 일상적인 고민이 나타나 있다. 이민 간 제자의 생활고에 대한 걱정(「송20」), 半국적 상황에 대한 회의(「송25」), 봉급생활자의 생활비 걱정(「송37」), 출세지상주의적인 세태에 대한 회의(「송38」), 지병으로 인한 고통(「송52」) 등을 비롯하여, 내외가 다투기도 하고 화해하기도 하며 서로 의지하여 가정을 가꾸어가는 모습이 그려지기도 한다.[51]

이와 같은 일상적인 양상이야말로 『송백팔』이 현실과 유리된 종교시로 귀착하는 것을 아슬아슬하게 막아내고 있는 것은 분명한 사실이다. 그러나 그럼에도 김구용 시가 그러한 생활의 단면을 소박하게 그리는 데서가 아니라 추상화하고 관념화하는 데서 그 개성을 만들어가고 있음도 부정할 수는 없다.

　　채소밭이 이루어지는

참조.

51) 부부간의 이야기는 「송13」, 「송50」, 「송78」, 「송83」, 「송84」, 「송93」, 「송97」 등에 나온다. 조해옥은 「居」 연작이 김구용의 다른 시작품들에 비해 일상적인 소재들을 많이 다루고 있다고 평한 바 있다.(조해옥, 「김구용」, 근대문학100년연구총서편찬위원회, 『약전으로 읽는 문학사2』, 소명출판, 2008, 133면 참조.) 그러나 김구용 시에 일상적인 소재가 많이 나타나기 시작한 것은 「송」 연작부터라고 하는 것이 더 온당하다.

不足은 심심하지 않았다.
모든 별을 부양하는
所得은 쓸쓸하지 않았다.

─「송84」 부분

기쁨은
웃어준다.
걱정은 걱정을 한다.
[……]
목적은 구하는 한 없었다.
너는 어서 가
적막한 그녀와 만나야 한다.

─「송106」 부분 (※ 강조는 필자의 것임.)

  밑줄 그은 부분에서 잘 드러나듯이 김구용은 관념어를 즐겨 주어로
삼는다. 「송84」는 사실 봉급만으로는 생활비가 '부족해서' 채소밭을
가꾸는 노동을 해야 하지만, 가족을 부양하는 일이 쓸쓸하지만은 않
다는 의미인데, 관념어가 주어가 되면서 의미가 애매해졌다. 「송106」
의 "걱정은 걱정을 한다."와 같은 재귀적인 표현도 김구용 시에 자주
나오지만, 주어 자리에 있는 '걱정'은 사실 '걱정을 하는 사람'을 원관
념으로 하는 환유로서 일견 당혹스러운 재귀 표현이 되어버렸다. 인
용한 시뿐만 아니라 『송백팔』에는 '평범한 묘사'가 없다. 평범한 묘사
가 없기 때문에 독자가 시적 상황을 이해하기 어렵고 시상을 이미지
화하여 떠올리기도 지난하다.
  김구용의 시가 관념어를 많이 사용하기 때문에 관념적으로 보이

기도 하지만, 그가 단편적인 일화를 논평하듯이 시에서 언급한다든
지 독백이나 대화 등을 통해 설명을 대신하기 때문에, 현실을 추상
화하기 때문에 관념적으로 보이기도 한다. 「송25」에서 우리나라의
韓국적 상황이 '미혼모'의 단편적인 일화로 언급되는 데 그치는 것
이 특히 아쉽다. 악기에서 권총 소리가 난 뒤 늙은 여가수가 쓰러지
는 「송21」의 에피소드, 택시기사가 밤낮으로 드나드는 가게가 나오
는 「송61」의 에피소드, 세계과부협회에서 '인공성기'를 개발했다고
하는 「송92」의 전언 등 김구용은 사건의 전말을 알려주지 않고 그
말단만을 논평조로 진술함으로써 현실을 부조리한 것으로 만들어
버린다.

> 내 실수로 생긴
> 그녀 턱의 상처가
> 우리의 절[㐃]이었다.
> [……]
> 한 점이
> 三冬의 열매로서
> 걸어 들어왔을 때
>
> 나의 세계는 탄생하였다.
>
> ―「송78」 부분

　「송78」에서 '한 점'이란 "그녀 턱의 상처"를 원관념으로 하는 메타
포이다. 그리고 다시 "그녀 턱의 상처"는 "三冬의 열매"라는 보조관념
으로 거듭 제시된다. 자세한 사정은 알 수 없지만, 아내의 턱을 다치

게 하여 생긴 '상처'가 시적 자아로 하여금 아내에게 빚을 갚는 마음으로 열심히 살아야겠다는 각오를 다지게 한다는 내용으로 이해된다. 이런 각오를 되새기고 있다가 아내가 방에 들어오자 시적 자아가 상념으로부터 벗어나 다시 일상으로 돌아온다는 것을 "나의 세계는 탄생하였다."라고 표현한 것이다. 아내 턱의 상처가 '점'으로 추상화된 셈이다. 「송78」은 근본비교를 비교적 쉽게 찾을 수 있어서 의미를 파악하기 수월한 시이지만, 『송백팔』 소재의 많은 시들이 이런 형태로 현실을 추상화함으로써 성립하고 있다. 그것은 『구곡』이 이루어 놓은 시공을 넘나드는 종합적인 비전에서 보면 아쉬움이 남지만, 한편으로 『송백팔』이 연작이기는 하지만 각 편이 연속성을 지니지 않으며 비교적 짤막한 형태의 노래라는 형식의 제약이 있었다고 보아야 할 것이다.

『송백팔』에서 김구용이 쓰고 싶었던 것이 『구곡』의 내러티브적인 것보다는 1950년대 초 「희망」이나 「草笛」과 같은 그 자신의 단시에서 추구된 초현실주의적인 것이었다고 보는 시각도 필요하다.

- 가끔 너는/검은 머리가/찬란하게 변한다.(「송1」)
- 가랑잎의 말씀으로/쇠[鐵]는/해를 낳는다.(「송2」)
- 하늘의 회의장에/물고기들은 모이고,/말들은/바다 밑의 밭을 가꾼다.(「송8」)
- 먼동이 죽음에서 트고/접시가 눈을 뜨면/바다로 둔갑한 명란젓은 고래 떼가 되어 달아난다.(「송11」)
- 구름 사이로 노니는/물고기들은/친구들 사이다.(「송14」)
- 믿음의 숲에서/미혼모는 분홍빛 부리로/눈물을 마신다.(「송41」)
- 사슴의 날개는/不在에서 오는 음성일세.(「송53」)

- 손이 가죽으로 된/책장을 넘겼더니/머나먼 눈이 온다./날아온 흰 말이/그녀의 귀로에 내려선다.(「송72」)
- 너는 숲에 손을 넣어/하늘을 떠 마시면/하늘은 어린/해를 가꾼다.(「송75」)

김구용은 신체의 일부를 비현실적으로 변형한다든지 날개 달린 사슴이나 하늘을 나는 흰 말 등 동물계를 혼란시킨다든지 하늘과 바다를 전위하여 이상한 풍경을 만들어낸다든지 한다. 그는 현실에 없는 것을 보는 것이 '시'라고 보기 때문에 현실과는 절연된 듯한 풍경들을 자주 만들어낸다. 이러한 시경은 꿈과 무의식의 영역에 권위를 부여했던 서구 초현실주의의 표현법과 가까워 보인다.

『송백팔』의 초현실주의는 전작에서와 마찬가지로 '나'의 부정, '나'와 '너'의 경계를 무화하는 불이의 불교적 철학을 전유하면서 그 깊이를 더해간다.

- 내가/내게서 벗어나면/모든 이의/것이/되리라.(「송18」)
- 웃어보면 만나는 사람들은 나였다.(「송67」)
- 아무 할 말도 없을 때/귀에 들리는 대화는/네가 바로 나다.(「송75」)
- 나를 비워서/존재는 미지를 듣는다.(「송80」)

'色卽是空 空卽是色'이라는 불가의 가르침도 있지만, 김구용은 '나'와 '너'의 구분, '나'를 의식하는 데 모든 번뇌의 원인이 있다고 보았다. 『금강경오가해 설의』를 다시 참조하면 석가여래는 아뇩다라삼먁삼보리를 구하려는 마음을 낸 자는 부처의 법에 진실도 허망도 없고, 중생을 제도해야겠다고 발심한 사람도 또한 중생도 따로 없음을 거듭 강조했다. 이는 그러한 구분이 주객을 나누어 다툼을 일으키게 하므로 나와 남의 구분을 없애고 주객이 동시에 고요해져야 한다는 것을 의미한다.[52] 아무튼 김구용의 이러한 내성적 태도, 자아에 대한 철학적 관심은 정신분석학을 나름대로 소화하며 발전한 서구의 초현실주의와 어느 지점에서 교차점을 만들고 있는 것도 분명하지만, 서구의 초현실주의와는 별개의 '불교적 초현실주의'라고 불릴 법한 독자적인 영역을 만들어냈다는 시사적 의의도 있다. 다만 1970년대의 전반적인 시단의 분위기를 고려할 때 그와 같은 방법론이 어떤 의의를 지닐 것인가에 대한 반성도 그 의의와 함께 논의가 되어야 그와 같은 평가의 정당성도 담보할 수 있을 것이다. 이를테면『송백팔』의 '자아의 드라마'는 1970년대 시단의 과제였던 민중적·민족적 담론과 연결고리를 만들어내지 못하고 사회구조적인 문제까지를 종교적 차원, 혹은 개인 윤리의 차원으로 해결하려고 했다는 비판으로부터 자유로울 수 없어 보이는 면이 있다.

(4) '나'의 초월과 분단극복의 과제
:『구거』의 종교적 정진과 사회적 과제

「居」 연작은 「頌」 연작에 이어 1980년대 초부터 1990년대 초에 걸쳐 씌어진 김구용의 시로 정규 시집으로는 묶이지 않았고 2000년의 전집 간행 때 시집『구거』의 형태로 정착되었다.

---

52) 함허득통 편저, 이인혜 역주,『금강경오가해 설의』, 도피안사, 2009, 405면; 461~462면 참조.

　김홍근은 '曲', '頌', '居' 등의 연작이 천상병의 명명을 따른 것이고, 넓은 의미에서의 '노래'를 가리킨다고 했지만,53) 각각의 연작에 '노래'라는 의미 이외의 의미가 없었다고는 믿기 어렵다. 「거」 연작의 '居'란『금강경』의 九有情居와 마찬가지로 중생이 '머무는 곳'을 의미한다. 중생의 몸이 여러 가지이고 생각도 서로 다른 욕계의 人天으로부터, 有想도 無想도 버린 非想非非想處에 이르기까지의 아홉 단계를 '구유정거'로 부르지만,54)『구거』의 각 편이 이 아홉 단계에 대응되는 것은 아니고, 김구용이 이 '구유정거'를 염두에 두면서 「거」 연작의 각 편을 집필했다는 말이다.

　'거'가 '머무는 곳'이라는 함의가 있다는 것은『구거』의 도처에 '집'과 '가정'에 관한 이야기가 많이 등장하는 데서 당장 드러난다. 다음은 「1거」에 있는 구절들이다.

　　● 네가 찾은 곳은 집이다./자연보다 좋은 데가 있는지요./해가 충만하듯이 단 하나/푸른 사과가 매달린 뜨락이다.
　　● 書室은 그의 말씀이요/집은 그의 몸이요./뜨락은 그의 행동이니/이제야 돌아온 듯하여라.

　인간이 찾아 헤매는 것은 '집'이다. 그것은 인간이 '찾아내야' 하는

---

53) 김홍근, 「한 문학 작품의 도는 세월이 판단해줄 것이다」, 김구용,『김구용문학전집4―九居』, 솔출판사, 2000, 298면 참조.
54) '구유정거'란 중생의 아홉 가지 생존 상태로서 欲界의 人間·天上, 色界의 梵衆天, 極光淨天, 遍淨天, 無想天, 無色界의 空無邊處, 識無邊處, 無所有處, 非想非非想處를 가리킨다.(함허득통 편저, 이인혜 역주,『금강경오가해 설의』, 도피안사, 2009, 61면 참조.) 비상비비상처는 불교에서 번뇌의 속박에서 벗어나는 여덟 가지 선정인 八解 중 하나로 여겨진다.(같은 책, 572면 참조.)

곳이며, "돌아온 듯"하다는 표현에서도 알 수 있듯이 인간이 한 번 '떠났던' 시원, 본질이다. 『구거』의 세계관은 이렇듯 '집'을 일종의 道場으로 설정하는 데서 형성된다. "아이를 위해서는 복을 아낀다. / 그녀를 위해서는 덕을 아낀다. / 사소한 음식에도 감사하며 / 서로가 아끼는 나날이었다."(「2거」)에서처럼 『구거』에는 도처에 가정사와 관련된 잠언이 등장한다. 외국에 살던 혼혈아가 모국으로 돌아온다든지 남녀가 결혼을 한다든지 가난을 부부가 서로 도와가며 견딘다든지 하는 일화들이 계속 나온다. 서민적 근면과 성실이 어떤 양태로 제시된다기보다 논평조로 제시된다는 데 『구거』의 한 특징이 있다.

그런데 김구용은 이와 같은 가정사에 관한 이야기를 하는 데서 그치는 것이 아니라 '머무는 곳'으로서의 '居'가 '가정'에서 '통일된 조국'의 형상으로 확산되어야 한다고 믿었다. 바로 여기에 『구곡』이나 『송백팔』과는 확연히 다른 『구거』의 문제의식이 있었다. 전작에서도 통일에 대한 관심이 단속적으로 나왔지만, 『구거』에서만큼 자주 그 문제에 대해 언급한 작품은 없었다. 특히 「거」 연작의 후반부인 「7거」, 「8거」, 「9거」에 분단과 이산, 통일에 관한 문제가 추상화를 거치지 않은 진술의 형태로 집중적으로 나타나고 있다는 점은 시사하는 바가 있다.

- 나라를 잃었던/백성은 半국민으로 떠나갔지만/소망은 그날을 볼/사람과 만나고 싶다.(「7거」)
- 없던 시가 이루어진다./없던 현실이 나타난다./남·북은 하루아침에/평화통일을 성취했다.(「7거」)
- 고생한 부모 형제와/조국의 평화는 어디로 가고/핵무기와 에이즈

는/어디서 왔는가.(「7거」)

●고구려 금동여래입상은 말한다./"선남녀는, 염려하지 말아라."/신라 금동여래입상은 말한다./"선남녀는 걱정하지 말아라."(「7거」)

●나라가 분단된/백성은 가족을/사랑하여 부모님을/뵈오러 간다.(「8거」)

●형은 생전에/동생을 만날 수 있을까./연변 동포가 부르는/아리랑을 TV로 우리는 시청한다.(「8거」)

●황하를 TV로 보았으나/금강산은 나타나지 않았다./핏줄은 보고 싶은/이산가족을 만날 것이다.(「8거」)

●아이들은 부모의 수난을/다시 겪지 말아야 한다./겨레가 믿음을 회복하면/고민은 평화롭게 해결될 것이다.(「8거」)

●나라를 잃었던/백성은 아직도/半국민으로서/살고 있다.(「9거」)

●살아생이별은/말도 못하는데/노인은 살아생전에/금강산을 다시 보게 될까.(「9거」)

●인도에 인도를 되돌려주었던/일은 마땅했다./어느 나라도 셰익스피어를 달라고/간청하지는 않았다.(「9거」)

●하지만 고향을 떠나서 45년,/올해 추석날에도 불효자가/부모님의 생사조차 모른다고/실향민은 한숨을 내쉬었다.(「9거」)

"나라를 잃었던 / 백성"은 일제 식민치하의 민족을, "半국민"은 분단시대를 살고 있는 국민을 가리킨다. 김구용의 분단인식은 이로 보면 일본 제국주의와 분단 상황을 연속적인 것으로 볼 정도의 수준에 있었다고 할 수 있다. 그러나 그의 분단인식은 인용한 부분에서도 알 수 있듯이 이산가족의 문제에 치우쳤고 이데올로기 문제 등은 괄호로 쳐둔 채 "겨레가 믿음을 회복하면" 자연히 분단의 문제가 해결되리라고 보는 순박한 민족주의적 시각을 벗어나지 못한 것이기도 했다. 중요한 것은 통일된 조국상이 '居', '머무는 곳'으로서, '집'의 확장으로서 제시되었다는 점을 확인하는 것이다.

김구용은 이 '집'에서 '통일 조국'으로 확장되는 '居'의 상상력을, 독아론을 극복하고 '나'를 넘어서 박애적인 세계를 추구하는 또 하나의 확산적 '거'의 상상력을 통해 보완하려고 했다.

> ● 허공에서 땅덩어리가 생겨났듯이/모르는 데서 생명이 태어났듯이/알아야 할 자기 자신이기에/그들은 세상을 서로 비친다.(「1거」)
> ● 이제사 바람은/마음대로 불어/마음대로 물은 흘러서/모두 다 나[我]로구나.(「1거」)
> ● 아니, 아이를 버린/내가 달아나다가/시민들과 함께 돌아와서/내가 나를 찾아 헤매었다.(「1거」)
> ● 네가 태어났듯이/미래에 태어난 아이들아./누구나 나이기에/네가 바로 나인 것이다.(「3거」)
> ● 원래 네가 없었기에/너는 너와 만난 것이다.(「3거」)
> ● 너는 보이지 않는/것을 보며/너는 들리지 않는/것을 듣는다.//부처님이 보신/샛별은/너에게 말한다./"내가 바로 너구나."(「6거」)
> ● 어머님은 남의 집으로 시집을 오셨었다./아내도 남의 집으로 시집을 왔었다./딸은 남의 집으로 시집을 갔었다./며느리는 남의 집으로 시집을 왔었다.(「8거」)

여기에서 '나'는 찾아 헤매야 하는 대상으로 그려지기도 하고, 몸과 마음이 일치가 되었을 때는 세상만물과 구분할 수 없는 상태가 되는 것으로 그려지기도 한다. '나'란 원래 존재하지 않았기 때문에 모든 만물이 '나'가 되는 '無想天'과 같은 구유정거의 발상처럼 보이는 구절들도 있다. 이러한 구유정거의 발상이 단계적으로 그려지고 있는 것은 아니지만, 궁극적으로는 이 '나'의 초월이라는 화두가 '구유정거'의 수양이나 求道와 무관하지 않다는 것은 인용한 부분에서 알 수 있다. '나'를 생각하는 '나'의 없음, "내가 바로 너구나." 하는 각성은 필연적으로 박애적인 발상으로 이어지고, 이는 '집'에서 '통일 조국'으로의 확장이라는 상상력에 대응된다. '나'에 대한 애착이 세계에로 확산되는 구조인 것이다.

> ● 혼자서는/되는 일이 없었다./사랑을 사랑하면서/싹이 트는 同質들이다.(「5거」)
> ● 누가 잘됐다면/흐뭇했다./누가 안됐다면/언짢았다.//서로가 다/다른 평등이었다./서로의 분별은/서로를 안다.(「6거」)
> ● 흙을 사랑하라./나무를 사랑하라./사랑은 감사한다./사랑으로 감사는 온다.(「6거」)
> ● 나의 손과/그녀의 손이/서로 잡았을 때/우리는 고마움을 알았다.//그대여, 고생이 많지?/미안한 마음은 할 말이 없다./냇물에는 달빛이 어린다./눈물에는 애정이 어린다.(「7거」)
> ● 세계를 가장/사랑하는 모국은/동족을 가장/사랑하는 나라였다.(「7거」)
> ● 사랑하기 위해/사랑은 자연을/사랑할/수밖에 없다.(「9거」)
> ● 우리는 사랑하기 때문에/그리운 강산은 잊지 못한다.(「9거」)

『구거』에서 '사랑'은 남녀 간의 사랑, 부부간의 사랑을 거쳐 자연이나 조국에 대한 사랑으로 외연이 넓어진다. 「7거」의 '동족에 대한 사랑'이나 「9거」의 '그리운 강산에 대한 사랑'은 앞에서 언급한 '통일 조국'의 '居'와 연동을 하고 있음을 알 수 있거니와, '나'의 초월과 박애의 사상을 또 하나의 '거'의 상상력으로 이해할 수 있는 이유가 바로 여기에 있다.

김구용은 욕계에 머무는 각양각색 인간군상의 세태를 이 두 개의 '거'의 상상력 주변에 흩어놓고, 그 세태의 차이가 무화되는 '본질'의 세계를 찾아 떠나는 정신주의적 지향을 보여준다. 비상비비상처를 향한 도정은 역설적으로 욕계의 여러 세태를 통해 부각된다. 가령 농촌에 만연한 도박, 대학가에 번지는 유흥문화, 환경오염, 인신매매, 이혼율 증가 등 사회문제, 문화의 상업화, 기술지상주의 등의 세태는 욕계 人天을 형상화한 것이다. 김구용은 그 세태에 휩쓸리지 않고 불법에 정진하여 더 높은 정신의 세계에 '거'하고자 하는 것이다.

- 가능의 추구와/정신의 기다림에서/시간에서 벗어난 文鳥는/시간만한 문조.(「1거」)
- 마음의 자유/안개 가득한 자궁/布施의 태양/秘境에 관한 학문,(「2거」)
- 좁은 내[我]가/사물의 모양으로 충만한다./일용품들과 말을 하다가 보면/서투른 만큼 몇 번씩 손질을 한다.//그러다가도 행동의 한계에서/수목들이 지나가는 사이로/흐르는 물소리는/무한을 벗어나네.(「2거」)
- 자유자재로운 능력은/한 생각만으로도 통일하였다.(「3거」)
- 생각만으로도/어디든지 간다./이처럼 釋迦의 손을/빈 손으로 잡는다.(「4거」)
- 몸은 말을 잘 듣지 않기에/안타까운 일이 간혹 있지만/그 귀가 無說說을 듣는다./그 입은 자비를 말한다.(「9거」)

- 신앙으로 근심은/걱정을 잊고 있다./정신적 작용은/마음의 양식을 섭취한다.(「9거」)
- 대저 얼굴은 생각을 표정으로 나타낸다./그러나 정신은 형태가 없다./그러므로 없는 형태가/현실화하는 차원을 이룩하고 있다.(「9거」)

정신의 자유자재, 정신의 권능을 강조한 이와 같은 구절들은 서구의 초현실주의가 꿈과 무의식의 광대한 가능성에 권위를 부여했지만, 아이러니컬하게도 강박이나 편집증에 시달려야만 했던 것과 대조적으로 욕계를 넘어서 본질에 접근하는 데 어느 정도 성공한 것처럼 보인다. 비록 인용한 구절들이 비상비비상처의 생각함도 없고 생각하지 않음도 없는 경지에 이른 것은 아니지만, 세태와 섞일 수 없는 정신주의적 지향을 보여주고 있는 것만은 분명하다. 김구용은 色의 세계에 현혹되지 않고 "온 곳을 모르듯이 / 간 곳조차 모르다가 / 순식간에 알았다면 / 보여다오, 무엇인지를."(「2서」)이나 "다르기에 같다면 / 본질은 무엇인가."(「4거」)에서처럼 부단히 본원적인 것을 추구했다. 그 본질에 도달한 것이 종교적 경지라면 문학은 역시 그 경지로 가는 도정만을 언어적 방편에 기대어 그릴 수 있을 따름이다. 문학이 그 언어조차도 필요 없는 경지에 이르는 순간 그것은 이미 문학의 영역에 머물 수 없는 것이 되는 것은 물론이다.

『구거』에서 종교적 법열의 순간이 초현실주의적 이미지로 표현된 것도 초현실주의적 이미지를 경유하지 않고는 종교의 영역을 표현할 언어적 방편이 없기 때문이었다고 여겨진다.

- 햇빛은 의류라서/하나가 전부였다./허나 연꽃이 피는 곳은/어느

물에서 노는 것일까.(「2거」)

• 가릉빈가 새는/白馬를 안내한다./혜초 스님이 보았다는/산천이다.//나는 말에서 내려와/꽃나무들 사이로 오는/나와 만나자 우리는/정중히 인사를 나누었다.(「2거」)

• 말씀을 無에 심었더니/한 쌍 文鳥는 어두움을 지킨다./불[火]은 방마다 각각 하나씩이요/별들은 각기 섬으로서 떠돌아(「3거」)

• 하늘에 핀 연꽃과/바다에 솟은 꿈나무는/누구나 보며/어디서나 본다.(「5거」)

• 시간과 빛에서/만난 그림자가/조용히 움직이는/관세음의 팔을 보았다.(「5거」)

『구거』의 초현실성은 『송백팔』에 비해서도 한층 불교적이다. 예를 들어 『구거』의 초현실성은 예외 없이 '가릉빈가', '백마' 등 佛事와 관련 있는 영수들이 등장하거나 연화경적 상징인 '연꽃'이 허공에 나타나는 것을 통해 구현된다. 이 불교적 초현실주의의 풍경은 욕계의 세태와 대비되면서 더욱 부각된다. 『구거』는 궁극적으로 '통일 조국'과 비상비비상처의 정신주의적 진경의 세계, 불법의 세계에 이르는 과정을 그리고 있거니와, 이 초현실주의적 풍경은 아직 이르지 못했기에 본 적이 없는 풍경, 욕계에는 아예 '없는' 풍경, 전설로만 존재하는 풍경, 일상의 흐름에 생긴 꿈의 균열로부터 잠깐 나타났다가 사라지는 풍경으로만 상상적으로 그려진다.

『구거』의 초현실성은 통일이라는 사회적 과제와 『금강경』의 구유정거에 나타난 '나'의 초월, '有想'도 없고 '無想'도 없는 경지에 대한 지향이라는 두 주제를 하나로 묶어냈다는 점에서 단순히 종교적인 시로만 치부할 수 없는 의의가 있다. 『금강경』이 원래 개인적 구도가

아니라 중생을 아뇩다라삼먁삼보리로 이끌겠다는 대승적인 발원을
한 사람을 위해 여래가 설한 경전이라는 점도 『구거』를 이해하는 데
간과할 수 없는 부분이다. 한편으로 분단의 원인에 대한 심도 있는
접근이 안 된 채 당위적으로 통일 문제를 다룬 점은 한계로 지적할
수 있지만, 『구곡』이나 『송백팔』 등 전작들에 비해 4행이라는 半정형
의 제약 속에서 패턴화된 구문을 활용하여 이미 여러 차례 비판 받아
온 자신의 난해성을 해소하려고 시도한 점은 호불호를 떠나 의미를
부여할 수 있을 것이다. 반면 연과 연 사이의 비약으로 인한 난해성
문제가 여전히 남아 있고, 유사한 소재나 문구를 재사용하는 데서 기
인한 식상함의 문제도 제기될 수 있을 것이다. 『구거』가 김구용의 만
년에 씌어진 시라는 점을 감안하면 이러한 문제들은 그리 큰 결점이
라고 할 수 없을지도 모른다. 아무튼 그는 『구거』에서 해결하지 못한
사회적·종교적 과업들을 후속 세대에 대한 기대를 드러내는 것을 통
해 자녀들이나 제자들에게 남겨주었다. "그가 못하는 일을 / 남들이
다한다. / 선생이 못하는 일을 / 제자들이 다한다." 혹은 "아이들이
잘 생겼으니 / 나라가 잘될 것이다."(이상 「8거」)와 같은 기대는 오늘날
결과적으로 지나치게 순박한 기대였음이 드러났다. 그러나 그 순박
함에 대한 비판은 온전하게 김구용만의 몫이라기보다 기대에 부응하
지 못한 후대에게도 돌아가는 것임은 부정하기 어렵다.

(5) 시사적 의의와 남은 문제

　김구용의 시는 방대하기만 한 것이 아니라 그 다성적인 구성과 불
교적 오의로 인해 난해하기도 하기 때문에 그 전체적인 조망과 이해

가 쉽지만은 않다.

1950년대 그의 장시들은 돌이켜보면 전중과 전후에 발표된 내러티브가 약한 자의식 과잉의 소설들에 비하면 훨씬 더 '소설적'인 형태였다. 그는 김동리, 조연현 등 보수적인 선배 문인들과 깊은 관계가 있었지만, 시에 있어서는 상당히 진취적인 실험가였던 것이다. 「소인」, 「꿈의 이상」과 같은 형식을 그가 계속 추구했다면 그는 아마도 소설가로 전신하지 않을 수 없었을 것이라는 생각도 든다. 그는 「중심의 접맥」이나 「불협화음의 꽃Ⅱ」와 같은 다성적인 구성을 더 발전시킴으로써 여전히 시인으로 남을 수 있었던 게 아닌가 싶기도 하다.

김구용의 초현실주의는 1950년대에는 실존주의 등 서구 사조의 영향을 완전히 벗지는 못한 상태였지만, 전후의 현실에 대응하는 과정에서 현실 도피가 아니라 현실 회복을 위해 고안된 것이라는 점에서 조향 등 여타의 초현실주의 시인들과는 차별되는 성과를 거두었다.

『구곡』은 주로 '선적인 초현실주의'라는 맥락에서 검토되고 있지만, 그것은 『송백팔』에 더 어울릴 프레임이다. 애초에 「곡」 연작이 4·19를 계기로 하여 집필되기 시작했다는 점은 무시되어도 좋은 것이 아니다. 적어도 「1곡」부터 「4곡」까지는 상당히 급진적이었던 게 아닌가 싶다. 『구곡』은 한국 근현대사의 후진성과 당대 현실 정치의 후진성을 겹쳐 읽으면서 그 극복을 모색했다는 점에서 매우 급진적인 사회 정치적 상상력의 소산이었으며, 구도적 실천을 통해 그 질곡을 넘어서고자 했다는 점에서 상당히 실천적인 초현실주의의 기획이었다는 점을 강조하고 싶다.

『송백팔』은 전작에 비해 좀 더 불교적인 사상에 기운 감이 있지만, 단순히 종교적인 깨달음을 노래한 송가와는 차원이 다른 시집이다. 『송백팔』은 각종 현실적인 고민이나 번뇌의 양상이 추상적인 형태이기는 하지만 제시되어 있었고, 그 해결책을 '나'와 '너'의 경계를 무화하는 불교의 '불이 사상'에서 찾는 기획을 내포하고 있었다. 『송백팔』은 당대의 민중·민족적 과제와는 동떨어진 감이 있지만, 나름대로 서구의 초현실주의를 불교적 사유로 녹여낸 새로운 초현실주의의 가능성을 타진한 작품으로 거론할 만하다.

『구거』는 『금강경』의 구유정거적 발상에 근거하여 『송백팔』보다는 일층 불교적인 시라고도 할 수 있지만, 기실 '통일'에 대한 화두를 집요하게 꺼내든 작품이라는 맥락에서 일정하게 당대 사회와의 연결을 유지한 사회성 짙은 작품이라고 할 수 있다. 김구용은 이 연작에서 '가정'으로부터 '통일 조국'으로의 확산적 사유, '나'의 초월이라는 확산적 사유를 겹쳐놓는 방식으로 당대의 세태와 종교적 주제를 통합시킬 수 있었다. 이러한 방식을 통해 김구용은 『송백팔』에서 실험한 불교적 초현실주의를 다시 사회성을 띤 대승적 성격의 불교적 초현실주의로 승화시키는 데 어느 정도 성공을 거두었다고 여겨진다. 단, 그 '통일'에 대한 사유가 당위론이나 낭만적 민족주의에 기댄 것이라는 일정한 한계를 안고 있었다는 점도 부정하기는 어렵다.

전쟁의 충격으로 자기를 잃고 性과 과중한 업무에 수금되어 있던 김구용 시의 세계는 초현실주의의 몽환적 형식을 통해 현실을 회복하고 상처를 치유하는 데로 발전하다가, 그 구원의 경로를 불교적인 사유에서 찾고자 하는 데로 전회한다고 말할 수 있다. 『구곡』, 『송백팔』, 『구거』로 이어지는 3부작을 경유하면서 서구적 사조의 영향이 퇴색하고 점점 불교적 사유의 영향이 강화되면서, 김구용은 그 특유의 문체와 초현실주의적 의장을 완성해갔다. 그러나 그 초현실주의의 양상은 개인의 꿈만을 그린 것이라거나 비현실적인 망상들을 늘어놓는 식의 퇴폐적인 양상이 아니라 개인 안에 사회를 끌어들여 종합하는 다성적 방식으로 '비판적' 초현실주의의 양상을 띠었다. 사실 1930년대 이상의 계보라고 한다면, 이상의 스타일이나 기법의 차원이 아니라 당대 일제 자본주의를 비판적으로 바라보았던 그 시각의 급진성이라는 맥락에서 김구용의 초현실주의가 이상의 계보와 이어져 있다고 말해야 하는 것이 아닌가 싶다.

김구용 시에 대한 연구는 『김구용문학전집』이 간행된 이래 이제야 비로소 본격화되고 있다는 감이 있지만, 한편으로 '정전'의 문제가 이 전집으로부터 파생되었다는 것은 유감이다. 이 전집이 시인 본인의 가필을 통해 최종적 정전으로 확정되었다고 하더라도, 가령 발표 당시의 시가 더 당대 현실에 대응하는 것이었다고 볼 수는 없는가의 문제, 완성도 면에서 어느 쪽이 더 나은가의 문제 등은 이제라도 다시 머리를 맞대고 생각해야 하지 않을까 싶다. 또 비록 연작시 3부작의 일부로 포섭되었다고 하더라도, 각종 문예지에 일정한 제목을 달고 발표한 그의 시 작품들이 『김구용문학전집』에는 빠져 있는 점도 재고할 필요가 있다. 가령 민음사판 『미당시전집』에는 행갈이가 되어 있는 「해일」과 산문형식으로 이어 쓴 「해일」이 별개의 작품으로 실려 있는데, 그것은 행갈이 하나에도 시인의 고뇌가 담겨 있기 때문이다. 그에 비해 제목이 있는 시가 연작의 일부로 들어가 있다고 해서 제목이 붙여진 채 발표된 시를 전집에서 누락시킨 것은 문제가 있어 보인다. 이 문제에 대해서는 이 지면에서 더 이상 감당하기 어렵기 때문에 여기서 줄인다.

V
결론

　지금까지 한국 초현실주의 시의 성립과 발전, 분기, 계보적인 위상에 대해 시사적인 맥락에서 점검해 보았다.

　그 동안 한국 초현실주의 시는 자동기술법이나 자의식적인 장치 등 수사적인 것으로 간주되는 경향이 있었다. 1930년대 이상의 시를 모더니즘 기획의 일부로 보면서도 그와 동시에 초현실주의로도 보았던 것은 그 단적인 증거이다. 초현실주의를 모더니즘의 일부로 혼동하는 것은 초현실주의의 근대 비판적인 성격을 특정한 기교나 기법의 차원으로 환원시킴으로써 그 파괴력을 반감시켰을 뿐더러, 모더니즘 시사의 기술에도 균열을 초래했다. 이제 모더니즘은 단순히 수사적인 차원에서만 논의할 수도 없고, 세계관의 차원으로만 설명할 수도 없게 되었으며, 심지어 모더니티 그 자체와도 구분하기가 어렵게 되어버렸다. '미적 근대'라는 술어가 이 혼동을 가중시켰다. 왜냐하면 그 용어는 모더니즘이라든지 리얼리즘과 같은 기존의 술어로 구획된 미적인 경계를 허물면서 가로지르고 있기 때문이다. 그런 의미에서 이 책은 초현실주의와 모더니즘을 엄밀하게 구분하여 초현실주의의 위상을 시사적으로 정립하고자 하는 데 그 목적이 있었다. 이 책은 미적 근대 담론이라든지 근대문학의 기원과 같은 담론이 허물었던 미적인 경계를 초현실주의에 대한 연구를 통해 다시 점검해보려는 욕망의 소산이었던 셈이다.

초현실주의를 자동기술법으로 국한한다든지 무의식적인 것의 개입이나 자의식적인 장치로만 설명할 수 있다는 발상은 초현실주의를 지극히 단순화하고 있는 것이다. 실제로 앙드레 브르통은 처음에 자동기술법을 중요하게 생각했지만, 1929년 이후에는 자동기술법 대신 꿈의 작용에 대해 더 관심을 기울였다. 초현실주의는 낭만주의적인 것의 잔재와, 자본주의 근대 사물과 인간의 존재 방식으로서 페티시적인 것에 대한 관심을 동시에 보여주었다. 그것은 초현실주의가 역사적으로 자본주의 근대에 대해 가졌던 관심과 불안, 욕망을 짐작하게 해주는 부분이다. 초현실주의에 대한 연구는 수사나 기법이 아니라 바로 이 지점으로부터 시작해야만 한다고 생각한다. 삶과 죽음, 실재와 상상, 과거와 미래, 소통 가능과 소통의 단절, 고상함과 미천함을 모순 없이 결합하는 초현실주의의 패러독스는 기실 자본주의 근대를 바라보았던 초현실주의자들의 관심과 불안, 욕망과 두려움 등의 시선의 착종과 무관하지 않기 때문이다.

우리 시사에서 다다이즘이나 초현실주의는 '신흥 문예'로서 '새롭고 낯선' 예술 형태였을 뿐만 아니라 때때로 심한 거부감이나 두려움을 야기하기도 했다. 그것은 다다이즘이나 초현실주의를 태동시켰던 자본주의 근대의 형상 그 자체와도 흡사한 면이 있었다. 식민지 수도 경성에 새롭게 등장한 '마네킹'은 욕망의 대상이기도 했지만, 그것이 '죽음'을 일깨운다는 점에서 두려움의 대상이기도 했다. 마네킹은 인간이 자본주의 거래 시스템 속에서 서서히 물신이 되는, 기실 훼손된 근대 체제에서는 비일비재하고 낯익은 광경을 백화점 진열창 뒤편의 낯선 스펙터클(spectacle)로 보여준다. 초현실주의는 인간이 근대의 메커니즘 속으로 빨려 들어가 그 일부가 되는 낯익은 근대의 시스템을 근대의 새롭고 낯선 형태들 속에서 추출해내고자 했다. 낯선 것 속에 감추어진 낯익은 것을 파헤치고자 했던 초현실주의자들의 기획은 프로이트가 다른 두려움의 감정들과 구분하고 싶어 했던 바로 그 '언캐니'의 구조와 닮아 있었다.

한국 초현실주의는 1920년대 신흥 문예, 특히 다다이즘이 닦아놓은 토대 위에서 출발했다. 1924년 고한용이 조선 문단에 소개한 다다이즘은 일본의 츠지 준이나 다카하시 신기치의 기질적인 반항이나 奇行이 중심을 이룬 것이었다. 고한용은 다다이즘을 하나의 인생관으로서 정립하고자 했지만, 그의 '다다 사투리'는 막연하게나마 다다이즘이 새롭고 낯선 스타일의 문제로 귀착될 수밖에 없음을 보여주었다. 1927년 무렵 『요람』 동인 출신의 다다이스트인 김화산, 박팔양 등은 백조파에서 카프로 넘어가는 과도기에 대응하는 시적 스타일로서 '다다'를 추구했다. 그들은 백조파의 낡은 감상주의에 안주할 수도 없었고, 광의의 근대주의에 낄 수도 없었다. 1927년 식민지 조선의 다다이스트들은 부르주아 사회에 대한 미학적 반항이라는 맥락에서 아나키즘과 보조를 함께 했다. 그러나 프롤레타리아 문예 진영에서 아나키스트들이 축출되면서 다다이즘 역시 위축되었다.

1931년과 1932년 『朝鮮と建築』에 발표된 이상의 일본어 시들은 1920년대 다다이즘에서 정치성을 탈각시킨 형태를 취하고 있었고, 근대에 대해 더 호의적이었다. 이상은 근대를 선취하고자 하는 열망

을 새로운 시 형식을 통해 보여주었다. 그러나 이상이 식민지 조선의 문단으로 진입하는 과정에서 일본어가 아닌 우리말로 시를 쓰게 되면서 식민지 지식인으로서의 자의식이 강화되었다. 이상의 시에서 자의식의 강화는 '거울' 장치를 통해 발현되었다. 이상의 '거울' 장치는 원래 근대 합리주의 사상의 핵심 원리인 재현의 표상이었지만, '거울' 장치가 강박증적 메커니즘이라는 양상을 띠게 되자 오히려 거기에서 죽음 충동이 생겨났다. 이상의 죽음 충동이 근대에 대한 열망으로 가득한 자아와 식민지 현실의 제모순으로부터 벗어날 수 없는 식민지 근대 주체 사이의 분열이라는 주제로부터 나왔다는 것은 그의 비극적 운명을 새삼 곱씹게 한다.

이상의 죽음 충동은 상품들이 생산자의 대리자 노릇을 하면서 활기를 띠어가게 되는 반면, 인간들은 그들의 언캐니한 분신인 상품들에 의해 점점 소외되어 결국 무기물의 상태가 되어가는 과정을 상징적으로 보여준다. 그 죽음 충동이 내적으로 축적될 때 「위독」 연작 등의 시에서처럼 마조히즘적 양상으로 나타나지만, 외적으로 발산될 때 여성과의 서로 속고 속이는 우열 투쟁이라는 사디즘적 양상으로 나타난다는 데 이상 문학의 특질이 있다. 1936년 이상의 단편들에 나타난 남녀 간의 '치사한' 인정 투쟁은 어떤 의미에서 자본주의 근대의 훼손된 상품 거래 방식, 훼손된 교환 원리에 대한 풍자가 포함되어 있었다.

1934년 출현한 『삼사문학』의 이시우, 신백수, 한천 등은 이상이 죽음 충동을 통해 문제 삼았던 자본주의 근대의 모순에 대해 주의를 기울이기보다는 1920년대 다다이스트들이 그랬던 것처럼 스타일의 문제에 대해 천착했다. 그들은 이 문제를 통해 문단의 헤게모니에 접근하고 싶어 했다는 점에서도 이상과 구분된다. 「絕緣하는 논리」, 「SURREALISME」에서 이시우는 카프는 물론 정지용, 김기림 등 모더니스트들에 대해서도 비판하면서 문단의 헤게모니를 잡고자 했다. 그러나 『삼사문학』의 신인들이 지속적으로 창작에 전념하지는 않았다는 사실에서도 알 수 있듯이 이시우의 기성 문단에 대한 도전은 치기 이상의 의미를 지니지 못했다. 이시우는 '초현실'을, '현실'을 미니멀하게 추상화한 것으로 간주했는데, 이때의 '추상화'에 대응되는 것이 곧 '산문화'였다. 이시우는 현실적 맥락이 생략된 산문을 그대로 '초현실'로 보았다. 그러나 이시우의 산문으로 쓰기의 방법론은 '현실'에서 시대적 정황과 역사의식을 탈각시킴으로써 식민지 근대의 현실로부터 오히려 멀어져갔다고 해도 과언은 아니다.

현실을 도외시하기는 만주에서의 초현실주의 그룹 〈시현실〉 동인도 마찬가지였다. 1940년 8월 만선일보 문예란에 마련된 동인 특집에 드러난 〈시현실〉 동인의 초현실주의는 정치적 망명지거나 유형의 공간이라는 의미에서 '만주'라는 심상 지리에 영향을 받았다. 이수형, 신동철 등 〈시현실〉 동인들에게 만주는 정치적으로 거세된 망명자들의 진공의 유형지였고, 그곳에서 그들은 여성의 육체에 탐닉함으로써 정치·사회적으로 나아갈 길이 두색된 현실로부터 도피하고자 했다. 『삼사문학』의 젊은 시인들이 짝사랑의 번민이나 실연을 다루었던 데 대해 〈시현실〉 동인들은 과감하게 성적인 주제를 다루었다. 〈시현실〉 동인의 성에 대한 관심은 언캐니한 페티시에 집중되어 있었는데, 그것은 그들의 현실에 대한 방어 심리가 페티시적인 사물에 투사되었기 때문이다. 〈시현실〉 동인의 섹스에 대한 관심은 정치적 거세에 대한 방어 기제로서 '허가된 현실'에 균열을 내지 못한 채 너무 쉽게 현실에 안주하는 경향이 있었지만, 한편으로『삼사문학』의 신인들에게서는 볼 수 없었던 현실에 대한 절망감을 〈시현실〉 동인들은 떠안고 있었다.

우리 시사에서 초현실주의가 다시 문제가 되었던 것은 전후의 일이다. 그러나 전후 한국의 초현실주의가 문제가 되었던 것은 1930년대의 이상이나『삼사문학』이 문제가 되었던 것과는 분명히 다른 양상이었다. 전후 한국의 초현실주의는 결코 문단적으로 이슈가 되지 않았다. 초현실주의를 표방한 시인들도 매우 드물었을 뿐더러 그들 중 다수는 초현실주의를 집단적인 모임이나 운동의 이념을 위해서가 아니라 개인적인 미의식의 차원에서 영위했다고 할 수 있다. 전후 한국 초현실주의는 그런 의미에서 개인적인 차원에서만 문제가 되어온 면이 있다. 그렇다고 해서 전후 초현실주의가 몇몇 시인들에게만 국한되었다고 볼 수만은 없다. 전후 우리 시단에서 초현실주의는 이미 내면화의 과정을 겪고 있었다. 오늘날 초현실주의에 대해 논의하기가 점점 어려워지는 것은 초현실주의 시나 초현실주의 시인이 너무 적기 때문이 아니라 오히려 너무 많기 때문이다. 이제 초현실주의에 대한 연구는 누가 초현실주의자인가에 대해 묻기보다는 초현실주의가 어떻게 자본주의 근대의 역사적·사회적·문화적인 도전들에 대해 의미 있는 대응을 하고 있는가에 대해 물어야 할 것이다.

이 책의 후반부에서는 조향, 김구용 등을 중심으로 전후 초현실주의 시의 분기와 발전에 대해 살펴보았다. 그러나 이 책의 의도가 두 시인의 개인적인 시 세계를 조명하는 데 있었던 것은 아니다. 전후 초현실주의가 그들 두 시인에만 국한된 것도 아니라는 사실은 두말할 필요도 없다. 이 책은 오히려 그들이 초현실주의를 통해 자본주의 근대와 관계를 맺는 방식에 주목했다. 가령 그들이 언어적인 층위에서 초현실주의를 이용했는지, 혹은 형이상학적 층위나 역사적인 층위에서 접근했는지에 따라 각기 다른 범주의 초현실주의를 상정할 수 있으리라는 가정이 이 책에는 깔려 있었다. 이 책은 그런 맥락에서 본격적인 계보학적 논의를 위한 준비 작업의 성격도 겸하고 있었다.

전후 초현실주의 시인으로 거론한 두 명의 시인들 중에서 조향을 먼저 다룬 것은 조향만이 초현실주의를 창작 방법론으로 내세웠기 때문이다. 게다가 조향은 오랜 동안 일관되게 초현실주의 동인 활동을 통해 창작을 한 시인이다. 그러나 그가 초현실주의 창작 방법론을 가지고 있었고 만년까지 줄곧 초현실주의 운동을 했다는 것이 그의 초현실주의가 이룬 수준을 고평하는 근거가 될 수는 없을 것이다. 어떤 의미에서 그의 문명 비판적인 태도는 1930년대 김기림의 모더니즘 기획이 보여주었던 저널리즘적인 문명 비판에서 그리 멀리 나아가지는 못했다. 그러나 그의 하이브리드적 초현실주의는 근대적 일상의 일관성 없는 드라마를 근대적인 언문일치체가 전쟁의 충격으로 인해 극도로 변형되었던 바로 그 시점에 적확하게 보여주었다는 데 의의가 있다. 또한 그의 초현실주의는 여러 동인활동으로 이어지면서 초현실주의를 보급하는 데 기여했고, 정귀영, 소한진 등 다른 초현실주의자들에게도 자극을 주었다는 점에서 쉽게 경시할 수 없는 업적을 남겼다.

1950년대의 김구용은 일찍이 불교적 영향을 실존적 드라마로 각색한 장르횡단적인 장시를 씀으로써 주목을 받았다. 그의 몽환적인 의장들은 서구 초현실주의의 영향 아래 있었던 것으로 여겨진다. 전쟁의 충격으로 자기를 잃고 성과 과중한 업무에 수금되어 있던 김구용 시의 세계는 초현실주의의 몽환적 형식을 통해 현실을 회복하고 상처를 치유하는 데로 발전하다가, 그 구원의 경로를 불교적인 사유에서 찾고자 하는 데로 전회한다고 말할 수 있다. 『구곡』, 『송백팔』, 『구거』로 이어지는 3부작을 경유하면서 서구적 사조의 영향이 퇴색하고 점점 불교적 사유의 영향이 강화되면서, 김구용은 그 특유의 문체와 초현실주의적 의장을 완성해갔다. 그러나 그 초현실주의의 양상은 문체론적인 층위를 넘어 개인 안에 사회를 끌어들여 종합하는 다성적 방식으로 '비판적' 초현실주의의 양상을 띠었다. 그와 1930년대 이상을 시사적 연속성 속에서 조망하는 것이 가능하다면, 그것은 이상의 스타일이나 기법의 차원이 아니라 당대 일제 자본주의를 비판적으로 바라보았던 그 시각의 급진성이라는 맥락에서 그렇게 할 수 있을 것이다.

오늘날 초현실주의는 역사적인 사건으로만 기억되는 것이 아니라 '마음의 상태'로서 좀 더 유연하게 받아들여지고 있고, 또 사용되고 있다. 무언가 종잡을 수 없고 환각적이며 일관성이 없는 예술은 십중팔구 '초현실주의적인 것'으로 여겨질 가능성이 높다. 이제 초현실주의는 문학이나 미술의 한 '사조' 가운데 하나로만 규정하기가 어렵게 되었다. 그러나 초현실주의가 자본주의와 맺는 비판적인 관계의 전부를 상실하지는 않았다고 생각한다. 오늘날 거대한 자본주의 메커니즘에 의해 상처 입은 개인들이 그들의 트라우마와 대면하기 위해서 다시 초현실주의에 기대고 있는 것은 그리 놀랄 일도 아니다. 적어도 2000년 이후 등단한 시인들이 강박적 아름다움, 믿을 수 없는 것으로서의 사물, 타나토스와 맞물려 움직이는 에로스, 심리적

자동주의나 콜라주/몽타주, 비논리적인 환각 등의 맥락에서 초현실
주의의 유산을 물려받고 있는 것은 부인하기 어려울 것이다. 그 동
안 우리 학계는 이와 같은 초현실주의의 새로운 확산에 대해 논의할
만한, 제대로 된 문제틀을 마련하는 데 고심해 온 것이 사실이다. 그
것은 초현실주의가 모더니즘과 혼동되어왔다는 것, 초현실주의가
자동기술법과 같은 수사나 기법의 차원으로 축소·왜곡되었다는 데
그 원인이 있었다.

 이 책은 초현실주의와 모더니즘을 구분하는 한편 초현실주의를
규정하는 다양한 원리들을 규명하는 데도 주의를 기울였다. 그러나
이 책이 한국 초현실주의의 계보를 하나의 지형도로서 분명하게 보
여주었다고는 생각하지 않는다. 이 책은 전후 초현실주의의 다양한
국면들 중 겨우 일부에 대해서만 다루었을 뿐이다. 전후 초현실주의
에 대한 연구는 김종문이나 김종삼, 이승훈, 그리고 김춘수의 무의
미 시론 등에 대해서 논의하는 과정에서 더욱 다양한 스펙트럼을 보
여줄 수도 있었을 것이다. 역시 그와 같은 문제들은 광범위한 검토
가 필요하고, 초현실주의가 표현주의나 이미지즘과 맺는 관계에 대
해서도 살펴야 하기 때문에 이 책에서는 감당하기가 어려웠다. 이
점에 대해서는 다시 논의할 기회가 있을 것이다.

근대 보편과 식민지 현실의 간극
-김기림 모더니즘론의 문학사적 의의와 그 한계

1. 머리말

    김기림은 1930년대 한국 모더니즘의 가장 대표적인 이론가이다. 그렇게 말할 수 있는 근거는 우선 김기림에 의하여 모더니즘이 그 역사적 필연성을 획득했다는 데서 찾을 수 있을 것이다. 김기림은 1920년대를 서구적 의미의 19세기, 즉, 로맨티시즘, 세기말 문학의 말류인 센티멘털 로맨티시즘, 내용 편중의 경향파 문학의 시대로 파악했다. 그는 1930년대 모더니즘 운동을 1920년대의 낡은 문학에 대한 反명제로서 정초했다. 그는 시가 언어 예술이라는 자각과 시는 문명에 대한 감수를 기초로 한 다음 일정한 가치를 의식하고 씌어져야 한다고 주장했다.[1] 시기적으로 1930년대 초기는 식민지 수도 경성이 근대 도시로서의 면모를 갖추기 시작했던 때였다. 일본 자본주의의 급속한 유입으로 적어도 소비 면에서는 거의 모든 근대적 자극

---

1) 金起林, 「모더니즘의 歷史的 位置」, 『人文評論』, 1939.10, 83면 참조.

이 일상생활에 침투하고 있었고 대중들의 문화적 욕구는 팽창했다. 당대의 로맨티시즘과 세기말 문학은 감상과 시를 혼동하고 있었고, 경향파 문학은 이데올로기가 그대로 시가 될 수 있다고 믿는 관념주의에 사로잡혀 있었다. 문학자료의 미적 가공기술 혁신과 언어의 세련성을 추구하는 미학적 개념으로서의 모더니즘은 바로 여기서 역사적 필연성을 획득하고 있었다.

김기림이 주관적 감상을 배격하고 강조한 것은 주지적 태도였다. 물론 주지주의는 시인의 지성에 의해 통제되고 계획된 질서 하에 시를 제작하는 창작 방법의 하나다. 일찍이 『詩と詩論』 그룹의 아베 도모지(阿部知二)가 병적인 세계에서 건강성을 확보하는 길로 주지주의를 내세운 것에 대해 김기림은 주목했다.[2] 김기림이 근대 문명의 건강성과 명랑성을 강조할 때, 거기에는 내용 중심의 몽롱하고 관념적인 前代 문학에 대한 부정이 개재되어 있었다. 그런 의미에서 그가 주지주의를 '졸렌(Sollen, 當爲)의 세계'로 파악한 것[3]은 납득할 만하다. 그런데 '당위의 세계'로 파악된 주지주의가 궁극적으로 지향하는 것이 세계 보편성으로서의 서구 근대였다는 점은 간과할 수 없다. 김기림은 '기계에 대한 열렬한 미감, 정지 대신에 動하는 미, 노동의 미'를 새로운 시의 미학이 지향하는 중대한 명제라고 주장했다.[4] 그는 조선 역시 자본주의 세계 체제 속으로 편입될 수밖에 없다고 믿었다. 그 속에서 살아남기 위해서 서구의 과학, 기계 문명은 반드시

2) 金容稷, 「1930년대 모더니즘 시의 형성·전개」, 『韓國 現代文學의 史的 探索』, 서울대학교출판부, 1997, 190~192면 참조.

3) 金起林, 「詩의 方法」, 『金起林全集·2』, 심설당, 1988, 79면 참조.

4) 金起林, 「詩의 '모더니티'」, 『金起林全集·2』, 심설당, 1988, 82~83면 참조.

달성해야 할 과제였다. 그는 새로운 시가 조직하고 통일할 것은 과학적 세계상에 알맞은 인생 태도라고 여겼다.[5] 주지적 태도란 과학적 태도와 근저에서 일치하는 것이었다고 말할 수 있는 근거가 여기에 있었다.

김기림의 주지주의적 문학론이 지닌 한계는 우리 민족이 처한 역사적 특수성에 대한 깊이 있는 통찰이 부족했다는 데 있다. 김기림의 문학론에는 근대 문명의 새로움, 프리미티브한 직관적 감성에 대한 예찬과 에로(エロ), 그로(グロ), 난센스가 횡행하는 근대 도시에 대한 비판이 공존한다. 근대 자체가 긍정적인 면과 부정적인 면을 가지고 있기 때문에 그것만 놓고 본다면 그의 문학론에 모순이 있다고 말할 수는 없을 것이다. 그러나 김기림이 근대 문명의 건강성을 말할 때, 그는 근대 도시의 부정적인 면을 잊어버린 것처럼 확신에 찬 어조로 말한다는 데 문제는 있다. 게다가 그는 근대 도시에 만연한 자본주의의 모순들을 식민지 현실과 결부시키지 못한다. 그의 문명 비판은 식민지 근대에 대한 비판이라기보다 근대 보편이 내포하고 있는 모순들에 대한 비판이었다. 그것은 어쩔 수 없는 시대의 한계이기도 했다. 김기림은 그의 시론에서 식민지 현실이라는 역사적 특수성에 대해 몰각하고 있었지만, 한편으로 그가 서구 근대에 대해 그토록 강박적으로 매달릴 수밖에 없었던 것도 따지고 보면 식민지 현실에 그 원인이 있었다.

문단적으로 모더니즘이 감상주의와 관념주의를 극복하고 뚜렷한 세력으로 자리를 잡은 1935년에, 김기림이 「시에 잇서서의 기교주

---

5) 金起林, 「科學과 批評과 詩」, 『金起林全集·2』, 심설당, 1988, 32면 참조.

의의 반성과 발전」을 쓰면서 기교주의 반성에 임하고 있었음은 의미 심장하다. 김기림은 기교주의를 "시의 가치를 기술을 중심으로 하고 체계화하려고 하는 사상에 근저를 둔 시론"으로 규정하고[6] 있었기 때문에, 기교주의에 대한 반성은 곧 미학 상의 모더니즘에 대한 반성이기도 했다. 임화는 「담천하의 시단 일년」을 통해, 김기림이 계급 분화 이전의 전근대적인 관점으로 근대시의 전개를 기술한 것에 대해 비판하고 프롤레타리아 시의 의의에 대해 역설한다. 이것이 기교주의 논쟁의 시발이었다. 임화가 문제 삼고 있는 것이 김기림의 기교주의 반성이 아니라 그의 부르주아적 문학사관이었다는 점은 눈여겨볼 만하다. 임화는 김기림의 기교주의 반성을 '한 개의 色다른 「진보」'라고 하여 긍정적으로 평가했다.[7] 기교주의 논쟁에서 임화와 김기림은 외연 상 '언어의 위기'라는 맥락에 대해서 공감하고 있었다. 물론 임화의 관점은 언어가 시대정신을 담지하는 기능을 상실했다는 점에서 '언어의 위기'라는 것이었고, 김기림의 관점은 언어의 물신화에 따른 인간성 상실이라는 면에서 '언어의 위기'라는 것이었다. 임화가 프롤레타리아 문학 이론을 언어의 위기에 대한 대안으로 제시했다면, 김기림은 T. E. 흄의 신고전주의와 자신의 문학론을 차별화하기 위해 '전체시'를 그 대안으로 내놓는다. 김기림은 신고전주의가 문학에서 인간을 완전히 쫓아내기 위하여 '비잔틴'의 기하학적 예술을 숭배한 '비인간화된 수척한 지성'이라고 지적하면서 지성과 인간성이 종합된 새로운 문학에 대한 의욕을 피력한다. 그는 고

---

6) 金起林, 「詩에 잇서서의 技巧主義의 反省과 發展」, 김윤식 편, 『한국현대모더니즘비평선집』, 서울대학교출판부, 1991, 70면 참조.

7) 林和, 「曇天下의 詩壇 一年」, 『新東亞』, 1935.12, 172면 참조.

전주의나 로맨티시즘을 일방적으로 고조하거나 부정할 것이 아니라 그것들의 종합을 통해 전체시로 나아가야 한다고 주장했다.[8]

　'전체시'에 대한 문제는 1930년대 김기림이 주도했던 모더니즘 시운동의 귀착점에 대해서 시사하는 바가 있다. 현실에 대한 관심이라는 맥락에서 모더니즘과 리얼리즘이 그 합치점을 찾고자 노력했다는 점에서 전체시 논의는 그 문학사적 의의가 뚜렷하다. 그런 의미에서 이 글은 기교주의 논쟁에서의 전체시에 대한 문제들을 검토함으로써 김기림이 주도했던 1930년대 모더니즘 운동의 귀착점을 탐색하는 데 그 일차적인 목적이 있다. 김기림은 1939년 「모더니즘의 역사적 위치」를 쓰면서 자신이 주도했던 모더니즘 운동을 잠정적으로 결산한다. 여기에는 날로 악화되는 시대 정세로 인해 모더니즘 운동이 더 이상 지속되기 어렵다는 인식이 개재되어 있었다. 다른 한편으로 김기림은 당시의 시단이 '모더니즘과 사회성·역사성의 종합'이라는, 기교주의 논쟁을 통해 자신이 타개한 전체시의 국면을 이어나가지 못한 점에 대해 아쉬워하고 있었다. 그는 "가장 우수한 최후의 『모더니스트』이상은 『모더니즘』의 초극이라는 이 심각한 운명으로 한 몸에 구현한 비극의 담당자였다."라고 「모더니즘의 역사적 위치」의 말미에 썼다. 이 말에는 1930년대 모더니즘의 귀착점에 대한 또 다른 시사점이 내포되어 있다. 김기림은 근대의 종말 이후의 모더니즘에 대해 고민하고 있었던 것이다. 이러한 맥락에서 근대가 파탄·해체된 이후 김기림이 조선문학의 진로를 어디에서 찾고 있었으며 그 문학사적 의미는 무엇인지 해명해 볼 필요가 있다.

---

8) 金起林, 「午前의 詩論—古典主義와 浪漫主義」, 『金起林全集·2』, 심설당, 1988, 164~165면 참조.

2. 기교주의 논쟁의 의미─모더니즘의 위기

기교주의에 대한 논의는 김기림의 「시에 잇서서의 기교주의의 반성과 발전」(조선일보, 1935.2.10, 2.14)에서 비롯되었다. 이에 대해 임화가 「담천하의 시단 일년」을 통해 김기림의 시사적 안목을 문제 삼음으로써 논쟁이 시작되었다. 김기림과 임화 간의 쟁점은 '기교주의 논쟁'이라는 외연과는 무관하게 근대시의 발전 과정을 어떻게 볼 것인가에 대한 문학사관 상의 차이에 있었던 셈이다. 김기림이 근대시가 순수화의 길을 따라 발전해왔다고 설명한 것에 대해, 임화는 김기림이 계급적 관점을 몰각했다고 비판했다. 임화의 관점으로 볼 때, 근대의 시작과 함께 계급 분화에 대한 인식이 확립되었고 진정한 근대는 부르주아 시민 사회를 넘어 프롤레타리아 계급이 주도하는 사회주의 사회를 지향하는 것이었다. 따라서 근대시의 발전은 궁극적으로 프롤레타리아 시로 가는 과정과 일치하는 것이라고 임화는 생각했다. 그런데 김기림은 근대시의 발전 과정을 논하면서 프롤레타리아 시에 대해 언급하지 않았을 뿐더러 근대시의 궁극적인 지향점을 "詩의 全體性의 理解를 通하야 詩의 純粹化를 企圖하는 것"에서 찾고 있었다. 임화로서는 전체시의 의의에 대해 의문을 품지 않을 수 없었다. 전체시가 시의 순수화에 기여한다면 그것 역시 현실을 외면한 기교주의, 예술지상주의의 연장에 불과했기 때문이다. 임화는 내용과 형식의 종합을 통해 역사적인 의미에서 전체적인 시로 발전해 온 것은 바로 프롤레타리아 시였다고 주장한다.

기교주의 논쟁은 박용철이 「을해시단총평」(동아일보, 1935.12.24~28)에서 김기림과 임화를 모두 비판함으로써 그 양상이 좀 더 복잡해진

다. 박용철은 기교주의 논쟁을 창작과정상의 문제로 환치시키고자
했다. 그래서 그는 시인의 영감과 그 표현 방법으로서의 기술이라는
차원에서 논지를 전개했다. 그러나 김기림과 임화의 쟁점이 창작과
정상의 신비가 아닌 문학사관의 문제였다는 점에서 박용철의 논의
는 얼마간 논쟁의 초점을 비껴가고 있었다. 박용철의 관점은 「기교
주의설의 허망」(동아일보, 1936.3.18~25)에 이르러서도 마찬가지였다.
박용철은 "시를 이론물리학 이론화학에까지 승화시키려는 노력이
장래에 무엇을 공헌할는지는 모르나 시는 결국 육체와 정념과 상념
의 기계공학이나 응용화학밖에 될 수 없는 운명에 있다."[9]라고 하면
서 낭만주의적 입장에 섰다.

　기교주의 논쟁에서 섬세하게 살펴야 할 것은 기교주의의 개념 및
범주에 대한 김기림의 관념이다. 「시에 잇서서의 기교주의의 반성과
발전」에서 김기림은 기교주의를 "詩의 價値를 技術을 中心으로 하고
體系化하려고 하는 思想에 根底를 둔 詩論"이라고 규정했다. 그러나
'시의 가치를 기술을 중심으로 하고 체계화하려고 하는 사상'이 구체
적으로 무엇인지 김기림은 밝히지 않았다. 그리고 김기림 자신이 기
교주의에 속하는지의 여부, 시단에서 기교주의로 명명할 수 있는 구
체적인 사례로 어떤 것들이 있는지의 여부에 대해서도 명확하게 제
시하지 않았다. 다만 그는 근대시가 기교주의의 방향으로 발전할 수
밖에 없었던 시대 정세에 대해 비교적 상세하게 다루고 있을 뿐이
다. 그는 '시를 에워싼 신정세들'이라는 절에서 그 원인을 네 가지로
분석했다. 첫째, 과학문명의 급속한 발전에 따라 시단에서도 새로운

---

9) 朴龍喆, 「技巧主義說의 虛妄」, 『朴龍喆全集2』, 東光堂書店, 1940, 23면.

양식에 대한 열망이 증폭하고 있었다는 점이다. 둘째, 근대에 들어 오면서 신의 관념이 붕괴됨에 따라 시 역시 탈신비화의 길을 걷게 되었다는 점이다. 셋째, 소설이 문학의 숲분야를 풍미하기 시작한 현상에 대항하여 시는 그 나름의 독자성을 주장해야 했다는 점이다. 마지막으로 前代 선배들에 대한 부정 역시 근대시의 순수화, 기교주의에의 지향에 내적 필연성을 제공해 주었다는 것이 김기림의 분석이다. 이와 같은 근대시의 순수화·기교주의화 경향을 둘러싼 시대 정세는 김기림 자신이 前代 문학에 대한 反명제로서 정초한 모더니즘 문학론이 대두한 배경과 거의 일치하는 것이었다. 기교주의는 김기림 자신이 주도했던 모더니즘 문학론을 염두에 둔 용어였음을 여기서 추론해 볼 수 있다. 기교주의의 사례를 구체적으로 밝히지 않은 이유도 「시에 잇서서의 기교주의의 반성과 발전」의 집필 동기가 자기반성에 있었기 때문이었을 것이다.

또 하나 문제가 되는 것은 「시에 잇서서의 기교주의의 반성과 발전」에는 '전체시'에 대한 문제 제기만 있을 뿐 그것이 구체적으로 어떤 시인지에 대한 명확한 해명이 제시되어 있지 않다는 점이다. 김기림은 음악성을 강조한 순수시와, 입체파, 포멀리즘 등의 형태시가 모두 시의 순수화에 이르지 못하고 시의 일면화·편향화를 초래했다고 비판하면서 전체시의 필요성을 역설한다. 그러면서 그는 "全體로서의 詩는 엇던 것이며 技術의 各 部分은 엇더케 統一될 것이냐? 또한 그러한 全體로서의 詩의 根底가 될 精神은 무엇일까?"라고 자문을 던지고 있었다. 이에 대한 해명은 『오전의 시론』(1935.4.10~10.4)에서 시도된다.

非人間化한 瘦瘠한 知性의 文明을 넘어서 우리가 意慾하는 것은 知性과 人間性이 綜合된 한 새로운 世界다. 우리들 內部의 「센티멘탈」한 「東洋人」을 깨우쳐서 우리는 우선 知性의 門을 지나게 하여야 할 것이다. 만약에 詩가 被動的으로 現代文明을 반영함으로써 만족한다면 「흄」이나 「엘리엇」의 古典主義가 바른 것이 될 것이다. 그러나 우리의 詩 속에 現代文明에 대한 能動的인 批判을 구한다면 그것은 그 속에 現代文明의 發展의 方向과 姿勢를 제시하고야 말 것이다.[10]

『오전의 시론』에서 김기림은 '전체시'를 지성과 인간성의 종합, 고전주의와 낭만주의의 종합에서 구하고자 했다. 주목할 것은 김기림이 전체시에 이르기 전에 우선 '지성의 문'을 통과해야 한다고 말한 부분이다. 왜냐하면 '지성의 문'은 그가 추구했던 주지주의 문학론에 입각한 모더니즘을 의미하는 말이기 때문이다. 그것은 전대의 낭만주의를 부정·극복하기 위해 도입된 방법론적 성격을 띤 것이었다. 주지주의 문학론의 사상적 근거가 되었던 것이 T. E. 흄의 '불연속적 세계관에 입각한 신고전주의'였다. 그런데 김기림은 자신이 전대의 낡은 문학을 부정하기 위해 도입했던 바로 그 신고전주의와 그에 근거한 주지주의 문학론을 서구 문명의 피동적인 반영에 지나지 않았다고 말하고 있는 것이었다. 이것은 그대로 김기림의 기교주의에 대한 반성과 일치하는 것이었다고 할 수 있다. 김기림은 서구 문명과는 다른 독자적인 문명의 향방을 타진하기 위해서 서구 문명에 대한 능동적인 비판이 필요하다고 했다. 김기림이 서구 문명과는 다른 독자적인 근대의 향방에 대해 관심을 갖게 된 것은 서구 문명 내

---

10) 金起林, 「午前의 詩論—古典主義와 浪漫主義」, 『金起林全集·2』, 심설당, 1988, 165면.

부의 인간성 상실 때문이었을 것이다. 김기림은 신고전주의가 인간성 상실을 초래했다고 믿고, 신고전주의에 낭만주의를 결합시킴으로써 서구 근대의 한계를 뛰어넘고자 했다. 기실 신고전주의에 입각한 서구의 모더니즘 운동은 비인간화한 서구 근대를 비판하기 위해 자본주의 사회의 훼손된 가치를 형상화한 것이었기 때문에, 김기림의 신고전주의 비판 논리에는 다소 어폐가 있었다.[11]

「담천하의 시단 일년」에서 임화는 부르주아 시 전반을 기교주의라는 이름 아래 일률적으로 청산하려고 한 면이 있다. 임화는 기교주의 내부에 존재하는 여러 갈래의 시적 경향들의 차이를 인정하지 않는다. 내용보다 기교를 우위에 놓는 예술지상주의라는 점, 현실생활에서 회피하고자 하는 점, 시적 감격이 부재한다는 점에서 임화는 경향이 다른 여러 갈래의 시들을 기교주의의 이름 아래 포괄하고 있다. 그리고 김기림이 「시에 잇서서의 기교주의의 반성과 발전」, 「오전의 시론」 등에서 '전체시'를 제안하고 나선 것에 대하여, 임화는 '기교파 일방의 지도적 시인'이 反기교주의적 입장을 표명한 것이라고 하여 일단 그 의의를 인정했다. 그 다음 임화는 김기림의 문학사관과 전체시에 대해 문제를 제기한다. 문학사관상의 쟁점은 김기림이 근대시의 발전을 논하면서 프롤레타리아 시를 누락시킨 점에 있었다. 전체시 논의 역시 궁극적으로 문학사관의 문제로 귀결된다. 임화는 프롤레타리아 시야말로 역사적인 의미에서 전체적인 시라고 주장했다. 그러나 그 전에 임화는 김기림의 전체시 개념이 지닌 모순에 대해서 신랄하게 비판하면서, 전체시 논의를 사관의 차원이 아

---

11) 김준오, 「한국 모더니즘 시론의 史的 槪觀」, 『문학사와 장르』, 문학과지성사, 2000, 439~440면 참조.

닌 '인테리겐챠의 過分한 主觀的 過信'의 문제로 치부했다. 임화는
전체시 개념상의 모순을 크게 두 가지 차원에서 비판했다.

> (가) (金起林)氏가 技巧詩나 純粹詩가 喪失한 詩的感激의 源泉을 人
> 間精神우에서 찾는다는것은 氏의 知性 그것과함께 한개 矛盾된 奇蹟
> 이다.
> 人間은 情感하지못하면 知覺할수없는것이며 따라서 批判할수도없
> 고 또 氏의論法대로 情緖 情感을 去勢한 知性이란것이 成立한다면 더
> 한층 詩的으로 感興한다는 것은 不可能한 때문이다.
> 氏의 理論은 知性과 感性의 絕對的分離 또 思惟하는 頭腦와 感覺하
> 는 神經을 無機的으로 絕斷한 바꾸어말하면 A氏의 神經과 B氏의 頭腦
> 에 衣하야 生産된 思想이다.
> (나) 知性的 批判性이란것도 現實에 대한 知的判斷을 通한 行動的 格
> 鬪 즉 批判의 行動이 아니다 批判, 思考그것에 不過하다.
> 그러나 恒常 眞正한 批判은 반듯이 行動에로 通한것이며 오직 思考
> 로만 批判한다는것은 喪心으로부터의 批判者이지 못한 唯一한 表幟
> 이다.[12]

먼저 임화는 (가)에서 전체시가 지성과 인간성의 결합, 고전주의
와 낭만주의의 종합이라는 발상이 모순이라는 것을 지적한다. 왜냐
하면 김기림의 시론에서 지성은 감정을 배제하고, 고전주의는 낭만
주의를 부정하기 때문이다. 1930년대 초 낭만주의의 과잉된 감정을
배격하고 주지적 태도에 입각해 詩作할 것을 주창했던 김기림이, 모
더니즘이 문단의 한 세력으로 확고하게 자리를 잡자마자 고전주의

---

12) 林和, 「曇天下의 詩壇 一年」, 『新東亞』, 1935. 12, (가): 174면, (나): 175면.

에 낭만주의를 결합해야 한다고 주장하는 것은 모순으로 지적될 만한 처사였다. (나)에서 임화는 김기림의 '지성'이 인텔리겐치아의 공허한 관념에 지나지 않음을 비판한다. 김기림이 내세운 '지성'은 문명 비판 의식으로 구현되는데, 임화는 김기림의 '지성'이 행동의 차원이 아닌 현실 인식의 차원에 머무는 한 진정한 문명 비판일 수 없다고 지적한 것이었다.

이에 대해 김기림은 「시인으로서 현실에 적극관심」으로 화답한다. 「시인으로서 현실에 적극관심」의 제1회 게재분에서 김기림은 문학의 당대성을 강조한다. 이것은 어떠한 시 운동도 시대 현실로부터 자유로울 수 없다는 의미로 이해될 수 있을 것이다. 김기림은 문학의 당대성을 강조함으로써, 자신의 전체시도 영원히 실효성을 가지는 개념이 아니고 그것이 속한 시대 현실에 대한 대응 과정에서 도출된 산물이라는 점을 해명하고자 했던 것 같다. 한편으로 그가 살고 있는 1930년대 중반의 시대 현실에서 가장 문제가 된 것이 언어의 말초화에 의한 인간성 상실의 문제였고, 전체시가 그 문제를 타개하고자 했다는 점에서 그 의미가 없지 않았다는 맥락이 문학의 당대성 논의에 숨어 있었다고 볼 수도 있을 것이다.

「시인으로서 현실에 적극관심」의 두 번째 게재분에서 김기림은 기교파가 '언어에 대하야 고전주의적 신념을 시론으로 한 일파', '첨예한 형이상학파', '寫象派' 등으로 분화되지만, 현실에 대하여 도망하려는 자세를 가지는 점에서는 모두 일치한다고 밝힌다. 그리고 기교파의 현실 도피적 태도가 현실에 대한 철저한 증오를 바탕으로 한 것이 아니라는 점에서 김기림은 현실에 대한 적극 관심을 시단의 동료들에게 촉구한다. 그러나 김기림은 "내 의견은 곳 기교주의에 대신해서 내용주의를 가저오려는것이라고 이해되여서는 아니된다. 내용의 편중은 벌써 1930년 이전의 오류엿다. 내가 주장하엿는 것은 차라리 이 내용과 기교의 통일 ─한 전체주의적 시론이엿다."[13]라고 하여 임화와의 차별성을 드러내고자 했다. 이 말의 의미는 '지성'과 '인간성'이 모두 내용의 층위에서 이해되여서는 안 된다는 것이다. 여기에는 임화가 '지성'과 '인간성'의 결합이 모순적이라고 보는 것은 양자를 내용의 차원에서 받아들였기 때문이라는 해명도 포함되어 있었다. 김기림은 '지성'을 형식의 차원에서 '인간성'을 내용의 차원에서 다루고 있었음을 밝힌 것이었다. 「시인으로서 현실에 적극관심」에서 김기림은 근대시의 발전 과정을 논하는 자리에서 프롤레타리아 시를 간과한 것은 잘못이었다고 시인하는 등 임화의 입장을 많은 부분 수용했다. 김기림은 자신과 임화가 결국에는 같은 작업을 다른 방향에서 수행하고 있다는 인식에 이르고 있었다. 김기림 자신이 '右로부터 기울어지는 전체주의의 선'을 그렸다면, 임화는 '左로부터 기울어지는 전체주의의 선'을 그리고자 했다는 것이다. 그리고 김기림은 이 두 선이 어떠한 지점에서 서로 만날 것인지가 이제부터의 과제라고 지적했다. 김기림으로서는 임화의 현실 참여 촉구에 대해서 노선이 다를 뿐 목적이 다른 것은 아니라는 말을 우회적으로 표현한 셈이었다.

임화는 「기교파와 조선시단」(『중앙』, 1936.2)에서 "「전체주의」라는 氏의 개념 가운데는 내용과 형식을 동렬에 놓는 등가적 균형론의 낡은 형식 논리의 여훈이 적지 않음에 불구하고 시 가운데 생활현실이

---

13) 金起林, 「詩人으로서 現實에 積極關心」, 朝鮮日報, 1936.1.5.

차지할 중요한 자리를 작만하고 있다."[14]라고 하여 부분적으로 김기림의 전체시 논의의 의의를 인정했다. 그러면서도 임화는 김기림이 실제 창작 면에서 전체시를 쓰지 못하고 있는 점에 대해 불만을 표시한다. 기실 김기림은 장시 「기상도」를 통해 전체시를 실험해 보고자 했지만, T. S. 엘리엇의 문명 비판을 넘어서지는 못했다. 그 점에서 임화의 비판은 신랄한 것이었다. 나아가 임화는 "오직 이 「내용과 기교의 통일」가운데는, 양자와 등가적으로 균형 되어 있는 것이 아니라, 이 통일은 위선 전체로서의 양자를 가능케 하는 물질적 현실적 조건에 성립하고, 그것에 의존하여, 동시의 내용의 우위성 가운데서 양자가 스스로 형식논리적이 아닌 변증법적으로 통일되는 것이다."[15]라고 하여 기존의 전체시에 대한 입장을 재확인한다. 임화의 말에는 '좌로부터 기울어지는 전체시'의 전망이 포함되어 있었다고 볼 수 있다. 김기림과 임화의 전체시에 대한 관점은 일견 그 문학사관상의 차이로 인해 끝없이 평행선을 그리는 것처럼 보이기도 하지만, 두 사람 모두 '내용과 기교의 통일'이라는 맥락에서 공감하고 있었다는 점에서 그 접점을 찾을 수도 있을 것이다.

3. 근대의 파산과 모더니즘의 운명

전체시에 대한 모색은 기교주의 논쟁이 끝난 이후 더 이상 진전을

---

14) 林和, 「技巧派와 朝鮮詩壇」, 김윤식 편, 『한국현대모더니즘비평선집』, 서울대학교출판부, 1991, 144면.

15) 林和, 「技巧派와 朝鮮詩壇」, 김윤식 편, 『한국현대모더니즘비평선집』, 서울대학교출판부, 1991, 150면.

보지 못했다. 1930년대 후반 문단은 신인론, 세대론에 관심을 집중하고 있었다. 신인들은 중견문인들에 대한 불신을 공공연히 드러냈다. 1937년 신세대 모더니스트의 한 사람인 오장환은 정지용이나 김기림의 작품을 신문학이 아니라고까지 비판했다. 오장환은 정지용이나 김기림 같은 모더니스트 선배들이 창작 방법론상에서 '내용'이 있다는 것은 잊은 채 형식만의 새로움을 추구했다고 보았다.[16] 그는 김기림의 전체시에 대한 모색에 대해 전혀 의식하고 있지 않았던 것이었다. 김기림이 일본 도호쿠제대에서 영문학을 공부하기 위해 도일한 사이에 전체시는 문단에서 잊히다시피 했다.

당시 신세대들의 기교주의 논쟁에 대한 이해 방식은 박용철의 관점에 가까웠던 것 같다. 「시의 현대성」에서 한효식은 불결한 지옥에서 살면서도 아름다운 미를 창조한 시인들이 있었다는 점을 생각해 볼 필요가 있다고 하면서, 시인들의 내부 세계에서 샘물처럼 솟아나오는 고유한 '포에지'의 중요성을 역설했다.[17] 이것은 김기림이 모더니즘의 역사적 의미를 당대성에서 찾은 데 대한 비판으로 읽을 수 있을 것이다. 김종한 역시 「시문학의 정도」에서 문학에는 본질적인 부분과 속성적인 부분이 있으며, 인간성의 진실을 표현하려는 문학 자체의 본질은 변하지 않는 것이라는 견해를 피력했다. 그리고 그는 김기림을 두고 "이 '機智의 機關銃'에는 新派調의 부자연스런 제스츄어와 모던·뽀―이的인 輕薄이 그림자처럼 뒤를 따라다니는 것"[18]이

---

16) 吳章煥, 「文壇의 破壞와 참다운 新文學」, 『吳章煥全集·2』, 창작과비평사, 1989, 10~11면 참조.
17) 韓曉植, 「詩의 現代性―惑은 現代와 詩精神」, 『文章』, 1939.10, 192면 참조.
18) 金鍾漢, 「詩文學의 正道」, 『文章』, 1939.10, 201면.

라고 비판하면서 '寒山道無人到'의 경지에서 시의 正道를 구했다. 한
효식과 김종한의 글은 김기림의 「모더니즘의 역사적 위치」와 같은
시기에 발표된 만큼 직접적인 논쟁의 관계에서 살필 수는 없지만,
신세대가 기교주의 논쟁을 이해하는 방식의 일면을 보여준다는 점
에서 그 의의가 있다. 당시 젊은 세대 사이에서 기교주의 논쟁은 시
에서 기술을 강조하는 세력과 시정신을 강조하는 세력 간의 알력으
로 이해된 면이 있었다. 김기림이 「모더니즘의 역사적 위치」를 쓰게
된 동기가 여기에 있었다. 그는 자신이 속한 세대야말로 근대 문학
의 실질적인 건설자들이었음을 1930년대 모더니즘 운동의 역사적
의의를 밝힘으로써 분명히 해둘 필요가 있었다.[19]

 「모더니즘의 역사적 위치」에서 김기림은 모더니즘 운동이 전대의
로맨티시즘·센티멘털 로맨티시즘 및 傾向詩派에 대한 反명제로서
역사적 필연성을 띠고 출현한 것이었음을 해명했다. 그리고 그는 조
선에서는 모더니스트들에 이르러 비로소 진정한 의미의 근대 문학
이 시작되었다고 주장했다. 낡은 센티멘털리즘이 시인의 주관적 감
상과 자연만을 노래한 반면, 모더니즘은 도시 문명 속에서 나서 신
선한 감각으로써 문명이 던지는 인상을 붙잡았다는 것이었다. 김기
림은 역사의 발전과 더불어 문학도 발전해야 한다고 믿었기 때문에,
도시 문명이라는 엄연한 역사적 도전에 대한 응전으로 대두한 모더
니즘 문학이야말로 진정한 의미의 근대 문학이라고 여겼던 것이다.
기차와 비행기, 공장의 조음과 군중의 규환을 반사시킨 회화 등에서
문명의 속도에 해당하는 '말의 새 리듬'을 창조하려고 한 것 역시 모

---

19) 徐俊燮, 「리얼리즘과의 논쟁」, 『한국모더니즘 문학 연구』, 일지사, 1988, 234~235면
   참조.

더니즘의 근대 문학으로서의 한 의의였다. 그러나 김기림에게는 당시의 신인들이 이와 같은 모더니즘의 의의를 너무 쉽게 잊어버리는 것처럼 보였다. 만약 모더니즘이 그 역사적 의의를 상실했다면, 그것은 후배 시인들이 김기림 자신이 기교주의를 반성하면서 제안한 전체시를 계승·발전시키지 못한 탓이라고 그는 생각했던 것 같다. 적어도 그는 자신이 주도한 모더니즘 운동은 타성에 젖어 정체되기를 거부하고 시대의 요청에 따라 거듭 갱신되는 모습을 보여왔다고 믿었다. 기교주의 논쟁은 그 대표적인 사례였다.

> 『모더니즘』은 30年代의 중품에 와서 한 위기에 다닥쳤다.
> 그것은 안으로는 『모더니즘』의 말의 重視가 이윽고 그 末流의 손으로 言語의 末梢化로 墮落되어 가는 傾向이 어느새 發現되였고 밖으로는 그들이 明朗한 展望 아래 感受하던 오늘의 文明이 漸漸 深刻하게 어두워 가고 이즈러 가는 데 對한 그들의 詩的 態度의 再整備를 必要로 함에 이른 때문이다.
> 이에 시를 技巧主義的 末梢化에서 다시 껄어내고 또 文明에 대한 詩的 感受에서 批判에로 態度를 바로잡아야 했다. (중략)全詩壇的으로 보면 그것은 그 前代의 傾向派와 『모더니즘』의 綜合이였다. 事實로 『모더니즘』의 末境에 와서는 傾向派 系統의 詩人 사이에도 말의 價値의 發見에 의한 自己反省이 『모더니즘』의 自己批判과 거이 때를 같이하야 일어났다고 보인다. 그것은 勿論 『모더니즘』의 刺戟에 의한 것이라고 보여질 근거가 많다. 그래서 詩壇의 새 進路는 『모더니즘』과 社會性의 종합이라는 뚜렷한 方向을 찾었다. 그것은 나아가야 할 오직 하나인 바른 길이였다.
> 그러나 詩人들은 그 길을 버렸다. 스스로 버렸고 또 버릴밖에 없었

다. 가장 優秀한 最後의 『모더니스트』 李箱은 『모더니즘』의 超克이라는 이 深刻한 運命으로 한 몸에 具現한 悲劇의 擔當者였다.[20]

1930년대 중반을 모더니즘의 위기로 본 것은 기교주의 논쟁을 염두에 둔 것이었다. 그리고 기교주의 논쟁을 통해 모더니즘이 갱신의 계기를 맞을 수 있었다는 것이 김기림의 관점이었다. 그는 모더니즘의 자극에 의하여 경향파 계통의 시인 사이에서도 말의 가치에 대한 발견의 노력이 있었다고 보았다. 그가 기교주의 논쟁에서 '右로부터 기울어지는 전체주의의 선'을 그리고 있었다는 점에서 그와 같은 인식도 있을 법하다고 여겨진다. 그러나 다른 한편으로 경향파의 자극에 의하여 모더니즘 계통의 김기림이 현실에 대해 보다 관심을 갖게 된 것도 사실이었다. 김기림은 모더니즘의 위상과 그 의의를 강조하기 위해, 모더니즘이 리얼리즘을 선도하여 '전체시'라는 근대시 발전 과정상의 새로운 국면 타개를 이루었다고 주장한 것이었다. 모더니즘이 리얼리즘을 선도했든 혹은 그 반대이든 모더니즘과 사회성의 종합이라는 방향이 시단의 새 진로로서 온당했다는 것은 분명했다. 그러나 이 문제는 문단에서 신인론과 세대론에 파묻혀 더 이상 논의되지 못했다. 김기림은 이상을 '최후의 모더니스트'라고 불렀다. 그는 1930년대 모더니즘이 계승되지 못했다고 말하고 있는 것이었다. 그는 그 이유를 신인들이 전체시의 길을 버렸다는 데서 찾고 있었다. 그렇다고 해서 그가 신세대를 무턱대고 부정했던 것만은 아니었다. 그는 새로운 세대가 시대에 걸맞은 새 진로를 모더니즘으로부터의 발전이라는 방향에

---

20) 金起林, 「모더니즘의 歷史的 位置」, 『人文評論』, 1939.10, 85면.

서 찾을 것을 충고하고 있었다. 어떤 면에서 모더니즘이 이상에 이르러 끝났다고 한 마당에 그가 무슨 의미로든지 시단의 새로운 진로는 모더니즘으로부터의 발전이 아니면 안 된다고 한 것은 모순으로 들리기도 한다. 그때까지만 해도 김기림은 모더니즘에 대한 미련을 버리지 못하고 있었다. 그는 모더니즘을 근대성(modernity) 자체의 본질적인 부분으로 인식하고 있었다. 그런 의미에서 그는 모더니즘을 '도회의 아들', '문명의 아들'이라고 부를 수 있었다.

「시인의 세대적 한계」(조선일보, 1940.4.23)를 쓰면서 김기림은 1930년대 모더니즘 운동의 멍에로부터 좀 더 자유로워지고자 했다. 그는 "영구히 「새로워질 수 있다」고 생각되는 것은 한 詩人이 世代的으로 時代와 步調가 맞는 동안의 착각인 것 같다."라고 말하면서, 새로운 세대가 그 자신의 시대적 생리를 가지고 문학사의 다음 페이지를 어떻게 쓰느냐가 현시점에서의 문제라고 주장했다.[21] 그는 자신이 1930년대 모더니즘의 문학론을 고수하지 않는 한, 신세대들이 이에 대해 더 이상 '채찍질'만 할 것이 아니라 앞으로의 전망을 모색하는 데 힘쓸 것을 제안했던 것이다.

김기림의 「시의 장래」(조선일보, 1940.8.10)는 「시인의 세대적 한계」의 연속선상에 있는 글로 볼 수 있다. 「시의 장래」에서 김기림은 모더니즘뿐 아니라 '오늘의 시' 전체가 똑같이 반성될 근거와 필요가 역사적 전기를 맞이한 현시점에 놓여 있다는 점을 강조했다. 이것은 「詩壇三世代」에서 최재서가 여전히 '모더니즘'을 강조한 것과 좋은 대조를 이룬다. 김기림은 근대가 종점에 도달한 시점에서 모더니즘

---

21) 金起林, 「詩人의 世代的 限界」, 『金起林全集·2』, 심설당, 1988, 337면 참조.

은 더 이상 지속될 수 없다는 관점이었다. 근대 이후에는 또 다른 시
대적 생리에 맞는 문학론이 필요하다고 본 김기림은 서둘러 근대 파
탄의 원인을 규명하고자 했다. 「시의 장래」에서 김기림은 그 원인을
'파렴치한 상업주의'와 그에 따른 개인주의의 만연에서 찾고 있었다.
그리고 그는 곧바로 기존 시에 대한 반성으로 나아간다.

> 우리는 투명한 지성이라고 하는 것이 시대의 격동 속에서는 얼마나
> 쉽사리 부서질 수 있다는 것을 눈으로 보아왔다. 지성과 情意의 세계
> 를 아직 갈라서 생각한 것은 낡은 要素心理學의 잘못이었다. 정신을
> 육체에서 갈라서 생각하는 것도 오래인 形而上學的 假說이었다. 시는
> 그 어느 하나에만 의존하지 않는다. 바로 그것들을 統一한 한 全體的
> 人間이야말로 시의 궁전이다. 그리고 이러한 전체적 인간이 시대의식
> 의 격류 속에서 한 전체로서 체득하는 균형—그것이 바로 오늘의 시인
> 이 그 내부에서 열렬하게 찾아 마지않는 일이다.[22]

김기림의 기존 시에 대한 반성 논리는 기교주의 논쟁에서 그가 기
교주의를 반성하고 전체시를 내세웠던 것으로부터 크게 진전된 것
은 아니었다. 그가 말하는 '시대의식의 격류 속에서 한 전체로서 체
득하는 균형'이라는 것도 의미가 선명하지 않았다. 균형을 내세우는
것이 역사적 격변기에 부합하는 것인지도 생각해 볼 문제다. 김기림
은 '개인주의'를 비판하면서 '집단', '민족'을 강조했다. 그는 '전체시'
의 외연을 '집단', '민족'으로 확장하려는 의도를 가지고 있었다. 그
로서는 개인적 수신 차원의 全人('全體的 人間') 논의 다음에 '집단'이

---

22) 金起林, 「詩의 將來」, 『金起林全集·2』, 심설당, 1988, 339~340면.

라든지 '민족'을 말하는 것에 내적 필연성이 있었을 것이다. 그러나 그의 '전체' 논의는 국민총동원 체제 하의 시국에 부합하는 것처럼 보일 수도 있었다는 데 여전히 문제가 남아 있었다. 김기림으로서는 '전체'라는 외연을 쉽게 버릴 수가 없었을 것이다. 그것은 근대의 병적 증후의 하나인 '개인주의'를 부정·극복하는 데 효과적이었다. 하지만 '상업주의', '개인주의'만으로 근대의 파탄을 설명한다는 것 자체가 사태를 단순화한 면이 있다. 「조선문학에의 반성」에 이르러, 김기림은 근대 파탄의 원인에 대해 보다 정밀한 시각을 확보할 수 있었다.

「조선문학에의 반성」은 김기림이 근대 보편과 식민지 현실의 간극을 뚜렷이 인식하고 쓴 글이라는 점에서 중요하다. 그가 근대 보편의 차원에서 벗어나 식민지 근대에 대해 자각하게 된 데는 임화의 영향도 있었던 것으로 여겨진다. 「조선문학에의 반성」에서 김기림은 임화의 신문학사 연구에 대해 직접 언급했을 뿐만 아니라 임화의 문학사적 관점을 그대로 수용하고 있었다. 구체적으로 김기림은 우리 근대 문학 상의 사조적 혼란의 원인에 대해 임화와 같은 시각을 취하고 있었다. 즉, 김기림은 동양적 후진성과, 조선 사회의 근대화 과정상의 파행이 근대 문학 상의 사조적 혼란을 초래했다는 입장에 서 있었다. 짧은 기간 동안 서구 문명을 전부 모방 혹은 수입해야 했고, 그 과정에서 고도로 발달된 근대 기술 대신 소비적 차원의 근대적 자극만이 수용되었다는 것이었다. 이것은 비록 '이식'이라는 말은 쓰지 않았지만, 임화의 관점과 일치하는 것이었다.

다른 관점에서, 근대 보편을 추구했던 김기림이 식민지 현실에 대해 관심을 갖게 된 것은 일본 지식 사회에 불어닥친 '근대의 종언'

담론으로부터도 어느 정도 영향을 받은 것이라고 말할 수 있다. 근대의 모델이었던 서구 문명의 파탄은 김기림에게 '원리의 상실' 바로 그것이었다. 그렇게 열심히 추구했던 근대라는 것이 막다른 골목에 부딪쳤을 때, 김기림은 앞으로의 갈 길에 대해 참담함을 느끼지 않을 수 없었을 것이다.

原理의 喪失이란 다름아닌 思想의 喪失이라고하면 오늘남은것은 思惟만의 形骸라는것이 우리 自身의 소김없는 素描일것이다. 最近十年間 우리가 껄어드린 여러가지思想 「모더니즘」「휴매니즘」「行動主義」「主知主義」等等은 어찌보면 戰後歐羅巴의 허잘수없는 呻吟소리였으며 「近代」그것의 末期的痙攣이나 아니였든가? 그렇다면 大體 지난 十年동안의 우리의 勞力은 무엇이었나? 우리는 저도모르게 한낫 混沌을 模倣한 것이며 열매없는 徒勞에끊지고 만것일까? 그것을 肯定하는것은 그러나 早急한 判斷일까한다. 以上의 混沌이 「近代」그것의 避할수없는 過程이란면 우리에게있어서 그것은 차라리 未來를 원한 값있는 한 體驗이였을것이다. 우리는 거기받힌 精神과 時間의 消耗를 굳이 後悔할것은없다. 다만 그것들을 應酬할적의 우리의 態度가 그것들을 體驗에까지 深化할수있도록 眞摯하였든가 또는 한낫 輕薄한 模倣行爲에끊젓는가하는데따라서 그것들은 或은 우리 文學과 精神속에 좋은 肥料로서 沈澱할수도 있었고 或은 한낫 지나가는 바람결이 되고말수도 있었을것이다.[23]

김기림은 근대의 파탄을 지켜보면서 환멸을 경험했다. 그러나 김기림은 거기서 절망하지 않고 미래의 전망에 대한 모색의 場으로 나

---

23) 金起林, 「朝鮮文學에의 反省」, 『人文評論』, 1940.10, 43~44면.

아간다. 역사란 단순히 사실만의 축적이 아니라 '창조적 의지'가 참여하는 것이라고 그는 믿고 있었다. 김기림은 근대의 결산 과정에서 주체가 되는 것은 '민족'이라고 역설했다. 비록 개인의 창의가 아무리 뛰어나다가 할지라도 시대의 추진력이 되기 위해서는 개인의 창의가 민족적 체험으로 확장되어야 한다는 것이었다. 김기림이 '민족적 체험'을 강조한 것은 식민지 현실 속에서 우리 민족이 가야할 길을 암시한 것이었는지도 모른다. 그에게 민족이 가야할 길이 졸렌(sollen)으로서의 문학이 가야할 길이었고, 문학이 가야할 길이 그대로 민족이 가야할 길이었음을 말하는 것은 새삼스러운 일이다. 그에게 모더니즘이 근대 보편에 대한 추구였고 근대 보편이 곧 민족의 활로였던 때가 있었다는 사실은 이 대목에서 환기할 필요가 있을 것이다. 그런데 김기림은 '민족적 체험'이 구체적으로 무엇인지 제시하지 않았다. 더구나 그는 대동아공영권의 논리를 연상시키는 말을 「조선문학에의 반성」 말미에 쓰고 있었다.

　　歐洲에있어서 或은 건決算期뒤에 앞으로期待하는 新秩序의建設에는 諸民族이 民族의資格으로 參加할것으로보이는데 이民族을內包하면서도 民族을超越해야할 新秩序에있어서 民族相互間의 精神的理解와融合을 可能하게할 有力한手段은 무엇일까? 數百의條文이나 規約이 達할수있는 形式의限界를너머서 그것의저편에 다시 깊이맺어질수있는것은 서로서로의 文化의接觸과 包容와 尊敬이라는 勞力이다.[24]

국민총동원 체제 하에 있었던 1940년대 초 지식인들이 자신의 본

24) 金起林, 「朝鮮文學에의 反省」, 『人文評論』, 1940.10, 46면.

심을 드러내기란 여간한 용기가 없이는 어려운 일이었다. 김기림이 신질서를 말한 것은 이 때문이었을 가능성이 높다. 그러면서도 그는 문화의 접촉과 포용과 존경이라는 상호간의 노력 없이는 신질서의 논의도 허황한 것임을 역설하고 있었다. 민족말살정책이 극에 달한 시점에서 그러한 의견을 개진했다는 것도 전혀 의미 없는 일은 아니었을 것이다.

4. 맺음말

이상에서 1930년대 김기림 모더니즘론의 문학사적 의의와 그 한계를 그의 근대 보편 추구와 식민지 현실의 간극이라는 맥락에서 살펴보았다.

기교주의 논쟁의 의의는 우선 그것이 모더니즘의 위기라는 문제의식으로부터 촉발되었다는 데서 찾을 수 있을 것이다. 기교주의 논의는 김기림이 서구 모더니즘과는 다른 독자적인 모더니즘의 향방을 타진하기 위해 자기반성의 일환으로 제기한 것이었다. 그것은 미약하나마 서구와 우리의 현실이 동일하지 않다는 인식으로부터 기인한 결과라는 점에서 나름대로 의미가 있었다. 하지만 김기림은 신고전주의가 서구 근대의 인간성 상실을 초래했다고 잘못 이해하여 '지성과 인간성의 결합이라는 방향에서 성장한 전체시'를 새로운 모더니즘의 전망으로 내세웠다. 김기림의 전체시 개념은 임화에 의해 비판된다. 임화와의 논쟁을 통해 김기림은 문학의 당대성을 의식하게 된다. 김기림의 전체시에 대한 생각은 문명 보편에 대한 비판의

식에서 촉발되어 막연하게나마 식민지 현실에 대한 관심으로 이어
졌다. 그런 의미에서 김기림과 임화는 기교주의 논쟁을 통해 서로의
견해차를 좁혀가면서 모더니즘과 리얼리즘의 접점을 모색했다고 할
수 있다. 비록 전체시가 김기림 쪽에서든 임화 쪽에서든 실제로 씌
어지지는 못했다는 점에서 한계는 있었지만, 원론적으로 전체시에
대한 모색 자체는 시의 발전을 위해 걸어야 할 온당한 진로였다.

　전체시에 대한 논의는 신인론과 세대론이 문단적 이슈가 되면서
더 이상 진전되지 못했다. 김종한, 한효식 등의 신세대들은 기교주의
논쟁을 시에서 기술을 중시하는 세력과 시 정신을 중시하는 세력 간
의 다툼으로 보고 있었다. 이것은 기교주의 논쟁에서의 박용철이 취
했던 입장과 유사한 것이었고 문장파의 시각과도 대체적으로 일치했
던 것 같다. 신세대들은 김기림의 문학론을 기술 우위의 문학론으로
비판했다. 김기림이 전체시 논의를 통해 기교주의를 비판하고 내용과
기교의 통일을 노렸다는 점은 젊은 세대들에게 진지하게 받아들여지
지 못했다. 김기림은 「모더니즘의 역사적 위치」에서 史的 입장을 취
하면서 젊은 세대들이 전체시를 계승하지 못함으로써 1930년대 모더
니즘 운동이 막을 내렸다고 비판적 논조를 취했다. 김기림은 일본 지
식 사회에서 유행한 '근대의 종언' 담론의 영향을 받고, 임화의 문학사
기술에 자극을 받아 식민지 현실에 관심을 갖게 된다. 비록 그가 우리
근대의 파행성을 식민지적 특수성에서 발견하는 계기가 일본 학계의
유행 담론으로부터의 자극에 있었다고 할지라도, 식민지 현실에 근거
하여 우리 시의 전망을 탐색하려는 그의 노력만은 진지한 것이었다.
그는 개인의 창의가 역사적 추진력을 얻기 위해서는 민족적 체험으로
확장되어야 한다고 주장했다. 그가 근대 보편의 개인주의를 타기하고

'민족적 체험'에 대해 강조한 것은, 해방 이후 그의 행보에 대해 해석의 실마리를 제공해준다는 점에서도 의미 있는 순간으로 기억될 만하다. 문학가 동맹의 詩部 위원장을 맡는다든지, 전국문화단체총연맹의 문화공작대 사업에 적극적으로 나섰던 그의 해방 이후 행적은 너무 손쉽게 사회주의에로의 전향으로 평가되어 왔다. 그것은 문학사를 너무 표피적으로 해석한 전형적인 사례로 논함직하다. 그의 해방 이후 행적을 근거로 그의 모더니즘 운동이 지닌 문학사적 의의를 깎아내리는 것은 온당한 태도로는 보이지 않는다. 그는 자신이 「조선문학에의 반성」에서 말한 '민족적 체험'을 '현실 참여'의 실천적 행동을 통해 구현하고자 했던 것이다. (＊ 이 글은 『반교어문연구』 제15집(2003.8)에 실렸던 것을 부분 개고한 것입니다.)

전후 모더니스트들의 언어적 정체성
-박인환, 조향, 김수영의 경우

1. 문제 제기

한국 모더니즘 시사에서 전후 모더니즘 시를 다루는 방식은 몇 가지 틀로 공고하게 자리를 잡고 있다. 첫째, 1930년대 모더니즘과의 관계를 해명하는 것이다.[1] 전후 모더니즘이 도시에 그 기반을 두고 있으며 서구 모더니즘의 기법을 수용하고 있다는 차원에서 여전히 1930년대 모더니즘의 연속이지만, 전후 모더니즘은 전쟁으로 피폐해진 '다른' 도시를 그리고 있다는 점에서 1930년대 모더니즘과는 '다른' 면도 있다는 식의 논의가 두루 통용되고 있다. 둘째, 전쟁체험과 실존주의에 대한 경사를 모더니즘의 차원에서 다루는 것이다.[2]

---

1) 이승훈, 「1940년대 한국 모더니즘 시의 전개」, 『한국 모더니즘 시사』, 문예출판사, 2000, 184~185면 참조.
   허윤회, 「1950년대 모더니즘 시론의 시사적 이해」, 『한국의 현대시와 시론』, 소명출판, 2007, 363~367면 참조.
2) 조영복, 「1950년대 시 연구와 이론의 모색」, 『한국 현대시와 언어의 풍경』, 태학사,

이 경우 실존주의적 모더니스트들은 1930년대 모더니즘에 대한 대타의식에서 '세계적 동시성'을 추구했지만, 실질적으로는 사회현실에 대한 관심보다는 '개인'의 실존에 대한 자각에 안착했다고 평가된다. 셋째, 청록파와 대비하는 방식이 있다.[3] 이 경우 당대 문단의 권력 구도를 염두에 두면서 정지용, 청록파·서정주로 이어지는 노선의 작품성에 무게를 두느냐, 김기림, 〈후반기〉 동인, 1960년대의 현실참여파로 이어지는 노선의 현대성에 무게를 두느냐에 따라 평가가 엇갈리게 된다.

전후 모더니즘 시 연구에 있어서 한국전쟁과 그에 이어지는 분단체험이 중요하다는 것은 두말할 필요도 없지만, 이상과 같은 접근 방식은 한국전쟁을 '내용의 층위'로 온전히 환원한다는 점에서 문제가 있다. 아닌 게 아니라 전후 모더니즘 시사를 기술하는 새로운 접근 방식을 요구하는 목소리도 높아지고 있다. 가령 한국전쟁을 중일전쟁, 동아시아전쟁의 연장선상에서 보아야 하고, 전후세대를 이중 언어 사용자로서 그 언어적 정체성이라는 면에서 새롭게 보아야 한다는 주장이 그것이다.[4] 이러한 관점은 전후문학을 총동원체제 시기의 식민지 문학과의 관련선상에서 바라볼 수 있게 하며, 전후문학과 실존주의의 관계를 더 입체적으로 볼 수 있게 할뿐만 아니라, 전후 모더니즘과

1999, 201~205면 참조.

문혜원, 「한국 현대시사에서의 모더니즘」, 『작가연구』제16호, 깊은샘, 2003년 하반기, 15~23면 참조.

3) 서준섭, 「모더니즘의 반성과 재출발」, 『현대시사상』, 1995, 가을호, 116~117면 참조. 이승훈, 「1950년대 한국 모더니즘 시의 전개」, 『한국 모더니즘 시사』, 문예출판사, 2000, 191면 참조.

4) 한수영, 「식민지, 전쟁 그리고 혁명의 도상에 선 문학」, 민족문학사연구소 엮음, 『새 민족문학사 강좌2』, 창비, 2009, 300~301면 참조.

청록파의 대립을 문단 헤게모니 문제나 전통·反전통의 문제보다 더 본질적인 언어의 문제로 조망할 수 있게 한다.

전후세대의 언어적 정체성 문제는 그동안 심심치 않게 다루어져왔다. 특히 '모국어 능력의 결여'라는 층위[5]에서 전후문학을 다룸으로써 '결과적으로' 전후세대의 문학을 '4·19세대'의 문학에 비해 열등한 것으로 받아들이게 한 점은 반성이 필요한 부분이다. '모국어 능력의 결여'라는 층위의 논의가 절대적으로 우세한 가운데 〈후반기〉 동인을 위시한 전후 모더니스트들의 외국어/외래어 편향을 "모국어로 표상되는 중심화된 편집증적 담론의 영토"에 대한 저항으로, 혹은 외세의 억압적 폭력을 전경화 하는 기호로 보려는 시각도 있다.[6] 그러나 이러한 시각은 '댄디'로서의 모더니스트들의 기존 이미지와 상당히 동떨어져 있으며, 외세의 억압적 폭력을 전경화 하기에는 한국전쟁을 객관적으로 조망할 수 있는 위치에 전후 모더니스트들이 있었던가를 묻게 한다는 점에서 전폭적인 신뢰를 보이기에는 무리가 있다.

전후 모더니즘의 언어적 정체성을 규명하기 위해서는 해방기의 상황을 우선 살필 필요가 있다. 청록파가 토속어 본위였던 반면에 전후 모더니스트들은 '포에틱 딕션'의 차원에서 전혀 달랐다는 지적도 있다.[7] 전쟁을 겪으면서 시어에 큰 변화가 생긴 것은 사실이지만, 청록파와 모더니스트 그룹의 언어적 정체성은 이미 해방기부터 전혀 다

---

5) 김윤식·정호웅, 「한국전쟁의 충격과 새로운 출발의 모색」, 『한국소설사』개설증보판, 문학동네, 2000, 349~350면 참조.

6) 허혜정, 「1950년대 〈후반기〉 동인의 시와 시론」, 『작가연구』제16호, 깊은샘, 2003년 하반기, 172면 참조.

7) 이어령, 「전후시에 대한 노트 2장」, 백철 외 편, 『한국전후문제시집』, 신구문화사, 1961, 328면 참조.

른 차원에 놓여 있었다. 이를테면 청록파의 언어는 1930년대 말의 『문장』 그룹의 언어를 그대로 이어받고 있었던 데 비해, 모더니스트 그룹의 언어는 사실 공식어로서 '일본어'에 그 연원이 있었다. 김경린, 조향 등의 모더니스트들이 일본 시단에서 활동했을 뿐만 아니라 박인환, 김수영 등의 모더니스트들이 일본 시단을 경유하여 서구 모더니즘을 접하고 있었다는 것은 무시해도 좋을 만한 사안은 아니다. 여기서 중요한 것은 해방기의 모더니스트 그룹의 언어적 정체성이 '일본어'에 있었다는 사실 그 자체가 아니라, 해방과 더불어 그들이 공식어인 '일본어'가 소멸해버린 언어적 진공 상태에 맞닥뜨렸다는 사실일 것이다. 다시 말해 '모국어 능력의 결여'라는 사실을 수리하는 차원에서가 아니라 그들 모더니스트들이 공식어가 없는 언어적 진공 상태에서 새로운 모국어를 발명해내야 하는 궁지에 처해 있었다는 것이 중요하다는 말이다. 그 '발명'의 필요성이 얼마나 절박했고, 그 '발명'의 과정이 얼마나 진정성이 있었는가 하는 것은 지금까지의 연구에서 소홀하게 취급되었던 부분이다. 그 '발명'의 성패만이 언어적 정체성과는 무관한 지점에서 검토되어 왔던 셈이다. 바로 이 필요성과 진정성에 대한 물음이 이 논문의 문제의식이다.

이 논문에서는 1930년대 김기림 주도의 모더니즘을 '식민지 모더니즘'으로, 1940년대 말의 〈신시론〉 동인에서 전중의 〈후반기〉 동인을 경유하는 1950년대 모더니즘을 '전후 모더니즘'으로 부르고자 한다. 단, '해방기'의 특수한 이념 배치를 염두에 둘 경우에는 '해방기 모더니즘'이라는 표현을 쓰려고 한다. 이 경우 '전후'라는 기표가 동아시아 전쟁 이후의 언어 재편 상황을 함축하게 된다는 점에 유의할 필요가 있다.[8]

2. 상상된 공식어와 상상된 민족 현실, '素馨(자스민)'에 개재된 당혹감: 박인환의 경우

전후 모더니즘은 해방기의 〈신시론〉 동인에서 그 연원을 찾을 수 있다. 〈신시론〉 동인 합동시집 『새로운 도시와 시민들의 합창』(1949)의 간행은 박목월, 박두진, 조지훈의 합동시집 『청록집』(1946)의 간행과 더불어 해방기 시단의 언어적 정체성을 파악하는 데 매우 중요한 사건이다. 해방기는 흔히 '나라 건설'이라는 단일 언어가 지배했던 시기로 생각하기 쉽지만, 그 언어적 양상이 그리 단순하지만은 않다.

전통서정시 계열을 대표하는 『청록집』의 언어적 정체성은, 이 합동시집에 수록된 시들의 어말 처리만을 보더라도 비교적 손쉽게 알 수 있다. 박목월 시에 빈번히 나타나는 명사종지형, 조지훈 시에 나타나는 '-아라/-어라' '-소이다' '-지이다' '-나니/-노니/-느니'와 같은 종지형, 박두진 시에 나타나는 '-느뇨/-느니' '-어라/-러라' 등과 같은 종지형의 다채로움은 곧바로 우리말의 묘미로서 받아들여졌다. 이러한 언어적 정체성은 서정주 등에 의해 『문예』, 『현대문학』 등 매체의 신인 추천사를 통해 더욱 공고해졌다.

---

8) 1930년대/1950년대 모더니즘이라는 구분법은 1940년대의 시적 상황을 누락시킨다는 점에서 문제가 있다. 전기/후기 모더니즘은 이 '두' 모더니즘이 놓였던 시대적 상황을 전혀 함축하고 있지 않다는 점에서 1930년대/1950년대 모더니즘이라는 구분법보다도 더 큰 폐해가 있다. '전후 모더니즘'이라는 용어는 그동안 '한국전쟁 이후'의 모더니즘을 설명하는 용어로 널리 쓰여 왔지만, 이 경우 〈신시론〉 동인에 대한 설명이 어렵고 시사의 흐름을 '한국전쟁'이 중단시켰다는 단절론으로 귀결하기 쉽다는 폐해가 있다. 그래서 이 논문에서는 기왕에 널리 사용되고 있는 기표로서의 '전후'를 대체함으로써 발생하게 될 혼란을 피하면서, '전후'의 의미를 '동아시아 전쟁 이후'로 조정하고자 한다. 이러한 조정 역시 혼란을 야기할 수 있지만, '전후'라는 기표를 대체함으로써 발생하게 될 혼란을 감안하면 충분히 감수할 수 있는 혼란이라고 판단된다.

이것이 만일 당신의 意識的 産物이라면 相當한 것이오만은……. 暮
春이니, 靑田이니, 蜘蛛니, ―하는 따위의 말들과 몇몇 語尾 등을 削
減하고 除加한 것은 不可避한 일이었오. 잘 생각해보시오.

　　　　　　　　　　　　　　　-손동인의 작품에 대한 추천사 중

두 분이 다 좀더 우리나라 말을 애써서 모으고 깎는데 努力해주기
바래며 그 다음에는 되도록이면 細部의 感應으로부터 시작해주기 바
랜다.

　　　　　　　　　　　　-김성림, 박양의 작품에 대한 추천사 중

이수복 씨의 「冬栢꽃」은 보시는바와 같이 起伏과 陰影이 많은 作品
은 아니지만, 想에 헷것이 묻지 않은 게 첫째 좋고 그 配置와 表現에도
거이 成功했으려니와 特히 요즘 詩壇 新人의 大部分이 뜻면을 찾다가
詩에 感動이나 知慧의 움지기는 모양을 주어야 할 것까지를 잊어버리
고 千篇一律로 '이다' '이었다' '하였다'만 되푸리하고 있는 實狀에 比
해 볼 때 이만한 自己 詩의 '몸놀림'이나마 뜻과 아울러 같이 가져보려
고 努力한 点도 요샛일로서는 貴한 作品이다.

　　　　　　　　　　　　　　-이수복의 작품에 대한 추천사 중[9]

이 일련의 추천사들을 통해 서정주가 말한 우리나라 말의 절차탁마
가 천편일률적인 종결어미를 지양하고 다채로운 '몸놀림'을 체득하는
것이었음을 유추해내는 것은 어려운 일이 아니다. 이와 같은 우리나
라 말의 운용('몸놀림')에 대한 강조는 그대로 매우 강력한 펌핑 메커니
즘의 역할을 했다. 이수복 시집 『봄비』(1969)에서 이수복이 평서형 종

결어미 '-이다'를 회피하기 위해 명사종지형이나 연결형 어미 종결 형태를 취한 빈도만 보아도 서정주 추천사의 위력을 알 수 있다. 이동주, 김관식 등의 의고체, 구자운의 아어 취향도 『청록집』, 서정주 추천사의 펌핑 메커니즘이 '만들어낸' 민족어의 대표적인 형태라고 할 수 있다. 이러한 운동으로서의 '민족어'가 일제 말기의 『문장』파에까지 그 연원을 거슬러 올라갈 수 있다는 것은 주지의 사실이다.

　전통서정시 계열의 시인들이 『문장』 시대에 발명된 '민족어'[10]를 각종 매체를 활용하면서 안정적으로 확대 재생산한 데 비해, 모더니스트들은 그때까지 자신들이 참고해왔던 공식어로서의 일본어가 더 이상 유효하지 않은 시점에 맞닥뜨린 상황에서 새로운 언어를 발명해내지 않으면 안 되었다. 1950년대가 모더니즘이 우세한 시기라고 하더라도, 그것은 어디까지나 『문예』, 『현대문학』 등 문예지 추천을 통해서 등단한 신인들에 의한 우세가 아니라, 일제 말기부터 시를 써왔던 사람들이거나 합동시집의 형태로 활동을 시작한 사람들의 활동에 의한 것임을 잊어서는 안 된다. 그들 모더니스트들은 전통서정시 계열의 신인들과는 달리 '감염성'이 강한 선배 문인도 없고 언어적 정체성을 만들어내는 메커니즘이 제도적으로 마련되어 있지도 않은 상태에서 여전히 일본어로 구상하고, 그것을 다시 우리말로 옮기는 과정을 반복해야만 했다. 이 이중적 과정이 번거로운 것은 사

---

10) 이명희, 「『문장』이 보여준 '전통'의 의미와 의의」, 상허학회 편, 『1930년대 후반 문학의 근대성과 자기성찰』, 깊은샘, 1998, 404~405면 참조.
　김신정, 「'미적인 것'의 이중성과 정지용의 시」, 『정지용 문학의 현대성』, 소명출판, 2000, 268~276면 참조.
　하재연, 「1930년대 조선문학 담론과 조선어 시의 지형」, 고려대학교 박사학위논문, 2007, 67~72면 참조.

실이지만, 일본어가 여전히 '세계적 동시성'의 창구 역할을 하는 한, 당대의 모더니스트들에게는 필요한 코스이기도 했다.

박인환이야말로 이 딜레마를 가장 여실하게 보여주는 사례일 것이다. 『새로운 도시와 시민들의 합창』에서 박인환은 다음과 같은 말을 하고 있다.

> 나는 不毛의 문명, 資本과 思想의 不均整한 싸움 속에서 市民精神에 離反된 言語作用만의 어리석음을 깨닫었었다.
> 資本의 軍隊가 進駐한 市街地는 지금은 憎惡와 안개 낀 現實이 있을뿐…… 더욱 멀리 지낸 날 노래하였든 植民地의 哀歌이며 土俗의 노래는 이러한 地區에 가란켜간다.[11](自序, 부분)

'자본의 군대가 진주한 시가지'라는 박인환의 정세 판단은 일견 해방기의 좌우 이념 대립을 떠올리게 한다. 그리고 그는 '시민정신'에 이반된 언어의 한계를 자각했다고 고백했다. 그것은 '식민지의 애가'나 청록파의 '토속의 노래'와는 다른 '언어'를 수립해야 한다는 상황 인식과 맞물린 당연한 고백이기도 했다. 김규동이 박인환에 대해 "그가 살아 있다면 틀림없이 / 분단시대를 떠메는 / 참다운 모더니스트가 되었을 것이다 / 민족현실을 간파한 / 참 사실주의 시인 되었을 것이다"(「잡설―박인환」中)라고 한 것은 다분히 낭만화된 것이기는 하지만, 박인환의 '다른 언어'에 대한 상황 인식을 염두에 둔 것인지도 모른다. 박인환의 상황 인식은 일본어가 사라진 언어적 진공 상

---

11) 박인환, 「장미의 온도」(자서), 김경린 외, 『새로운 도시와 시민들의 합창』, 도시문화사, 1949, 51면.

태에 직면하여 새로운 '언어'를 발명해야 하는 자의 당혹스러움이 '어리석음'에 대한 자기반성으로 이어진 결과로 비로소 가능한 것이었다. 그 상황 인식에 이르기까지 박인환에게는 '언어 없음'에 대한 절박함과, 새로운 언어의 발명에 대한 내적 필연성이 있었다고 할 수 있다. 다만 그 상황 인식의 철저함을 살피기 위해서는 역시 그 시적 실천을 살피지 않을 수 없다.

『새로운 도시와 시민들의 합창』에서 박인환은 「인천항」, 「남풍」, 「인도네시아 인민에게 주는 시」 등 反자본주의, 反제국주의적 성격의 시들을 게재했다.

> 그러나 날이 갈수록
> 銀酒와 阿片과 호콩이 密船에 실려오고
> 태평양을 건너 무역풍을 탄 칠면조가
> 인천항으로 羅針을 돌렸다
>
> 서울에서 모여든 모리배는
> 중국서온 헐벗은 동포의 보따리같이
> 貨幣의 큰 뭉치를 등지고
> 황혼의 부두를 방황했다
>
> -「인천항」 부분
>
> 거북이처럼 괴로운 세월이
> 바다에 올러온다
>
> 일즉이 의복을 빼았긴 土民
> 太陽없는 마레ㅡ

너의 사랑이 白人의 고무園에서
素馨처럼 곱게 시드러졌다

民族의 運命이
꾸멜神의 榮光과 함께 사는
안콜 왔트의 나라
越南人民軍
멀리 이 땅에도 들려오는
너이들의 抗爭의 銃소리

　　　　　　　　　　　　－「南風」 부분

　「인천항」의 '은주, 아편, 호콩'과 같은 세목들이나 '헐벗은' 중국
동포에 대한 동정적 시선, 「남풍」의 고무원에서 백인들에게 착취당
하는 월남 토민에 대한 관심이나 '월남인민군'에 대한 호의적 태도는
모더니즘적 양상이라기보다는 리얼리즘적 양상에 더 근접해 있는
것처럼 보인다. 이러한 시적 양상은 박인환이 『새로운 도시와 시민
들의 합창』의 자서에서 밝힌 상황 인식에 의해 뒷받침되고 있는 것
이기도 하다. 물론 이것만으로 '모더니스트' 박인환이 처음에는 리얼
리즘적 시관으로 사유했다고 단언할 수는 없다.[12] 여러 회고담에서

---

12) 박연희는 박인환의 마리서사를 '국가의 공식문화'에서 벗어난 공간으로 규정하고,
　　해방기의 박인환을 아시아의 제3세계적 현실에 주목한 시민정신의 소유자였다고 평가
　　한 바 있다. (박연희, 「전후, 마리서사, 세계의 감각―청년 모더니스트 박인환을 중심으
　　로」, 권보드래 외, 『아프레걸 사상계를 읽다―1950년대 문화의 자유와 통제』, 동국대학
　　교출판부, 2009, 200~203면 참조.) 그러나 국가의 공식문화에서 벗어나 있는 것과
　　그것을 비판하고 견제하는 것은 큰 차이가 있다. 가령 당대 문인들이 즐겨 찾았던
　　음악다방과 같은 공간도 국가의 공식문화에서 벗어나 있었지만 그 자체로 체제 비판적
　　공간으로서 존재했던 것은 아니다.

박인환이 이데올로기적으로 보수에 가까웠다는 증언이 반복해서 나오고 있는 점은 「인천항」과 「남풍」, 혹은 「인도네시아 인민에게 주는 시」를 이해하는 데 반드시 고려해야 할 사항이다.[13] 이 시기 박인환이 T. S. 엘리엇보다도 스티븐 스펜더나 W. H. 오든 등 뉴 컨트리파에 경사해 있었기 때문에 그의 시에 현실사회에 대한 비판적 관심이 강하게 표출되었다는 주장도 이러한 맥락에서 설득력이 있다고 여겨진다.[14] 다시 말해 「인천항」, 「남풍」에 드러난 재현의식은 여전히 서구 모더니즘의 패션(fashion)으로서의 그것이었다는 지적이다.

시 자체만 놓고 보더라도 박인환은 왜 당면한 민중적 삶의 세목으로 직핍해 들어가지 못 하고 외국의 현실을 학습하는 길을 택했는지 의아한 면이 있다. 그러한 선택은 공식어로서 일본어가 더 이상 그 효력을 인정받을 수 없는 언어의 진공 상태에서, 그에게는 정작 자신이 몸담고 있는 생활 현실을 표현할 언어가 없었음을 보여주는 증거라고 하지 않을 수 없다. 일본어가 사라진 '언어 없음'의 상황에서 그는 자신의 삶에 대해 당장 이야기할 준비가 되어 있지 않았고, 단지 '素馨'^{자스민}이라는 일본어 의식의 중개를 통해 먼 이국의 현실을 겨우 상상해낼 수 있었다. '素馨'^{자스민}의 언어 감각이 '미완의' 모국어에 대한 상상이었던 것과 마찬가지로, 그는 자신이 당면한 민족적 불운을 이방의 혼란상에 투영하지 않고는 그것을 제대로 상상해낼 수 없었던

---

13) 최하림, 「새로운 도시의 시인들」, 이동하 편, 『박인환』(한국현대시인연구12), 문학세계사, 1993, 103면 참조.
   김차영, 「박인환에 대한 몇 가지 추억」, 이동하 편, 『박인환』(한국현대시인연구12), 문학세계사, 1993, 97~98면 참조.
14) 허윤회, 「1950년대 모더니즘 시론의 시사적 이해」, 『한국의 현대시와 시론』, 소명출판, 2007, 357면 참조.

셈이다.

3. 콜라주적 언어 감각이 빚어낸 착각: 조향의 경우

조향은 『매일신보』(1940) 신춘문예에 입선한 뒤, '趙薰'이라는 필명으로 일본의 『日本詩壇』, 『詩文學硏究』에 일어로 된 시를 발표하면서 본격적인 활동을 시작했다. 일제의 국책을 선전하는 매체에 시를 발표할 수도 있었지만, 조향은 일본에서 나오는 동인지에 '연애시'만을 발표했다고 쓴 바 있다.[15] 그 무렵은 국내에서도 우리말의 사용이 철저히 금지되었고 또 체제에 협력하는 방향의 글만이 지면을 얻을 수 있었기 때문에, 문인들은 절필을 하든지 일본어 창작을 하는 수밖에 없었다.[16] 조향의 일본어 창작은 그의 전집이 묶이는 과정에서 그의 동생 조봉제에 의해 번역 소개되었다.

주지하는 바와 같이 조향 시의 경향은 〈후반기〉 동인에 가담하면서 초현실주의적인 양상으로 급변하지만,[17] 해방기의 시들은 전반적으로 이미지즘적인 경향을 띠었다. 그의 시에 나타나는 이미지즘적인 경향은 일본어로 시를 쓰던 시기에 이미 갖추어져 있었다. 이 시기 그의 이미지즘 시는 전후의 그의 초현실주의 시보다 일층 가독

---

15) 조향, 「20년의 발자취」, 『조향전집·2』, 열음사, 1994, 1쇄, 40~41면 참조(※『자유문학』, 1958.10).

16) 김윤식, 「한일 이중어 글쓰기의 역사성」, 『한일 근대문학의 관련양상 신론』, 서울대학교출판부, 2001, 30~35면 참조.

17) 엄성원, 「초현실주의적 지향과 부정의 시학」, 김학동 외, 『한국 전후문제시인연구2』, 예림기획, 2005, 142면 참조.

성이 있었지만, 한편으로는 전후 그의 시적 변화를 예견케 하는 요
소들도 내포하고 있었다.

> 풀이 모두 무성한 古風의 기와로 가득찬
> 童話처럼 참으로 오래된 마을
> 兩班의 전통이 곰팡이처럼 어두운 마을
> 木花꽃이 끝없이 피어 있는 山地의 밭길을
> 土犬이 땅을 핥으면서 지나가기도 하고
> 완만한 傾斜地에서는
> 황금빛 農牛가 MO— O— 저녁 무렵을 울며
> 牧童들은 아리랑을 노래하면서
> 그리고 호박꽃빛으로
> 燈盞에 하나 둘 불이 켜지기도 하여……
>
> 참으로 故鄕은
> 석양에 채색된 牧場의 빛을 띠고 있었다
> 고향 마을은 네덜란드의 風車처럼
> 언제나 대범하게 돌아가는 幻影이었다
>
> —「鄕愁」 부분, 조봉제 옮김

> 밀밭 두던 황토 사태 난 그늘에
> 호젓이 외로워라 하얀 오랑캐꽃 한떨기
> 나는 허수아비처럼 얄궂은 포—즈로 섰고 싶어라
> 나는 그 어느 불행히 미쳐 죽은 화가인 양
> 무르녹는 밀밭 머리 누른 에—텔의 파동에 취한다

     푸르른 계절 그 황홀한 울고 싶은 풍경화 속에서
     나는 나를 잃어버린다
     풍성히 탄력스러운 포곤한 숲 저어쪽에
     바다가 호수처럼 게을음처럼 잠자코 누워 있다

     간지러운 풀피리 소리에 재우쳐 깬 나는
     짓궂은 小妖精들인 양 휘파람을 날려라
     에나멜 느린듯이 고운 하늘에
     구멍이나 구멍이나 송 송 뚫어라!
                              ―「밀 누름때」 부분

   우리말로 번역된 조향의 시들을 연구하는 데는 주의가 필요하다.
번역의 과정에서 생겼을지도 모르는 개작의 가능성을 염두에 두어
야 하기 때문이다. 일본어로 씌어졌던 조향의 초기 시들이 한국전쟁
이후의 그의 시들보다 유려한 언어 능력을 보인다고 했을 때, 그것
은 번역자의 언어 능력의 수월성과도 연관이 있을 수 있다. 따라서
이런 종류의 논의를 하기 위해서는 조향의 일본어 시를 직접 연구하
는 것이 가장 좋은 방법일 것이다. 그러나 현재 조향의 오리지널 일
본어 텍스트를 입수하는 데 큰 어려움이 있다. 차선책으로 국역된
조향의 일어 시들을 살피는 것이지만, 번역의 과정에서 변개되지 않
는 메시지의 차원을 중심으로 논의를 한정할 필요는 있을 것이다.
   「향수」에는 외국어로밖에 고향에 대해 쓸 수 없는 자의 궁색함이
드러나 있다. '土犬'이나 '農牛'는 조향이 쓴 한자를 조봉제가 그대로
옮긴 것으로 판단되는데, 이것들은 '똥개'나 '황소'가 되어야 우리말
감각에 가까운 것이 될 것이다. 소의 울음을 알파벳으로밖에 표현하

지 못한 것도 그저 멋을 부린 것으로도 볼 수 있지만, 이중어로 시를 쓰는 사람 특유의 감각이 빚어낸 소산으로도 볼 여지가 있다.

「향수」에서 중요한 것은 "네덜란드 風車처럼"이라는 비유이다. 이 비유는 「향수」의 전반적인 완성도를 심각하게 떨어뜨리고 있다. 왜냐하면 바로 앞부분의 비유에서 고향은 '동화처럼' '오래된' 마을이고, "양반의 전통이 곰팡이처럼 어두운" 마을이라고 한 것과 "네덜란드 風車처럼"이라는 비유는 일관성 면에서 어긋나 있기 때문이다. 게다가 시적 화자에게 가장 친숙해야 할 공간이 직접 체험의 범위를 넘어서는 매우 이질적인 보조관념에 의해 매개되고 있는 것 역시 범상한 일은 아니다. "네덜란드 風車처럼"이라는 이 어색한 보조관념은 일본어로는 고향을 제대로 표현할 수 없음을 역설적으로 웅변해 주고 있다.

이 이중어 글쓰기의 곤란함이 해방과 함께 해결될 수 있는 문제였던가 묻는 것은 조향을 비롯한 전후 모더니스트들에게 매우 중요하다. 『죽순』5호(1947)에 발표된 「밀 누름때」가 중요한 것은 바로 이 때문이다. 「밀 누름때」 역시 고향의 풍경을 그리고 있다는 점에서 「향수」와 비교해볼 만하다.

결론부터 말하면 「밀 누름때」도 「향수」와 마찬가지로 이중어 글쓰기의 난맥을 여실히 보여준다. 「밀 누름때」의 직유 편향은 그에 대한 방증이 될 수 있다. 인용한 부분에서 "허수아비처럼" "죽은 화가인 양"의 원관념은 시적 화자 자신이다. 이것은 고향에 대한 시적 화자의 마음 상태를 제대로 표현할 수 없음을 직유를 연달아 사용함으로써 나타낸 것이다. 진술의 형태로 마음의 상태를 표현할 수 없기 때문에 비유를 사용한 것인데, 그것을 연달아 사용한다는 것은 답답한 심경을 나타내는 기호라고 해석할 수 있다. 게다가 고향 정경을 묘사하는 데 외래어가 세 번이나 노출된 것도 주목된다. 정지용의 「향수」와 같은 '전범'이 있음에도, 조향이 외래어를 동원하여 고향의 정경에 대해 쓰고 있다는 것은 언뜻 납득하기 어려운 면이 있다. '小妖精'이라는 시어 역시 고향의 풍경과는 어울리지 않는 이국적인 소재이다. '모국어'라는 말이 함축하고 있는 바를 잘 생각해 보면, 「밀 누름때」의 언어 감각이 「향수」의 그것을 압도해야 마땅했지만 결과적으로는 전혀 그러지 못했다.

조향에게 해방은 그동안 쓰는 것을 삼가 왔던 모국어를 다시 쓸 수 있게 되었다는 것을 의미하는 것이 아니라, 그동안 써왔던 공식어로서의 일본어를 '지우고' 그 자리에 새로운 공식어를 '발명'해야 한다는 것을 의미했다. '모국어'가 있다는 것은 조향과 그 주변의 모더니스트들에게는 환상에 지나지 않은 것이었는지도 모른다. 그들이 '발명'한 것은 청록파 주변에서 통용되던 메커니즘 안의 '우리말'과는 다른 언어일 수밖에 없었는데, 조향의 경우 그 '발명품'은 단연 박래품적인 것이었다.

少女는 찔레꽃 열매처럼
샛빨간 思想을 고이 기르고

少女의 영혼은 함박눈 내려 쌓이는 밤같이
차갑게 남 몰래 속삭인다

少女는 연하고 흰 젊은 파 포기처럼
삶의 향기를 수집어 한다

少女는 꽃잎처럼 떨리는 심장에
'아라베스크' 무늬의 사랑을 꿈꾼다

-「少女」(1942/1958) 부분

하이얀 洋館 포오취에
소박한 의자가 하나 앉아 있다.

少女는 의자 위에서 지치어버려
낙엽빛 팡세를 사린다
나비처럼 가느닿게 숨쉬는 슬픔과 함께……

바람이 오면
빨간 담장이 잎 잎새마디가 흐느낀다
영혼들의 한숨의 코오러쓰!

詩集의 쪽빛 타이틀에는
화석이 된 뉴우드가 뒤척이고,

사내는 해쓱한 테류어견인 양
카아텐을 비꼬아 쥐면서
납덩이로 가라앉은 바다의 빛을 핥는다

먼 기억의 스크링처럼
그리워지는 황혼이
소녀의 살결에 배어들 무렵
가을은 大理石의 체온을 기르고 있었다.

-「가을과 少女의 노래」(1949) 전문

  조향의 시 세계를 접하면서 항상 드는 생각은 왜 일본어로는 온전한 문장을 활용하여 가독성 높은 작품을 썼던 시인이 우리말로는 그만큼 써내지 못했는가 하는 것이다. 「少女」, 「가을과 少女의 노래」 모두 노래하는 대상에 큰 차이는 없지만, 「少女」에 비해 「가을과 少女의 노래」는 생경하다. 「少女」는 『日本詩壇』에 게재되었던 일본어 시를 다시 우리말로 고쳐 1958년 『대학국어』에 게재한 시이지만, 「가을과 少女의 노래」에 비해 쉽게 읽힌다. 「少女」에 사용된 보조관념들은 '열매' '함박눈 내려 쌓이는 밤' '파 포기' '꽃잎'처럼 무난한 자연물인 데 반해 「가을과 少女의 노래」에 사용된 보조관념들은 '나비' 같은 것도 있지만, '테류어젼' '스크링'처럼 외국어들이 섞여 있다. 이제야말로 우리말을 마음껏 쓸 수 있게 되었는데, 오히려 조향이 생경한 외국어, 외래어, 알파벳을 그대로 노출한 표기법 등을 섞어 쓴 것은 일견 이해하기 힘든 면도 있다. 그러나 바로 그 점이야말로 이 시기 모더니스트들의 언어적 정체성을 가감 없이 보여주는 부분이기도 하다.

  조향은 일본어가 실추하자 일본어로 쓸 수 있었던 로맨틱한 세계마저 그릴 수 없게 되었다. 우리말로는 세계를 설명할 적당한 어휘를 찾아낼 수 없었던 것이다. 그 언어의 공백 상태를 조향은 외래어와 외국어를 섞어 쓴다든지, 온전한 문장보다는 문장을 파괴한 절이나 구, 단어의 병치를 사용하는 '콜라주적 스타일'을 발명함으로써 메우고자 했다.[18] 물론 조향의 한국어 실력이 평생 답보했다고 말하려는 것은 아니다. 한국어 실력의 진전에도, 한번 만들어낸 '콜라주

---

18) 필자는 조향의 이 수사적 특징을 '하이브리드적 방법의 초현실주의'라는 맥락에서 살핀 바 있다. (장인수, 「하이브리드적 방법의 초현실주의 실험」, 민족문학사학회, 『민족문학사연구』, 통권41호, 2009.)

적 스타일'을 평생 밀고나갔다는 것이 오히려 문제이다. 이 언어 감
각이 발명될 무렵에는 전쟁 이후의 암울한 현실이 그 배음으로서 작
용을 했겠지만, 어느 순간 이 언어 감각이 그 배음 없이도, 다시 말
해 '언어를 분절하고 다시 재조합해야 할' 사회·역사적 필연성 없이
도 '자동적으로' 유지될 수 있게 된 것이다.

> 트롤, 왈츠에 밤이 도온다.
> 파아트너-도 없는 나의 무도회.
> 잠을 못 자서 시뻘건 샹데리야.
> 밑에서 말이예요.
> (동짓달 기나긴 밤을 한허리를 둘에 내어.)
> 지랄만 하다가는 내가 미칠 밤이구나!
> (Christ over Korea!)
> 모든 가다론 宣言의 終幕
> 허망한 약속들의 연대는 이미 끝났다.
> 내일이면
> Normandy 航路 위에서
> 푸른 바람에 턱을 고일 나의 pose.
> ADIEU!
>
> 船長 뿌라운 씨의
> 수염과
> 땅히일 골통대와
> 파아카아 만년필
> 어린 소매치기와
> 론손 라이터어.
>   -「Normandy 航路 前夜」(1951) 부분

죽어 쓰러진 엄마 젖무덤 파고드는 갓난애.

버려진 軍靴짝.

피 묻은 '까아제'.

휘어진 鐵筋.

구르는 頭蓋骨.

부서진 時計塔.

전쟁이 쪼그리고 앉았던 廣場에는 누더기 주검들이.

彈丸 자국 송송한 郊外의 兵舍.

줄 지어 絡繹한 제웅의 무리.

참 落寞한 것.

　　　　　　　　　　　　　－「文明의 荒蕪地」(1957) 부분

2, (M·S)

輪轉機에서 쏟아지는 紙幣의 더미.

그 더미 속에서 도오는 地球.

(C·U)

지구엔 잠시 停電이.

　　　　　　　　—拳銃 소리

(O·S)

W "검은 태양을 굴리는 아폴로처럼……"

M "黑薔薇의 장례식은 로비에서……"

　　　　　　　　　　　　　－「검은 SERIES」(1958) 부분

　조향의 데페이즈망이나 콜라주적 스타일은 조향이 서구 초현실주의에 경사해 있었고 한국전쟁을 겪으면서 본 인간성 상실의 풍경들이 트라우마로 기능을 하면서 만들어진 면이 있다. 그러나 한편으로 전전부터 그의 언어적 정체성은 외래어 편향의 콜라주적인 면이 있었다. 또한 전후의 다른 모더니스트들, 예를 들어 김수영이나 김규동 등이 시간의 경과에 따라 다른 주제와 다른 스타일을 추구해간 것에 비해 조향은 도시 문명의 암흑면을 일관되게 '파편화된' 비전으로 형상화했다는 점도 주목할 필요가 있다. 요컨대 조향의 일관성, 혹은 천편일률성은 초현실주의나 한국전쟁의 영향만으로는 관철될 수 없는 것이 아니었을까 하는 것이다. 오히려 역으로 그가 이중어 글쓰기의 난맥을 넘어서지 못했기 때문에, 다시 말해 우리말에 서툴렀기 때문에 '콜라주적 스타일'을 내세웠고, 그 콜라주적 스타일이 그것에 부합하는 현실의 풍경들을 창조해낸 면도 있다. 전쟁의 혼란한 현실이 그의 언어적 정체성을 만든 것이 아니라, 그의 언어적 정체성이 先行하여 그의 시적 주제와 내용까지를 규정한 면도 있는 것이다.

이와 같은 관점에 서면, 검은색에 대한 조향의 편애를 두고 '色彩象徵'을 논하는 것과 같은 방식의 독법은 의미를 잃게 된다. 「검은 DRAMA」, 「검은 神話」, 「검은 SERIES」, 「검은 傳說」, 「검은 Cantata」, 「검은 부정의 arabesque」, 「검은 ceremony」 등 일련의 작품에서 중요한 것은 그 검은색의 상징성이 아니라 조향 레퍼토리의 단조로움이다. 조향 언어의 정체성이 이러한 단조로움을 유도하고 있다. 조국을 떠나 열린 공간인 바다로 향하면서 'ADIEU'라고 외치는 「Normandy 항로 전야」의 장면은 「파아란 항해」(1947)의 장면과 그대로 겹친다. 한국전쟁이 두 시의 차이를 장식적 차원에서 만들고 있을 따름이다. 「Normandy 항로 전야」에 쓰인 '수염'에서부터 '라이터어'

에 이르는 데페이즈망은 「문명의 황무지」에 나오는 '軍靴짝'부터 '제
웅의 무리'까지 이어지는 데페이즈망과 디테일은 다르지만 병치라는
구도에서 유사하다. 유명한 "폰폰따리아 / 마주르카 / 디이젤-엔진이
피는 들국화"(「바다의 충계」中)의 지루한 반복이다. 「Normandy 항로
전야」에서의 '선장'과 '어린 소매치기'의 대조, '골통대'와 '라이터어'
의 대조는 「검은 SERIES」에서의 '태양'(남성상징)과 '장미'(여성상징),
'아폴로'(不死)와 '장례식'(死)의 대조와 유사한 구조이다.

　이러한 레퍼토리의 단조로움은 조향의 시가 한국전쟁을 계기로 하
는 '물적 토대'에 대한 관심을 결하고 있거나 피상적으로만 드러내고
있다는 비판[19]에 대한 논거로도 거론할 만하다. 그러나 조향 시의 피
상성을 내용 층위에서 비판하는 것이 이 논문의 목적은 아니다.

　한국전쟁 이후 조향이 일관되게 도시 문명의 암흑면을 초현실주
의적인 비전을 통해 형상화할 수 있었던 자신감의 근거가 다음의 시
작 노트와 같은 논리 구조에 기대어 있었음을 확인하는 것도 전혀
의미 없는 일은 아닐 것이다.

　　　출발은 언제나 사르비아가 피어있는 오후 두시쯤으로 하자.
　　　진득거리는 낱말들이 한사코 응석을 부리는 너의 침실엔.
　　　낙엽을 태우는 갈색 냄새가 맴을 돈다.

　　　기능주의의 논리에 묶인 都市 위엔 차가운 태양들이 굴러다니는데.
　　　검은 공간에서 식물들의 웃음소리가 환히 솟아 오르면.
　　　수 없는 얼굴들은 等式의 동물원에서 '나'를 잃어버린다.

---

19) 이승훈, 「1950년대 한국 모더니즘 시의 전개」, 『한국 모더니즘 시사』, 문예출판사,
　　2000, 196면 참조.

마도로스 파이프에다 네 눈동자를 재어서 피우면 자스민 냄새가 나면서.
너의 젖가슴엔 나비의 훈장. 그 複眼에 새겨진 나의 몰골은 꼭 三閭大夫
트럼펫 소리는 아직도 하얀 장미를 뿌리면서 하늘에 걸려 있는데.

계면쩍은 표정으로 뒷골목으로만 빠지려는 訓示들은 이젠 破落戸다.
해프닝은 문화의 건강 진단을 위한 기계체조.
예식장엔 장례식의 중얼거리는 소리가 엉겨있다.

'요샤파트'의 골짜기. 검은 衣裳들의 모꼬지.
까만 비로오드의 기침을 떨어뜨리면서 내 곁에 서 있을 밤. 그
밤으로 가서. 삶을 확인하자, 너의 결재를 끝마치자.
무거운, 처절한 밤의 판파아르.

-「밤의 판 파아르」 전문

'로뜨레아몽'에서 '랭보'를 거쳐서 '브르똥'에 이르는 詩法을 생각해
주기 바란다.
　스탄자의 구성에 있어선, 개인적인 생활의 비교적 밝은 이마주와,
현실비판적인 어두운 이마주를 번갈아서 배치했다. 흑과 백의 또락한
콘트라스트, 좋은 게스탈트(Gestalt)를 생각하면서. 끝 스탄자에 가선
明의 이마주가 暗쪽으로 흡수돼버리면서 이른바 大團圓을 이루게 된다.
　현대가 지니고 있는 '어두움'이 언제나 내 머릴 떠나지 않는다. 이러
한 '어둠' 곧 '不條理'요 '終末的 神話'가 개인에게다 안겨주는 비극을
나의 詩法에다 담아 본 것이다.

-시작 노트 「어둠이 안겨주는 비극」 전문[20]

---

20) 「어둠이 안겨주는 비극」은 「밤의 판 파아르」에 붙은 시작 노트이다. 두 텍스트는
　전집에 누락된 것들로 본 논문에서 처음 전문이 소개된다.(동아일보, 1968년 10월
　31일.)

반복해서 말하는 것이지만, 해방 이후 조향은 공식어로서의 일본어가 더 이상 유효하지 않은 상황에 맞닥뜨렸다. 청록파와 그 주변의 전통서정시 계열의 시인들에게, 이 언어의 공백 사태는 큰 의미가 없었는데, 왜냐하면 그들은 『문장』 이래의 '민족어 만들기'의 메커니즘을 공고히 하고 있었기 때문이다. 박인환이 이 언어의 공백에 대해 '素馨'^{자스민}이라는 상상된 공식어를 급조했던 데 대해, 조향은 외래어 편향의 시를 경유하여 초현실주의의 데페이즈망이나 콜라주 기법에 이르러, 그 방법론을 일평생 지속했다. 그가 서구 초현실주의, 이를테면 '로트레아몽'에서 '랭보'를 거쳐 '브르통'에 이르는 시법에 당장 몰입할 수 있었던 것은 기실 그 '언어의 공백'에 맞닥뜨린 상황에서 우리말로 시 쓸 수 없음을 뼈저리게 느꼈기 때문이다. 우리말에 대한 콤플렉스가 프랑스 초현실주의로 내달리게 한 것이었다. 그러나 조향은 그 자신도 이 콤플렉스가 온전한 문장을 쓰지 않고도, 가령 데페이즈망과 같은 문장 단위 이전의 표현법만으로도 시를 쓸 수 있는 세계, 초현실주의의 세계로 그를 이끌었다는 것을 자각하지 못했던 게 아닌가 한다. 그는 「밀 누름때」에서 "나는 나를 잃어버렸다"고 고백한 이래, 「밤의 판 파아르」에서도 "等式의 동물원에서 '나'를 잃어버린다"고 고백하지 않을 수 없었는데, 사실 그 자신은 그 상실감의 정체를 파악하지 못 했다. 그는 시작 노트에서 자신의 시를 해설하면서 거의 전적으로 기법만을 이야기했다. '흑과 백의 대조'라든지 '어둠'의 '종말론적 신화'는 「밤의 판 파아르」만의 이야기가 아니라 그의 시 대부분이 바로 이 해설에 들어맞는 되풀이되는 레퍼토리였다. 시적 화자의 자기 상실은 '等式'으로 모든 이야기를 균질화해 버리는 '범용성의 신화' 속에서 일어나는 것인데도, 그는 시작 노트에서 그 '범용성의 신화'를 되풀이하고 있었던 셈이다.

4. 일본어 감각의 잔류, 혹은 일본 표상의 중요성
　: 김수영의 경우

『새로운 도시와 시민들의 합창』에 김수영이 내놓은 「아메리카 타임지」는 사실 일본어로 된 원시가 있었다. 김병욱이 그 원시에 대해 칭찬을 한 것에 대한 반발심으로 김수영은 같은 제목으로 별개의 우리말 시를 써서 동인들에게 주었다. 김수영은 이 시에 대해 '히야카시한' 작품이었다고 고백했는데,[21] 이 고백이 사실에 얼마나 근접해 있는지는 알 수 없다. 일본어 원시와 우리말 시가 완전히 일치하지는 않았더라도, 우리말 시가 원시의 '개작' 정도의 수준이었던 것은 아닐까 하는 가정도 전혀 불가능한 것만은 아니다. 물론 이 논문에서 그것을 논증해야할 만큼 그것이 본질적인 문제는 아니다.

　　　흘러가는 물결처럼
　　　支那人의 衣服
　　　나는 또 하나의 海峽을 찾았던 것이 어리석었다

　　　機會와 油滴 그리고 능금
　　　올바로 정신을 가다듬으면서
　　　나는 수없이 길을 걸어왔다

---

21) 김수영, 「연극하다가 시로 전향」, 『김수영전집2―산문』2판 8쇄, 민음사, 2010, 334면 참조.

그리하여 凝結한 물이 떨어진다
바위를 문다

瓦斯의 정치가여
너는 活字처럼 고웁다
내가 옛날 아메리카에서 돌아오던 길
뱃전에 머리를 대고 울던 것은 女人을 위해서가 아니다

오늘 또 活字를 본다
限없이 긴 活字의 連續을 보고
瓦斯의 政治家들을 凝視한다

　　　　　　　　　　　　　　－「아메리카 타임지」 전문

「아메리카 타임지」는 기존 연구에서 많이 다룬 시 중 하나인데, 많은 논자들이 오독하고 있는 시 중 하나이기도 하다. 특히 '瓦斯의 政治家'라는 구절에 대한 논자들의 해석은 별다른 반성 없이 되풀이되고 있어서 우려할 만하다. 김승희는 이 구절을 '은유'로 보고, "'와사'(가스)의 은유를 통해 실재하지 않는 무실체성, 만질 수도 없고 보이지도 않는 정체성이 없는 존재이면서 그렇기에 더 큰 권력을 가진 남근적 존재"로서 '정치가'를 규정한다. 황현산도 '와사'의 은유를 아메리카로부터 "다시 돌아와 맞이하는 부황한 현실"로 보고 있다.[22] 그러나 김수영은 조사 '의'를 활용해 원관념과 보조관념을 등치시키는 은유는 잘 쓰지 않았다. 이러한 사실을 고려했다면, '瓦斯의 政治

---

22) 김승희, 「김수영의 시와 탈식민주의적 反언술」, 김승희 편, 『김수영 다시 읽기』, 프레스21, 2000, 373면.
　　황현산, 「김수영 시 자세히 읽기」, 황정산 편, 『김수영』, 새미, 2002, 185면.

家'를 달리 볼 수 있는 가능성을 열어두었어야 했던 게 아닌가 싶다. 이 구절은 그저 '瓦斯の政治家'를 그대로 우리말로 옮겨놓은 것에 지나지 않는다. 이것은 '瓦斯を着る政治家'를 의미한다. 이때의 '瓦斯'는 '瓦斯絲'의 준말이다. '瓦斯絲'란 가스의 불꽃 속을 고속으로 통과시켜 표면의 보풀을 태워 광택이 나게 한 무명실을 가리킨다. 瓦斯絲로 된 고급양복을 입은 정치가가 잡지에 사진으로 실려 있지만, '뱃전'에서 울어본 적 없이 고생 모르고 살았을 당신은 '진짜'가 아니라는 것이 이 시의 내용이다.

  이러한 오독의 이면에는 김수영과 일본어의 잔재를 의식적으로 분리하고자 하는 소망이 잠재해 있는 것인지도 모른다. 그러나 김수영은 1960년대까지도 일기를 일본어로 적을 정도로 이중어의 감각을 유지하고 있었다.[23] 김수영을 '脫신화화'하는 것이 이 논문의 진정한 목적은 아니지만, 김수영은 '히야카시(ひやかし)'한 작품으로 이 시를 독자들에게 내밀고 있었다는 점을 환기할 필요는 있을 것이다. 여러 번 반복했다시피 이 시기의 모더니스트들은 그동안 자신들이 공식어로 활용해 왔던 일본어가 더 이상 유효하지 않게 되는 '언어의 공백'에 맞닥뜨려 새로운 공식어를 '발명'해야 하는 처지였다. 박인환이 '素馨'(자스민)이라는 표기를 사용한 것은 일본어 의식을 매개로 하여 '일본어와는 다른' 미완성의 모국어(공식어)를 나름대로 창출한 것이었다. 조향은 그 '언어 없음'의 상태에서 콜라주적인 기괴한 언어를 만들어

23) 그의 일기(1960.10.18~19.)를 참고하면, 그는 사르트르의 『순교와 반항』도 일본어 텍스트로 읽었음을 알 수 있다. 1960년 10월 19일의 일기, 1961년 2월 10일의 일기, 1961년 4월 14일의 일기, 그리고 『창작과비평』(2008년 여름호)에서 처음으로 소개된 1956년 2월 16일의 일기, 1960년 9월 23일의 일기 등에도 일본어로 쓴 구절들이 있다.

내고, 그 언어 감각에 의해 도출된 '도식적인 현실'을 진짜 현실로 믿어버리는 '범용성의 지옥'으로 추락했다. 그에 대해 김수영은 오히려 느긋하게 일본어의 잔재를 십분 활용했다. 일본어를 지워야 한다는 강박이 조향은 말할 것도 없고 루비체를 변형했던 박인환에게도 있었는데, 김수영은 그 식민지의 흔적을 지워야 한다는 강박이 없었다. 오히려 자학적으로 그것을 밀고 나갔다는 데서 김수영의 시적 태도를 찾을 수 있다.

> 주변없는 사람이 만져서는 아니될 冊
> 만지면은 죽어버릴 듯 말 듯 되는 冊
> 가리포루니야라는 곳에서 온 것만은
> 確實하지만 누가 지은 것인 줄도 모르는
>
> —「가까이 할 수 없는 書籍」 부분

> 倒立한 나의 아버지의
> 얼굴과 나여
>
> —「이[虱]」 부분

> 늬가 끊을 수 있는 것은 오직 生死의 線條뿐
> 그러나 그 悲哀에 찬 線條도 하나가 아니기에
> 너는 다시 부끄러움과 躊躇를 품고 숨 가빠하는가
>
> —「九羅重花」 부분

> 나의 명예는 부서졌다
> 비 대신 黃砂가 퍼붓는 하늘 아래

누가 지어논 무덤이냐
그러나 그 속에서 腐敗하고 있는 것
―그것은 나의 앙상한 生命
PLASTER가 燃上하는 냄새가 이러할 것이다

―「PLASTER」 부분

전집 2판을 찍으면서 '가리포루니아'가 '캘리포니아'로 바뀐 것은
물론 김수영 시의 대중화를 위한 출판사 측의 고심 끝의 결정이었겠
으나, 일본어의 잔재를 '용감하게' 밀고 나간 김수영의 의도는 전집
2판에서는 훼손을 피할 수 없게 되었다. 「가까이 할 수 없는 書籍」의
이 '가리포루니아'라는 일본식 음사는 이미 여러 선행 연구에서 다루
어졌지만, 대수롭지 않게 다루어진 감도 있다. 「이[虱]」의 '倒立'(と
うりつ)은 '거꾸로 선' 정도로 쓸 수 있었을 텐데, 김수영은 그렇게 하
지 않았다. 「九羅重花」의 '線條'는 일본어로 'せんじょう'라고 읽고
그냥 '선(line)'을 의미한다. 그런데 김수영은 구태여 '선' 대신 '線條'
라고 하는 일본식 한자를 고집한 것이다. 「PLASTER」의 '燃上'은 국
어사전에 아예 나오지 않는데, 이것은 일본어 '燃え上がる'를 그대로
쓴 것이다. 김수영 시에 대한 학위논문이 이미 많이 나와 있지만, 그
의 시에 나타난 일본식 표현에 대한 본격적인 연구는 아직 보지 못
했다. 그러나 김수영의 이와 같은 언어적 정체성이야말로 김수영과
그의 시대를 이해하는 데 본질적인 요소라고 생각한다.
김수영은 일본어의 실추로 발생한 '언어 없음'의 무능함에 대한,
그리고 식민지체험의 연장으로서의 전후 현실에 대한 르상티망을,
과거 지배자의 언어를 그의 시에 잔류시킴으로써 자기 자신의 내면에

축적하는 길을 택했다. 박인환과 조향이 일본어의 공백을 용인함으로써 식민지 체험의 르상티망을 외부로 발산했던 것과 비교된다. 일본어의 공백을 용인함으로써 박인환과 조향은 식민지에 대한 역사적 기억까지를 함께 부정하지 않으면 안 되었는데, 김수영은 일본어의 감각을 자신의 시에 잔류시킴으로써 식민지의 물적 토대로부터 분리되지 않을 수 있었다. 김수영이 전쟁과 4·19 등을 겪으면서 깨닫게 된 우리나라의 정치·경제적 후진성을 '식민지적 후진성'으로 호명할 수 있었던 것도 바로 이와 같은 그의 언어적 정체성 때문이었다고 보고 싶다.

(그리 흥겨운 밤의 일도 아니었는데)
사실은 일본에 가는 친구의 잔치에서
伊藤忠 商事의 신문광고 이야기가 나오고
곳쿄노 마찌 이야기가 나오다가
이북으로 갔다는 永田絃次郎 이야기가 나왔다

아니 김영길이가
이북으로 갔다는 김영길이 이야기가
나왔다가 들어간 때이다

내가 長門이라는 여가수도 같이 갔느냐고
농으로 물어보려는데
누가 벌써 재빨리 말꼬리를 돌렸다……
신은 곧잘 이런 꾸지람을 잘한다

―「永田絃次郎」 부분

'히시야마 슈조'의 落葉이 生活인 것처럼
5·16 이후의 나의 生活도 生活이다
복종의 美德!
思想까지도 복종하라!
日本의 '進步的'知識人들이 이 말을 들으면 필시 웃을 것이다
─당연한 일이다

　　　　　　　　　　　　　　　　－「轉向記」 부분

나는 아직도 앉는 법을 모른다
어쩌다 셋이서 술을 마신다 둘은 한 발을 무릎 위에 얹고
도사리지 않는다 나는 어느새 南쪽식으로
도사리고 앉았다 그럴 때는 이 둘은 반드시
以北 친구들이기 때문에 나는 나의 앉음새를 고친다
8·15 後에 金秉旭이란 詩人은 두 발을 뒤로 꼬고
언제나 日本 女子처럼 앉아서 辯論을 일삼았지만
그는 日本 大學에 다니면서 4년 동안을 製鐵會社에서
勞動을 한 强者다

　　　　　　　　　　　　　　　　－「거대한 뿌리」 부분

　구상은 일본어로 하고 쓰기는 우리말로 쓴다는 전후 시인들 중 누구도 자신의 시에 '일본' 표상을 김수영처럼 집요하게 드러낸 사람은 없었다.
　「永田絃次郎」은 자이니치 가수의 북송 사건을 다룬 시이다. 이 시에서는 북한과 관련된 일이라면 아무리 대중적인 관심사라고 하더라도 자기 검열하는 세태가 희화화되고 있다. 분단모순의 웃지 못

할 삽화가 '일본'을 매개로 하여 그려진 형국이다. '일본'을 매개로 하지 않고는 '정면으로' 분단모순에 대해 말할 수 없는 시인 자신의 자기 검열도 이 시에서 희화화되고 있다는 점이 중요하다.

「전향기」는 5·16 군사 쿠데타에 의해 4·19 의거의 의미가 훼손되자 '귀거래'하여 양계를 하는 등 생활인이 되고자 했던 김수영 자신의 사회적 허탈감을 '전향의 논리'로 설명하고 있는 시이다. 김수영이 회의하고 있는 것은 한국에서 강요되고 있는 사상 전향이 바로 일제 시기의 역사를 희극적으로 되풀이하고 있다는 그 사실일 것이다. 그 희극성을 '일본의' 지식인들이 보면 뭐라고 할 것인가 김수영은 묻고 있었던 것인데, 여기서도 '일본'이 우리 사회의 비교항으로 호명되고 있다. 제국주의 국가 일본의 도덕적 훼손성은 주지의 사실이지만, 일본의 진보적 지식인까지 도덕적으로 훼손된 것은 아닐 것이다. 반면 박정희 군사독재의 도덕적 훼손성은 말할 것도 없지만, 우리 사회의 소위 진보적 지성은 무슨 일을 하고 있는지 김수영은 묻고 있다.

심지어 그는 산문에서도 "일제시대에 비하면 작품 평가의 눈은 훨씬 높아졌지만, 작품 자체에 진도가 없으니 그나마 국내 작품을 읽어오던 독자들도 〈오히려 일제시대의 『상록수』나 『무영탑』이 낫다〉고 생각하고, 지금의 작가들이 그때보다도 오히려 퇴보한 것 같다는 불평을 한다."고 직설적으로 말하곤 했다.[24] 이것은 일견 식민지 본국에 대한 열등감의 지속으로도 보이는 면이 있지만, 사정이 그리 간단하지만은 않다.

---

24) 김수영, 「히프레스 문학론」, 『김수영전집2-산문』2판 8쇄, 민음사, 2010, 280면 참조.

그 사정의 복잡함은 「거대한 뿌리」에서 조금 해결된다. 이 시에서
도 역시 '일본'이 나온다. 그런데 이 시에서 긍정적인 표상으로 제시
되고 있는 것은 '일본'이나 '일본식 앉는 법'이 아니라 '김병욱'이다.
김병욱은 反日의 정서가 팽배해있던 8·15 직후에도 그의 몸에 밴 일
본식 관습을 배척하지 않고 자신의 소신대로 이야기할 줄 알았다는
점에서 깊은 인상을 남긴다. 시적 화자 '나'의 경우, '앉는 법'이 없었
으나 김병욱에게는 그것이 명확하게 있었다. 여기서 '앉는 법'이란
결국 '이야기하는 법=언어'이다.

　김수영은 해방 이후 '언어의 공백'에 대해 분명하게 인식하고 있었
다. '언어의 공백'이 생긴 것은, 다시 말해 공식어로서의 일본어가 그
유효성을 잃게 된 것은 해방이 되었기 때문이 아니라 더 본질적인
의미에서 우리나라가 일제의 식민지였기 때문이라고 김수영은 생각
했다. 일본어가 애초부터 없는 것과 있다가 그 유효성이 사라지는 것
은 완전히 다른 문제이다. 그는 식민지 지배로 발생한 이 '언어의 공
백'을 '正視'하면서 역사의 굴곡마다 이 '언어의 없음' 문제를 일본어
감각을 잔류시킴으로써, 혹은 일본 표상과 연계함으로써 넘어서고자
했다. 그 과정에서 그는 우리 근현대사의 후진성을 식민지적 후진성
으로 바르게 인식할 수 있었다. 이 인식의 정확함이 '언어의 공백'에
대해 일본어 감각을 잔류시키는 언어적 정체성을 견지함으로써 가능
했다고 하는 점이야말로 이 대목에서 강조해둘 만한 부분이다.

5. 자학과 위안의 수사 사이: 결어를 대신하여

그동안 전후 모더니즘은 전쟁체험과 그 결과로서의 인간성 상실, 가난, 실존주의의 유행 등과 같은 핵심어들로 '환원'되어 설명되곤 했다. 그러한 풍토는 사실 모더니즘의 영역을 넘어서까지 널리 퍼져 있었던 게 아닌가 싶다. 결과적으로 전후문학은 매우 균질화된 언어 평면에 배치되기에 이르렀고, 또 그것은 4·19세대 문학에 비해 전후세대의 문학을 열등하게 보는 문학사적 시각을 확대 재생산해왔다. 특히 그 폐해는 전후 모더니스트들에게 가장 심대한 영향을 미쳤다. 이러한 폐해를 바로잡기 위해서는 전후문학이 놓였던 언어 평면이 균질적이지 않았다는 사실 관계의 입증이 필요했다. 청록파와 전통서정시 계열의 언어를 감상하고 평가하는 미학적인 준거로 전후 모더니즘 시의 언어를 감상하고 평가하는 일이 가능하지 않다는 인식이 요청되었는데, 왜냐하면 이 양측의 작품들이 놓인 언어 평면이 전혀 다른 언어적 정체성에 의해 만들어진 것이었기 때문이다. 이 논문에서는 그러한 의미에서 전후 모더니스트들의 언어적 정체성을 문제 삼았던 것이다.

전후 모더니스트들의 언어적 정체성은 '모국어 능력의 결여'라고 하는 문제에 '선행하여' 공식어로서의 '일본어의 실추'라고 하는 문제로 규정되어야 한다. 『문장』파, 청록파·서정주, 매체별 신인추천제의 펌핑 메커니즘으로 이어지는 계보에는 애초 일본어가 문제가 되지 않았다. 이 계열의 시인들에게는 처음부터 '조선어'가 '제도적으로' 주어졌기 때문에, 이들이 우리말을 잘 사용하지 못 했다면 그것은 '모국어 능력의 결여'라고 하는 '꼬리표'를 달고 시인으로서의 자질을 문제 삼을 수 있었다. 그러나 당대 모더니스트들―특히 〈신시론〉에서 〈후반기〉로 이어지는 모더니스트들―에게는 '제도적으로' 주어지는 '조선어'가 애초 없었다. 애초 있었던 것은 서구 모더니즘에 근접하기 위해 필요했던, 혹은 일본시단에 근접하기 위해 필요했던 '일본어'였다. 해방기에 그들은 이 일본어가 더 이상 공식어로서 기능을 하지 않는 상황에 맞닥뜨렸는데, 이 언어적 공백을 메울 언어가 그들에게는 '없었다'. 해방과 함께 모국어를 되찾는다고 하는 생각은 안일하다. 왜냐하면 이미 모국어는 한 번 폐기되었기 때문이다. 모국어는 결코 폐기될 수 없다고 하는 것은 환상에 지나지 않는다. 모국어는 『문장』파 정지용의 예에서 알 수 있는 것처럼 이념적으로 구성되는 것이다. 이러한 맥락에서 전후 모더니스트들은 일본어가 그 기능을 잃은 언어의 공백에서 새로운 '모국어(공식어)'를 구성해야만 했다.

『새로운 도시와 시민들의 합창』에서 박인환이 '素馨'이라는 한자에 '루비'를 단 언어 감각을 보인 것은 아주 예외적인 케이스이다. 따라서 이 예외적인 케이스로 박인환 시 세계를 규정지을 생각은 전혀 없다. 이 논문에서 말하고 싶었던 것은 박인환이 '일본어의 공백'이라고 하는 사태에 직면하여 느꼈을 당혹감이다. 그리고 해방된 조선의 현실을 그릴 수 있는 '언어의 없음'을 그 당혹감에 병치시키는 것이다. 그가 「인천항」, 「남풍」, 「인도네시아 인민에게 주는 시」에서 보여준 제3세계 아시아에 대한 관심은 그 자체로는 1950년대 그의 행적과 상당히 다른 것이고, 오늘날의 관점에서 보아도 매우 진보적인 것이었다. 그러나 거기서 중요한 것은 그의 시야가 제3세계 아시아를 아우를 수 있었다는 것이 아니라 그의 '언어'가 아직 조선의 현실을 제대로 그릴 수 없었다는 점이다. 그 안타까움이 그의 루비체 변형의 언어 감각에서 조급하게 표출된 셈이다.

조향은 일본어로도 상당한 시를 남긴 전형적인 이중어 글쓰기 시인이다. 그런데 일본어로 쓴 시와 우리말로 쓴 시 사이의 세계가 전혀 다르다. 조향은 '일본어의 공백'이라고 하는 사태에 직면하여 외래어, 외국어 등을 적극적으로 활용한 콜라주적 언어를 새로운 공식어로 발명했다. 그는 〈후반기〉 동인에 가담하면서 초현실주의적 세계로 기울었고, 주로 도시의 암흑면을 파편화된 비전을 통해 그려냈다. 그는 '데페이즈망'을 내세운 '창작방법론'을 그 초창기부터 평생 견지했다. 조향이 일본어로 그릴 수 있었던 세계를 우리말로는 그리고 못 했고, 초현실주의적 방법으로 그릴 수 있었던 세계는 현실 세계를 '도식화'한 것으로, 초현실주의적 방법을 고수하는 한 이 '도식'이 계속 되풀이되는 범용성의 세계였다는 점은 주목을 요한다. 결국 전쟁의 영향이 있고 그 다음에 도시의 암흑면을 그린 시가 있다는 식의 이해는 오히려 顚倒된 것임이 바로 이 대목에서 드러나기 때문이다. 역으로 콜라주적 언어라고 하는 발명품이 있고 그 언어 감각에 적합한 세계가 '흑과 백의 콘트라스트'나 '도시 문명의 암흑면'과 같은 균질화의 필터를 거쳐 시가 된다고 하는 이 메커니즘이 조향, 혹은 그 주변의 초현실주의 운동에 일관되게 관철되었다.

조향이 일본어로 그릴 수 있었던 세계를 '소거'하면서 새로운 언어를 만들어낸 반면, 김수영은 일본어의 감각을 자신의 시에 잔류시킴으로써 일본어의 중개가 없이는 그릴 수 없는 현실의 물적 토대를 시적 자산으로 '보존'할 수 있었다. 일본어의 중개가 없이는 그릴 수 없는 현실이란 한 마디로 말하면 우리 근현대사의 식민지적 후진성이다. 김수영은 '일본어의 공백', 일본어의 중개가 없이는 그릴 수 없는 현실이 있다는 것에 대하여 새로운 공식어를 창출하기 위해 일본어의 잔재를 소거하는 방식을 취하지 않았다. 오히려 그 해방된 조선의 현실을 그릴 수 없다고 하는 언어적 무능함을 正視하는 방식에서 자신의 시적 태도를 모색했다는 점에서 그는 조향이 빠진 범용성의 함정을 피할 수 있었다.

어떤 의미에서 김수영은 '자학의 능력'에서 박인환이나 조향보다 한 수 위였다고 할 수 있을지도 모르겠다. 그의 '자학'의 수사는 당대 모더니스트들이 1930년대 모더니즘과 자신들의 '차이'를 내세우고, 그 '차이'에서 전후의 피폐한 현실에 대한 '위안'을 찾았던 것과 대비된다.

> 나는 지금껏 '모더니티' 유파와도 더욱이나 人生派'的' 流戱와도 먼 딴 방위각에서 현대시란 것을 시험해 온 것을 나 스스로 首肯한다. 우리의 50년대의 詩와 詩精神은 우리의 50년대가 걷고 있는 '리아리티'나 世界의 不安에 대해서 어떤 태도를 가져야 하는가를. 零. 時間. 氣象. 演壇. 輪轉機. '錯亂된 國境線' 그리고 '이번 週도 無事히 지나갔다'라는 小康的 安堵는 이미 歐羅巴的 風土 위에 10年代나 30年代가 지녔던 不安한 生活, 不安한 世代, 불안한 近代史를 우리는 우리 스스로의 體驗을 通해서 認識할 수는 없었지만 그러나 우리는 50年代에 惹起된 이번 戰爭을 몸소 겪어 오는 동안 不安한 世界史의 運命에 共感할 수 있는 結口가 알려졌을 뿐만 아니라 우리는 이미 現代의 '열쇠'를 移讓 받고 있다고 詩人된 者 어느 누가 首肯하지 않으랴.
>
> —김종문, 「후기」 부분[25)]

'凡'모더니스트에 해당하는 김종문의 이와 같은 발언은 자신의 언어적 정체성에 대한 반성이 없이 나온 것이라는 점에서 한계가 있다. 김종문 역시 전통서정시 계열의 시인들과는 다른 언어적 정체성을 만들어간 시인 중 하나이다. 그럼에도 그는 그 현실을 그릴 '언어의 없음'의 상황에 맞닥뜨려, 그 '언어의 공백'을 메울 언어적 방법을 제시하지 못 하고 '전쟁체험'이라는 내용의 차원과, '불안'이라는 주제의 차원에서 해법을 구했다. 그러나 이러한 '위안'의 수사는 결국 시적 태도의 부재로 이어질 수밖에 없었다. "나는 아직도 앉는 법을 모른다"고 했던 김수영이 자신의 언어적 정체성에 대한 반성을 통해 그 자신만의 시적 태도를 만들어간 데 비해, 당대의 많은 모더니스트들이 자신의 언어적 궁지에 대해, 일제 때 문인들이 폼 내기 위해 하던 '구상은 일본어로 한다'는 말을 푸념 삼아서 되풀이하는 데 그쳤다는 점은 아이러니이다. (* 이 글은 2011년 봄, 국제어문학회 정기 학술대회에서 발표한 논문을 개고한 것입니다.)

---

25) 김종문, 「후기」, 『불안한 토요일』, 백조사, 1953, 68면.

참고문헌

1. 기본자료

간호배 편, 『원본 三四文學』, 이회, 2004, 초판 1쇄.

金璟麟 외, 『새로운 도시와 시민들의 합창』, 도시문화사, 1949.

金丘庸, 『김구용문학전집』, 솔, 2000, 초판 1쇄.

金洙暎, 『김수영전집1·2』, 민음사, 1981.; 2판, 2003.

金起林, 『김기림전집2』, 심설당, 1988.

오양호, 「滿鮮日報 文藝欄 발췌본」, 『일제강점기 만주 조선인 文學硏究』, 문예출판사, 1996.

李箱, 이승훈 엮음, 『李箱문학전집1: 詩』, 문학사상사, 1999, 초판 7쇄.

李箱, 김윤식 엮음, 『李箱문학전집3: 隨筆』, 문학사상사, 1998, 초판 4쇄.

趙鄕, 『趙鄕全集1: 詩』, 열음사, 1994, 초판 1쇄.

趙鄕, 『趙鄕全集2: 詩論·散文』, 열음사, 1994, 초판 1쇄.

春山行夫 編, 『詩と詩論』, 第五冊, 第六冊 及 第七冊, 1930.

2. 단행본
(1) 국내

간호배, 『초현실주의 시 연구』, 한국문화사, 2002.

강우식, 『한국 상징주의 시 연구』, 문학아카데미, 1999.

김경복, 『한국 아나키즘시와 생태학적 유토피아』, 다운샘, 1999.

김윤식·정호웅, 『개정증보판 한국소설사』, 문학동네, 2000.

김준오, 『문학사와 장르』, 문학과지성사, 2000.

문덕수, 『한국 모더니즘 시 연구』, 시문학사, 1981.

박인기, 『한국현대시의 모더니즘 연구』, 단대출판부, 1988.

배인환, 『완화초당의 그리움』, 리북, 2005.

서준섭, 『한국 모더니즘 문학 연구』, 일지사, 1988.

윤영천, 『韓國의 流民詩』, 실천문학사, 1987.

이동하 편, 『박인환』(한국현대시인연구12), 문학세계사, 1993.

이승훈, 『한국 모더니즘 시사』, 문예출판사, 2000.

이어령, 『저항의 문학』, 경지사, 1959.

鄭寅燮, 『색동회 어린이 운동사』, 학원사, 1975.

진순애, 『한국 현대시와 모더니티』, 태학사, 1999.

한계전, 『한국 현대시론 연구』, 일지사, 1983.

함허득통 편저, 이인혜 역주, 『금강경오가해 설의』, 도피안사, 2009,

허윤회, 『한국의 현대시와 시론』, 소명출판, 2007.

(2) 국외

데이비드 매카시, 조은영 옮김, 『팝 아트』, 열화당, 2003.

로버트 래드퍼드, 김남주 옮김, 『달리』, 한길아트, 2001.

레나토 포지올리, 박상진 옮김, 『아방가르드 예술론』, 문예출판사, 1996.

리차드 H. 미첼, 김윤식 옮김, 『日帝의 思想統制』, 일지사, 1997.

매슈 게일, 오진경 옮김, 『다다와 초현실주의』, 한길아트, 2001.

발터 벤야민, 반성완 편역, 『발터 벤야민의 문예이론』, 민음사, 2001.

사나다 히로코, 『최초의 모더니스트 정지용』, 역락, 2002.

수잔 벅 모스, 김정아 옮김, 『발터 벤야민과 아케이드 프로젝트』, 문학동네,
    2004.

C.W.E. Bigsby, 박희진 옮김, 『다다와 초현실주의』, 서울대학교출판부,
    1987.

프로이트, 김인순 옮김, 『꿈의 해석』, 열린 책들, 2005.

프로이트, 임홍빈·홍혜경 옮김, 『새로운 정신분석 강의』, 열린 책들, 2005.

프로이트, 김명희 옮김, 『늑대인간』, 열린 책들, 2005.

트리스탕 짜라·앙드레 브르통, 송재영 옮김, 『다다·슈르레알리슴 선언』, 문학
    과지성사, 2000.

피오나 브래들리, 김금미 옮김, 『초현실주의』, 열화당, 2003.

할 포스터, 전영백과 현대미술연구팀 옮김, 『욕망, 죽음, 그리고 아름다움』, 아트북스, 2005.

3. 논문·평론

(1) 국내

고명수, 「존재의 질곡과 영원에의 꿈」, 『리토피아』, 2001, 봄호.

高漢容, 「따따이슴」, 『개벽』, 1924.9.

高따따, 「DADA」, 동아일보, 1924.11.17.

_____, 「잘못안따따」, 동아일보, 1924.12.1.

_____, 「우옴피쿠리아」, 동아일보, 1924.12.22.

金璟麟, 「양병식의 인간과 문학세계」, 梁秉植, 『꿈과 죽음의 회랑에서』, 경운출판사, 1995.

金起林, 「詩의 技巧, 認識, 現實 等 諸問題」, 조선일보, 1931.2.11.~2.14.

_____, 「象牙塔의 悲劇」, 동아일보, 1931.7.30.~8.9.

_____, 「現代詩의 發展」, 조선일보, 1934.7.12.~7.22.

_____, 「詩에 잇서서의 技巧主義의 反省과 發展」, 조선일보, 1935.2.10.~2.14.

_____, 「詩人으로서 現實에 積極 關心」, 조선일보, 1936.1.5.

_____, 「모더니즘의 歷史的 位置」, 『人文評論』, 1939.10.

_____, 「朝鮮文學에의 反省」, 『인문평론』, 1940.10.

金基鎭, 「反資本 非愛國的인 戰後의 佛蘭西文學」, 『개벽』, 1924.2.

金基鎭, 「本質'에 關하야」, 매일신보, 1924.11.23.

김승희, 「김수영의 시와 탈식민주의적 반언술」, 김승희 편, 『김수영 다시 읽기』, 프레스21, 2000.

김신정, 「미적인 것'의 이중성과 정지용의 시」, 『정지용 문학의 현대성』, 소명출판, 2000.

金良洙, 「徐廷柱의 影響(下)」, 『現代文學』, 1955.11.

김윤식, 「유클리드 기하학과 光速의 변주」, 『김윤식선집1』, 솔, 1996.

_____, 「「뇌염」에 이른 길」, 『시와 시학』, 2000년 가을호.

_____, 「한일 이중어 글쓰기의 역사성」, 『한일 근대문학의 관련양상 신론』, 서울대학교출판부, 2001.

김재용, 「전도된 오리엔탈리즘으로서의 친일문학」, 『실천문학』, 2002, 여름호.

金晉燮, 「表現主義文學論」, 『海外文學』, 1927.1.

金春洙, 「戰後15年의 韓國詩」, 白鐵 외 3명 엮음, 『韓國戰後問題詩集』, 신구문화사, 1961.

盧子泳, 「슈울·레알리즘詩論(研究)」, 『新人文學』, 1936.2.

無爲山峰 고사리, 「『다다』?『다다』!」, 동아일보, 1924.11.24.

문혜원, 「한국 현대시사에서의 모더니즘」, 『작가연구』제16호, 깊은샘, 2003년 하반기.

민명자, 「김구용 시 연구: 시의 유형과 상상력을 중심으로」, 충남대학교 박사학위 논문, 2007.

박연희, 「전후, 마리서사, 세계의 감각—청년 모더니스트 박인환을 중심으로」, 권보드래 외, 『아프레걸 사상계를 읽다』, 동국대학교출판부, 2009.

박영희, 「새로운 辭典의 由來」, 『文學運動』, 1926.2.

朴龍喆, 「技巧主義說의 虛妄」, 『朴龍喆全集2』, 東光堂書店, 1940.

朴鍾和, 「日本文壇의 最近傾向」, 『개벽』, 1924.2.

朴八陽, 「搖籃時代의 追憶」, 『中央』, 1936.7.

배인환, 「김구용의 『아리랑』: '나'의 발견」, 『리토피아』, 2002, 여름호.

서준섭, 「모더니즘의 반성과 재출발」, 『현대시사상』, 1995, 가을호.

申百秀, 「歷의 내력」, 『象牙塔』, 1946.6.25.

신진, 「조향 시의 현대성」, 『한국현대시 읽기』, 동아대학교출판부, 2003.

엄성원, 「초현실주의적 지향과 부정의 시학」, 김학동 외, 『한국 전후문제시인 연구2』, 예림기획, 2005.

오문석, 「1950년대 한국 초현실주의 시론 연구」, 『작가연구』, 제16호, 깊은샘, 2003.

오장환, 「문단의 파괴와 참다운 신문학」, 『오장환전집2』, 창작과비평사,

1989.

유종호, 「戰後詩 15年」, 白鐵 외 엮음, 『현대한국문학전집18: 52인 시집』, 신구
문화사, 1968.

윤호병, 「한국 현대시에 끼친 초현실주의의 영향과 수용」, 『현대시』, 1994. 10.

이광수, 「조향의 전기 시세계 연구」, 송하춘·이남호 편, 『1950년대의 시인들』,
나남, 1994.

이건제, 「空의 명상과 산문시의 정신」, 송하춘·이남호 편, 『1950년대의 시인
들』, 나남, 1994.

이동하, 「『신시론』1집과 그 이후」, 이동하 편저, 『박인환』, 문학세계사, 1993,
개정판.

이명희, 「『문장』이 보여준 '전통'의 의미와 의의」, 상허학회 편, 『1930년대
후반 문학의 근대성과 자기성찰』, 깊은샘, 1998.

이수명, 「50년대 초현실주의의 운명—김구용의 시와 그 위상」, 『리토피아』,
2010년 겨울호.

이숙예, 「김구용 시 연구: 타자와 주체의 관계 양상을 중심으로」, 중앙대학교
박사학위논문, 2007.

이어령, 「전후시에 대한 노트 2장」, 백철 외 엮음, 『한국전후문제시집』, 신구
문화사, 1961.

이영섭, 「50년대 남한의 현실인식과 시적 형상」, 한국문학연구회 엮음, 『1950
년대 남북한 문학』, 평민사, 1991.

異河潤, 「佛文壇回顧」, 『新生』, 1929.12.

李軒求, 「佛蘭西文壇縱橫觀」, 『文藝月刊』, 1931.12.

林和, 「曇天下의 詩壇 一年」, 『新東亞』, 1935.12.

____, 「어떤 靑年의 懺悔」, 『文章』, 1940.2.

鄭寅燮, 「朝鮮文壇에 呼訴함」, 조선일보, 1931.1.2.~1.17.

趙若瑟, 「超現實主義文學—'이반·꼴'氏의 所說」, 매일신보, 1934.3.3.~3.11.

조영복, 「1950년대 시 연구와 이론의 모색」, 『한국 현대시와 언어의 풍경』,
태학사, 1999.

趙宇植, 「'뿌르톤'의 『通底器』」, 매일신보, 1939.3.5.

_____, 「續超現實主義論」, 매일신보, 1939.3.19.

_____, 「古典과 가치(續)」, 『文章』, 1940.10.

趙豊衍, 「『三四文學』의 기억」, 『現代文學』, 1957.3.

조향, 「'데뻬이즈망'의 미학」, 백철 외 3명 엮음, 『한국전후문제시집』, 신구문
　　　화사, 1961.

진순애, 「순수의 참여—구용의 초기 시 세계」, 『리토피아』, 2010년 겨울호.

최현식, 「민족, 전통, 그리고 미」, 『실천문학』, 2001, 여름호.

하재연, 「1930년대 조선문학 담론과 조선어 시의 지형」, 고려대학교 박사학위
　　　논문, 2007.

하현식, 「김구용론—선적 인식과 초현실의식」, 『한국시인론』, 백산출판사,
　　　1990.

한수영, 「식민지, 전쟁 그리고 혁명의 도상에 선 문학」, 민족문학사연구소 엮
　　　음, 『새민족문학사 강좌2』, 창비, 2009.

한효식, 「시의 현대성—혹은 현대와 시정신」, 『문장』, 1939.10.

허혜정, 「1950년대 〈후반기〉 동인의 시와 시론」, 『작가연구』, 제16호, 깊은샘,
　　　2003.

홍신선, 「시의 논리와 현실의 논리」, 『문학과창작』, 2002.2.

洪曉民, 「行動主義文學의 理論과 實際」, 『新東亞』, 1935.9.

황현산, 「김수영 시 자세히 읽기」, 황정산 편, 『김수영』, 새미, 2002.

(2) 국외

나기, 「한국의 다다—모던이라 불린 안티 모던」, 『다층』, 2001, 여름호.

마루치 마모루, 한성례 옮김, 「일본 현대시에 대해」, 『다층』, 2001, 가을.

飯島正, 「最近の前衛映畵」, 春山行夫 編, 『詩と詩論』, 第七冊, 厚生閣, 1930.

발터 벤야민, 조형준 옮김, 「아케이드 프로젝트」, 『세계의문학』, 2002, 봄.

北園克衛, 「ハイブラウの精神」, 『ハイブラウの噴水』, 昭森社, 1941.

上田敏雄, 「EXPLANATION」, 『仮說の運動』, 厚生閣, 1929.

샤를 보들레르, 박기현 옮김, 「현대적 삶의 화가」, 『세계의문학』, 2002, 봄.

阿部知二, 「方法論的斷片」, 春山行夫 編, 『詩と詩論』, 第七冊, 厚生閣, 1930.

조셉 L. 헨더슨, 「고대신화와 현대인」, 칼 융 외, 조승국 옮김, 『인간과 상징』, 범조사, 1983

阪本越郎, 「新しい形式」, 春山行夫 編, 『詩と詩論』, 第七冊, 厚生閣, 1930.

Nahma Sandrow, 『Surrealism』, iUniverse.com, Inc, 2000.

Rosalind E. Krauss, 『The Originality of the Avant-Garde and other Modernist Myths』, MIT Press paperback edition, 1986.

Sigmund Freud, translated, David McLintock, 『The Uncanny』, Penguin Books(U. K.), 2003.

찾아보기

저자 장이지(본명: 장인수)

1976년 전남 고흥 출생. 성균관대학교 국문학과 및 동대학원 박사과정 졸업. 박사학위논
문으로 「한국 초현실주의 시 연구」(2006)가 있음. 2000년 『현대문학』 신인추천(시)으로
등단. 시집으로 『안국동울음상점』(랜덤하우스코리아, 2007), 『연꽃의 입술』(문학동네,
근간)이 있음. 편저로 『이수복 시 전집』(현대문학, 2009)이 있음. 현재 성공회대학교,
성균관대학교 등에 출강하고 있음.

한국 초현실주의 시의 계보

2011년 6월 30일 초판 1쇄 펴냄

지은이 장이지
펴낸이 김흥국
펴낸곳 도서출판 보고사

책임편집 한나비
표지디자인 오동준

등록 1990년 12월 13일 제6-0429호
주소 서울특별시 성북구 보문동7가 11번지 2층
전화 922-5120~1(편집), 922-2246(영업)
팩스 922-6990
메일 kanapub3@chol.com
http://www.bogosabooks.co.kr

ISBN 978-89-8433-912-5 93810

ⓒ 장이지, 2011

정가 18,000원